Baby-sitter malgré lui

Du même auteur
aux Éditions J'ai lu

Un cœur sauvage, *J'ai lu* 6831

Robin Wells

Baby-sitter malgré lui

Traduit de l'américain par Sophie Pertus

J'AI LU

Titre original :

THE BABE MAGNET
Dorchester Publishing Co., Inc., New York

1

Holt Landen n'eut même pas besoin de quitter des yeux l'écran de son ordinateur pour savoir que son assistante, Lanie, avait surgi dans son bureau. Le claquement résolu de ses talons l'avait alerté.

— Vous ne répondez pas à l'interphone, lança-t-elle d'un ton de reproche.

— Je vous ai dit que je ne voulais pas qu'on me dérange.

— Je sais, mais il y a un appel qu'il faut que vous preniez sur la deux.

Holt soupira. La cinquantaine autoritaire, Lanie était l'assistante idéale. Elle ne s'en laissait pas conter par les directeurs généraux qui engageaient Holt pour sauver leur entreprise en difficulté et elle terrifiait les comptables, les avocats et autres spécialistes auxquels il faisait appel pour l'aider dans cette tâche. C'était aussi une travailleuse infatigable et une femme opiniâtre et résolue.

Hélas, ces qualités se retournaient parfois contre lui ! Maintenant, par exemple.

— Si ce n'est pas le président, le pape ou Catherine Zeta-Jones, cet appel devra attendre, répliqua-t-il.

« Plan, priorités, concentration » était sa devise. La plupart des entreprises qui faisaient appel à lui se trouvaient au bord de la faillite notamment parce qu'elles avaient perdu de vue leurs priorités. Une erreur qu'il était résolu à ne pas commettre.

Et surtout pas aux dépens du cas qui l'occupait actuellement. Allen Industries employait près de mille personnes dont le travail dépendait de sa capacité à redresser la société. Cette responsabilité pesait très lourd sur ses épaules.

— C'est un brigadier de la police de Dallas, insista Lanie.

— Dallas ? répéta-t-il.

C'était étrange, il n'avait pas mis les pieds à Dallas depuis trois ou quatre ans.

— Que veut-il ?

— Il a refusé de me le dire. Il tient à vous parler en personne.

— Il doit vouloir me vendre des billets pour le bal de la police, conclut-il.

— Ce n'est pas un appel intéressé, affirma Lanie avec une conviction aussi inébranlable que son chignon gris laqué. Il faut vraiment que vous le preniez.

Lanie filtrait ses appels avec la plus grande sévérité. Quand elle estimait qu'il y en avait un auquel il fallait qu'il réponde, elle ne lâchait pas prise. La convaincre d'éconduire ce policier serait sans doute plus long que de prendre l'appel. Holt poussa un profond soupir et leva les deux mains en signe de reddition.

— D'accord, fit-il. Mais ensuite, je ne veux plus être dérangé de l'après-midi.

Satisfaite, Lanie tourna les talons et s'éloigna à grands pas.

Holt regarda par la fenêtre en faisant pivoter son fauteuil vers le téléphone. Au vingt et unième étage de cet immeuble de Canal Street, il avait une vue imprenable sur le Mississippi au pied du Quartier français de La Nouvelle-Orléans.

Tout en regardant un cargo, il appuya sur le bouton rouge du haut-parleur de son téléphone.

— Holt Landen, annonça-t-il.

— Monsieur Landen, ici le brigadier Bill Jones de la police de Dallas, dit une voix de baryton à l'accent texan prononcé.

— Que puis-je faire pour vous ? demanda Holt avec impatience, en tambourinant sur la table du bout des doigts.

— Désolé, monsieur, j'ai une mauvaise nouvelle à vous annoncer. Je regrette d'avoir à vous en informer, mais…

Le policier marqua une hésitation qui éveilla l'attention de Holt.

— Quoi ?

— Eh bien, monsieur… Ella Sinclair est décédée dans un accident de la circulation hier soir. Je suis sincèrement désolé.

Ella Sinclair. Ce nom lui disait bien quelque chose, mais quoi ? Il ne voyait pas.

— Vous êtes toujours là, monsieur ? s'inquiéta le policier.

— Oui, oui.

Holt se pencha en avant, les sourcils froncés. Qui était Ella Sinclair ? Il tourna et retourna ce nom dans son esprit en tentant d'y associer un visage. Ella Sinclair, Ella Sinclair…

Ella Sinclair ! Ah, oui, il se souvenait. De grands yeux bleus, des cheveux blonds plutôt raides et encore plus de courbes qu'une piste de slalom. Ils s'étaient rencontrés à la station de ski d'Aspen un an auparavant et avaient passé une nuit ensemble. Ce n'était pas dans ses habitudes, mais ce soir-là il était un peu fatigué et elle plus que consentante. Leur liaison en était restée là : ils ne s'étaient ni vus ni parlé depuis.

— Ella est morte ? fit-il.

— Hélas, oui, monsieur.

Holt regarda le téléphone en fronçant les sourcils de plus belle, sidéré.

— Mon Dieu, je suis désolé, dit-il. C'est vraiment triste.

Il hésita un instant avant de poursuivre. Il regrettait d'avoir à paraître insensible, mais il fallait bien qu'il pose la question.

— Alors, demanda-t-il, pourquoi m'appelez-vous ?

— Eh bien, vous êtes inscrit comme personne à contacter en cas d'urgence.

— Quoi ?

— Vous paraissez surpris, observa le brigadier après un silence.

— Euh... eh bien, oui. Je la connaissais à peine.

D'accord, ils avaient passé de bons moments sur les pistes et au lit, mais l'histoire s'arrêtait là. Ç'avait été une aventure d'un soir, point final.

À la vérité, il avait trouvé Ella trop écervelée à son goût. Héritière d'une petite fortune pétrolière, elle se conduisait en fille à papa à la fois trop riche et désœuvrée. En règle générale, il choisissait des femmes aussi concentrées que lui sur leur carrière. Ella, elle, ne se concentrait que sur une chose : s'amuser.

— Je ne comprends pas pourquoi elle a dit qu'il fallait me contacter.

Cette fois, le policier marqua une longue pause.

— Eh bien, monsieur, finit-il par expliquer, je pense que c'est à cause du bébé.

Le sang de Holt se glaça dans ses veines.

— À cause du quoi ?

— Du bébé.

Holt resta parfaitement immobile. *Bébé...* Le mot n'en finissait pas de résonner dans sa tête.

— Vous êtes toujours là, monsieur Landen ? demanda le brigadier.

— Oui, oui.
— Je craignais que nous n'ayons été coupés.
Holt coupa le haut-parleur.
— Non, nous n'avons pas été coupés, mais il y a certainement erreur sur la personne.
— Vous êtes bien Holt Everett Landen ?
— Oui, mais…
— Au 31, Canal Street, à La Nouvelle-Orléans ?
— C'est bien l'adresse de mon bureau, mais je n'ai pas de bébé.
— Selon le certificat de naissance, si.
— Quel certificat de naissance ? demanda-t-il d'une voix glaciale.
— Celui que j'ai sous les yeux. Isabelle Elizabeth Sinclair Landen, née le 21 septembre 2004. Mère : Ella Christine Sinclair. Pour le nom du père, il est écrit Holt Everett Landen.
Était-ce une plaisanterie ? Il ne connaissait personne qui ait assez mauvais goût pour trouver cela drôle. Cette histoire ne pouvait pas être vraie. Il s'agissait forcément d'une erreur ou d'une escroquerie.
D'accord, mais quelle escroquerie pouvait impliquer une femme morte et un bébé ?
Holt s'affaissa dans son fauteuil.
— Écoutez, fit-il, je ne vois pas de quoi vous parlez. Je n'ai pas de bébé.
Le ton du policier, jusque-là respectueux, se fit plus dur.
— Alors, c'est comme ça que vous allez la jouer ?
— Je ne joue pas ! protesta Holt.
— Bien sûr, rétorqua le policier, incrédule. Je ne sais pas comment vous faites pour vous regarder dans la glace, alors que vous fuyez vos responsabilités vis-à-vis de votre enfant.
Ces mots firent à Holt l'effet d'un coup de poing dans l'estomac.
— Hé ! s'exclama-t-il. Cela fait plus d'un an que je n'ai pas eu de contact avec Ella et je ne suis pas au courant de l'existence de ce bébé. C'est la première fois que j'en entends parler.
Cette sortie fut suivie d'un long silence.
— Bon sang ! finit par marmonner le brigadier. Vous ne plaisantez pas, pas vrai ?
— Pas du tout. Et vous ? Quelqu'un vous pousse à me faire marcher ?

Pourvu que ce soit le cas ! songea-t-il.

— Oh, mince, lâcha le policier avant d'émettre un sifflement. Mince alors. Vous ne saviez vraiment pas, n'est-ce pas ?

— Il n'y a rien à savoir, rétorqua Holt, irrité. Il doit y avoir une erreur.

— Votre nom figure bien sur le certificat de naissance.

— Écoutez, je ne sais pas quel document vous avez entre les mains, mais ce doit être un faux. Je n'ai jamais signé de certificat de naissance.

— Les pères ne les signent pas. Ce sont les mères qui les remplissent à l'hôpital.

— Vous voulez dire qu'une femme peut inscrire le nom de l'homme qui lui chante ?

— Eh bien…

Le policier s'interrompit, comme s'il réfléchissait à la question.

— Hum, finit-il par dire. Sans doute que oui. Alors, vous pensez que Mlle Sinclair aurait inscrit votre nom pour vous demander une pension alimentaire, c'est ça ?

Sauf que cela n'avait aucun sens. Ella n'aurait jamais eu besoin d'une pension alimentaire. Certes, Holt gagnait très bien sa vie, mais elle devait avoir des revenus au moins dix fois supérieurs aux siens.

Il ne voyait vraiment aucune raison pour qu'elle l'ait déclaré comme père de son enfant.

À moins que ce ne soit la vérité.

Il en eut presque la nausée.

— C'est de la folie, dit-il en changeant le combiné d'oreille. Si elle pensait que j'étais le père, pourquoi n'a-t-elle pas pris contact avec moi ?

— Aucune idée. Mais qui sait pourquoi les femmes font ce qu'elles font ? J'ai beau être marié depuis quinze ans, je n'y comprends toujours rien.

C'était surréaliste. Il devait rêver.

— Selon le certificat, quelle est la date de naissance du bébé ?

— Le 21 septembre.

Holt fit un rapide calcul mental. Il était allé skier juste avant Noël, ce qui signifiait qu'il avait rencontré Ella à la fin du mois de décembre. Et de décembre à septembre, il y avait… neuf mois !

Non, impossible. Il n'avait passé qu'une nuit avec elle.

Une seule nuit, et elle serait tombée enceinte ?

Il n'y croyait pas. De toute façon, comment pouvait-elle avoir la certitude que le bébé était de lui ? Ella aimait faire la fête, elle semblait avoir l'habitude des aventures d'un soir.

Et puis, il avait mis un préservatif. Il en mettait toujours. Se pouvait-il que le latex se soit rompu ? Consterné, il se rappela une déchirure qu'il avait cru avoir faite en retirant le préservatif. Cette nuit-là, il n'avait pas les idées très claires. Ils avaient bu plusieurs verres…

Holt inspira à fond.

— Reprenons du début, suggéra-t-il. Comment avez-vous eu mon nom et mon numéro, et d'où sort ce certificat de naissance ? Je veux connaître toute l'histoire.

— Eh bien… Comme je vous l'ai dit, il y a eu un accident de voiture hier soir. J'ai le rapport sous les yeux. « Vers 2 heures du matin, cita-t-il dans un bruissement de papiers, un automobiliste a appelé le 911 pour signaler qu'une Jaguar blanche s'était écrasée contre la rambarde de la voie inférieure sur Stemmons Freeway. Deux véhicules de police, deux camions de pompiers et une ambulance du SAMU ont répondu. L'ambulance est arrivée la première sur le lieu de l'accident. Le rapport de l'équipe médicale précise que la victime ne respirait plus et que le pouls n'était pas perceptible. Les médecins ont tenté de la réanimer sur place avant de la transporter à l'hôpital, mais elle a été déclarée morte avant d'y arriver. La victime est une femme de race blanche dont le permis de conduire indique qu'elle s'appelait Ella Sinclair. » Selon le rapport de police, ajouta-t-il d'un ton contrit, il émanait une forte odeur d'alcool de la voiture. Une autopsie est en cours.

— Y a-t-il d'autres gens impliqués dans l'accident ? demanda Holt.

— Pas directement. Voyons… Selon les témoins, la victime, je cite, « roulait très vite et faisait des écarts ». Toujours selon eux, elle allait percuter une camionnette gris métallisé. Quand le conducteur a klaxonné, elle a donné un coup de volant trop brutal et a perdu le contrôle du véhicule.

Ô Seigneur…

— Alors, comment avez-vous eu mon nom ?

— Un officier est allé chez Mlle Sinclair prévenir la famille. « Une certaine Mme… euh… Mme Greta Mitchell a ouvert et s'est présentée comme la nourrice du bébé. Elle a dit qu'elle ne connaissait pas bien la victime car elle ne travaillait pour elle que depuis une semaine environ. Cependant, elle avait le nom et le numéro de téléphone de trois personnes à prévenir en cas d'urgence: le pédiatre du bébé, un avocat et le père de l'enfant. » Vous. Votre carte de visite était agrafée au papier, ainsi qu'une copie du certificat de naissance.

Holt se força à respirer profondément. Il devait absolument réfléchir. Des faits. Il lui fallait des faits. Tous les faits.

— Donnez-moi le nom et les coordonnées de l'avocat et de la nourrice, demanda-t-il.

— Euh… bien sûr.

Holt les nota d'une main tremblante.

— Vous aurez aussi besoin du numéro des services sociaux, ajouta le policier.

— Pourquoi ?

— Eh bien, la petite est chez eux. Selon l'avocat, la victime n'avait plus de famille. Alors, il faut que vous veniez chercher le bébé.

Chercher le bébé ? Le souffle coupé, Holt comprit tout ce que cela impliquait.

Ella était morte. Elle n'avait pas de famille. Comme c'était lui qui était déclaré comme père, il était censé prendre le bébé en charge.

Dieu du ciel ! Il était célibataire, travaillait souvent plus de douze heures par jour, voyageait régulièrement, mangeait les restes de sa pizza de la veille au petit déjeuner et sortait avec des brunes au physique de mannequin. Son réfrigérateur contenait en tout et pour tout un pack de bières et une bouteille de jus d'orange.

Il ne pouvait pas s'occuper d'un bébé. Il n'arrivait même pas à garder une plante verte en vie.

Et puis, sa vie lui plaisait telle qu'elle était. Non, décidément, il devait s'agir d'une terrible erreur.

L'ADN. Voilà ce qui allait établir la vérité. Il allait appeler son avocat et lui demander d'organiser un test ADN. Une preuve scientifique le tirerait de ce mauvais pas.

« Et si ce n'est pas le cas ? » lui souffla une petite voix insidieuse au fond de lui.

Que diable ferait-il d'un bébé ?

2

Deux semaines plus tard

Une bourrasque du vent glacé de mars s'engouffra dans le centre médico-social du comté de Dallas quand Holt poussa la porte, qui alla cogner violemment contre le butoir. Il ne devait pas faire plus de 5 °C, ce qui contrastait désagréablement avec la douceur des quelque 20 °C qu'il avait laissés ce matin-là à La Nouvelle-Orléans.

Enfin, ce temps glacial s'accordait parfaitement avec son humeur et la mission qui l'amenait ici. Il allait devenir père.

Non, corrigea-t-il intérieurement. Pas devenir. Théoriquement, il l'était déjà, depuis six mois. Mais comme il n'était au courant de l'existence du bébé que depuis deux semaines et que cela ne faisait que deux jours qu'il avait la certitude que l'enfant était de lui, il estimait que ses débuts officiels dans la paternité allaient avoir lieu aujourd'hui, quand il en prendrait la garde.

Garde. Père. Bébé. Ces mots lui nouaient le ventre. Il avait toujours du mal à le croire, mais le test ADN le lui avait confirmé : il y avait 99,99 % de chances qu'Isabelle Elizabeth Sinclair Landen soit son enfant.

Tout s'était passé si vite que la tête lui tournait encore. Son avocat lui avait annoncé la nouvelle d'une voix aussi lugubre que celle d'un entrepreneur de pompes funèbres.

— Le résultat du test est arrivé, Holt, avait-il dit. Vous êtes assis ?

Et Holt avait cru que son monde s'écroulait quand, d'un ton solennel, son avocat avait ajouté :

— Vous êtes parfaitement compatibles. Le bébé est sans aucun doute de vous.

Durant deux semaines, Holt s'était raccroché à l'espoir d'une erreur. Persuadé que le test génétique le tirerait de ce mauvais pas, il n'avait pas envisagé sérieusement toutes les conséquences que pouvait entraîner une éventuelle paternité.

C'était fou, la vitesse à laquelle une vie pouvait basculer. On était célibataire, sans attaches, et vlan ! On se retrouvait du jour au lendemain père célibataire chargé d'élever un enfant que l'on avait conçu avec une femme que l'on connaissait à peine.

En téléphonant à Mme Mitchell, l'ancienne nounou, il s'était rendu compte que, en effet, il connaissait très mal Ella.

— Je ne veux pas dire du mal des morts, avait dit la nourrice d'un ton réprobateur, mais Mlle Sinclair n'avait vraiment pas la fibre maternelle. Elle ne passait jamais de temps avec le bébé. Elle n'était presque jamais chez elle. Au cours de la semaine où j'ai travaillé pour elle, elle s'est absentée deux fois toute la nuit et a passé le reste du temps je ne sais où, à faire je ne sais quoi avec je ne sais qui. Elle voulait que je travaille vingt-quatre heures sur vingt-quatre. J'allais démissionner, avait-elle conclu avec un reniflement de dédain, mais elle est morte avant que j'en aie eu le temps.

— Quel dommage pour vous ! avait-il répliqué, incapable de résister à la tentation.

La nounou n'avait pas relevé son sarcasme et avait continué d'une voix horrifiée :

— Et ce bébé ! C'est l'enfant le plus difficile que j'aie jamais vu.

— Comment cela, difficile ? avait demandé Holt, inquiet.

— Elle pleure tout le temps. Elle est très malheureuse.

Pas étonnant, avait songé Holt. Entre une mère qui l'ignorait et cette espèce de mégère pour nounou, il y avait de quoi être malheureux.

— Je ne suis pas la seule à avoir trouvé la situation invivable, avait précisé Mme Mitchell. J'étais la septième nourrice envoyée par mon agence et, d'après ce que j'ai compris, Mlle Sinclair en avait déjà épuisé deux autres avant.

Malgré ses efforts, Arthur Greenwood, l'avocat d'Ella, n'avait pas montré sa cliente sous un jour beaucoup plus favorable.

— Je suis l'avocat de la famille depuis des dizaines d'années et j'ai connu Ella quand elle était enfant, lui avait appris l'homme au physique de bon grand-père quand Holt était passé à son bureau, ce matin-là. Hélas, elle a été élevée de façon un peu... laxiste. Sa mère est morte quand elle avait tout juste trois ans, et son père... Enfin, avait-il conclu avec un soupir, Edgar était sans doute un peu trop généreux avec sa fille.

C'était gentiment dit, mais cela signifiait qu'Ella était pourrie gâtée.

— Ella n'a jamais vraiment su se fixer sur quoi que ce soit. Elle essayait une chose quelque temps, puis s'en désintéressait et passait à une autre. Je crains qu'elle n'ait traité la maternité comme le reste.

Selon lui, elle avait d'abord été heureuse d'être enceinte. Il avait profité de son enthousiasme pour la convaincre de rédiger un testament et d'instituer un fonds en fidéicommis à l'intention du bébé. Isabelle avait donc été déclarée héritière d'Ella et Holt tuteur de l'enfant.

— Si elle savait que c'était moi le père, s'était étonné Holt, pourquoi ne pas m'en avoir parlé ?

— J'ai essayé de la persuader de le faire, avait assuré l'avocat, mais elle a refusé. Elle disait qu'elle ne voulait pas avoir à partager.

Holt connaissait des gens égoïstes, mais en la matière Ella battait tous les records.

— Dans ce cas, pourquoi a-t-elle fait figurer mon nom sur le certificat de naissance ?

— Le nom de Sinclair a pesé assez lourd sur ses épaules ; elle voulait un autre destin pour son enfant. Et puis, elle se disait que sa fille aurait peut-être un jour envie de savoir qui était son père.

— Comment comptait-elle expliquer mon absence de sa vie ?

Me Greenwood avait soupiré.

— Ella avait une approche des problèmes à la Scarlett O'Hara. Il se serait écoulé des années avant qu'Isabelle soit en âge de poser des questions, alors j'imagine qu'elle attendait que le moment soit venu pour y réfléchir.

À ce souvenir, Holt referma la porte du centre médico-social plus brutalement que nécessaire. Il franchit une seconde porte vitrée et pénétra dans une salle d'attente assez triste où une douzaine de personnes attendaient leur tour sur des chaises en plastique alignées le long des murs blancs.

La réceptionniste assise derrière le comptoir semblait essayer de compenser à elle seule le manque de couleurs du lieu. Elle portait une robe vert perroquet et du rouge à lèvres vermillon.

— Puis-je vous aider ? pépia-t-elle.

— Je suis Holt Landen, déclara-t-il. J'ai rendez-vous avec Mme Tucker.

— Ah, oui ! s'exclama-t-elle après avoir consulté l'écran de son ordinateur. Vous venez chercher votre fille.

Votre fille. Ces mots le secouèrent. Combien de temps lui faudrait-il pour se faire à cette idée ?

— Signez ici, s'il vous plaît, lui demanda-t-elle en lui tendant une feuille de papier. Il me faut aussi une pièce d'identité.

Comme s'il allait se faire passer pour quelqu'un d'autre pour se retrouver dans cette situation ! Malgré tout, il sortit sans rien dire son permis de conduire de son portefeuille en cuir.

La femme inclina la tête sur le côté pour l'étudier. Ce qu'elle lut dut lui convenir, car elle lui rendit son permis avec un sourire qui fit paraître son nez en forme de bec encore plus long.

— Mme Tucker est allée chercher votre bébé dans sa famille d'accueil, expliqua-t-elle. Elle ne devrait pas tarder à revenir. Ensuite, le médecin examinera l'enfant. Entre-temps, si vous voulez bien remplir ce formulaire, ajouta-t-elle en lui tendant un papier.

Holt alla s'asseoir entre une femme d'âge moyen et une jeune mère hispanique qui tenait un petit enfant endormi dans ses bras. Il inscrivit son nom, son adresse et les autres renseignements qui le concernaient. Arrivé à la ligne « lien de parenté avec l'enfant », il hésita. C'était la première fois qu'il reconnaissait par écrit être le père d'Isabelle. Il griffonna le mot à la hâte avant de poursuivre.

« Nom de l'enfant. » Isabelle Elizabeth Sinclair Landen, écrivit-il. À la ligne suivante, il s'interrompit de nouveau. « Poids de l'enfant. » Il n'en avait aucune idée. Pas plus que de la « durée de la grossesse » ou du « type d'accouchement ». Il laissa des blancs, envahi par un curieux mélange de culpabilité et de colère. Il n'avait été présent à aucun de ces moments. Il avait été tenu à l'écart de la naissance de son enfant et, le plus troublant, c'était qu'il ne savait pas s'il en était soulagé ou contrarié.

Il était facile d'en vouloir à Ella, et il ne s'en privait pas. Elle n'avait aucunement le droit d'avoir un enfant de lui sans l'en informer. Elle aurait au moins pu lui passer un coup de fil ou lui envoyer un mot au lieu de le traiter comme un donneur de sperme anonyme. Il lui en voulait aussi pour la façon dont elle avait traité l'enfant. Apparemment, elle avait fait preuve d'un égoïsme et d'une négligence inexcusables.

Le problème, c'était qu'il s'en voulait tout autant qu'à elle. Uniquement parce qu'elle était jolie, il avait eu une aventure d'un soir avec une femme qu'il ne connaissait pas – et qu'il n'aurait pas appréciée s'il l'avait connue. Une conduite qu'il jugeait quelque peu inconséquente, d'autant qu'il avait considéré cette rencontre comme si elle n'avait pas plus d'importance qu'une partie de tennis.

Pas un instant il ne lui était venu à l'esprit qu'ils avaient pu concevoir un bébé.

Qu'aurait-il fait s'il l'avait su ? Il n'en avait aucune idée. Une seule chose était sûre : il n'aurait pas épousé Ella. Pas définitivement, en tout cas. Peut-être aurait-il envisagé une espèce de mariage de convenance à court terme pour légitimer le bébé, mais il aurait exigé un contrat en béton et une date de divorce préétablie. Non qu'il soit du genre à se marier. Il avait vu ses parents divorcer, se remarier chacun de son côté et divorcer de nouveau. Il était donc bien placé pour savoir que le mariage n'apportait que des souffrances.

Il signa le formulaire, se releva et le rapporta à la réceptionniste. Il venait de se rasseoir quand une porte sur le côté de la salle d'attente s'ouvrit.

— Monsieur Landen ? demanda une femme brune vêtue d'un chemisier fleuri.

Il sauta sur ses pieds.

— Venez avec moi, dit-elle.

Le cœur battant, il la suivit dans un couloir qui sentait le désinfectant. Au bout, on entendait résonner les hurlements d'un bébé. Était-ce sa fille ? Si oui, elle ne manquait pas de voix…

La femme le conduisit dans un petit bureau où il fut accueilli par une autre femme ronde à l'air aimable, vêtue d'un tailleur-pantalon bleu marine.

— Virginia Tucker, annonça-t-elle en lui tendant la main.

— Holt Landen, répondit-il.

Elle désigna l'un des deux fauteuils en vinyle noir de l'autre côté de la grande table sur laquelle était posée une plaque au nom du Dr J.E. Smithers. Les diplômes accrochés au mur indiquaient qu'il était pédiatre.

— Je vous en prie, asseyez-vous. J'ai un certain nombre de choses à voir avec vous. Ensuite, j'irai chercher le bébé.

— Ces pleurs… c'est Isabelle ? demanda-t-il.

— Oui, confirma Mme Tucker en sortant deux formulaires d'un dossier. Pour commencer, reprit-elle, il faut que vous signiez ces papiers de décharge.

Elle les lui tendit, et il s'exécuta.

— Pourquoi pleure-t-elle ? s'enquit-il.

— Les bébés pleurent. Il y a toutes sortes de raisons possibles.

Il fronça les sourcils.

— Eh bien, il ne faudrait pas que quelqu'un fasse quelque chose pour la calmer ?

— Ne vous inquiétez pas, monsieur Landen. Elle est avec une assistante sociale qui est merveilleuse avec les enfants. Je suis sûre qu'elle fait tout son possible pour la consoler.

Il fronça les sourcils de plus belle. Si une professionnelle ne parvenait pas à empêcher le bébé de pleurer, comment lui, qui n'y connaissait rien, allait-il y arriver ?

— Elle a un problème ? s'inquiéta-t-il.

— Certains bébés pleurent plus que d'autres. Le médecin sera là d'un instant à l'autre. Il va tout vous expliquer, promit-elle d'un ton apaisant.

Mais Holt ne voulait pas être apaisé. Des sonnettes d'alarme retentissaient dans son esprit.

— Comment cela, tout ? Qu'y a-t-il à expliquer ?

— Hum, fit-elle, hésitante, il y a une chose dont il faut que nous parlions. La mère de la première famille d'accueil qui s'est occupée d'elle a dit qu'Isabelle était plutôt... difficile.

La nourrice désagréable qu'il avait eue au téléphone avait employé le même mot. Holt n'avait pas encore rencontré sa fille que, déjà, il en voulait à quiconque disait du mal d'elle.

— En quoi est-elle difficile ?

— Eh bien, elle pleure beaucoup, et on a énormément de mal à la calmer. Et puis, elle refuse le contact humain. Comme son comportement nous inquiétait, nous l'avons conduite à l'hôpital pour des examens approfondis.

La porte s'ouvrit brusquement, livrant passage à un homme d'âge moyen, grand, vêtu d'une blouse blanche.

Le soulagement se peignit sur les traits de Mme Tucker.

— Ah, voilà le Dr Smithers. Il saura vous expliquer tout cela bien mieux que moi. Docteur, je vous présente M. Holt Landen. Je commençais tout juste à lui parler de l'état d'Isabelle.

L'état ? songea Holt en serrant la main du médecin, impatient d'en venir au fait.

— Quel état ? demanda-t-il tout haut, tandis que le pédiatre s'asseyait. Isabelle a un problème ?

— Apparemment, elle n'a aucun problème physique, répondit-il avec un regard sombre. Nous lui avons fait passer toute une série de tests, et je viens de l'examiner de nouveau. Tout va bien, semble-t-il. Mais elle ne prend pas de poids comme elle le devrait et elle présente un retard de développement pour son âge. Elle a près de six mois ; pourtant, elle a l'aspect et le comportement d'un bébé de deux mois de moins.

Oh, bon sang !

— Alors, quel est son problème ?

— Elle souffre d'un retard de croissance. Compte tenu de son histoire et dans la mesure où elle semble ne pas aimer le contact humain, je crains qu'il ne soit causé par des troubles de l'attachement.

— C'est-à-dire ? demanda Holt en se raidissant.

— Eh bien, expliqua le médecin en croisant ses longs doigts, un bébé a besoin de former un lien étroit avec la personne qui s'occupe le plus de lui. En l'absence de ce lien, l'enfant peut présenter toutes sortes de problèmes mentaux et comportementaux.

Ça avait l'air plutôt grave.

— En général, on ne diagnostique les troubles de l'attachement que quand l'enfant approche de l'adolescence ; alors, le mal est fait. Le meilleur moyen d'action est d'identifier assez tôt les enfants à risque afin de prévenir l'apparition de problèmes permanents.

Il feuilleta le dossier médical avant de poursuivre.

— D'après ce que nous pouvons établir, neuf personnes différentes se sont occupées du bébé – onze si on compte les mères des deux familles d'accueil – durant les six premiers mois de sa vie. Elle n'a eu le temps de former un lien affectif avec aucune.

— Vous avez dit que nous pouvions éviter des problèmes ultérieurs, dit Holt en se penchant en avant. Comment faut-il s'y prendre ?

— Vous devez apporter de la stabilité à Isabelle, expliqua le pédiatre en relevant ses lunettes sur son front et en se frottant le nez. Il lui faut quelqu'un qui soit avec elle pour longtemps. Quelqu'un d'extrêmement patient et bienveillant, qui s'accrochera malgré ses colères, ses rebuffades, ses rejets.

— Elle m'a, moi.

— Eh bien, elle a beaucoup de chance, répondit le médecin en souriant.

— Alors, que faut-il que je fasse ?

— Pour commencer, vous allez devoir aménager votre emploi du temps pour être avec elle en permanence.

— En permanence, cela veut dire vingt-quatre heures sur vingt-quatre, sept jours sur sept ? demanda Holt, inquiet.

— Exactement.

— Pendant combien de temps ?

— Au moins six mois. Dans l'idéal, deux ans.

Holt sentit son estomac se nouer.

— Je ne peux pas faire cela. Mon entreprise coulerait si je m'arrêtais six mois. Et mes clients actuels me traîneraient devant les tribunaux.

— Il n'est pas indispensable que ce soit vous. Il faut seulement quelqu'un qui s'engage à rester auprès d'elle dans l'immédiat. Le pire, poursuivit-il, ce serait qu'elle s'attache à quelqu'un et qu'elle soit de nouveau abandonnée.

— J'ai engagé une nounou.

En réalité, c'était Lanie qui s'en était chargée ; il ne l'avait même pas encore rencontrée. Son assistante s'était aussi occupée de faire déménager toutes les affaires du bébé chez lui, où l'une des chambres d'amis avait été transformée en nursery.

— Elle pourra s'attacher à la fois à sa nounou et à moi ? demanda-t-il.

— Oui, bien sûr. La plupart des enfants s'attachent à deux personnes, ou plus. Mais ils commencent par s'attacher à une personne en particulier – en général, leur mère. La sécurité que leur apporte cette première relation est ce qui leur permet de faire confiance aux autres, ensuite. Et c'est ce qui a manqué à Isabelle. Votre nounou devra être prête à s'engager à long terme.

— De six mois à deux ans, précisa Holt en hochant la tête.

— Oh, non ! Cela, c'est le temps nécessaire pour créer un lien fort. Idéalement, la personne qui s'occupera d'Isabelle au début devrait rester dans sa vie indéfiniment. Ou au moins jusqu'à ce qu'elle soit en âge d'aller à l'école.

— Nom d'un chien, marmonna Holt.

Où allait-il trouver une nounou qui accepte ces conditions ?

— N'y a-t-il pas quelqu'un dans votre famille qui puisse vous aider ? suggéra Mme Tucker. Votre mère, peut-être ?

Il secoua la tête.

— Elle est en Californie.

— Votre père ?

Quelle bonne blague !

— Non, dit-il simplement.

— Une tante ? Une sœur ? Ou bien une cousine ?

Il secoua la tête.

— J'ai peu de famille.

— Alors, il faut que vous trouviez quelqu'un qui soit décidé à rester car, la dernière chose dont la petite a besoin, c'est de voir encore des gens entrer dans sa vie pour disparaître au bout d'une semaine ou deux, déclara le médecin en posant les deux mains à plat sur la table, comme s'il s'apprêtait à se lever. Avez-vous des questions ?

Il en avait trop pour savoir par où commencer. Il ne connaissait rien aux bébés normaux, alors aux bébés à problèmes…

— Y a-t-il des instructions particulières ? demanda-t-il.

— Essayez de lui donner un biberon le plus souvent possible. Elle a besoin de prendre du poids. Et il faut qu'elle soit suivie par un pédiatre, chez vous. Si elle ne grossit pas rapidement, elle devra être hospitalisée et nourrie par sonde.

Mon Dieu !

— Que dois-je lui donner à manger ?

— Du lait en poudre mélangé à un supplément.

— Nous avons tout écrit, intervint Mme Tucker en lui tendant une feuille dactylographiée. Tenez.

Le médecin sortit des documents d'une chemise et les lui tendit également.

— Et voici le dossier médical d'Isabelle, dit-il. Il faudra la faire vacciner dans deux semaines, mais vous devrez l'emmener voir un pédiatre avant – si possible d'ici un jour ou deux. Son poids doit être surveillé de très près.

— D'a… d'accord, fit Holt en pliant les papiers, qu'il fourra dans la poche de sa veste.

Le pédiatre se leva et fit le tour du bureau.

— J'ai été heureux de vous rencontrer, déclara-t-il. Bonne chance.

Sur ce, il lui serra la main et sortit de la pièce.

Mme Tucker sourit, comme si la nécessité de trouver une nounou prête à s'engager pour cinq ans et la perspective de sondes alimentaires étaient une partie de plaisir.

— Eh bien, je vais aller chercher la petite Isabelle. Je suis sûre que vous avez hâte de faire la connaissance de votre fille.

Une nervosité inhabituelle s'empara de Holt lorsqu'il se retrouva seul dans le bureau. Bientôt, les cris se firent de plus en plus forts, et Mme Tucker revint, en portant ce qui lui sembla être une robe rose hurlante.

Un bébé se dissimulait bien parmi les volants, mais Holt mit un moment à le découvrir, car son visage était du même ton que le tissu. Il regarda sa fille. Elle avait une mèche de cheveux blond pâle, des joues rouges et des amygdales rose vif qu'elle exhibait.

— Isabelle, voici ton papa, annonça Mme Tucker.

Holt tendit les bras en un geste hésitant, et elle lui donna le bébé. Isabelle se raidit, battit de ses petites jambes maigrichonnes contre son torse et hurla de plus belle.

Elle était si petite, si fine ! Elle n'avait de rond que les joues qui, avec sa petite mèche, lui donnaient l'air d'une poupée troll.

— Salut, ma puce, dit-il doucement.

Le bébé cria encore plus fort.

Que diable était-il censé faire, maintenant ? Il adressa un regard interrogateur à Mme Tucker, mais elle se contentait de sourire d'un air radieux, comme si tout allait pour le mieux. Elle lui tendit un sac à langer rose à volants.

— Elle vient d'être nourrie et changée, déclara-t-elle. Tout est prêt, vous pouvez y aller. Vous avez un siège auto dans votre voiture ?

Holt hocha la tête. L'équipement était un point qu'il maîtrisait. Il savait qu'on ne pouvait pratiquer un sport ou entreprendre un travail sans un matériel adapté. Il s'était donc procuré tout le matériel nécessaire pour élever un bébé. Hélas, il n'avait pas la moindre idée de la façon dont il fallait s'en servir. C'était un employé de l'agence de location de voitures qui l'avait aidé à installer le siège.

Bon sang ! Isabelle criait si fort qu'il n'arrivait plus à réfléchir.

— Très bien, fit Mme Tucker. On dirait que vous êtes prêt.

Prêt ? Elle n'allait quand même pas lui laisser le bébé sans plus de préparation ni d'instructions, si ? De nouveau, il regarda l'assistante sociale d'un air interrogateur.

— Vous voulez dire que… nous avons fini ? s'inquiéta-t-il.

Elle confirma d'un signe de tête.

— Elle est à vous. Nous n'avons rien à faire de plus, puisque vous êtes son père naturel.

Il était son père biologique, corrigea-t-il intérieurement. Il n'y avait rien de naturel dans sa relation avec Isabelle, et il ne savait absolument pas quoi faire. Ces gens lui semblaient quelque peu irresponsables de lui donner un bébé sans plus de précautions. Surtout un bébé qui hurlait comme Isabelle.

Il la souleva sur son épaule et tapota maladroitement son petit dos osseux. Elle se crispa, éloigna la tête comme si elle voulait que son corps touche le sien le moins possible et augmenta encore le volume de ses cris.

— Bonne chance, dit Mme Tucker.

De la chance, il allait en avoir bien besoin, songea-t-il en sortant dans le couloir, le bébé hurlant contre lui, le sac à langer accroché à son bras. Oui, vu la façon dont commençait son expérience de la paternité, il allait lui en falloir beaucoup rien que pour rentrer à La Nouvelle-Orléans.

3

Une semaine plus tard

Stevie appuya sur le bouton clignotant du téléphone sur la console de son.

— Bonsoir, dit-elle, vous écoutez *Paroles de parents*. Vous êtes à l'antenne.

— Euh… ouais. J'appelle à propos du gosse qui a mordu son copain, répondit une voix masculine à l'accent bourru.

Stevie se pencha sur le micro en repoussant une mèche blonde qui s'était échappée de sa queue-de-cheval.

— Oui ? fit-elle.

— Eh bien, les conseils que vous avez donnés à sa mère sont nuls. Vous auriez dû lui dire de mordre son gosse bien fort, pour lui apprendre.

Stevie jeta un regard inquiet à Hank Norton, son réalisateur, à travers la vitre qui séparait le studio de la régie. Hank, un homme barbu et grassouillet aux cheveux grisonnants, lui répondit par un sourire d'excuse et un haussement d'épaules, comme pour dire : « Je ne me doutais absolument pas qu'il s'agissait d'un cinglé. »

Elle n'en croyait rien. Elle était certaine qu'il arrivait à Hank de sélectionner délibérément des appels de dingues pour rendre son émission de radio du dimanche soir plus animée.

Elle se força à adopter un ton calme et neutre pour répondre.

— Eh bien, monsieur, les morsures sont une forme de violence, et il ne faut jamais user de violence envers les enfants.

— Hé ! Si un gosse se conduit comme un animal, il faut le traiter comme un animal. Quand mon aîné s'est mis à mordre d'autres gamins, je lui ai rendu la monnaie de sa pièce et je peux vous dire que ça l'a vite remis dans le droit chemin.

Stevie ravala une repartie indignée. Elle était là pour éduquer, non pour réprimander. Cela ne servirait à rien de dire à cet imbécile que les crétins dans son genre ne devraient pas se mêler d'élever des enfants. Mais elle avait beau le savoir, elle avait du mal à se retenir de lui conseiller de faire une bonne action envers la planète en se faisant castrer. Elle était même prête à lui proposer de tenir le bistouri.

Au lieu de quoi, elle s'obligea à lui parler respectueusement.

— Il existe de bien meilleures méthodes pour corriger le comportement d'un enfant, monsieur. Par exemple, dialoguer avec lui aurait…

— Dialoguer, c'est pour les poules mouillées, coupa l'homme. Moi, ce dont le mien avait besoin, c'était de la marque des dents de son père sur son bras. Et c'est ce qu'il a eu.

— Vous l'avez mordu assez fort pour laisser des marques de dents ?

— Évidemment. Il fallait bien lui montrer que je ne rigolais pas. Mais ne vous en faites pas : il n'a pas gardé de cicatrice.

— J'espère bien !

— Moi aussi, j'ai pris quelques coups de mes vieux, et je ne m'en porte pas plus mal.

— Sans doute que si, malheureusement.

— Vous êtes en train d'insulter mes parents ? demanda-t-il, soupçonneux.

« Non, abruti, c'est toi que j'insulte ! » répliqua-t-elle *in petto*.

— Je dis seulement que la violence familiale a tendance à se transmettre de génération en génération, se contenta-t-elle de rectifier.

— Ce n'était pas de la violence, c'était de la discipline.

— Si cela laisse des traces sur un enfant, ce sont de mauvais traitements. Et même si cela ne laisse pas de marque, tous les experts s'accordent à dire que les châtiments corporels sont non seulement nuisibles, mais inefficaces.

— Pff ! fit-il, méprisant. Experts de mes… Ces imbéciles ne savent pas de quoi ils parlent. La plupart d'entre eux n'ont même pas d'enfants. Je parie que vous non plus, d'ailleurs.

Ces derniers mots touchèrent une corde sensible chez Stevie, mais elle décida de les ignorer. Ce qui l'inquiétait, pour l'instant, c'était que les enfants de son interlocuteur soient victimes de mauvais traitements répétés.

— Parlez-moi de vos enfants, lui demanda-t-elle. Quel âge ont-ils ?

— Vous changez de sujet.

— Il s'agit de vous et de votre famille, pas de moi.

— Bien sûr que si, il s'agit de vous. Vous expliquez à tous les habitants de La Nouvelle-Orléans comment élever leurs enfants, alors on a bien le droit de savoir si vous, vous en avez élevé.

Mal à l'aise, Stevie changea de position sur son siège.

— Tous mes conseils en matière d'éducation reposent sur des études et des recherches.

— Étudier des enfants et en faire, ce n'est pas la même chose. Pour avoir le droit de donner son avis, il faut en avoir.

— Si vous doutez de mes compétences, sachez que j'ai une licence de sciences de l'éducation, une double maîtrise de développement de la petite enfance et d'assistance sociale, et que je dirige le Centre de documentation des parents de La Nouvelle-Orléans depuis six ans.

— Vous n'avez toujours pas répondu à ma question, alors je crois que j'ai mis dans le mille. Vous n'avez pas d'enfants, pas vrai ?

Elle était coincée.

— Non, admit-elle à contrecœur, je n'en ai pas.

— C'est bien ce que je pensais, déclara-t-il d'un ton suffisant. Vous n'avez pas à dire aux gens comment élever leurs enfants si vous ne voulez pas mettre vos belles paroles en pratique.

— Ce n'est pas une question de volonté. Il se trouve que je ne suis pas mariée.

— Ça ne m'étonne pas. Avec un nom comme Stevie, vous devez être lesbienne.

— Non !

Elle se rendit compte trop tard que sa réaction pouvait donner l'impression qu'elle condamnait les homosexuels.

— Je... je veux dire que je n'ai... euh... que je n'ai pas encore rencontré l'homme de ma vie, bredouilla-t-elle.

Aussitôt, elle s'en voulut. Cela ne regardait pas ce crétin, et elle n'aurait pas dû se laisser décontenancer.

— Alors, vous aimez les hommes, hein ?

Cette information eut l'effet inattendu d'adoucir son interlocuteur.

— Et vous ressemblez à quoi ? demanda-t-il. Ma sœur a eu du mal à se caser aussi, jusqu'à ce qu'elle perde cinquante kilos et se décide à s'épiler la moustache.

De l'autre côté de la vitre insonorisée, Stevie vit Hank se plier en deux comme sous l'effet d'un spasme.

— J'ai un copain avec qui je pourrais vous arranger le coup, si vous n'êtes pas trop moche, ajouta l'homme.

— Merci, mais je crains de devoir décliner votre proposition, répondit-elle. Revenons à vos enfants. Quel âge ont-ils ?

— Dix-sept et dix-huit ans.

Elle poussa un soupir de soulagement.

— J'imagine que cela veut dire que vous n'avez plus recours aux châtiments corporels.

— Non, confirma-t-il avec une note de regret dans la voix, je ne peux plus les corriger. Ils sont tous les deux plus grands que moi, maintenant, et ils pourraient me botter les fesses.

Elle espérait bien qu'ils ne s'en privaient pas...

— Eh bien, merci de votre appel, monsieur, dit-elle en appuyant sur un bouton rouge qui coupa la communication avec un clic des plus satisfaisants.

— Discipliner leurs enfants est l'une des tâches les plus difficiles des parents, ajouta-t-elle dans le micro. Et c'est l'un des nombreux sujets sur lesquels vous pourrez trouver de l'aide auprès du Centre de documentation des parents. N'hésitez pas à nous appeler ou à passer nous voir au 1292, Prytania Street pour recevoir une brochure gratuite sur l'éducation des enfants et une liste des cours que nous proposons aux parents.

En régie, Hank fit un cercle en l'air pour lui indiquer qu'elle devait conclure.

— Nous allons marquer une pause, annonça-t-elle, mais je reviens dans quelques instants avec d'autres *Paroles de parents*. Si vous avez des questions concernant vos enfants, appelez-moi au 555 14 65.

Elle coupa son micro tandis que Hank lançait cinq minutes de publicité, puis se leva et se dirigea vers la régie, dont elle ouvrit la porte.

— Merci pour le dernier appel, lança-t-elle froidement.

— Hé ! protesta Hank avec un gloussement. C'était l'un des moins gratinés. Il y avait une femme qui voulait savoir si tu pouvais lui dire comment apprendre à son chat à aller sur le pot et une autre qui pensait que, comme l'émission s'appelle *Paroles de parents*, tu pourrais entrer en contact avec sa mère morte.

— Et tu as résisté à l'envie de me les passer ? fit-elle en haussant un sourcil surpris.

— Crois-moi, j'ai eu du mal, répliqua-t-il en souriant. Ce doit être la pleine lune, vu le nombre de dingues qui appellent.

La ligne directe de Stevie sonna sur la console.

— Dis bonjour à ta mère de ma part, ajouta Hank, dont le sourire s'élargit encore.

Stevie leva les yeux au ciel et referma la porte avant d'aller décrocher. Sa mère était la seule personne à l'appeler sur sa ligne directe, ce qu'elle faisait avec une exaspérante régularité lors de la pause au milieu de l'émission.

Elle se rassit et décrocha le téléphone.

— Bonjour, maman.

— Tu aurais dû accepter que cet homme te présente son ami, déclara Marie Stedquest sans préambule.

Stevie se massa le front pour lutter contre la migraine qu'elle sentait poindre.

— J'espère que tu plaisantes.

— Il faut que tu sortes, que tu rencontres des gens, Stevie.

— Maman, tu ne peux pas souhaiter sincèrement que je fréquente un crétin pareil.

— Ce n'est pas avec ton auditeur que tu serais sortie, ma chérie. Il voulait te faire rencontrer un ami.

— Et tu crois qu'il y a des chances qu'il ait un ami dont tu veuilles pour père de tes petits-enfants ?

— Eh bien, peut-être était-ce son médecin ou son dentiste, voire son avocat.

— Un avocat commis d'office, alors.

— Franchement, Stevie, tu ne sais pas qui tu aurais pu rencontrer. Il aurait pu te faire connaître quelqu'un de merveilleux.

— Maman, ce type a mordu son propre enfant assez fort pour laisser la marque de ses dents ! Il a à peu près autant de chances de fréquenter quelqu'un de merveilleux que moi de gagner au loto.

— Pour gagner au loto, il faut acheter un billet, répliqua sa mère. C'est pareil avec les hommes. Pour en rencontrer, il faut sortir, se mêler aux gens.

— Je ne veux pas me mêler à des mordeurs d'enfants.

— D'accord, d'accord. Mais tu ne peux pas te permettre d'être trop difficile. Tu ne rajeunis pas, ma chérie.

Comme si elle avait besoin qu'on le lui rappelle ! Elle venait d'avoir trente et un ans, et le tic-tac de son horloge biologique résonnait comme celui d'une bombe à retardement. Elle adorait les enfants. Elle avait toujours rêvé d'en avoir un, ou même plusieurs. Le seul problème, c'était qu'avoir des enfants passait par une relation avec un homme. Et dans ce domaine, elle était nulle.

— Je viens de lire un article qui disait qu'après trente ans, la fertilité diminuait encore plus que les scientifiques ne le pensaient jusqu'à maintenant, poursuivit sa mère. Beaucoup de femmes qui ont remis à plus tard le moment de se ranger ont fini par le regretter.

— Je ne remets rien à plus tard, maman, protesta Stevie.

Comment remettre à plus tard quelque chose qu'on ne contrôlait absolument pas ?

— Tu n'aurais jamais dû laisser partir ce merveilleux Peter Marston.

— Je ne l'ai pas laissé partir, maman. Il m'a quittée pour une autre.

Trois autres, en réalité, songea-t-elle avec amertume. Mais pourquoi compter ?

— Eh bien, tu aurais au moins pu te battre pour le garder.

— Et comment aurais-je dû m'y prendre ? En cassant la figure à l'autre fille ?

— Bien sûr que non. Peut-être aurais-tu pu le complimenter un peu plus, faire en sorte qu'il se sente plus exceptionnel. Parfois, tout ce qu'il faut à un homme pour changer de conduite, c'est l'amour et l'attention d'une femme.

— Et parfois, un homme n'est qu'un salaud infidèle.

Un long soupir siffla dans l'appareil.

— Si tu veux une famille, ma chérie, il va falloir que tu sois moins difficile. Encore le mois dernier, tu as refusé de sortir une seconde fois avec le neveu de Mme Anderson, ce que je ne comprends vraiment pas. Il était si charmant – et si beau ! Toutes les femmes seraient ravies de sortir avec un homme comme lui.

C'était bien là le problème. La barmaid, la serveuse, la femme dans la petite robe rouge à la table voisine, toutes lui avaient fait les yeux doux, et il leur avait rendu la pareille. Il était exactement comme Peter, et comme tous les célibataires trop beaux pour être honnêtes.

— Il n'avait pas envie de se ranger, maman. Les tombeurs dans son genre n'en ont jamais envie.

— Ils ne sont pas tous comme cela. Regarde ton frère.

Son frère n'avait rien d'un tombeur, mais il était inutile de tenter d'en convaincre sa mère.

— Dan est l'exception qui confirme la règle, dit-elle, diplomate.

— Je pense quand même que tu aurais dû en faire plus pour montrer à Peter à quel point il comptait pour toi…

— Cela n'aurait servi à rien.

— Comment peux-tu en être aussi sûre ?

Parce qu'il couchait avec trois autres femmes pendant qu'il couchait avec elle ! Ce souvenir lui serrait encore le cœur. Plus de douleur, ni même de colère : ces deux émotions s'étaient estompées depuis deux ans qu'ils avaient rompu. Non, ce qui restait, c'était l'humiliation. Et le trou béant que cette histoire avait laissé dans sa confiance en soi, qui n'était déjà pas très solide avant. Elle avait eu beau perdre trente kilos six ans plus tôt, dans sa tête, elle restait la petite fille trop grosse dont les autres enfants se moquaient.

— Laisse tomber, maman. C'est fini.

— Écoute, ma chérie, je m'occupe du cocktail et du dîner pour un mariage, samedi. Une charmante réception chez les Westman. Tu devrais venir.

Sa mère avait créé une société de traiteur l'hiver précédent et, à la surprise de toute la famille, l'affaire avait démarré en trombe.

— Tu oublies un petit détail, répondit-elle. Je ne suis pas invitée.

— Ce n'est pas un problème. Tu peux être mon assistante.

— Betsy a un problème ?

— Non, non. Elle va très bien. Mais tu ne comprends pas, ma chérie. Tu ne travaillerais pas vraiment. Ce serait ta couverture.

— Ma couverture ? Comme si j'étais une espionne ?

— Pff, fit sa mère, agacée. Je veux dire que tu serais libre de circuler et de danser.

— Tu sais que je n'aime pas danser, maman.

C'était peu dire qu'elle n'aimait pas cela. Elle détestait danser. Cette seule idée faisait remonter à la surface des souvenirs si douloureux qu'elle en avait les mains moites et la nausée.

— D'ailleurs, ajouta-t-elle, j'ai déjà des projets pour samedi soir.

— Des projets, tu parles ! Aller garder les enfants de ton frère.

— Il se trouve que j'adore les jumeaux et que cela ne me dérange pas de faire le trajet jusqu'à Baton Rouge. C'est bien que Dan et Casey puissent passer une soirée en tête à tête.

— Je le sais, et je suis d'accord. Mais ils pourraient trouver un autre baby-sitter. Ton père, tiens. Dieu sait qu'il a besoin de s'occuper depuis qu'il est à la retraite, acheva-t-elle d'un ton où perçait l'exaspération.

Stevie fronça les sourcils, soucieuse. L'union de ses parents lui avait toujours semblé idéale. Cependant, depuis six mois que son père avait quitté le bureau du procureur pour prendre sa retraite, les choses avaient changé. Sa mère devenait de plus en plus critique, et son père, qui avait toujours été un homme calme, de plus en plus taciturne.

— Comment va papa ? s'enquit-elle.

— Il est acariâtre et toujours dans mes jambes. Je t'assure, il va me rendre folle.

— Eh bien... la retraite est un changement important. Il faut du temps pour s'adapter.

— Oui, et je suis la seule à essayer de m'adapter, répliqua sa mère avec une amertume que Stevie ne lui avait jamais connue.

— Sois patiente, lui conseilla-t-elle. Laisse faire le temps.

Elle leva la tête et vit Hank qui désignait sa montre de l'autre côté de la vitre.

— En parlant de temps, il faut que je raccroche, maman.

— Alors, tu viendras samedi ?

— Non. Je te l'ai dit, je garde les jumeaux.

— Tu ne rencontreras jamais l'homme de ta vie si tu ne fais pas d'efforts !

— Il faut que je te laisse. On se rappelle.

Elle raccrocha sans lui laisser le temps de protester. Elle savait que sa mère ne voulait que son bien, mais sa façon de revenir sans arrêt sur le sujet de son célibat avait quelque chose de déprimant. À l'entendre, il aurait fallu qu'elle traque les hommes comme un chasseur le gros gibier.

Quitte à être taxée d'incorrigible romantique, Stevie avait toujours cru que ce serait l'amour qui la trouverait, et non l'inverse. Elle pensait qu'il faisait partie d'une espèce de plan divin et que chaque être avait son âme sœur qui apparaissait comme par miracle le moment venu.

Aujourd'hui, elle n'en était plus si sûre. Loin d'avoir rencontré l'homme, le bon, elle était allée d'échec en échec.

Elle en avait assez. Elle préférait être seule qu'avec un homme en qui elle ne pouvait avoir confiance. Après le naufrage de sa dernière histoire, elle avait décidé de ne pas commettre de nouveau les mêmes erreurs. Elle s'était donc fixé trois règles strictes.

Règle numéro un : éviter les tombeurs. Désormais, elle refuserait de sortir avec un homme mieux qu'elle physiquement.

Règle numéro deux : éviter les hommes coutumiers des histoires sans lendemain. Un homme au passé fait d'aventures d'un soir et de brèves liaisons ne présentait pas les meilleures garanties pour un amour de toute une vie.

Règle numéro trois : si les paroles d'un homme n'étaient pas en rapport avec ses actes, croire ce qu'il faisait, pas ce qu'il disait.

Hank leva la main et commença le compte à rebours en repliant les doigts l'un après l'autre. Quand son auriculaire disparut, Stevie se pencha en avant et alluma le micro.

— Bienvenue dans la deuxième partie de l'émission *Paroles de parents*. J'attends vos questions sur l'éducation des enfants.

— C'est Jan, annonça une voix féminine haut perchée. J'ai appelé la semaine dernière pour savoir si je devais arrêter de travailler après la naissance de mon bébé.

— Ah, oui ! Bonsoir, Jan. Je suis heureuse d'avoir de vos nouvelles. Avez-vous pris une décision ?

— J'y réfléchis encore, mais je voulais vous dire que je me sens un peu trompée. Je pensais que vos conseils reposaient sur quelque chose que vous aviez vécu vous-même.

L'estomac de Stevie se noua.

— Je... je n'ai jamais prétendu parler par expérience personnelle. Ce que je vous dis, je l'ai appris lors de mes études et de mes recherches, ainsi que par mon travail au Centre de documentation des parents.

— Ce n'est pas la même chose. Et vous m'avez donné un tas de statistiques, pas une vraie réponse. Si vous rencontriez vous-même ces problèmes, vous pourriez peut-être donner des conseils un peu plus utiles.

L'inquiétude s'empara de Stevie.

— Il n'existe pas de solutions universelles. Ce qui me convient à moi pourrait très bien ne pas vous convenir, à vous et à votre famille.

— Ça, c'est vrai, parce que vous n'avez pas d'enfants. Je trouve qu'on ne devrait pas confier une émission sur l'éducation des enfants à quelqu'un qui n'en a pas.

Apparemment, le reste de la population de La Nouvelle-Orléans était du même avis. Quand Stevie coupa le micro, une demi-heure plus tard, elle n'avait jamais été aussi soulagée de voir son émission s'achever.

— Eh bien, ça a été ta fête, commenta Hank quand elle sortit du studio.

— Tu peux le dire. J'avais l'impression d'être devenue leur punching-ball.

— Bah, la controverse est bonne pour l'audience !

— Pas si ma crédibilité est mise en cause. Je n'aurais jamais dû reconnaître que je n'avais pas d'enfants.

— Tu étais coincée. Le type ne t'a pas laissé le choix.

Stevie remonta la bandoulière de son sac en cuir noir sur l'épaule de son gros pull blanc.

— Je ne vois pas pourquoi ils en font toute une histoire, observa-t-elle. Personne ne pense qu'un médecin doit avoir un cancer pour être capable de le soigner.

— Enfants et cancer, en voilà une belle analogie, plaisanta Hank. Les deux coûtent cher, font mal, et il est difficile de s'en séparer.

— Ce n'est pas ce que je veux dire, et tu le sais parfaitement, répliqua-t-elle. Les auditeurs ont réagi comme si je les avais trahis.

— Ils sont jaloux de toi : tu es libre comme l'air, alors que ce sont de pauvres parents qui souffrent.

— Toi, tu as deux enfants et tu ne souffres pas, dit-elle.

— C'est parce qu'ils ont quitté la maison.

Stevie secoua la tête avec un sourire entendu. Les deux enfants désormais adultes de Hank faisaient sa fierté et sa joie. D'ailleurs, il la tenait au courant de leurs moindres faits et gestes.

— Sérieusement, dit-elle, tu crois que cela va poser des problèmes ? La station risque-t-elle d'arrêter mon émission ?

— Non. Il leur faut un certain nombre d'émissions de service public, et la tienne a une très bonne audience. Et maintenant, file, ajouta-t-il en désignant la porte. Bonne semaine.

La semaine qui s'annonçait n'avait rien de très prometteur, songea Stevie en sortant du studio moderne et bien éclairé dans le couloir désert du vieux bâtiment. D'ailleurs, ni le mois ni l'année à venir n'avaient rien de très prometteur non plus. En fait, les chances qu'il lui arrive quelque chose de formidable étaient à peu près aussi faibles que la lumière de ce couloir.

Elle ne demandait pourtant pas la lune. Tout ce qu'elle souhaitait, c'était se marier et fonder une famille avec un homme gentil, fiable et généreux. Hélas, tous ceux qui semblaient correspondre à cette description étaient déjà mariés avec des femmes gentilles, fiables et généreuses. Des femmes gentilles, fiables et généreuses qui, en plus, étaient minces, songea-t-elle. Une maigre avait profité de ce qu'elle était empêtrée dans son corps trop volumineux pour lui chiper l'homme de sa vie, elle en était sûre.

Peut-être était-il temps de passer au plan B, se dit-elle en montant dans l'ascenseur grinçant de l'immeuble vide. Au lieu de rechercher une relation romantique, elle oublierait les hommes et deviendrait une mère célibataire. Elle s'était promis que si, arrivée à trente-deux ans, elle n'était ni mariée ni fiancée, elle se tournerait vers l'insémination artificielle.

Ses parents piqueraient une crise, mais le temps qu'ils l'apprennent, il serait trop tard. Elle était certaine qu'ils finiraient par aimer son enfant, quelle que soit la façon dont il avait été conçu.

Elle réfléchissait encore à tout cela en sortant dans St. Peter Street. Elle s'arrêta sous la lumière de l'entrée de l'immeuble pour chercher ses clés.

L'air frais de la nuit était chargé de l'odeur du fleuve et des vieux bâtiments – le parfum du Quartier français. Une voiture à cheval passa devant elle.

— Excusez-moi, lança une voix masculine au même moment.

Stevie leva les yeux, surprise, et vit un homme sortir d'une BMW arrêtée sur la zone de stationnement interdit de l'autre côté de la rue. Des hurlements de bébé s'échappaient de la voiture.

L'homme traversa la rue pour la rejoindre, le visage dans l'ombre.

— Est-ce que, par hasard, vous seriez Stevie Stedquest ?

Un frisson de peur la parcourut. Elle savait pertinemment qu'on pouvait faire de mauvaises rencontres, surtout à une heure pareille. S'agissait-il d'un auditeur fou énervé qu'elle n'ait pas d'enfants ? Elle recula jusqu'à la porte de la station de radio, le cœur battant. Hélas, elle s'était déjà refermée – et verrouillée – derrière elle.

Oh, non ! Et comme d'habitude, le vigile était Dieu sait où. Tout en s'efforçant de conserver un air détaché, elle tâtonna derrière elle, à la recherche de la sonnette. De toute façon, cela ne servirait à rien, se rappela-t-elle un peu tard. Elle ne retentissait qu'à la réception, déserte le dimanche soir.

L'homme se rapprochait. Elle ne voyait toujours pas son visage, mais sa stature était plutôt intimidante. Mince mais musclé, il devait approcher le mètre quatre-vingt-dix. Elle inspira à fond et chercha une réponse qui lui permettrait de ne pas confirmer son identité, sans toutefois la nier.

— Elle vous attend ? demanda-t-elle.

— Non, mais j'espérais arriver avant qu'elle ne quitte la station. J'ai des problèmes avec ma fille et j'espérais qu'elle pourrait m'aider.

On entendait toujours le bébé hurler dans la voiture.

Certes, l'inconnu n'avait pas vraiment l'air d'un fou, mais elle préféra rester prudente.

— Vous auriez dû appeler pendant l'émission, dit-elle.

— J'ai essayé, mais la ligne était tout le temps occupée.

Il avança dans la lumière d'un réverbère. Elle découvrit qu'il devait avoir une petite trentaine d'années et qu'il était beau. Plus que beau, même. Bref, le genre d'homme qu'elle s'était juré de fuir comme la peste.

Avec son air viril accentué par sa barbe naissante, ses épais sourcils noirs et son menton marqué d'un profond sillon, on ne pouvait le qualifier de mignon. Cependant, son visage anguleux était éclairé par deux yeux sombres très perçants et une bouche dont la sensualité contrastait étonnamment avec ses traits sévères.

Soudain, elle se rendit compte qu'il bougeait les lèvres.

— C'est vous, n'est-ce pas ? disait-il. C'est vous, Stevie. Je le sais parce que le bébé a arrêté de pleurer.

— Pardon ?

— Votre voix semble avoir un effet calmant sur ma fille.

En effet, les cris avaient cessé. Toutefois, Stevie préféra continuer à éluder la question de son identité.

— Vous ne devriez pas laisser votre bébé seul dans la voiture, observa-t-elle.

— Oh… c'est vrai. Je ne suis pas encore très calé en paternité.

Il se hâta de retraverser la rue, ouvrit la portière arrière de la voiture, sortit le bébé de son siège auto et revint avec lui vers Stevie.

— Je n'arrive pas à la calmer, expliqua-t-il comme le bébé recommençait à hurler.

Stevie n'avait jamais rien vu d'aussi pathétique que cette toute petite fille en pleurs. Elle avait le visage marbré de rouge et agitait violemment ses bras et ses jambes maigres. Une touffe de cheveux blond pâle collait au côté de son visage rond mouillé de larmes tandis qu'elle se débattait pour garder la tête le plus loin possible de l'épaule de son père.

C'était l'image même de la détresse.

L'homme aussi, d'ailleurs, à y regarder de plus près. Une grande auréole s'étalait sur l'épaule de sa chemise blanche amidonnée, dont le col mouillé se redressait d'un côté jusqu'à son oreille. Son pantalon, qui avait dû être élégant, était fripé et maculé de taches blanches – sans doute du lait en poudre. Et à voir ses yeux cernés, il devait manquer de sommeil.

Il tapotait maladroitement le dos du bébé et faisait de son mieux pour le calmer, sans le moindre succès.

— Écoutez, fit-il, je suis désolé de vous aborder ainsi dans la rue, mais la situation est désespérée.

Il devait parler fort pour se faire entendre par-dessus les cris de sa fille.

— Je m'appelle Holt Landen, annonça-t-il, et voici Isabelle.

Il changea le bébé de bras pour tendre la main droite à Stevie. Lorsqu'il referma ses doigts forts et chauds sur les siens, leur chaleur remonta tout le long de son bras en un brûlant frisson. « Du calme, ma fille, se morigéna-t-elle. Un homme avec un bébé de cet âge doit certainement être marié. »

— Je n'arrive pas à faire cesser ses pleurs, poursuivit-il en changeant de nouveau le bébé de bras, mais quand elle a entendu votre voix à la radio, elle s'est soudain calmée. Alors, je me suis dit que vous pourriez peut-être m'aider.

— Est-elle malade ? s'enquit-elle en posant la main sur le front d'Isabelle.

Elle le trouva frais, mais la petite fille recula brusquement, comme si ce contact lui faisait mal.

— Non, répondit-il, pas physiquement. Elle souffre de troubles de l'attachement.

— Elle n'arrive pas à former un lien avec les autres ?

— Exactement. Vous connaissez ce problème ?

— J'en ai entendu parler.

Que savait-elle des troubles de l'attachement ? se demanda Stevie en fouillant dans sa mémoire. Ah, oui ! Cela arrivait généralement aux enfants qui, bébés, avaient été victimes de négligence, qui avaient été privés d'attention, qui n'avaient pas assez été pris dans les bras ou touchés. Si ses souvenirs étaient bons, on rencontrait le plus souvent ce syndrome chez des enfants élevés dans des orphelinats étrangers dont le personnel n'avait pas conscience de l'importance des rapports humains.

— Où est sa mère ? demanda-t-elle.

— Elle est morte dans un accident de voiture.

— Oh, quelle horreur !

Une vague de sympathie lui emplit le cœur.

Holt Landen s'approcha, suffisamment pour que la lumière du réverbère révèle à Stevie le brun doré de ses yeux.

— Écoutez, dit-il, je ne sais plus quoi faire. Ma nounou a démissionné pendant que j'étais au beau milieu d'un voyage d'affaires à Atlanta. J'ai dû annuler toutes mes réunions pour m'occuper d'Isabelle, qui n'a pas arrêté de pleurer. J'ai essayé tout ce qui m'est venu à l'esprit pour la calmer, mais rien n'a marché. En revenant de l'aéroport en voiture, je cherchais une station de musique pour tenter de l'apaiser quand je suis tombé sur votre émission. Votre voix a eu sur elle un effet incroyable, et vous aviez l'air de savoir de quoi vous parliez. Alors, je me suis dit… Enfin, j'espérais que vous pourriez m'aider.

Il avait un regard sombre, intense, persuasif. Même sans son bébé, c'était le genre d'homme à qui les femmes devaient avoir du mal à résister. Ce que le bon sens de Stevie lui dictait justement de faire.

— Désolée, répondit-elle, mais je ne reçois pas de parents en dehors du Centre. Vous n'avez qu'à appeler demain matin pour prendre rendez-vous et…

— Je vous en prie… J'ai besoin d'aide tout de suite.

Le bébé tourna son petit visage crispé vers elle, la bouche ouverte sur un hurlement pitoyable.

— Quel genre d'aide cherchez-vous ?

— Eh bien, pour commencer, elle n'a rien avalé depuis ce matin. Je n'arrive pas à lui faire accepter un biberon. Comme elle est trop maigre, le médecin dit qu'il faut qu'elle mange toutes les trois ou quatre heures. Étant donné que votre voix l'a calmée, je me suis dit que vous parviendriez peut-être à la faire s'alimenter un peu.

Elle n'aurait même pas dû envisager d'accepter. Rencontrer un auditeur de son émission en dehors du Centre de documentation des parents créait un précédent fâcheux. Mais comment résister au visage baigné de larmes de cette petite fille si malheureuse ?

Aussi malheureuse que son père au regard brun suppliant – ce qui était une autre histoire.

— Je vous en prie, reprit-il. Nous pourrions aller au *Café du Monde,* il n'est qu'à deux rues d'ici.

Précédent fâcheux ou pas, Stevie ne pouvait en aucun cas refuser de nourrir un bébé affamé.

— D'accord, répondit-elle. Je vais essayer de lui donner un biberon. Mais si vous avez encore besoin d'aide après cela, il faudra venir au Centre.

4

Une vague de soulagement submergea Holt. L'espace d'un instant, il avait cru qu'elle allait refuser. Or il ne savait pas s'il pourrait supporter encore une heure les hurlements continus d'Isabelle.

— Où est le biberon ? s'enquit Stevie.

— Dans la voiture.

— Je vais prendre Isabelle pendant que vous allez le chercher.

Holt haussa la voix pour couvrir les cris de sa fille.

— Il faut que je vous prévienne : s'il y a une chose qu'elle déteste encore plus qu'être dans les bras de quelqu'un, c'est qu'on la passe à une autre personne. Elle risque de pleurer encore plus fort dès que je vous la donnerai.

— Ce n'est pas grave, assura-t-elle.

Elle tendit les bras, et Holt lui passa Isabelle. Bien entendu, elle se raidit dès que Stevie la toucha et poussa un long hurlement perçant.

Stevie traversa la rue avec lui. Un homme moins responsable aurait sans doute été tenté de courir jusqu'à la voiture et de prendre la fuite. Hélas, Holt était l'être le plus responsable qu'il connût !

Responsable et capable d'affronter des situations stressantes tous les jours. Sauf qu'il n'avait jamais rien vécu d'aussi stressant que de s'occuper de ce bébé. Non seulement il ne dormait plus et Isabelle faisait preuve d'exigences constantes et acharnées, mais, et c'était sans doute le pire, elle lui donnait l'impression d'être totalement impuissant et incompétent. Il avait pour habitude de résoudre les problèmes, pas de les regarder empirer tel un imbécile incapable. Lessivé, il se sentait sur le point de craquer.

Au fond, peut-être avait-il déjà perdu les pédales. Sa présence ici semblait l'indiquer, en tout cas : en temps normal, il n'échafaudait pas des plans invraisemblables impliquant des inconnues. Mais plus rien n'était normal depuis qu'il avait pris la garde d'Isabelle. En moins d'une semaine, lui, l'homme des solutions, s'était retrouvé tellement dépassé et débordé qu'il n'était même plus certain d'identifier les problèmes.

Quand Isabelle s'était calmée en entendant la voix de Stevie, une idée géniale lui était venue à l'esprit. D'accord, il avait toujours trouvé des solutions plutôt créatives à tous les problèmes, mais là, il s'était surpassé. Restait à convaincre Stevie…

Il ouvrit le coffre, sortit la poussette rose qui avait été livrée avec toutes les affaires d'Isabelle et la déplia sur le trottoir.

Stevie souleva la couverture rose et installa délicatement le bébé.

— Là, ma chérie, fit-elle. Ça va. Je parie que tu as faim et que tu ne le sais même pas.

Isabelle se tut au milieu d'un hurlement et mit le poing dans sa bouche.

— On dirait que tu as eu une dure journée, chantonna la jeune femme en bordant la couverture. Tu te sentiras beaucoup mieux une fois que tu auras mangé quelque chose.

Holt sortit le sac à langer rose, passa la bandoulière sur son épaule et referma le coffre. Puis il rattrapa Stevie, qui poussait la poussette sur le trottoir en continuant à parler doucement au bébé.

— C'est incroyable ce qu'elle aime votre voix, remarqua-t-il.

— Elle ressemble à celle de sa mère ?

Il hésita.

— Peut-être. Je ne sais pas trop.

— Comment cela, vous ne savez pas ? s'étonna-t-elle.

— Je ne m'en souviens pas très bien, reconnut-il.

Elle fronça les sourcils.

— Quel âge a Isabelle ? demanda-t-elle après un instant de réflexion.

— Six mois.

— Alors, votre femme ne peut pas être morte depuis si longtemps que cela.

— Cela fait trois semaines, précisa-t-il tandis qu'ils s'arrêtaient à un feu. Et ce n'était pas ma femme, ajouta-t-il en lui jetant un regard de côté.

— Désolée, fit-elle. Je croyais… Mais je ne devrais pas tirer de conclusions hâtives. Nous recevons beaucoup de parents célibataires au Centre.

— Ce n'est pas grave, assura-t-il. Ma situation est quelque peu inhabituelle.

— Je parie que j'ai déjà connu des cas similaires.

— À votre place, je n'en serais pas si sûr.

À en juger par le regard incrédule que Stevie fixait sur lui par-dessus leur table à la terrasse du *Café du Monde*, elle n'avait jamais entendu de récit semblable à celui de la découverte soudaine de sa paternité.

— Alors, jusqu'à ce que la police vous appelle, vous ne saviez pas que vous aviez un bébé ? répéta-t-elle, sidérée.

— Absolument pas.

Il regarda Isabelle, qui tétait goulûment son biberon sur les genoux de Stevie. Il n'avait fallu que quelques minutes à la jeune femme pour la convaincre de manger, alors que Holt avait passé la journée à tenter de réaliser cet exploit, en vain.

— La mère d'Isabelle ne vous l'a jamais dit lorsque vous vous parliez ? s'enquit-elle, perplexe.

Il se tortilla sur sa chaise. Il lui avait bien dit qu'il avait rencontré Ella aux sports d'hiver, mais il ne lui avait pas fait part des détails.

— Hum... nous ne nous sommes jamais parlé après le Colorado, avoua-t-il.

Sous le regard scrutateur de Stevie, il se sentait comme un insecte sous le microscope d'un entomologiste.

— Pourquoi ? lui demanda-t-elle.

Seigneur ! Il ne voyait pas comment l'expliquer sans que cela paraisse scabreux.

— Eh bien... Ce qu'il y a, c'est que nous ne sommes pas restés en contact, bredouilla-t-il en s'absorbant dans la contemplation de sa tasse de café, ce qui ne l'empêcha pas de sentir son regard posé sur lui. Nous n'avions pas ce genre de relation.

— Alors, quel genre de relation était-ce ?

À son ton froid, il devina qu'elle le savait parfaitement... et qu'elle n'approuvait pas. Ce qui n'avait rien d'étonnant. Selon Holt, il existait deux catégories de femmes : celles qui aimaient le sexe et celles qui n'aimaient pas cela. Les premières portaient du maquillage et des vêtements flatteurs pour séduire le sexe opposé. Les autres ne se donnaient pas cette peine. Avec son visage dénué de maquillage, ses cheveux tirés en arrière et ses vêtements informes, Stevie appartenait manifestement à la seconde catégorie.

C'était dommage, car elle était plutôt séduisante, dans un genre sobre et discret. Elle devait mesurer un mètre soixante-cinq. Il la devinait plutôt bien faite, mais il était difficile de discerner ses formes sous son pull trop large. Elle avait de grands yeux gris-bleu un peu écartés, un petit nez semé de taches de rousseur et une bouche pulpeuse et généreuse. Ses cheveux couleur de miel étaient attachés en une queue-de-cheval qui lui arrivait aux épaules. Décidément, sans être son genre – il avait un faible pour les brunes au physique à la Catherine Zeta-Jones –, elle ne manquait pas de charme.

Quoi qu'il en soit, elle attendait qu'il s'explique sur sa relation avec Ella.

Il avala une gorgée de café au lait en regrettant que ce ne soit pas quelque chose de plus fort.

— Ce n'était pas une relation sérieuse, avoua-t-il. C'était purement physique.

— En d'autres termes, une aventure d'un soir, fit-elle d'une voix glaciale.

Aïe.

— Ce n'est pas dans mes habitudes. J'étais en vacances, j'avais bu quelques verres dont l'altitude amplifiait encore l'effet et...

Il avait horreur des gens qui tentaient de justifier leur comportement, or c'était justement ce qu'il était en train de faire.

— Enfin, c'est arrivé, conclut-il d'un ton bourru.

— Et ensuite, vous vous êtes contenté de dire : « Au revoir, ravi de vous avoir connue », et vous êtes rentré chez vous ?

Mlle Autorité Parentale le regardait à présent avec un profond mépris.

— Non, protesta-t-il. Je lui ai donné ma carte de visite et je lui ai dit de m'appeler si jamais elle passait à La Nouvelle-Orléans.

— Comme c'est gentil, répliqua-t-elle, sarcastique.

— Elle pouvait me joindre si elle le voulait.

— Alors, pourquoi ne l'a-t-elle pas fait ? Elle aurait au moins dû vous réclamer une pension alimentaire.

— Elle n'en avait pas besoin. Son père lui avait légué beaucoup d'argent. En fait, à en croire son avocat, l'une des raisons pour lesquelles elle ne m'a pas appelé, c'est qu'elle avait peur que moi, je lui demande une pension.

Stevie regarda Isabelle, pensive.

— Comment la police a-t-elle su qu'il fallait vous appeler ?

— Ella avait laissé mon nom et mon numéro sur une liste de gens à prévenir en cas d'urgence. Et elle avait aussi inscrit mon nom sur le certificat de naissance. Je n'arrivais pas à croire que j'étais le père, mais le test ADN l'a confirmé.

— Alors, vous l'avez depuis combien de temps ? demanda-t-elle en regardant le bébé, dont les paupières s'alourdissaient.

— Six jours. Les six jours les plus longs de ma vie.

— Et avant vous, qui s'occupait d'elle ?

— Les services de protection de l'enfance de Dallas.

— Elle y a passé combien de temps ?

— Deux semaines.

— C'est bien trop court pour provoquer des troubles de l'attachement, remarqua-t-elle en fronçant les sourcils.

— Elle en souffrait déjà avant. Sa mère…

Holt s'interrompit. Il n'avait pas envie de dénigrer la mère de son enfant, pourtant il ne voyait pas comment expliquer la situation sans montrer Ella sous un jour défavorable.

— Quoi ? demanda Stevie.

— Eh bien, reprit-il, hésitant, disons qu'elle n'avait pas un instinct maternel très développé.

— Elle faisait preuve de négligence envers Isabelle ?

— Je ne crois pas qu'on puisse vraiment parler de négligence. Elle s'arrangeait pour que quelqu'un s'occupe d'elle. En fait, toute une série de nounous. Malheureusement, aucune n'a tenu plus de deux ou trois semaines.

— Pourquoi ?

— Apparemment, Ella voulait qu'elles travaillent vingt-quatre heures sur vingt-quatre, sept jours sur sept. Il lui arrivait de partir en voyage et de les laisser seules avec Isabelle pendant plusieurs jours, sans repos. Si l'une d'elles se plaignait des horaires ou suggérait qu'Ella passe plus de temps avec le bébé, elle se faisait renvoyer.

Le regard de Stevie s'assombrit.

— Elle n'a jamais essayé de s'occuper elle-même d'Isabelle ?

— Pendant quelques jours mais, une fois passé l'attrait de la nouveauté, elle s'est vite lassée. Une semaine après l'accouchement, elle a laissé le bébé à une nounou pour aller faire une cure de thalasso d'une semaine en Arizona.

— Vous plaisantez ?

— Non. Son principal souci, c'était de retrouver sa silhouette.

— Comment une mère peut-elle abandonner son bébé comme cela ?

— Elle ne devait pas voir cela comme un abandon. Elle faisait tout le nécessaire financièrement et, à ses yeux, cela suffisait. Je pense qu'elle a élevé Isabelle comme elle a été élevée.

Stevie regarda le bébé dans ses bras. Épuisée, la petite fille s'était endormie, ses lèvres minuscules encore serrées sur la tétine en caoutchouc. Elle lui retira le biberon, le cœur gonflé de compassion. Pauvre petite chérie ! Apparemment, elle avait été privée de tendresse bien avant la mort de sa mère.

— Quand je suis allé chercher Isabelle, expliqua Holt, l'assistante sociale m'a dit qu'elle avait eu deux familles d'accueil en deux semaines. Les parents disaient qu'elle était difficile et qu'ils ne parvenaient pas à la faire manger.

— On ne l'a pas emmenée chez le médecin ?

— Si. Elle a subi toute une série de tests. Apparemment, tout allait bien. On a diagnostiqué ensuite un retard de croissance et des troubles de l'attachement. Il semble que le manque d'attention de sa mère et le changement continuel de nounou ne lui aient pas permis de former un lien solide avec quiconque.

— Pauvre chou, murmura Stevie.

— Le médecin chez qui je l'ai emmenée, ici, à La Nouvelle-Orléans, m'a affirmé qu'il était rare de voir des symptômes aussi prononcés chez un bébé de cet âge. En général, on ne diagnostique ces troubles que quand il est trop tard pour réagir.

Stevie hocha la tête. Cela rejoignait ses connaissances sur le sujet.

— Vous a-t-il dit ce que vous deviez faire pour y remédier ?

— Oui. Isabelle a besoin de quelqu'un qui soit avec elle toute la journée. Une personne extrêmement patiente, qui s'accrochera même si elle fait des caprices, des colères, même si elle la repousse.

— En d'autres termes, quelqu'un qui l'aime.

Holt acquiesça.

— Il faudrait en outre que cette personne reste plusieurs années. Sinon, Isabelle risque de se sentir de nouveau abandonnée et de se renfermer encore plus. Le problème, conclut-il après avoir marqué une pause, c'est qu'elle a besoin de quelqu'un vingt-quatre heures sur vingt-quatre et que je ne peux pas m'arrêter de travailler pour rester à la maison avec elle.

— Vous ne pouvez pas prendre un congé parental ? Selon la loi…

Il secoua la tête.

— Cela ne me concerne pas. Je suis chef d'entreprise.

— Que faites-vous ?

— Je suis consultant en gestion de crise. Mon rôle est d'aider les entreprises en difficulté. Actuellement, j'arrive à la fin d'un contrat avec un fabricant d'ordinateurs d'Atlanta et j'en commence un autre avec Allen Industries, ici, à La Nouvelle-Orléans. Les deux n'hésiteraient pas à me traîner en justice si j'arrêtais de travailler. De plus, si ces sociétés fermaient, des centaines de salariés perdraient leur emploi. Génial, non ? fit-il avec un sourire ironique. Mon métier est de résoudre les problèmes des autres, et je suis incapable de résoudre les miens.

— Vous pourriez peut-être adapter votre emploi du temps pour vous occuper d'Isabelle tout en travaillant, suggéra-t-elle.

Il soupira.

— J'ai essayé après le départ de la première nounou. Ça a été un fiasco total.

— Que s'est-il passé ?

— Elle criait si fort que je ne pouvais pas parler au téléphone, encore moins assister à une réunion. J'ai engagé une baby-sitter par le biais d'une agence spécialisée que j'ai trouvée dans les pages jaunes. En rentrant à la maison, je l'ai surprise en train de hurler des menaces à Isabelle.

— Ô Seigneur !

— Ça m'a vraiment fichu la trouille. Elle m'a dit que les hurlements d'Isabelle l'avaient fait craquer. Je n'ose même pas imaginer ce qu'elle aurait pu lui faire si j'étais rentré plus tard.

— Grâce à Dieu, vous êtes arrivé à temps.

— Oui. En tout cas, cela m'a rendu méfiant. Je ne veux plus faire appel à une simple baby-sitter. D'autant que la petite est vraiment difficile à nourrir. Elle a encore perdu du poids. Le médecin m'a prévenu : si elle perd encore une livre, il faudra l'hospitaliser pour l'alimenter par sonde.

Stevie avait la gorge serrée.

— Il faut que je trouve une personne de confiance, et ce n'est pas facile.

— En effet, il peut être difficile de trouver des gens pour s'occuper de bébés ayant des besoins particuliers et il est tout aussi difficile de les garder.

— En effet, renchérit-il. J'ai déjà épuisé deux nounous. Mon assistante avait engagé la première avant que j'aille chercher Isabelle. Elle n'a pas tenu une journée avant de démissionner. La deuxième, je la croyais parfaite. C'était une infirmière pédiatrique libérale qui prétendait adorer les bébés et avait des tonnes de références.

— Effectivement, ça paraît idéal.

— Oui, confirma-t-il avec un soupir, sauf qu'elle est partie trois jours plus tard.

— Pourquoi ?

— Elle m'a dit ne pas savoir quoi faire d'un bébé qu'elle ne parvenait pas à consoler. Elle trouvait cela trop dur émotionnellement.

Stevie regarda le bébé. On aurait dit un petit ange endormi, les lèvres entrouvertes. Son souffle paisible lui chatouillait doucement le bras. Il était vraiment difficile de croire qu'un si petit être puisse causer tant de problèmes.

— La situation est inextricable, poursuivit-il. Je ne peux pas avoir la certitude que la personne que j'engagerai restera, et il ne faut pas qu'Isabelle s'attache encore une fois à quelqu'un qui l'abandonnera.

Stevie réfléchissait.

— Il faut que je trouve vite une solution, reprit-il, parce que ce qui est sûr, c'est qu'elle n'a pas l'air de s'attacher à moi. Elle est même de plus en plus agitée. Ce soir, le retour d'Atlanta en avion a été un vrai cauchemar. Isabelle a hurlé durant tout le voyage. À l'arrivée, tous les passagers semblaient prêts à me tuer. D'ailleurs, moi-même, je n'étais pas loin de me tuer.

Il prit sa tasse de café et but une autre gorgée.

— Une fois dans la voiture, j'ai allumé la radio en me disant que, si la musique avait le pouvoir de calmer les bêtes sauvages, elle pourrait peut-être apaiser Isabelle. Rien n'a marché jusqu'à ce que je tombe sur votre émission. Et là, l'effet a été magique. Votre voix l'a littéralement fascinée.

Lorsqu'il plongea les yeux dans les siens, Stevie sentit son cœur se mettre à battre la chamade. Seigneur, elle n'avait aucun mal à comprendre pourquoi Ella avait accepté d'avoir une aventure d'un soir avec lui.

— Ce que vous avez dit m'a beaucoup plu, déclara-t-il. Vous avez l'air de vraiment aimer les enfants.

— C'est le cas.

— Ça se sent. Vous avez donné des conseils très intelligents. J'ai trouvé que vous vous débrouilliez très bien, même quand ces auditeurs vous ont reproché de ne pas avoir d'enfants. Alors, j'ai pensé que vous pouviez peut-être me sauver.

Incapable de réfléchir correctement sous le feu de ses yeux bruns perçants, Stevie se détourna pour regarder un serveur en tablier blanc apporter une assiette de beignets à la table voisine.

— Désolée, dit-elle, mais je ne crois pas avoir de conseils à vous donner autres que ceux du médecin.

— Oh, je ne voulais pas vous demander conseil, précisa Holt en posant sa tasse et en se penchant vers elle d'un air sérieux.

Elle commit l'erreur de croiser de nouveau son regard. « Attention, problèmes en vue ! » lui criait une petite voix intérieure. Tout chez Holt Landen trahissait l'homme à femmes. Exactement le genre d'homme qu'elle s'était juré d'éviter.

— Ce que je voulais vous demander…

Il s'interrompit et toussota.

— Oui ?

— Eh bien, je voulais vous demander de m'épouser.

5

Elle le regardait comme s'il avait perdu la tête. D'ailleurs, peut-être était-ce le cas. Il insista tout de même.

— Je sais que ça a l'air absurde, mais je vous en prie, laissez-moi poursuivre.

Elle ouvrit de grands yeux méfiants, comme si elle s'attendait à le voir se transformer en loup-garou.

Il se mit à parler vite, pour l'empêcher d'exprimer ses objections.

— Réfléchissez. Ce mariage nous apporterait à tous les trois ce dont nous avons besoin. Vous avez dit que vous vouliez des enfants, et les auditeurs vous sont tombés dessus ce soir parce que vous n'en avez pas. Moi, j'ai besoin de quelqu'un pour Isabelle, et Isabelle a besoin d'une mère.

— Mais...

— Je vous en prie, écoutez-moi, coupa-t-il en levant les deux mains. Avant tout, laissez-moi vous préciser que cela ne devrait pas nécessairement être un vrai mariage. Il ne devrait pas forcément y avoir quoi que ce soit de physique entre nous.

Cela dit, l'idée n'était pas totalement sans attrait. Encore eût-il fallu qu'elle ne soit pas à ce point un modèle de vertu.

Elle s'empourpra.

— Je... je ne...

— Écoutez-moi, répéta-t-il en se penchant en avant. Nous ne resterions mariés que le temps qu'Isabelle forme un lien avec nous deux et que vous l'adoptiez. En Louisiane, il est facile d'adopter ses beaux-enfants : j'ai un ami qui vient de le faire, donc je connais la question. Une fois que vous seriez légalement devenue la mère d'Isabelle, nous divorcerions.

Stevie le fixait, les lèvres entrouvertes.

— Je ne peux...

— Après le divorce, elle pourrait vivre avec vous jusqu'à ce qu'elle se sente suffisamment en sécurité pour envisager la garde alternée.

Stevie resta muette. Pourvu que son silence signifie qu'elle réfléchissait à sa proposition, songea-t-il.

— Je sais que ça paraît dingue, conclut-il. Et c'est dingue, mais c'est aussi une solution géniale pour nous tous. Pensez-y. Isabelle a besoin d'une mère. Et vous, vous êtes une experte en éducation qui a besoin d'un enfant.

C'était de la folie ! Elle ne connaissait même pas cet homme, et il venait de lui demander de l'épouser !

Sa première demande en mariage... et il fallait qu'elle vienne d'un fou !

Sauf qu'il n'était pas si fou que cela. Elle regarda le bébé endormi dans ses bras et fut envahie par une vague de tendresse. Cette petite avait bel et bien besoin d'une mère. D'une mère qui l'aime, qui s'occupe d'elle, qui soit là pour elle.

— Ne me répondez pas tout de suite, dit Holt. Réfléchissez d'abord.

— Inutile. Je ne peux vraiment...

La plainte de la corne de brume d'un remorqueur sur le Mississippi fit sursauter Isabelle dans les bras de Stevie. La petite fille ouvrit de grands yeux bleus surpris qu'elle fixa sur le visage de la jeune femme, avant d'émettre un long cri.

Stevie la berça pour tenter de la rendormir, mais Isabelle refusait de se calmer. Elle se crispa et écarta la tête du bras de Stevie.

La pauvre chérie... Elle était si petite, sans défense, et pourtant, elle repoussait ce dont elle avait le plus besoin : l'amour.

— Là, Isabelle, chantonna-t-elle en lui massant doucement le dos. Ça va aller.

La petite fille tourna de nouveau son regard inconsolable vers Stevie. Et quelque chose dans ce regard la toucha au plus profond d'elle-même.

— Vous seriez indemnisée très généreusement, poursuivit Holt. Isabelle a hérité de la fortune de sa mère. En tant que cotutrice, vous recevriez...

— Ce n'est pas une question d'argent, coupa-t-elle. Je ne me marierais jamais pour de l'argent.

— Alors, pour quelle raison vous marieriez-vous ?

Cette question directe la surprit, sans qu'elle sache trop pourquoi. Après tout, cet homme venait de lui demander de l'épouser alors qu'il la connaissait depuis vingt minutes à peine. De sa part, rien n'aurait dû l'étonner.

— Le mariage est un engagement pour la vie, répliqua-t-elle. Je ne me marierai que par amour.

Holt se passa la main dans les cheveux.

— Eh bien, voilà une chose que je ne peux pas vous offrir, admit-il. Je ne crois pas aux engagements pour la vie.

— C'est bien pour cela que vous prenez le mariage à la légère, dit-elle en présentant le biberon à Isabelle, qui se remit à boire.

— Je ne prends pas le mariage à la légère, rectifia-t-il. Il s'agit d'un engagement légal des plus sérieux. Je ne crois pas qu'il soit possible à deux personnes de dire ce qu'elles ressentiront l'une pour l'autre dans vingt ou trente ans. En revanche, je suis convaincu que le mariage est le meilleur moyen pour nous trois d'obtenir ce dont nous avons besoin.

— Je suis désolée, mais…

— Vous savez, quand je vous ai parlé des avantages financiers, je ne cherchais pas à vous acheter. Je tenais seulement à vous préciser que vous auriez les moyens matériels d'être la maman d'Isabelle à plein temps – si c'était ce que vous souhaitiez.

Une maman à plein temps. Ce n'était pas le métier le mieux payé ni le plus prestigieux au monde, pourtant, ç'avait toujours été le rêve de Stevie. Et c'était précisément ce dont Isabelle avait besoin.

Cependant, c'était inenvisageable. Si jamais elle se mariait, ce serait pour la vie. Elle secoua la tête.

— Non, fit-elle. Il n'est absolument pas…

Il leva les deux mains pour l'interrompre.

— Écoutez, dit-il, je sais que ma proposition peut sembler bizarre, voire scandaleuse. Mon métier est de trouver des solutions, et souvent les idées qui marchent le mieux sont celles qui paraissent le plus aberrantes au premier abord.

— Il est certain que la vôtre entre dans cette catégorie, remarqua-t-elle en souriant.

— Il y a des gens qui se marient pour des raisons bien pires, dit-il, et de toute façon un mariage sur deux finit par un divorce.

— J'ai peine à croire que vous parliez sérieusement.

— Je suis on ne peut plus sérieux, assura-t-il. Prenez le temps d'y réfléchir.

— Il n'y a pas matière à réflexion. Le mariage est un engagement sacré.

— Élever un enfant aussi, dit-il en se penchant en avant. Nous avons tous les trois tout à gagner à ce mariage.

— Je suis désolée, mais c'est hors de question, déclara Stevie en secouant la tête.

Rien n'était jamais vraiment hors de question. Tout était négociable. Tel était le principe qui sous-tendait la philosophie professionnelle de Holt.

Cependant, il savait aussi qu'il était essentiel de bien choisir son moment. Parfois, le meilleur moyen de l'emporter était tout simplement de laisser du temps à l'autre partie, puis d'adopter une autre approche. Pour l'instant, il allait donc reculer.

Il poussa un profond soupir.

— Bah, fit-il, je me doutais que ce n'était pas gagné ! Enfin, ça valait la peine d'essayer.

Dans le regard de Stevie, la méfiance fit place à la sympathie.

— Vous devez être vraiment désespéré pour demander une inconnue en mariage.

— Désespéré, c'est le mot, pourtant je tiens à ce que vous sachiez que je n'aurais pas demandé à n'importe quelle inconnue de devenir la mère d'Isabelle, précisa-t-il en plongeant les yeux dans son regard gris-bleu. Le courant passe vraiment entre vous deux. Et entre vous et moi, ajouta-t-il après une courte pause.

Ils se regardèrent longuement, et soudain sa dernière phrase sembla prendre une connotation sexuelle qu'il n'avait pourtant pas eu l'intention de lui donner.

Apparemment, Stevie le ressentit aussi, car elle rougit et baissa les yeux vers Isabelle. Il la regarda s'humecter les lèvres du bout de la langue.

Bien, bien, bien. Il y avait manifestement de l'électricité dans l'air. Sans doute parce qu'ils parlaient de mariage, estima-t-il. Or, le mariage impliquait des relations sexuelles et, en lui demandant de l'épouser, il lui demandait aussi de coucher avec lui, en quelque sorte – même s'il lui avait déclaré d'emblée que cela ne ferait pas obligatoirement partie de leur accord.

— De toute façon, fit-il, vous... vous êtes sûrement déjà avec quelqu'un.

— N... non.

— Moi non plus.
— Dommage ! commenta-t-elle. Sinon, vous pourriez demander en mariage quelqu'un que vous connaissez.
Il secoua la tête.
— Les femmes avec qui je sors d'habitude n'ont pas vraiment la fibre maternelle.
— Apparemment non, confirma-t-elle avec un sourire, si on en juge par la mère d'Isabelle.
— Je n'ai jamais eu l'intention de me caser, alors je ne sors qu'avec des femmes qui n'en ont pas envie non plus, jeta-t-il.
Pourquoi était-il sur la défensive ? D'ordinaire, il n'éprouvait jamais le besoin de s'expliquer, ni de se justifier.
— J'essaie de vous parler en toute franchise, reprit-il. Je ne suis pas très famille, mais maintenant que j'ai une fille, je veux faire ce qu'il faut pour elle. Et ce qu'il lui faut avant tout, c'est une mère.
— Et un père.
— Elle en a un.
— Donc, vous n'envisagez pas de la faire adopter complètement ?
— Non, répondit-il en secouant la tête, je ne l'abandonnerai pas. En revanche, l'adoption par un beau-père ou une belle-mère est rapide et simple. Et, encore une fois, cette solution nous donnerait à tous les trois ce dont nous avons besoin.
Stevie caressa doucement les cheveux du bébé.
— Il doit bien en exister une meilleure. Vous n'avez pas de famille ?
— Pas dans la région. Ma mère est en Californie et mon père dans l'Ohio.
— Des frères et sœurs ?
— Je suis fils unique.
— Des amis ? Des voisins ?
— Ils sont tous comme moi : ils travaillent à plein temps.
Elle fronça les sourcils.
— Si vous continuez à chercher, je suis sûre que vous trouverez la personne idéale.
« Je l'ai déjà trouvée, répondit-il *in petto*. C'est vous. »
— Il existe des services de placement de nounous. Je vous donnerai leurs coordonnées, si vous voulez, proposa-t-elle.
— J'ai déjà contacté deux agences qui cherchent quelqu'un, lui annonça-t-il en se laissant aller contre le dossier de son siège et en décidant de changer de stratégie. Mais vous ? Si

vous ne voulez pas vous marier avec moi, vous accepteriez peut-être de devenir la nounou d'Isabelle. Je vous paierais le double de ce que vous gagnez actuellement.

— J'en serais incapable, répondit-elle en secouant la tête.

— Pourquoi ?

— Parce que je m'attache trop, expliqua-t-elle. J'ai essayé d'être mère d'accueil, mais j'ai été déchirée quand la petite fille qu'on m'avait confiée est partie. J'avais beau savoir que c'était pour son bien, qu'elle allait être élevée par des gens qui s'occuperaient correctement d'elle, j'ai eu le cœur brisé.

— Vous me semblez parfaite pour Isabelle.

— Désolée, mais c'est non. Je ne peux pas me permettre de m'attacher à ce point à un enfant qui n'est pas le mien.

— Alors, faites en sorte que ce soit le vôtre.

— Nous en avons déjà parlé.

Le moment était venu de tenter autre chose.

— Eh bien, fit Holt, j'espère que les agences de nounous vont me trouver quelqu'un mais, pour les jours qui viennent, je suis vraiment coincé. Je vais devoir mettre Isabelle à la crèche en attendant.

— La crèche, c'est exactement ce qu'il faut éviter, protesta-t-elle.

— Je le sais, mais depuis que j'ai trouvé cette baby-sitter en train de hurler sur ma fille, je n'ose plus la laisser avec une personne sans qualifications.

Stevie regarda le bébé endormi. Pauvre petite ! Elle avait connu des débuts dans la vie plutôt difficiles, à passer ainsi de bras en bras sans pouvoir s'attacher à personne. Se retrouver dans une crèche, parmi un groupe d'enfants, serait très mauvais pour elle.

— Je pourrais la garder, s'entendit-elle proposer.

— C'est vrai ?

Le visage de Holt s'illumina d'un sourire qui le rendit encore plus séduisant.

— Oh ! s'exclama-t-il. Ce serait génial !

— Ce serait provisoire, le prévint-elle. En attendant que vous trouviez une nounou.

— Je comprends et je vous remercie infiniment.

Il plongea les yeux dans les siens avec une telle intensité qu'elle eut du mal à rassembler ses esprits. Elle avala sa salive avec difficulté.

— Le Centre ouvre à 9 heures. Mon assistante et moi arrivons à 8 h 30.

— Très bien. Alors, si cela vous convient, je vous déposerai Isabelle vers 8 h 45.

Elle hocha la tête. Il sourit de nouveau, et elle sentit son cœur faire un bond.

« Reprends-toi », s'ordonna-t-elle. C'était manifestement un don Juan et un adepte des histoires sans lendemain.

Malheureusement, elle se sentait vibrer quand leurs regards se croisaient.

— C'est provisoire, répéta-t-elle. Quelques jours seulement.

— Compris. Et sachez que j'apprécie énormément votre aide.

Elle le faisait pour le bébé, uniquement pour le bébé, se dit-elle.

6

Le lendemain matin, les cris suraigus d'un bébé détournèrent l'attention de Stevie du programme des cours d'avril qu'elle était en train d'élaborer sur l'ordinateur du bureau. Des cris d'une telle détresse qu'ils lui serrèrent le cœur. Isabelle était arrivée, devina-t-elle.

Ce qui signifiait que Holt était là aussi. Elle sentit avec consternation son pouls s'accélérer.

Michelle, son assistante, fit irruption dans son bureau, les yeux brillants d'excitation.

— Elle est là ! s'écria-t-elle.

Michelle n'était pas seulement la collaboratrice de Stevie, c'était aussi sa meilleure amie. Elles s'étaient rencontrées lors d'une réunion Weight Watchers, près de sept ans plus tôt. La chaleur et l'humour de cette élégante jeune femme brune mariée et mère de deux enfants avaient aussitôt plu à Stevie. Elles s'étaient soutenues mutuellement dans leurs efforts pour perdre du poids, ce qui les avait encore rapprochées. Très vite, Michelle était devenue bénévole au Centre, puis y avait travaillé à plein temps quand ses deux enfants étaient entrés à l'école.

— Pourquoi ne m'as-tu pas dit qu'il était aussi canon ? demanda Michelle, à qui Stevie avait déjà raconté sa rencontre de la veille avec Holt et Isabelle.

— J'étais concentrée sur le bébé, expliqua Stevie.

Michelle haussa un sourcil moqueur.

— Trop concentrée pour remarquer que le père est un croisement entre Tom Cruise et George Clooney ?

Stevie esquissa un sourire gêné. Soit elle était trop transparente, soit c'était son amie qui était trop perspicace.

— D'accord, avoua-t-elle, je l'ai peut-être remarqué. Mais cela ne m'a pas semblé important.

— Ouais, fit Michelle en plantant les poings sur les hanches avec un sourire entendu. Apparemment, c'est quand même assez important pour que tu aies mis du mascara et du rouge à lèvres, pour une fois. Et n'essaie pas de me dire que tu l'as fait pour le bébé, plaisanta-t-elle.

— Ne te monte pas la tête. Cette histoire n'a rien de romantique.

— Il t'a quand même demandé de l'épouser !

— Pratiquement sans m'avoir regardée, lui rappela Stevie. Il l'aurait fait même si je ressemblais à Quasimodo.

— Sauf que ce n'est pas le cas. Tu es très belle.

— Tu parles !

Stevie savait qu'elle avait quelques atouts – une peau nette et de jolis cheveux –, et elle avait fini par perdre les kilos superflus qui lui avaient empoisonné la vie pendant des années. Mais elle restait lucide. Elle n'avait rien d'une bombe. Or, c'était sûr, Holt ne sortait qu'avec des bombes.

— Si seulement tu te voyais comme les autres te voient, soupira son amie.

— Tu me fais du bien au moral, Michelle, mais tu as perdu contact avec la réalité.

— Non, pas du tout. La réalité, c'est qu'il y a ici un type absolument canon et qu'il a utilisé le mot qui commence par M.

— Mariage ? fit Stevie en sauvegardant son travail sur l'ordinateur. Peut-être, mais il cherche une nounou à demeure. Pas une femme.

— Tu pourrais peut-être le faire changer d'avis.

Stevie secoua la tête.

— Il m'a clairement fait comprendre qu'il ne croyait ni à l'amour ni au mariage.

— Comme tous les hommes jusqu'à ce qu'ils rencontrent la femme de leur vie.

— Qu'est-ce que tu veux dire ? Que je devrais me marier sans amour avec un adepte des aventures d'un soir ?

— Non. Mais ne le repousse pas trop vite non plus.

— Sois gentille, demanda Stevie en se levant, ne parle à personne de cette demande en mariage insensée, d'accord ? Pour l'équipe et nos clients, je garde Isabelle afin d'aider un ami, OK ?

— OK, répondit Michelle avec un sourire malicieux. Je te promets de n'en parler qu'à ta mère.

Michelle était au courant des efforts perpétuels de Marie Stedquest pour trouver un mari à Stevie.

— Tu n'oserais pas ! protesta cette dernière en plissant les yeux.

— Tu as raison : je n'oserais pas.

— Je préfère.

Stevie tira sur le bas de son pull bleu lâche et lissa son pantalon noir. Puis elle prit une profonde inspiration et sortit de son petit bureau. Son cœur se mit à battre un peu plus vite quand elle vit Holt dans la grande pièce colorée. Il lui parut encore plus beau que la veille. Ses épais cheveux bruns étaient bien coiffés, il était rasé de près et portait un élégant costume sombre dont la coupe mettait en valeur ses larges épaules. Il dégageait une incroyable virilité, que la poussette rose ornée de volants ridicules qu'il poussait autour de la pièce pour tenter de calmer son bébé sanglotant ne faisait qu'accentuer.

Un sourire soulagé se peignit sur son visage lorsqu'il remarqua Stevie.

— Bonjour, dit-il.

— Bonjour, répondit-elle.

Mal à l'aise, elle porta son attention sur Isabelle, qui criait comme une perdue. Elle battait de ses petites jambes maigres contre le bas brodé de sa robe en lin blanc et avait le visage rouge de colère.

— Bonjour, Isabelle.

Le bébé se tut aussitôt et la regarda de ses yeux mouillés de larmes.

— J'aime bien ta robe, Isabelle.

Elle enfonça son poing dans sa bouche.

— C'est vrai que le point fort d'Ella, c'était le shopping, déclara Holt. Isabelle a une garde-robe impressionnante.

— Cette robe est très jolie, mais elle serait sûrement plus confortable à l'endroit.

— Quoi ?

— Elle la porte devant derrière. Normalement, cette robe se boutonne dans le dos.

— Ô Seigneur, fit-il avec un soupir de frustration. Imaginez tout ce que je fais de travers. J'ai des piles de livres sur les bébés, mais ils supposent un minimum de connaissances que je ne possède même pas.

— Tous les nouveaux parents ont des choses à apprendre, affirma Stevie d'une voix rassurante.

— Moi, j'ai tout à apprendre. Ces histoires de bébés sont un vrai mystère pour moi.

— Vous vous débrouillez très bien.

— Non, pas du tout. Isabelle est malheureuse, et je ne sais pas quoi faire pour la rendre heureuse.

Le pauvre, il semblait complètement perdu.

— Je vais voir si je peux trouver des livres susceptibles de vous aider. Nous avons un cours de puériculture pour débutants qui commence dans deux semaines. Vous pourriez peut-être vous inscrire.

— Isabelle a besoin d'une chose que je ne trouverai ni dans les livres ni en assistant à un cours : elle a besoin d'une mère. Vous n'auriez pas changé d'avis, par hasard ? demanda-t-il en la suppliant de ses yeux bruns qui plaidaient sa cause mieux que n'importe quel discours.

— Désolée, mais non, répondit-elle en se forçant à s'arracher à son fascinant regard pour se tourner vers le bébé, qui suçait toujours son poing. On dirait qu'Isabelle a faim.

— J'ai essayé de la nourrir ce matin, mais elle n'a accepté que quelques gorgées.

— Il faut que tu manges, ma chérie, chantonna Stevie d'une voix douce.

Elle sortit le bébé de sa poussette. Isabelle se raidit et hurla tandis qu'elle la portait jusqu'à un fauteuil à bascule dans la zone des petits, où Michelle était en train de ranger des livres d'images.

Holt sortit un biberon du sac à langer accroché à une poignée de la poussette et le tendit à Stevie. Elle fit couler quelques gouttes de lait sur les lèvres du bébé sans cesser de lui parler. Très vite, Isabelle cessa de s'époumoner et sortit le bout de sa langue pour goûter ce qu'elle avait sur les lèvres. Stevie glissa la tétine dans sa bouche, et elle se mit à téter avidement.

— Waouh ! s'émerveilla Holt. Vous faites des miracles.

— Ce n'est pas un miracle, répondit-elle en haussant les épaules. J'ai un peu d'expérience, c'est tout.

— Eh bien, les deux nounous que j'ai épuisées avaient beaucoup d'expérience, mais aucune n'a su s'y prendre avec Isabelle comme vous.

— Stevie est extraordinaire avec les bébés à problèmes, affirma Michelle en se levant.

— Je m'en rends compte. Elle se débrouille aussi pas mal non plus avec les papas à problèmes.

— Vous vous êtes rencontrés ? demanda Stevie, le feu aux joues. Michelle, voici Holt Landen. Michelle est la directrice adjointe du Centre.

— Nous avons fait connaissance quand M. Landen est arrivé, dit cette dernière.

— Alors, que se passe-t-il au juste dans un centre de documentation pour parents ? demanda-t-il en regardant autour de lui.

— Nous proposons un soutien aux parents en matière d'éducation, expliqua Michelle. Nous organisons des cours, nous donnons des informations et nous conseillons ceux qui le souhaitent. Nous proposons également des jeux éducatifs pour que les membres puissent amener leurs enfants.

— On dirait un Disneyland pour petits.

— C'est Stevie qui a tout créé. La pièce est divisée en plusieurs sections. Les cours ont lieu ici, pour que les parents puissent surveiller leurs enfants qui jouent, poursuivit-elle en désignant deux rangées de chaises. Là, c'est le coin des bébés, ajouta-t-elle.

Elle montra une zone couverte d'épais tapis de sol et garnie de sièges en mousse et de jouets. Des dessins de visages et un miroir étaient fixés au mur juste au-dessus du sol. Il y avait également un coin pour les plus grands, avec une cuisine miniature en plastique, des poupées et des animaux en peluche ; une zone pour les activités physiques avec un camion à pédales, un petit toboggan et un établi en plastique ; une autre pour les activités artistiques, et un coin lecture confortable avec des tapis et de gros coussins en forme d'animaux.

— Waouh ! répéta Holt en regardant Stevie, qui nourrissait une Isabelle incroyablement calme. Je devrais vous embaucher comme consultante en gestion de l'espace.

Il ne plaisantait qu'à moitié. L'endroit était propre, gai et formidablement organisé. Une peinture murale représentant un train faisait le tour de la pièce avec, à l'arrière-plan, le thème des différents espaces.

— Qui a peint cette fresque ? s'enquit-il.

— Stevie, annonça Michelle.

— Mince alors ! fit-il, impressionné. Elle est vraiment très douée.

Michelle hocha la tête.

— Et en plus, elle anime une émission de radio hebdomadaire, elle a commencé un programme d'aide aux mères célibataires et elle rédige un livre de cuisine diététique pour enfants.

Au grand amusement de Holt, Stevie s'empourpra.

— Quelle femme accomplie ! commenta-t-il.

— Elle a oublié de préciser que je pouvais me tenir sur la tête tout en me frottant le ventre, plaisanta Stevie.

Et en plus, elle avait le sens de l'humour, songea-t-il en riant. Il était plus que jamais décidé à la convaincre de devenir la mère d'Isabelle.

— Il faut que j'y aille, annonça-t-il en consultant sa montre. Je vous suis infiniment reconnaissant de vous occuper d'Isabelle. D'ailleurs, je vous invite à dîner ce soir pour vous remercier.

L'invitation parut la surprendre.

— Oh ! Euh... je... je...

Il se dirigea vers la porte sans lui laisser le temps de refuser.

— Bon, je file, lança-t-il. Encore mille mercis pour Isabelle.

Sur ce, il sortit avant qu'elle ait pu répondre.

Stevie ne vit pas passer la journée. Pendant qu'elle donnait un cours à de jeunes mères, puis un autre à des parents d'enfants de deux ans, Isabelle dormit dans sa poussette ou joua sur le grand tapis de sol multicolore du coin des petits et se regarda dans le miroir. Elle se fâchait chaque fois que Stevie la touchait mais, dès que la jeune femme la prenait sur ses genoux en lui parlant doucement, elle se calmait.

L'après-midi, pendant qu'Isabelle faisait une longue sieste, Stevie reçut les parents d'un enfant de trois ans qui refusait de dormir dans son lit, puis ceux d'un petit garçon de quatre ans qui avait cessé d'être propre à l'arrivée de sa petite sœur. En fin d'après-midi, après avoir nourri Isabelle, elle l'installa sur une couverture pour qu'elle joue avec un portique pour bébé tandis qu'elle rappelait une douzaine de personnes qui avaient laissé un message sur le répondeur du Centre.

Elle venait d'installer Isabelle dans un transat quand Brian, le mari de Michelle, entra.

Le visage de Michelle s'éclaira d'un sourire, et elle se hâta d'aller accueillir son mari, un homme aux joues colorées et aux cheveux auburn. Il la serra dans ses bras, l'embrassa et lui murmura à l'oreille quelque chose qui la fit rire.

— On dirait des jeunes mariés, lança Stevie. Cela fait douze ans que vous êtes mariés, tout de même ! Quand allez-vous cesser ces mièvreries ?

— Jamais, affirma Brian en souriant à Michelle. Nous nous conduirons encore comme de jeunes mariés quand nous aurons quatre-vingts ans.

Stevie sentit sa gorge se nouer. Elle était heureuse pour son amie, sincèrement, mais voir ces deux-là ensemble ne la rendait que plus consciente de ce qui manquait à sa vie, et cela lui faisait mal. Elle n'était pas du genre à s'appesantir sur ses problèmes. Cependant, l'émission de la veille avait réveillé ses craintes quant à son avenir. Le Prince charmant ferait bien de se dépêcher de se montrer, sinon elle finirait par aller seule au bal.

« Pas forcément, lui murmura une petite voix intérieure. Tu pourrais épouser Holt. »

Elle s'empressa de chasser cette idée. Elle voulait une union comme celle de Brian et Michelle, pas un mariage de convenance. Et puis, quitte à choisir la voie de mère célibataire, autant le faire en célibataire dès le début.

La porte s'ouvrit brusquement, et Holt entra à son tour. À sa vue, elle se sentit soudain nerveuse.

— Hé ! s'exclama Brian en levant les yeux. Vous êtes Holt Landen, n'est-ce pas ?

— Oui.

Brian traversa la pièce en lui tendant la main.

— Je suis Brian Guidry, fit-il. Je ne sais pas si vous vous en souvenez, mais nous nous sommes rencontrés il y a quelques années. Je travaille chez Stafford Accounting.

Holt lui serra la main.

— Je m'en souviens, dit-il. Votre entreprise s'occupait de la comptabilité de Midmain Manufacturing.

— Vous vous connaissez ? s'étonna Michelle en les regardant tour à tour.

— Et comment ! répondit son mari. Cet homme a sauvé notre plus gros client de la faillite. C'est sans doute grâce à lui que j'ai encore un emploi.

— Il exagère toujours comme cela ? demanda Holt à Michelle avec un sourire timide.

— Je n'exagère pas, assura Brian. Il a complètement redressé la société.

— Oui, et je marche sur les eaux, aussi, plaisanta Holt.

Brian secoua la tête en souriant.

— Il y a pas mal de gens qui pensent que vous en êtes capable. Selon le magazine *BusinessWeek*, cet homme est l'un des plus grands experts en gestion de crise du pays.

Stevie se rendit soudain compte qu'elle restait plantée là, à fixer Holt. Elle se détourna vivement et alla chercher la poussette d'Isabelle, qu'elle avait rangée dans un placard. La tête lui tournait. Brian était expert-comptable, il travaillait dans un très gros cabinet du centre-ville et c'était l'un des êtres les plus sensés qu'elle connût. Le fait qu'il considère Holt comme une espèce de demi-dieu capable de faire des miracles la déconcertait… et l'impressionnait. Or elle ne voulait surtout pas être impressionnée par Holt.

— Alors, demanda Brian à ce dernier, qu'est-ce qui vous amène ici ?

— Je viens chercher mon bébé, que Stevie a eu la gentillesse de garder aujourd'hui.

— Vous avez un bébé ?

— Oui.

Brian inclina la tête, l'air surpris.

— Récemment, un article vous présentait comme l'un des dix plus beaux partis de La Nouvelle-Orléans. Quand vous êtes-vous marié ?

— Je… euh… je ne suis pas marié.

Du coin de l'œil, Stevie vit Holt se balancer d'un pied sur l'autre, mal à l'aise.

— Le bébé… commença-t-il. Enfin, c'est une longue histoire.

— Je te raconterai plus tard, dit Michelle à son mari.

Stevie déplia la poussette et s'approcha du transat du bébé. Elle sentit plus qu'elle ne vit Holt traverser la pièce pour la rejoindre. Elle avait l'impression que, à mesure qu'il se rapprochait, l'air se réchauffait. Elle concentra son attention sur Isabelle.

Dès qu'elle la détacha de son siège et la prit, la petite fille se mit à hurler. Holt fit la grimace.

— J'espère qu'elle n'a pas été comme ça toute la journée, s'inquiéta-t-il.

— Non. En fait, elle a été plutôt tranquille. Elle pleure quand on s'occupe d'elle, mais elle se calme assez facilement.

Elle lui tendit le bébé, qui se raidit et agita les bras quand il le prit avec précaution. Le silence ne dura que le temps qu'Isabelle inspire profondément, puis elle poussa un cri déchirant.

— Là, ma chérie, dit Holt en lui tapotant le dos, ça va aller. Je ne vais pas te faire de mal.

Ses paroles ne firent rien pour rassurer sa fille, qui se débattait comme si sa vie en dépendait.

— Que dois-je faire ? demanda-t-il à Stevie avec un regard implorant.
— Continuez à lui parler, lui conseilla-t-elle. Tenez-la fermement, mais avec douceur. Vous faites exactement ce qu'il faut.
— À la voir, on ne dirait pas.
— Il faut seulement qu'elle s'habitue à vous.
Il installa Isabelle dans la poussette.
— Voilà, Izzy. Tu vois ? lui dit-il en levant les deux mains. Je ne te touche plus.
Elle cria un peu moins fort.
— Sois gentille avec ton papa, d'accord ? lui demanda Stevie en se penchant vers elle.
Au son de sa voix, la petite fille se calma et émit un son entre le hoquet et le rot. Stevie lui sourit et lui tendit un trousseau de grosses clés en plastique qu'elle avait trouvé dans le sac à langer.
— Regarde, Isabelle. Elles sont belles, tu ne trouves pas ?
Le bébé émit un petit murmure satisfait et fourra la grosse clé bleue dans sa bouche.
— Ça alors, fit Holt. On peut dire que vous savez vous y prendre avec elle.
— Méfiez-vous, intervint Brian. Si Stevie est capable de charmer un bébé comme ça, je ne vous dis pas ce qu'elle fera de vous.
— Je suis déjà sous le charme, assura Holt avec un sourire en coin.
Le cœur de Stevie, ce traître, tressauta dans sa poitrine. Elle se redressa et s'éloigna de la poussette.
— Je vais chercher ses affaires, dit-elle, et elle sera prête à partir.
— Parfait. Et vous, vous êtes prête ?
— Moi ? fit-elle.
— Oui. Je vous emmène dîner, vous vous souvenez ?
Elle ouvrit la bouche pour protester.
— Pour vous remercier d'avoir gardé Isabelle, s'empressa-t-il d'ajouter.
Une pointe d'inquiétude la traversa.
— Ce n'est pas nécessaire, assura-t-elle. Ce fut un plaisir de l'avoir avec moi. D'ailleurs, il faut encore que je ferme le Centre.
— Brian et moi allons nous en charger, proposa Michelle. Les parents de Brian s'occupent des enfants ce soir, alors nous sommes libres.

Stevie se creusa les méninges pour trouver une bonne raison de décliner l'invitation de Holt.

— J'ai encore des choses à faire, dit-elle. Du travail administratif...

— Rien qui ne puisse attendre demain, affirma Michelle.

Stevie lui jeta un regard noir, que son amie ignora.

— Allez, reprit-elle sur le ton de la plaisanterie, tu ne vas quand même pas rater une soirée avec l'un des plus beaux partis de La Nouvelle-Orléans.

Si, justement. Son instinct lui dictait de refuser. Holt était précisément le genre d'homme qu'elle s'était juré d'éviter, or il l'attirait indéniablement. Il fallait vraiment qu'elle garde ses distances.

— J'espérais que vous pourriez me donner d'autres conseils pour calmer Isabelle, ajouta Holt.

— C'est sûr que Stevie est la mieux placée, déclara Brian.

Quel mal cela pourrait-il faire, au fond ? Ce n'était pas comme s'il s'agissait d'un rendez-vous amoureux. Il l'invitait à dîner simplement pour la remercier. Et puis, elle n'avait pas de projets grisants pour ce soir : elle comptait simplement se réchauffer un plat allégé au micro-ondes.

— D'accord, finit-elle par dire, avant que la petite voix de sa conscience ne puisse l'en empêcher. Je prends mon sac et j'arrive.

7

Holt jeta un coup d'œil dans le rétroviseur pour s'assurer que la Coccinelle Volkswagen jaune de Stevie le suivait toujours. Elle avait insisté pour prendre sa voiture, comme si elle ne lui faisait pas confiance pour la raccompagner au Centre après le dîner.

Peut-être n'avait-elle pas tort, d'ailleurs. Isabelle n'avait pas cessé de pleurer depuis qu'il l'avait installée dans son siège auto. Au point où il en était, kidnapper Stevie semblait presque une bonne idée.

— Là, Izzy… lança-t-il par-dessus son épaule. Stevie nous suit toujours.

Et il comptait bien trouver un moyen de la garder auprès d'eux. Cet après-midi-là, il avait fait passer un entretien téléphonique à deux nounous, et l'expérience avait été tout sauf encourageante. Les deux femmes lui avaient posé une foule de questions sur le salaire et les conditions de travail, et très peu sur le bébé. L'une avait refusé tout net de signer un contrat à long terme tandis que l'autre avait exigé une période d'essai de quatre-vingt-dix jours avant de s'engager. Or il ne pouvait se permettre de faire subir une période d'essai à Isabelle. Elle avait besoin de quelqu'un à titre définitif, et le plus vite possible. Car une chose était sûre : lui était incapable de s'occuper d'elle convenablement.

Il la regarda dans le rétroviseur, et son cœur se serra à la vue de son petit visage désespéré. Il voulait être un bon père. Hélas, il ne connaissait rien aux bébés !

En fait, il ne connaissait pas grand-chose non plus à la paternité. Après le divorce de ses parents, il n'avait vu son père que deux fois par an, et c'était une belle-mère ou une autre qui s'était occupée de lui à contrecœur tandis que son père travaillait seize heures par jour.

Un souvenir lui revint en mémoire. Il avait sept ans. Son père l'avait ramené à l'aéroport de Cleveland à la fin d'un week-end d'été qu'il avait passé chez lui. C'était la première fois qu'il le revoyait depuis que ses parents s'étaient séparés et que son père s'était installé dans l'Ohio. Holt était parvenu à retenir ses larmes tandis que son père l'accompagnait à la porte mais, quand l'hôtesse de l'air lui avait mis l'insigne « Mineur non accompagné » autour du cou, il avait craqué.

— Je veux rester, papa, avait-il supplié en se cramponnant à son père.

— Impossible, mon grand. Ta mère t'attend à Los Angeles.

Holt s'était agrippé à son père de toutes ses forces, dans l'espoir qu'il lui tapoterait le dos ou lui passerait la main dans les cheveux. Il en rêvait. Au lieu de quoi, son père s'était écarté, avait pris ses distances.

Il prenait toujours ses distances.

Holt avait fait tout son possible pour cesser de pleurer. Son père le lui disait bien: les garçons ne pleuraient pas. Alors, peut-être que s'il ne pleurait pas, son père aurait envie d'être avec lui.

— Tu pourrais venir avec moi, avait supplié Holt. Tu pourrais venir en Californie pour qu'on redevienne une vraie famille.

Son père s'était détourné, mais il avait eu le temps de lire dans son regard une tristesse et une solitude aussi grandes que celles qu'il ressentait.

— Désolé, mon garçon, mais ça n'arrivera pas, avait-il répondu.

— Pourquoi ?

— Parce que c'est comme ça.

Son père avait souri, mais d'un air toujours aussi triste.

— Allez, mon grand. On se voit à Noël.

La mâchoire crispée de Holt lui faisait mal quand il se gara sur le parking du restaurant *Masoletto*. Il se rendit compte qu'il serrait les dents depuis plusieurs minutes. Il voulait être un meilleur père pour Isabelle que le sien ne l'avait été pour lui. Il voulait tenir une place plus importante dans sa vie, il voulait qu'elle soit sûre qu'il tenait à elle. Mais il ne savait pas comment s'y prendre pour lui offrir la chaleur et l'affection dont elle manquait. Elle avait besoin d'une personne qui sache ce qu'il fallait faire.

En un mot, elle avait besoin de Stevie. Il ne lui restait donc plus qu'à trouver un moyen de convaincre la jeune femme qu'elle avait besoin d'Isabelle.

Elle se gara à côté de lui. Il était encore en train de détacher sa ceinture de sécurité lorsqu'elle s'approcha de sa voiture.

— Coucou, ma chérie, dit-elle au bébé hurlant. Qu'est-ce qui te met dans cet état ?

— Le fait que son père soit nul, marmonna Holt en détachant la coque du siège auto et en la soulevant avec Isabelle dedans.

— Je crois surtout qu'elle est malheureuse d'avoir perdu sa tétine, rectifia Stevie en souriant.

Elle se pencha sur la banquette arrière. Son large pantalon noir se tendit sur ses fesses, dont il révéla la forme étonnamment attrayante. Pour autant qu'il pouvait en juger, elle avait une très belle silhouette. Alors, pourquoi la dissimulait-elle sous ces vêtements trop grands ?

— La voilà, annonça-t-elle en remettant la tétine rose dans la bouche d'Isabelle, qui cessa de pleurer comme par magie.

Comment une même personne pouvait-elle avoir un effet aussi apaisant sur sa fille et aussi stimulant sur lui ? se demanda-t-il.

— Pourquoi n'y ai-je pas pensé ? dit-il.

— Parce que vous êtes encore en train d'apprendre.

— Eh bien, je suis heureux de vous avoir comme professeur particulier. Il faut que nous arrivions à la convaincre de rester définitivement, pas vrai, Isabelle ?

— Je vous l'ai dit, ce n'est que provisoire, protesta aussitôt Stevie, une lueur de méfiance dans le regard.

Un petit homme trapu au fort accent italien et au gros nez salua Holt tout en tenant la porte à Stevie, qui entrait dans le petit restaurant à la lumière tamisée.

— Bonsoir, monsieur Landen. Bienvenue.

Holt présenta Stevie à Antonio Masoletto, le maître des lieux. Il sourit quand ce dernier s'inclina pour saluer Stevie et que la grosse chaîne en or qu'il portait autour du cou se balança en avant. Quoique natif de La Nouvelle-Orléans, le patron du restaurant se conduisait comme s'il arrivait tout juste de Sicile.

Le restaurant lui-même semblait avoir été apporté tel quel d'Italie. Ses trois petites salles à manger aux murs jaune et ocre avaient des poutres apparentes et un sol d'ardoises. Le décor rustique contrastait avec la finesse du linge de table, les bougies et l'élégance du service.

— Je vois que vous avez amené non pas une, mais deux charmantes dames, fit le patron en désignant la coque rose que portait Holt. Et la petite est aussi *bellissima* que sa maman.

— Oh ! Je ne suis pas sa mère, s'empressa de préciser Stevie.

— Ah, bon ?

— Non. C'est le bébé de Holt.

Masoletto fronça les sourcils, l'air consterné. Holt songea trop tard qu'il aurait peut-être dû choisir un autre restaurant. Il invitait souvent ses petites amies ici et, si Masoletto lui lançait alors des clins d'œil complices en douce, il semblait nettement moins apprécier son statut de père célibataire.

— Je ne savais pas que vous aviez un bébé, dit-il d'un ton sérieux.

— Je n'en ai la garde que depuis très peu de temps.

Le restaurateur le regardait d'un air interrogateur, mais Holt n'avait aucune envie de s'expliquer.

— Comment vont les affaires de votre frère ? demanda-t-il.

— Merveilleusement ! s'exclama Masoletto, de nouveau souriant. Grâce à vous. Il vous est très reconnaissant. Cet homme est formidable, ajouta-t-il à l'adresse de Stevie. Il a sauvé la boulangerie de mon frère de la faillite.

— C'est vrai ?

— Oui, et il n'a pas voulu un centime.

— Je ne pouvais pas laisser ma boulangerie favorite fermer. Je suis complètement accro aux *biscotti* de votre frère. Notre table est prête ?

— Bien sûr. Suivez-moi.

Le patron les conduisit à une table au fond de la salle à manger.

— Alberto arrive tout de suite. Passez une bonne soirée.

Holt posa la coque entre Stevie et lui, et elle se mit à la balancer en la tenant par la poignée. Isabelle continuait à téter vigoureusement.

— M. Masoletto a une très haute opinion de vous, remarqua Stevie.

Holt haussa les épaules.

— Son frère est un remarquable boulanger qui avait seulement besoin de quelques notions de gestion.

— Comment avez-vous fait sa connaissance ?

Holt déplia sa serviette et la posa sur ses genoux.

— J'ai organisé quelques séminaires pour aider de petites entreprises.

— Gratuitement ?

— Oui. La situation des petites entreprises est souvent difficile.

— C'est vraiment gentil de votre part.

— L'entreprise de bâtiment de mon père a coulé quand j'étais petit. Je sais quel effet cela peut avoir sur une famille.

— Ça a dû être dur, murmura-t-elle tandis que son regard s'adoucissait.

Holt fut soulagé de voir le serveur arriver pour prendre leur commande. Quelle mouche l'avait piqué de raconter cela à Stevie ? Il fallait qu'il en apprenne plus sur elle, pas qu'il lui déballe l'histoire de sa vie.

Il regarda Isabelle, étonnamment calme depuis leur entrée dans le restaurant.

— Elle dort ! constata-t-il, émerveillé. Comment êtes-vous arrivée à ce miracle ?

— Je l'ai bercée.

Elle sourit. La lueur de la bougie jouait sur son visage. Elle avait de très beaux yeux, songea-t-il. Gris-bleu, bordés de longs cils, un peu écartés. D'ailleurs, elle avait aussi de très belles lèvres, bien dessinées, pulpeuses. Des lèvres qui semblaient faites pour être embrassées.

— Comment votre famille et vos amis ont-ils réagi à votre soudaine paternité ? s'enquit-elle.

— Mes amis ne sont pas encore très nombreux à être au courant, pour Isabelle.

— Ah… Pourquoi ?

— J'ai été assez occupé. Entre le travail et Isabelle, je n'ai pas vraiment eu le temps de les voir.

— Et vos parents ?

— Ils ne sont pas encore au courant non plus, avoua-t-il avec une pointe de culpabilité. Je préfère attendre d'avoir réglé le problème de la garde avant de leur annoncer qu'ils sont grands-parents.

— Vous avez peur qu'ils le prennent mal ?

— Non. Je veux seulement atténuer le choc.

— Comment pensez-vous qu'ils vont réagir ?

— Ma mère sera ravie. Elle me harcèle depuis des années pour que je me marie et que je lui donne des petits-enfants.

— On dirait ma mère, commenta-t-elle en souriant.

Voilà une information qui pourrait lui servir, songea Holt. Avant qu'il puisse creuser la question, le serveur revint avec une bouteille de vin et les servit.

— Et votre père ? s'enquit Stevie.

Le cœur de Holt se serra, comme toujours quand il pensait à son père.

— Je crois que cela ne lui fera pas beaucoup d'effet.

— Ah, bon ? Pourquoi ?

Il haussa les épaules.

— Après le divorce de mes parents, il n'a pas joué un grand rôle dans ma vie.

De nouveau, le regard de Stevie se chargea de chaleur et de sympathie.

— Vous avez dû en souffrir.

Holt but une gorgée de vin en se demandant pourquoi il lui avait révélé cela. Les femmes voulaient toujours qu'il leur parle de son enfance, de ses parents, de ce qu'il ressentait. D'ordinaire, il fuyait ces sujets comme la peste. Comment Stevie s'y prenait-elle pour lui faire vider ainsi son sac ?

Ce devait être à cause de cette folle histoire de bébé.

— Et maintenant, vous le voyez souvent ? reprit-elle.

— Non. Nous nous téléphonons de temps en temps.

— Et votre mère ?

— Nous nous appelons assez régulièrement, ou nous nous envoyons des e-mails. En général, nous nous voyons pendant les fêtes.

Il était grand temps de changer de sujet, décida-t-il en posant son verre.

— À vous, dit-il tandis qu'Alberto leur apportait leur salade César. Parlez-moi de votre famille.

— Elle est très nombreuse. J'ai une foule d'oncles, de tantes et de cousins qui habitent ici et un frère aîné qui vit à Baton Rouge. Il est marié et a des jumeaux de quatre ans. Mon père a pris sa retraite il y a quelques mois ; il était procureur adjoint. Et maman vient de monter une société de traiteur. Elle a été mère au foyer toute sa vie. Quand elle a monté son entreprise, tout le monde a cru que c'était une lubie, qu'elle n'y arriverait jamais. En fait, ça marche du feu de Dieu.

— Donc, vous êtes née à La Nouvelle-Orléans ?

— Oui. Mes parents vivent encore dans la maison où j'ai passé mon enfance, répondit-elle en piquant une feuille de salade du bout de sa fourchette.

— Ils sont toujours mariés ?

— Oui. Ils ont fêté leurs trente-sept ans de mariage le mois dernier.

— C'est difficile d'imaginer une relation aussi solide.

— Ma famille prend le mariage très au sérieux, dit-elle d'un air entendu.

Il ne mordit pas à l'hameçon.

— Vous avez dit que votre mère avait envie que vous vous mariiez à votre tour.

Elle hocha la tête tristement.

— Elle me tanne pour que je sorte, que je rencontre des gens. Elle n'arrête pas de jouer les entremetteuses. Elle estime même que j'aurais dû laisser l'auditeur qui a mordu son enfant me présenter à son ami.

— Vous plaisantez ? s'exclama-t-il, amusé.

— Si seulement...

— Alors, comment se fait-il que vous ne soyez pas encore mariée ? Une femme séduisante comme vous ne doit pas manquer d'occasions.

Le serveur apporta un plat au parfum divin qu'il posa devant Stevie.

— Je n'ai pas encore rencontré l'homme de ma vie, expliqua-t-elle.

— Vous ne vous en êtes jamais approchée ?

— Je l'ai cru, une ou deux fois.

Elle examina son assiette et prit une crevette.

— Et que s'est-il passé ?

— Je me suis rendu compte que je m'étais trompée.

C'était une réponse plutôt vague, mais manifestement elle n'en dirait pas plus.

— Et vous ? demanda-t-elle. Avez-vous déjà failli renoncer à votre célibat ?

— Pas jusqu'à hier, répondit-il avec un sourire narquois.

Elle leva les yeux au ciel. Puis la conversation se porta sur la lecture et le cinéma. Holt fut surpris de découvrir tout ce qu'ils avaient en commun et de passer une aussi bonne soirée. Quand le serveur apporta le dessert et le café, il avait tout bonnement oublié pourquoi il avait invité Stevie à dîner.

Il riait quand il vit son visage se figer. Elle regardait fixement l'autre bout de la salle.

— Oh, non ! gémit Stevie.

— Que se passe-t-il ? demanda Holt.

— Mes parents viennent d'entrer.

Ce n'était pourtant pas les restaurants qui manquaient, à La Nouvelle-Orléans. Pourquoi fallait-il qu'ils aient choisi justement celui-ci ?

Holt se tourna vers la porte.

— Ne les dévisagez pas, siffla-t-elle entre ses dents.

— Pourquoi ?

— S'ils me voient, ils vont venir à notre table.

— Et alors ?

— Vous ne savez pas ce qui vous attend.

Elle appuya le coude sur la table pour poser la tête dans sa main en s'efforçant de cacher son visage.

— Qu'est-ce qui m'attend ?

— Eh bien, ma mère va vous soumettre à un véritable interrogatoire.

— Je n'ai rien à cacher, fit-il en haussant les épaules.

— Vous ne comprenez pas. Ma mère est la femme la plus gentille du monde mais, quand il s'agit de sa fille, on dirait le Grand Inquisiteur. Elle voudra savoir comment nous nous sommes rencontrés, pourquoi vous avez un bébé, pourquoi nous dînons ensemble…

— Je saurai faire face.

— Vous ne comprenez pas. Elle cherchera à en faire quelque chose.

— À faire quelque chose de quoi ?

— Du fait que nous dînions ensemble. Elle croira à un rendez-vous amoureux.

— Serait-ce si terrible ?

— Oui. Si je la détrompe, elle voudra savoir pourquoi ce n'en est pas un. Et ensuite, elle me harcèlera pendant des mois pour savoir où vous êtes, ce que vous faites, ce qui s'est passé entre nous et pourquoi je ne sors pas avec vous.

— Excellent ! Cela pourrait jouer en ma faveur.

— Ravie que cela vous amuse, dit-elle en posant sa serviette et en se levant. Je vais me repoudrer le nez. Avec un peu de chance, ils auront une table dans une autre salle, et nous pourrons partir sans nous faire prendre.

Holt se leva à son tour.

— Attendez un instant.
— Pourquoi ?
— Pour ça.
Avant qu'elle ait compris ce qui se passait, il l'avait prise dans ses bras et dévorait ses lèvres d'un baiser possessif.

8

— Regarde, Robert, c'est Stevie ! s'exclama Marie Stedquest. Et elle est avec un homme.

Robert Stedquest jeta un coup d'œil par-dessus les boucles blondes de sa femme. En effet, c'était bien sa fille qui se levait. Son cœur s'emplit de tendresse.

— Je me demande qui est cet homme, reprit Marie.

— Aucune idée.

En tout cas, il était grand et bien habillé. Même à cette distance, on voyait que son costume était bien coupé. Robert le regarda se lever à son tour.

— Bonsoir, dit l'homme brun chargé de l'accueil.

— Bonsoir, répondit Robert. Nous avons réservé, au nom de Stedquest.

À côté de lui, Marie poussa un petit cri et lui donna un coup de coude.

— Ça alors ! murmura-t-elle. Ils s'embrassent.

Robert se tourna vers sa fille et son compagnon. En effet, ils étaient dans les bras l'un de l'autre.

— Allons voir qui c'est, décida Marie en l'entraînant par le bras.

Robert avait toujours été très proche de Stevie, et il était absolument sûr qu'elle n'avait aucune envie d'être dérangée par ses parents.

— Pas tout de suite, Marie. Je crois que nous devrions les laisser...

Mais Marie traversait déjà la salle au pas de charge. Robert fut bien forcé de la suivre. Il avait d'ailleurs l'impression qu'il lui arrivait de plus en plus souvent de suivre sa femme dans des endroits où il n'avait pas envie d'aller.

Ils atteignirent la table au moment où Stevie et son ami interrompaient leur baiser.

— Stevie, ma chérie ! s'exclama Marie.

Leur fille se tourna vers eux, le regard brouillé, les joues roses.

Robert était aussi gêné qu'elle semblait l'être.

— Quelle surprise ! fit Marie joyeusement. Je ne savais pas que tu sortais ce soir.

Stevie rougit jusqu'aux oreilles. Elle se racla la gorge.

— Maman, papa, je vous présente Holt Landen. Holt, mes parents, Robert et Marie Stedquest.

— Ravi de faire votre connaissance, dit Robert en lui tendant la main.

Holt la serra fermement. Un bon point, songea Robert. Rien qu'à la façon dont un homme vous serrait la main, on savait déjà à qui l'on avait affaire. Ç'avait été le cas avec ce Peter que Stevie avait fréquenté deux ans plus tôt : Robert avait deviné à sa poignée de main molle et moite qu'il ne donnerait rien de bon. Et, en effet, ce minable avait brisé le cœur de sa fille adorée. Il l'avait quittée pour une autre femme, le crétin – et Robert devinait que l'histoire était encore plus scabreuse que Stevie ne le disait.

À l'époque, Robert avait entré le nom de Peter dans le fichier informatique du bureau pour savoir s'il faisait l'objet d'une procédure en cours ou au moins de contraventions, dans l'espoir de pouvoir l'ennuyer. Hélas, il n'avait rien trouvé.

Peu importait l'âge de Stevie ! À ses yeux, c'était toujours sa petite fille, et il éprouvait à son égard un fort instinct de protection.

Holt serra ensuite la main de Marie, à qui il adressa un sourire de star de cinéma. Sous le charme, elle lui sourit à son tour.

— Je suis très heureux de faire votre connaissance, madame. Stevie m'a beaucoup parlé de vous.

— C'est vrai ? s'étonna Marie en portant la main à sa poitrine.

Holt confirma d'un hochement de tête.

— Elle m'a dit que vous étiez à la tête d'une affaire de traiteur florissante.

— J'avoue que cela a démarré bien mieux que je n'aurais osé l'espérer, répondit Marie modestement.

Cela avait démarré en trombe, oui, songea Robert avec amertume. Désormais, le travail de Marie régissait leur vie. Elle ne parlait plus que de cela, ne s'intéressait plus qu'à cela. Organiser mariages, anniversaires et autres réceptions lui prenait tant de temps qu'elle n'en avait plus pour lui. Elle ne serait d'ailleurs pas sortie avec lui ce soir si elle n'en avait pas eu besoin pour effectuer des « recherches » pour son entreprise.

— Qu'est-ce que vous faites là, tous les deux ? demanda Stevie.

— On m'a commandé des *antipasti* pour un dîner le mois prochain. J'ai entendu dire qu'on en faisait de délicieux chez *Masoletto*, alors j'ai décidé de venir ici et d'en commander pour savoir ce qu'ils avaient de si extraordinaire.

Un petit cri se fit entendre de sous la table, aux pieds de Marie. Robert se pencha pour regarder. Marie en fit autant.

— Oh ! s'exclama-t-elle. Mais... mais c'est un bébé !

En effet, un petit paquet rose reposait dans une de ces coques dont on se sert pour transporter les bébés, à côté de la chaise de Stevie. Celle-ci se baissa, prit la tétine sur la couverture et la remit doucement dans la bouche du bébé.

Marie pressa les deux mains sur son cœur.

— Qu'il est mignon !

Il n'était pas mignon du tout, estima Robert, il était pathétique. Les bébés mignons ressemblaient à des chérubins aux joues rebondies, alors que celui-ci avait l'air d'un vieil homme édenté. Il avait le visage tout rouge et les bras et les jambes maigrichons.

Mais, apparemment, les femmes ne voyaient pas les enfants du même œil que les hommes, car Stevie semblait elle aussi en adoration devant le bébé.

— C'est une fille, dit-elle. Elle s'appelle Isabelle. Elle est belle, non ?

— Elle est adorable, confirma Marie.

Stevie semblait fondre littéralement devant la petite fille. S'il y avait une femme faite pour la maternité, songea Robert, c'était bien elle. Il ne connaissait personne qui aimât les enfants autant qu'elle.

— Tu la gardes pour des clients ? s'enquit Marie.

— Eh bien...

— En fait, intervint Holt, Isabelle est ma fille.

— Vous êtes marié ? demanda Marie de la voix horrifiée qu'elle réservait d'ordinaire aux catastrophes naturelles.

Holt se racla la gorge.

— Hum... non.

— Divorcé ?

— Non.

— Où est la mère de l'enfant ? demanda Marie en avançant un peu le menton, comme toujours quand elle recherchait une information.

— Elle est morte, malheureusement.

— Quelle horreur ! s'exclama-t-elle alors que la sympathie agrandissait ses yeux bleus. C'est vraiment terrible. Pauvre bébé ! Et quel malheur pour vous, qui vous retrouvez veuf avec un petit enfant !

— Euh… je ne suis pas veuf. Sa mère et moi… enfin, nous n'étions pas mariés.

Robert plissa les yeux. Il n'avait pas bonne opinion des hommes qui ne faisaient pas leur devoir.

Il jeta un coup d'œil à Marie. L'espace d'un instant, elle resta muette de stupeur. Cela n'allait pas durer…

— Eh bien, je ne doute pas que vous ayez tout de même du chagrin, dit-elle en effet, quand elle fut remise de sa surprise.

C'était l'une des choses qu'il aimait chez elle : elle était toujours prête à accorder le bénéfice du doute aux gens, elle ne les jugeait pas. En fait, c'était probablement l'une des femmes les plus indulgentes qu'il eût jamais connues. C'était l'une des raisons pour lesquelles il était tombé amoureux d'elle.

Ce qui ne manquait pas d'ironie. Car, en tant que procureur, il passait son temps à tenter d'écarter des jurys les gens comme sa femme.

Lorsqu'il était procureur, rectifia-t-il tristement. Avant sa mise à la retraite forcée.

— À vrai dire, expliqua Holt, la situation est un peu inhabituelle. La mère du bébé habitait Dallas et nous… euh… dit-il en se balançant d'un pied sur l'autre, visiblement mal à l'aise. Enfin, nous n'étions plus ensemble depuis un moment.

— Un moment ? répéta Marie en fronçant les sourcils.

Il hocha la tête.

— Nous ne nous étions pas parlé depuis plus d'un an. Je n'ai appris qu'elle avait un bébé que lorsque la police m'a appelé, il y a une quinzaine de jours, pour m'annoncer qu'elle était morte dans un accident de voiture.

— Ô mon Dieu ! fit Marie dans un souffle. Quel choc cela a dû vous faire !

— En effet, confirma-t-il avec un sourire grave.

Robert le comprenait. À une époque de sa vie, avant Marie, il aurait bien pu se retrouver lui-même dans cette situation.

Au moins, Holt avait assumé ses responsabilités quand il avait appris qu'il avait un enfant.

À voir l'expression de Marie, elle était en train de réfléchir. Robert savait même précisément ce qu'elle pensait. Il aurait pu prédire ce qu'elle allait dire. Et, effectivement…

— Alors… vous êtes libre ? conclut-elle.

— Oui, madame.

Le visage de Marie s'éclaira. Elle regarda tour à tour Holt et Stevie.

— Comment vous êtes-vous rencontrés ?

Holt jeta un coup d'œil à Stevie. Celle-ci ouvrit la bouche pour répondre, mais il fut plus rapide.

— Nous nous sommes rencontrés sur Internet, il y a quelques mois.

— Quoi ? s'exclama Stevie.

— Allez, ma chérie… on peut bien leur dire.

Il lui passa la main dans le dos, geste qui, au lieu de l'apaiser, sembla la surprendre.

— Je n'arrête pas de lui répéter qu'il n'y a rien de mal à faire des rencontres en ligne, que c'est même un excellent moyen pour les célibataires d'élargir leur cercle d'amis, mais elle est un peu traditionnelle, expliqua-t-il.

— Ça, oui, confirma aussitôt Marie, Stevie est parfois vieux jeu, mais les filles traditionnelles ont beaucoup à offrir.

Holt passa un bras autour des épaules de Stevie. Elle leva vers lui des yeux grands comme des soucoupes.

— En effet. Stevie m'a donné beaucoup de conseils pour m'occuper d'Isabelle. Elle la garde en attendant que je trouve une nounou.

— C'est vrai ? s'étonna Marie. Pourquoi ne m'as-tu rien dit ? demanda-t-elle à sa fille d'un ton de reproche. Nous nous parlons presque tous les jours, et tu ne m'en as pas soufflé mot !

— Je… Nous… nous ne… finit par prononcer Stevie d'une voix rauque.

— Nous avons correspondu plusieurs mois sur Internet, mais nous ne nous sommes vus pour la première fois qu'il y a quelques jours, intervint Holt. Stevie préférait sans doute s'assurer que je ne ressemblais pas à un gnome avant de vous parler de moi. Pour ma part, ajouta-t-il en souriant à Stevie, je savais par notre correspondance qu'elle était belle à l'intérieur, mais je ne me doutais absolument pas qu'elle était aussi belle à l'extérieur.

Marie rayonnait littéralement.

Le patron du restaurant s'approcha d'eux et se pencha vers Robert.

— Votre table est prête dans la salle voisine, annonça-t-il.

— Vous ne voulez pas vous joindre à nous ? proposa Holt en désignant leur propre table, sur laquelle étaient posées deux tasses de café, une part de gâteau au chocolat et une glace en train de fondre. Je suis sûr qu'Alberto nous trouvera deux chaises de plus.

Marie semblait sur le point d'accepter.

— Non, merci, s'empressa de répondre Robert. Vous avez presque fini, alors que nous venons d'arriver.

— M… mais… bredouilla sa femme.

Robert lui adressa un regard d'avertissement et serra de nouveau la main de Holt.

— J'ai été ravi de faire votre connaissance, assura-t-il.

— Tout le plaisir était pour moi. J'espère avoir bientôt l'occasion de vous revoir.

— Il faudra que vous veniez dîner à la maison avec Stevie, proposa Marie.

— Très volontiers.

— Formidable ! Pourquoi pas cette semaine ?

— J'ai appris aujourd'hui que je devais m'absenter mercredi pour une réunion de travail.

— Eh bien, disons samedi.

— Avec plaisir, répondit-il en hochant la tête.

— Parfait ! Je m'organiserai avec Stevie ; elle vous précisera les détails.

— Très bien.

— Je suis vraiment enchantée d'avoir fait votre connaissance. Au revoir, conclut-elle. Très bonne fin de soirée à tous les deux.

Elle embrassa sa fille sur la joue, puis Robert et elle allèrent prendre place à leur table dans la salle voisine.

— Tu te rends compte ? fit-elle. Elle ne m'en avait pas dit un mot ! Je me demande bien pourquoi.

— Les jeunes gens ne consultent pas systématiquement leurs parents au sujet de leur vie sentimentale, commenta-t-il en ouvrant son menu.

— Cela ne lui ressemble pas, de me cacher des choses.

Robert sentit la culpabilité lui nouer l'estomac. Lui aussi cachait quelque chose à Marie.

— Je suis un peu vexée qu'elle se soit montrée aussi secrète, ajouta-t-elle en dépliant sa serviette sur ses genoux.

Si le petit secret de Stevie la chagrinait, il n'osait pas imaginer comment elle réagirait en apprenant le sien.

— Peut-être n'avait-elle pas très envie que tu t'en mêles...

— Je ne l'aurais pas fait !

Bien sûr, songea-t-il en souriant et en s'absorbant dans la lecture de la carte.

— Tu trouves que je me mêle de ce qui ne me regarde pas ?

— Parfois.

— Cela part d'une bonne intention. J'ai envie de voir ceux que j'aime heureux.

— Je le sais bien.

— Quelquefois, je ne sais pas quoi faire pour qu'ils le soient, reconnut-elle avec une note de tristesse dans la voix. Surtout avec toi. Et surtout au lit, conclut-elle dans un murmure.

L'estomac de Robert se noua de plus belle.

— Bon sang, Marie ! Ne parlons pas de cela ici.

— C'est parce que je suis trop grosse ? Je sais bien que j'ai pris quelques kilos ces dernières années...

Il se sentait dans la peau d'un parfait salaud.

— Tu n'es pas du tout grosse, Marie. Tu es très belle.

— C'est ce que tu me répètes sans arrêt.

— Parce que c'est la vérité.

Au bout de trente-sept ans de mariage, il s'étonnait encore qu'elle n'ait absolument pas conscience de sa beauté. Il ne comprenait pas qu'elle puisse se regarder tous les jours dans la glace et ne pas s'en rendre compte. Il aimait son corps voluptueux. Il aimait son goût et son parfum. Il la trouvait magnifique.

— Je vieillis, je le sais bien. Je me demande si je ne devrais pas essayer le Botox.

— Au nom du Ciel, Marie ! Tu n'en as pas besoin.

— J'ai entendu dire que cela pouvait considérablement embellir les femmes.

— Oui, si on aime les visages gonflés et figés.

— J'ai seulement envie que tu me trouves attirante, murmura-t-elle, les larmes aux yeux.

— Mais c'est le cas, Marie. Cela a toujours été le cas.

— Alors, pourquoi...

Pourquoi n'avait-il plus d'érection ? La question flotta entre eux, pesante.

Lui-même n'en savait rien, mais une chose était sûre : c'était très humiliant.

Cela avait commencé un mois plus tôt, lors de leur anniversaire de mariage. Il lui avait offert des boucles d'oreilles en diamant et une douzaine de roses avant de l'emmener dîner au *Commander's Palace*. Il avait tout fait pour qu'ils passent une soirée romantique.

Ç'avait été le cas, du moins jusqu'à ce que Stan Olford, un ancien collègue, s'arrête à leur table. Il lui avait demandé s'il profitait bien de sa retraite, et Robert avait été obligé de mentir.

Marie croyait que c'était lui qui avait décidé de prendre sa retraite. Elle ne se doutait pas qu'il avait été poussé dehors. Il avait prévu de le lui dire des mois plus tôt. Il avait même commencé à le faire plusieurs fois, mais le moment lui avait toujours semblé mal choisi.

Maintenant, six mois s'étaient écoulés, et ce qui lui paraissait difficile alors semblait désormais impossible. Comment lui révéler qu'il lui mentait depuis si longtemps ?

Au point où il en était, mieux valait continuer à se taire.

Ensuite, leur soirée d'anniversaire s'était dégradée. Marie n'avait cessé de parler de son entreprise, tandis que Robert avait du mal à trouver un autre sujet de conversation. Cette entrevue avec Stan lui avait fait sentir à quel point sa vie était devenue insignifiante. Ce qu'il faisait était sans conséquence. Il passait ses journées à chercher quelque chose d'utile à faire et à attendre le retour de Marie. Il se sentait lessivé et vide, complexé, minable.

Et c'était ainsi que son sexe s'était comporté quand ils étaient rentrés. Marie avait revêtu un joli déshabillé et allumé des bougies avant de se mettre au lit. Il l'avait rejointe, et là... rien.

Il avait essayé. Dieu sait qu'il avait essayé ! Et Marie aussi. Ils avaient tout essayé. Plus ils essayaient, moins cela marchait.

Ils avaient tenté d'en rire. Mais, aux yeux de Robert, il n'y avait pas de quoi rire. D'autant que la même situation s'était reproduite les deux nuits suivantes. Lui qui s'était dit qu'il n'y avait rien de plus humiliant que d'être mis à la retraite de force... Eh bien, il s'était trompé. Cet échec personnel était plus cuisant encore.

Après cela, il avait fait son possible pour éviter toute intimité avec Marie. Il restait debout jusqu'à ce qu'elle dorme, ou alors, si elle travaillait tard pour une réception, il se couchait avant qu'elle rentre et faisait semblant de dormir quand elle le rejoignait.

— Tu ne t'intéresses plus à moi, dit-elle alors qu'une larme roulait sur sa joue.

Il ne supportait pas de faire souffrir Marie.

— Ce n'est pas cela, assura-t-il. Je suis un peu préoccupé, en ce moment.

— Par quoi ?

Bon sang ! Pourquoi fallait-il qu'elle insiste ? En principe, il n'était soumis à aucun stress. Il n'avait pas de travail, pas de responsabilités. Il disposait de son temps à son gré.

Il ne servait plus à rien – même au lit.

Sa frustration céda la place à la colère.

— Par ton absence permanente, grommela-t-il. Il est difficile d'être d'humeur romantique avec quelqu'un qui n'est jamais là.

— Je suis désolée, dit-elle en lui prenant la main. Je sais que j'ai été très occupée ces derniers temps. Mais il faut beaucoup travailler quand on monte une entreprise.

— Je ne comprends même pas ce qui t'a pris de te lancer là-dedans, jeta-t-il. Ce n'est pas comme si nous avions besoin d'argent.

Qu'est-ce qui arrivait à Robert ? se demandait Marie en regardant son mari. Il avait pourtant été le premier à la soutenir quand elle s'était lancée dans l'aventure. Pourtant, depuis qu'il avait pris sa retraite, il avait changé.

— Je ne fais pas cela pour l'argent, même si je trouve très agréable d'en gagner moi-même.

— Il me semblait que je subvenais à tes besoins. Avec mes investissements et ma retraite, nos revenus n'ont presque pas baissé.

Pourquoi était-il ainsi sur la défensive ?

— Ce n'est pas une question d'argent, affirma-t-elle. Tu as toujours subvenu aux besoins de la famille. Mais c'est là le problème. C'est toi qui gagnais de l'argent. J'ai envie de savoir de quoi je suis capable.

Elle se pencha en avant, en le suppliant mentalement de la comprendre.

— Pendant des années, ma vie s'est résumée à toi et aux enfants, poursuivit-elle. Maintenant que les enfants sont grands et qu'ils ont quitté la maison, j'ai l'occasion de voir un peu autre chose, expliqua-t-elle en lui souriant, dans l'espoir de détendre les traits crispés de Robert. C'est passionnant, tu sais. J'adore organiser des réceptions, aider les gens à fêter ce qui leur tient à cœur. Et j'aime que l'on me paye pour cela.

Le visage de Robert se ferma plus encore.

— Je ne savais pas que tu étais aussi malheureuse, dit-il froidement.

— Je n'étais pas malheureuse, mon chéri, assura-t-elle en posant la main sur la sienne. Nous avons parlé de tout cela. Je pensais que tu me comprenais. C'est toi qui m'as le plus encouragée. Tu disais que ce serait bénéfique pour moi.

Oui, sauf qu'il croyait que cela ne marcherait pas. En tout cas, pas aussi bien. Et puis, à l'époque, il travaillait encore. Il n'avait pas été poussé dehors.

Robert fut soulagé de voir arriver le serveur. Avec un peu de chance, Marie allait se mettre à lui parler de nourriture et laisser tomber ce sujet déprimant.

Ce qu'il lui fallait, c'était du temps, voilà tout. Un peu plus de temps pour que l'humiliation s'atténue, pour qu'il reprenne courage, pour qu'il oublie à quel point il se sentait faible et impuissant – dans tous les sens du terme. Alors, tout s'arrangerait.

9

Après que les parents de Stevie se furent rendus dans la salle voisine, un garçon débarrassa la table, et Alberto apporta l'addition. Puis M. Masoletto vint s'assurer que tout s'était bien passé.

Ces distractions donnèrent à Stevie le temps de mettre un peu d'ordre dans ses pensées. Seigneur, quel baiser ! Elle en sentait encore la brûlure sur ses lèvres.

Il n'y avait eu ni attente ni avertissement. Elle s'apprêtait à fuir la pièce, et soudain elle s'était retrouvée dans les bras de Holt. Sous le choc, elle n'avait pas protesté.

Quand Alberto se fut éloigné avec la carte de crédit de Holt, Stevie se pencha vers son compagnon.

— Ça ne va pas ? Qu'est-ce qui vous a pris ?

— J'ai donné ma carte à Alberto pour payer l'addition, répliqua-t-il avec une innocence feinte.

— Ce n'est pas de cela que je parle, vous le savez parfaitement.

Il haussa les sourcils d'un air surpris. Elle crut déceler dans son regard une note d'amusement qui ne fit qu'attiser sa colère.

— Vous voulez savoir pourquoi je vous ai embrassée ?

— Exactement.

Il esquissa un lent sourire ravageur.

— Votre bouche me fascine depuis le début de la soirée. Je n'ai pas pu résister.

Malgré elle, Stevie fut parcourue d'un frisson de plaisir.

Il posa la main sur la sienne et la regarda dans les yeux.

— C'était encore mieux que je ne l'imaginais, déclara-t-il.

La main de Stevie la brûlait. Elle la dégagea vivement.

— C'est bizarre, remarqua-t-elle avec un regard noir, je suis subitement devenue irrésistible à l'instant où mes parents sont entrés dans le restaurant. Qu'essayiez-vous de faire ?

— N'y voyez qu'un geste impulsif et romantique.

— C'est ça ! répliqua-t-elle, ironique, en levant les yeux au ciel.

— C'est la vérité.

Elle lui adressa un regard moqueur en guise de réponse.

— Je vous assure, insista-t-il avec une sincérité désarmante. Mais il y avait aussi une autre raison, je l'avoue. Je voulais préparer le terrain, ajouta-t-il en posant sa serviette sur la table et en se penchant vers Stevie.

— Préparer le terrain ?

— Oui, pour vous épouser, répondit-il avec un sourire engageant. Il me semblait qu'il vous serait plus facile d'accepter si votre famille pensait que nous nous connaissions depuis un moment.

Quelle impudence ! songea-t-elle, furieuse.

— Je ne vous épouserai pas, rétorqua-t-elle. Et je vous en veux d'avoir menti à mes parents de cette façon.

Elle prit son sac. Il la saisit par le bras pour la retenir.

— Attendez, Stevie. Je suis désolé, déclara-t-il d'un ton chargé de remords. J'espérais qu'ainsi il vous serait plus facile de dire oui.

— Je vous le répète encore : je ne me marierai pas avec vous.

— Et moi, j'espère encore que vous changerez d'avis, répondit-il en la regardant avec une intensité qui lui brûla la peau.

— S'il y a une chose que je déteste, c'est qu'on me manipule.

— Ce n'était pas mon intention.

Alberto choisit cet instant pour revenir avec la carte de Holt et le reçu. Holt le signa et le lui rendit avec un généreux pourboire.

— Je ne voulais pas vous contrarier, assura-t-il.

— Bien sûr ! Vous vouliez seulement me mettre dans l'embarras devant mes parents, leur mentir sur notre relation et me laisser dans une situation des plus gênantes.

— J'ai eu tort, admit-il avec une amabilité suspecte. Nous devrions peut-être aller leur dire la vérité tout de suite. Sauf qu'il serait peut-être un peu difficile de leur expliquer pourquoi vous m'avez rendu mon baiser, conclut-il avec un petit sourire malicieux.

Cet homme était l'être le plus exaspérant, le plus arrogant, le plus manipulateur qu'elle ait jamais rencontré.

Pourtant il avait raison. Elle lui avait bel et bien rendu son baiser. Et elle ne savait pas ce qui la contrariait le plus : qu'il ait deviné qu'elle allait le faire ou qu'elle l'ait fait.

Non, le plus alarmant, c'était qu'elle ait répondu à un stratagème délibéré avec autant de passion, révélant ainsi l'attirance qu'il lui inspirait. Maintenant, elle se sentait vulnérable et ridicule.

Ce qui donnait l'avantage à Holt. C'était précisément pour cela qu'elle s'était juré de ne plus jamais avoir de relation avec un séducteur. Elle se leva.

Holt en fit autant.

— Vous êtes prête ? demanda-t-il.

— Plus que prête, répondit-elle en passant la bandoulière de son sac sur son épaule et en s'éloignant sans se retourner.

Mais alors qu'elle se dirigeait vers la porte, elle entendit Isabelle pousser un cri pitoyable. Elle s'arrêta et fit demi-tour. Holt avait pris la coque et sa fille le regardait, son petit visage crispé et rougi par la détresse.

Stevie soupira. Elle ne pouvait pas abandonner un bébé malheureux, si insupportable que fût le père du bébé en question. Elle revint vers eux.

— Là... Isabelle, murmura-t-elle doucement. Ne pleure pas, ma chérie. Ça va aller.

Le bébé leva vers elle ses grands yeux humides et affligés.

Stevie craquait complètement pour cette petite fille.

Et pour son père aussi, hélas.

Elle sortit du restaurant avec Holt, en prenant soin de ne s'adresser qu'à Isabelle.

— Merci pour le dîner, finit-elle par dire à Holt d'un ton guindé, quand ils arrivèrent à sa voiture.

— Stevie, je suis désolé.

Il semblait sincère, cette fois, mais elle l'ignora et se contenta de dire :

— Bonne nuit, Isabelle.

Puis elle regagna sa voiture. Il fallait qu'elle s'en allât avant que le bébé se remît à pleurer et fît de nouveau s'écrouler ses défenses.

Michelle leva le nez d'une pile de dossiers d'inscription à des cours lorsque Stevie entra dans le Centre de documentation des parents, le lendemain matin.

— Il paraît que tu as passé une folle soirée, lui dit-elle avec un sourire entendu.

— Comment le sais-tu ?

— Ta mère a déjà appelé deux fois. Elle a dit qu'elle était tombée sur Holt et toi hier soir et que vous vous embrassiez !

Stevie laissa échapper un soupir agacé.

— Alors, c'est vrai ?

— Les apparences étaient trompeuses.

— Ah, bon ? Il te faisait du bouche-à-bouche pour te ranimer ?

Stevie poussa un nouveau soupir et traversa la pièce pour se rendre dans son bureau. Michelle la suivit. Stevie se laissa tomber dans son fauteuil gris.

— Qu'est-ce que ma mère t'a dit d'autre ?

— Eh bien, elle avait mille questions à poser. Elle voulait savoir depuis combien de temps tu correspondais avec Holt sur le Net, pourquoi tu étais restée si secrète sur le sujet...

Stevie ferma les yeux.

— Oh, génial ! Que lui as-tu dit ?

— Rien du tout. Je ne savais même pas que vous vous étiez rencontrés sur Internet.

— Ce n'est pas le cas. Holt a tout inventé. Il a cru qu'il me serait plus facile d'accepter de l'épouser si ma famille pensait que nous nous connaissions depuis un moment.

— Ô mon Dieu ! fit Michelle en ouvrant de grands yeux. Bien, bien, bien. Alors... vous vous êtes embrassés ? demanda-t-elle en s'asseyant sur le bord du bureau.

— C'était une ruse de sa part. Il voulait faire croire à mes parents que nous vivions une histoire romantique et torride.

— Vu la réaction de ta mère, il a plutôt réussi.

— Il lui a dit que nous communiquions par e-mail depuis des mois, mais que nous venions seulement de nous rencontrer.

— Et toi, qu'as-tu fait pendant qu'il racontait tout cela à tes parents ?

— Je suis restée là comme une idiote, sans rien dire, sous le choc.

— Cela a dû être un sacré baiser, commenta Michelle en haussant les sourcils.

— Oh, oui ! confirma Stevie tristement.

La porte d'entrée du Centre s'ouvrit à la volée. Les deux jeunes femmes se tournèrent en même temps et virent entrer un livreur chargé d'un énorme bouquet de roses.

— Toi aussi, tu as dû passer une folle soirée, remarqua Stevie.

Michelle lui répondit d'un sourire entendu et alla accueillir le livreur.

— Je ne crois pas que ce bouquet soit de Brian, dit-elle.

Elle revint dans le bureau quelques instants plus tard, chargée de la composition florale. Le parfum entêtant des roses se répandit dans la petite pièce quand elle posa le vase sur la table.

— J'avais raison, déclara Michelle. Elles sont pour toi.

Le cœur de Stevie se mit à battre follement.

— Ouvre la carte, lui dit son amie.

Les doigts tremblants, Stevie sortit le bristol de la petite enveloppe.

— Alors, qu'est-ce qui est écrit ?

— « Je t'en supplie, pardonne à papa, parce que j'ai vraiment besoin de toi. » C'est signé « Isabelle ».

— Comme c'est mignon !

Oui, c'était adorable. Bien malgré elle, Stevie sentit son cœur se serrer d'émotion.

— Il essaie encore de me manipuler, c'est tout, déclara-t-elle.

— Sois un peu indulgente. Il cherche à se faire pardonner.

La porte s'ouvrit de nouveau, et des pleurs de bébé que Stevie reconnut aussitôt emplirent le Centre.

— Le voilà, dit Michelle. Alors, sois gentille avec lui.

Elle se rendit dans la salle principale pour accueillir Holt et Isabelle. Stevie se leva, nerveuse, redressa le col de son chemisier et s'approcha du classeur à tiroirs pour avoir l'air occupée. Un instant plus tard, Holt passait la tête par la porte entrouverte de son bureau.

— Bonjour ! lança-t-il par-dessus les cris d'Isabelle.

— Bonjour, répondit-elle.

Holt posa la coque sur son bureau. Stevie se retourna et se pencha vers Isabelle. Mieux valait fixer son attention sur le bébé que sur son charmeur de père.

— Bonjour, Isabelle, dit-elle. Merci pour les jolies fleurs.

— Je t'en prie, répondit Holt d'une petite voix aiguë.

Stevie ne put se retenir de sourire.

— Ça alors, Isabelle ! Quand as-tu appris à parler ?

La petite s'arrêta de pleurer et fourra son poing dans sa bouche.

— Quand mon papa est devenu nul, fit Holt de la même drôle de voix. J'espère que sa conduite ne va pas jouer en ma défaveur.

— Tu n'es pas responsable du comportement de ton père, assura Stevie en souriant. Tu as déjà pris ton petit déjeuner ?

— Euh… juste du café et un bagel, dit Holt, toujours sur le même ton. Non, pardon… ce n'était pas moi.

— D'accord, d'accord, fit Stevie en levant une main et en riant. Ça suffit.

— Ouf. Je commençais à avoir peur de me casser une corde vocale.

Il lui sourit. Malgré ses bonnes résolutions, elle se surprit à lui rendre son sourire.

— Je suis vraiment désolé pour hier soir, reprit-il.

Stevie détourna les yeux, mal à l'aise. Elle ne voulait pas lui dire que ce n'était pas grave, car ça l'était. Mais comment résister à son regard ?

— Je regrette de vous avoir contrariée et je regrette de vous avoir mise dans une situation gênante vis-à-vis de vos parents. En revanche, ajouta-t-il en baissant la voix, je ne regrette pas de vous avoir embrassée.

Le cœur de Stevie battait la chamade.

— Eh bien, il vaudrait mieux que cela ne se reproduise pas.

— Ce serait dommage, répliqua-t-il d'une voix grave. Vous embrassez drôlement bien, Stevie.

— Et vous, riposta-t-elle vivement, vous êtes un sacré baratineur. C'était un coup bas.

— Je suis vraiment désolé.

Il n'en avait pas du tout l'air. En fait, il semblait sur le point de l'embrasser de nouveau.

Stevie reporta son attention sur le bébé.

— Isabelle a bu son biberon, ce matin ?

— Je n'ai pu lui faire avaler que quelques gorgées.

— Allons, ma chérie, il faut que tu manges, si tu veux devenir grande et forte.

Stevie sortit Isabelle de sa coque. La petite eut un mouvement de recul et protesta, mais pas aussi vigoureusement que la veille. Une fois assise dans son fauteuil de bureau, Stevie l'installa dans ses bras. Holt sortit le biberon du sac à langer et le lui tendit. À peine quelques secondes plus tard, Isabelle avait cessé de se débattre et tétait goulûment.

— Je n'en reviens pas de la facilité avec laquelle vous arrivez à la faire manger, commenta Holt. Vous êtes sa meilleure chance d'échapper à l'alimentation par sonde.

Ce n'était pas juste. Il se débrouillait pour lui faire croire qu'elle était indispensable au bien-être d'Isabelle.

— Écoutez, dit-il en se massant le menton, j'ai un service à vous demander.

— Je vous en rends déjà un.

— Je le sais, et j'apprécie vraiment ce que vous faites. Je ne vous demanderais pas cela si je n'étais pas acculé. Il faut que je me rende à Atlanta demain, et j'aimerais savoir si vous accepteriez de m'accompagner.

— Quoi ?

— Pour vous occuper d'Isabelle. Je n'ai pas envie de la laisser seule dans une chambre d'hôtel avec une baby-sitter après ce qui s'est passé la dernière fois…

— Non. Pas question. Je ne peux pas m'absenter comme cela. J'ai des rendez-vous, des cours à donner. C'est impossible.

— Rien n'est impossible.

— N'insistez pas. Je ne viendrai pas.

Il soupira et adressa un regard triste à sa fille.

— J'aurai essayé, ma chérie, dit-il.

Encore un coup bas. Le pire, c'était que cela marchait.

— Si vous voulez, je peux téléphoner à la directrice du Centre de documentation des parents d'Atlanta pour lui demander les coordonnées d'une infirmière à domicile. Je suis sûre qu'elle vous trouvera quelqu'un de fiable.

Il lui adressa un regard désemparé.

— C'est de vous qu'Isabelle a besoin, répondit-il.

Il savait vraiment frapper là où cela faisait mal, songea-t-elle en réprimant un soupir. Elle caressa les cheveux du bébé et se raidit pour résister à la tendresse qui l'envahissait.

— Elle a besoin de quelqu'un à plein temps, lui rappela-t-elle. Où en êtes-vous de votre recherche de nounou ?

— Ça ne donne pas grand-chose, pour le moment. J'ai fait passer deux entretiens téléphoniques hier, mais aucune des deux candidates ne m'a paru très prometteuse.

— Vous avez pris contact avec d'autres agences de placement ?

Holt eut soudain une idée. Une idée à la fois si retorse et si ingénieuse qu'elle le surprit lui-même. Il ne pouvait quand même pas faire ça, si ? Si. Il pouvait. Aux grands maux les grands remèdes.

— Oui. D'ailleurs, l'une d'elles m'envoie des candidates ce soir pour des entretiens. Vous pourriez peut-être m'aider.

Stevie secoua la tête.

— Je peux vous donner une liste d'agences et d'organismes, mais je ne peux vous recommander personne en particulier. En tant que directrice du Centre, je refuse de prendre cette responsabilité.

— Je ne m'adresse pas à la directrice du Centre. Je m'adresse à une amie.

Elle hésita.

— L'amie d'Isabelle, précisa-t-il.

Si elle avait su ce qu'il s'apprêtait à faire... Mais il était prêt à parier qu'elle ne serait pas capable de laisser Isabelle aux soins de quelqu'un qu'elle jugeait incompétent.

— Je vous en prie, insista-t-il. Ce ne sera pas long. Une demi-heure tout au plus.

— Je ne crois vraiment...

— Vous savez à quel point il est important que j'embauche la bonne personne, et vous savez quelles qualités il faut rechercher. Pas moi, apparemment. Je vous en supplie, ajouta-t-il comme il la sentait hésiter, faites-le pour Isabelle. Une nouvelle erreur de ma part aurait de terribles conséquences pour elle.

Elle regarda le bébé dans ses bras, et son regard s'adoucit. Il la tenait, songea Holt, satisfait.

— Nous ne pouvons pas faire cela ici, le prévint-elle. Et je ne viendrai pas chez vous.

— À mon bureau, alors ? suggéra-t-il. Vers 18 h 30 ?

— D'accord, dit-elle avec un soupir. Mais ensuite, ce sera fini. Je ne pense pas qu'il soit sage que je m'implique davantage dans la vie d'Isabelle.

— Et dans la mienne ?

Elle piqua un fard. Cependant, elle le regarda droit dans les yeux.

— Non seulement ce ne serait pas sage, mais ce serait imprudent.

Il rit. Elle avait raison, sans aucun doute. Elle recherchait une union durable, définitive – chose à laquelle il ne croyait pas. En revanche, à en juger par leur baiser de la veille, ils pourraient passer de très bons moments, le temps que ça durerait...

10

— Isabelle pleure beaucoup, madame Schultz, annonça Stevie ce soir-là.

Elle était dans le bureau de Holt, assise à sa table. Isabelle sommeillait dans sa poussette à côté d'elle.

— Comment vous y prendriez-vous pour la consoler ? demanda-t-elle.

La femme à l'air sévère croisa les bras sur sa poitrine. Pour Holt, elle ressemblait à un char d'assaut : trapue et large, avec des bras gros comme des canons et une personnalité quelque peu écrasante.

— Eh pien, che me zervirais d'une tut-tut.

— Vous voulez dire d'une sucette ?

— *Ja*, confirma la femme avec un brusque hochement de tête. Che la lui skotjerais à la pouche.

— Vous la lui scotcheriez à la bouche ? répéta Stevie, stupéfaite.

— *Ja*.

Holt sauta sur ses pieds. Il fallait qu'il fasse sortir cette femme d'ici au plus vite.

— Merci, madame Schultz. Je pense que nous avons tous les renseignements qu'il nous faut.

Celle-ci cligna des yeux derrière ses grosses lunettes.

— Z'est tout ?

— Oui, c'est tout. Merci d'être venue.

— Vous ne voulez pas gonnaître mes techniques de discipline ?

— Pas pour l'instant, merci. Isabelle est encore toute petite.

— Je zais drès bien discipliner les bétits enfants. Blus ils zont bétits, mieux ça marche. Il leur faut une main ferme.

Elle accentua les trois derniers mots d'une claque de la main gauche dans la main droite.

Stevie la regarda, tel un pitbull prêt à attaquer.

— Je n'arrive pas à croire…

Holt se racla la gorge et s'approcha de la porte.

— Eh bien, je crois que cela nous suffira.

La femme se leva, se dirigea vers la porte, puis s'arrêta.

— Guand brendrez-fous fotre décision ?

— Très bientôt. Nous tiendrons votre agence au courant. Merci encore.

Il referma la porte derrière elle, revint dans le bureau et se laissa tomber dans un fauteuil à côté de Stevie.

— C'était la dernière. Qu'en pensez-vous ?

— Que ce sont les pires candidates à un poste de nounou que j'aie jamais vues, répondit Stevie, indignée. Je ne leur confierais même pas un poisson rouge. Alors, un bébé, encore moins.

Holt eut du mal à cacher sa joie.

— Elles avaient pourtant toutes de l'expérience, dit-il.

— Peut-être, mais ce ne sont pas de bonnes nounous.

Ce qui n'avait rien d'étonnant puisque, en réalité, c'étaient des actrices qu'il avait recrutées par le biais de l'agence de publicité d'un ami.

— Il faudrait dénoncer cette Mme Schultz aux autorités ! s'exclama Stevie. Elle salivait à la perspective de discipliner des enfants. Et son histoire de sucette scotchée ! Je n'arrive pas à y croire.

— En effet, c'était plutôt surprenant.

— Une femme comme elle ne devrait pas avoir le droit de s'approcher d'un enfant.

— Je ne l'ai pas retenue, rassurez-vous. Qu'avez-vous pensé de la première candidate ?

— La petite brune avec les cheveux longs et le chewing-gum ? Oh, je vous en prie ! fit-elle en levant les yeux au ciel.

— Elle ne vous a pas plu ? demanda-t-il en s'efforçant de conserver une expression neutre.

— Elle a répondu quatre fois au téléphone en un quart d'heure d'entretien. Son prochain rendez-vous chez la manucure l'intéressait plus qu'Isabelle.

— Et la deuxième candidate ? Elle avait un genre grand-mère qui conviendrait bien à Isabelle, non ?

— Un genre grand-mère ? répéta-t-elle. Arrière-arrière-grand-mère, plutôt.

Holt eut le plus grand mal à ne pas rire.

— Comment une femme qui a besoin d'un déambulateur et d'une bouteille d'oxygène fera-t-elle pour courir après Isabelle lorsqu'elle marchera ? En plus, il vous faut quelqu'un qui restera auprès d'Isabelle au moins deux ans. Cette femme n'a peut-être pas une espérance de vie aussi longue.

Tout se passait au mieux, songea Holt.

— Mlle Crenshaw semble en parfaite santé, au moins, remarqua-t-il.

— Vous avez perdu la tête ou quoi ?

— En plus, elle s'intéresse à la diététique.

— C'est une obsédée de la diététique, oui ! Ses précédents employeurs l'ont renvoyée parce qu'elle avait mis de l'ail et du jus de luzerne dans le biberon du bébé !

— D'accord, mais elle le leur a avoué quand ils se sont inquiétés de la mauvaise haleine de leur enfant.

— Vous n'envisagez pas sérieusement de l'engager, Holt.

— Dans ce cas, il reste Mlle Smith. Elle a l'air très gentille.

— Je ne me fais pas à son tatouage dans le cou, répondit Stevie en secouant la tête.

— Beaucoup de gens ont des tatouages, observa-t-il.

— Oui, mais ils ne disent pas tous : « Satan règne. »

Holt eut du mal à paraître choqué.

— C'est ce qui était écrit ? demanda-t-il, feignant l'ignorance.

— Oui.

— Aïe ! Je commence à croire qu'il est impossible de trouver quelqu'un qui puisse donner à Isabelle l'affection et les soins dont elle a besoin.

— Il doit tout de même exister de meilleures candidates que ces femmes.

— Pas tellement. C'est la troisième agence que je contacte.

— Quel est son nom ? Elle devrait être fermée.

Il aurait dû se douter que Stevie voudrait prendre des mesures de ce genre.

— Je ne me rappelle pas son nom, mentit-il. Ce dont je me souviens, c'est qu'elle a son siège social en dehors de l'État.

— Mais toutes ces femmes étaient d'ici, objecta-t-elle, les sourcils froncés.

— C'est une agence nationale spécialisée dans le placement de nounous qui habitent près de chez leurs clients, improvisa-t-il.

Il fallait qu'il se dépêche de changer de sujet avant qu'elle ne pose trop de questions.

— À propos, où habitez-vous ? lui demanda-t-il.

— Pas très loin du Centre de documentation des parents, mais je dois déménager. Le propriétaire vient de vendre l'immeuble. Et vous ?

— J'ai une maison dans le centre.

Elle le regarda avec curiosité.

— L'une des maisons anciennes ?

— Oui. Elle date de 1870.

— Je vous aurais plutôt imaginé dans un appartement moderne donnant sur le fleuve.

— À vrai dire, j'ai un faible pour les choses anciennes.

— Je m'en rends compte.

Elle regarda autour d'elle. Le bureau de Holt était garni de meubles anglais anciens et d'un tapis persan. Elle se leva et s'approcha d'un guéridon sur lequel était posée une collection de boussoles.

— Vous êtes originaire de La Nouvelle-Orléans ? lui demanda-t-elle.

— Oui. Je suis né ici et j'y ai vécu jusqu'au divorce de mes parents.

— Quel âge aviez-vous ?

— Sept ans.

— Cela n'a pas dû être facile, remarqua-t-elle.

— Non, en effet.

— Que s'est-il passé ?

— Il y a deux versions. Ma mère dit que mon père avait une aventure avec sa secrétaire et mon père que maman est partie parce que son entreprise avait fait faillite et qu'il n'avait plus d'argent. Ce que je sais, c'est que tout mon monde s'est effondré.

Il la rejoignit et contempla le soleil se coucher par la fenêtre.

— Je me souviens aussi que je croyais que c'était ma faute, que j'aurais dû les empêcher de se séparer.

— Les enfants réagissent souvent ainsi.

— Je ne veux pas qu'Isabelle connaisse ça. Je me dis que ce qu'elle n'a jamais connu ne pourra pas lui manquer.

— Sauf qu'elle pourra avoir envie de ce qu'elle n'a jamais connu, dit-elle d'une voix douce.

Holt haussa les épaules.

— Au moins, elle ne sera pas soumise à un aussi gros traumatisme que moi.

— Peut-être changerez-vous d'avis quand vous rencontrerez la femme de votre vie.

— Je ne crois pas qu'elle existe.

Stevie trouva ces paroles d'une tristesse infinie.

— Vous pensez cela pour l'instant, dit-elle. Que se passera-t-il si vous rencontrez quelqu'un dont vous tombez amoureux et avec qui vous avez envie de fonder une famille autour d'Isabelle ?

— Cela n'arrivera pas.

— Peut-être que si. Les gens changent.

— Non. Pas en ce qui concerne l'essentiel. Les gens sont ce qu'ils sont.

— Quel cynisme !

— Je ne suis pas cynique, mais honnête, répliqua-t-il. Si vous vous mariiez avec moi et adoptiez Isabelle, vous seriez sa mère, aussi bien sur le plan légal qu'affectif. Nous établirions un contrat. Mieux, vous auriez ma parole. J'ai vécu un divorce difficile et je ne ferais jamais subir cela à Isabelle. Je ne bouleverserais pas sa vie et je n'essaierais jamais de vous enlever son affection.

Il était impossible, en le regardant dans les yeux, de ne pas le croire.

— Et si, dans un an ou deux, je tombe amoureuse et que j'ai envie de me marier avec quelqu'un d'autre ? demanda-t-elle.

Elle réalisa trop tard qu'elle venait d'évoquer la possibilité d'accepter son plan. Et au sourire de Holt, elle comprit qu'il s'en était parfaitement rendu compte.

— Si vous ne quittez pas La Nouvelle-Orléans, cela ne posera pas de problème. Les remariages de mes parents ne m'ont pas tellement affecté. Ce qui comptait, c'étaient leurs relations entre eux et avec moi. Alors, demanda-t-il en la dévisageant, vous y réfléchissez ?

— N… non. Je…

Que faisait-elle, au juste ?

— Je cherche les raisons pour lesquelles cela ne peut pas marcher.

— Parlons plutôt des raisons pour lesquelles cela peut marcher, suggéra-t-il. Premièrement : vous savez de quoi Isabelle a besoin et comment le lui offrir. Deuxièmement : elle vous accepte. Troisièmement : vous voulez un enfant. Vous avez dit vous-même avoir envie d'être mère. Isabelle pourrait vous faire réaliser ce rêve. Sauf si… fit-il après une hésitation.

— Sauf si quoi ?

— Sauf si vous ne voulez pas adopter Isabelle parce qu'elle est trop difficile.

Stevie faillit s'étrangler.

— Comment pouvez-vous imaginer une chose pareille ? s'exclama-t-elle.

Il haussa les épaules.

— Je suis objectif, c'est tout. Ce n'est pas une enfant facile. Toutes les nounous qu'elle a eues ont démissionné parce qu'elle était trop désagréable. Pire, ajouta-t-il en s'assombrissant, avec ce qu'elle a vécu, il est possible qu'elle ait des problèmes toute sa vie.

— Ne doutez pas une seule seconde qu'Isabelle soit digne d'amour, déclara-t-elle farouchement. Vous, vous ne la trouvez pas difficile à aimer, n'est-ce pas ?

— Ma foi, je ne sais pas trop ce que je ressens, répondit-il d'un ton sombre. Tout ce que je sais, c'est que je ne dors plus et que je suis épuisé.

Sa silhouette se découpait sur le ciel sombre. Il semblait très seul.

— Je veux lui donner tout ce dont elle a besoin, dit-il en se tournant vers elle. Or c'est de vous qu'elle a le plus besoin.

Le cœur de Stevie s'emballa. Comment s'était-elle mise dans cette situation ? Trois jours plus tôt, elle ignorait l'existence d'Isabelle et celle de Holt.

— Holt…

— Vous savez qu'elle a besoin de vous.

Ces mots l'émurent profondément.

— Peut-être, mais je ne veux pas d'un mariage bidon, moi, répliqua-t-elle d'une voix très basse.

— Hé ! Mais il n'a pas à être totalement bidon.

Le regard que Holt posa sur elle fit courir plus vite le sang de Stevie dans ses veines. Il s'approcha d'elle et la prit par les bras.

— Il existe une indéniable alchimie entre nous, Stevie. Ce baiser, hier soir… c'était incroyable.

De son point de vue à elle, en tout cas, ça l'avait été. Un frisson brûlant lui parcourut le dos quand il remonta les mains le long de ses bras.

— Si nous nous marions, rien ne nous empêche d'en profiter. Le mariage offre des compensations, dit-il avec un petit sourire entendu.

— Ce ne serait pas un vrai mariage, rétorqua-t-elle. Un vrai mariage est permanent.

— La moitié des mariages ne durent pas jusqu'à la première grippe de l'un des époux – et moins encore jusqu'à ce que la mort les sépare.

— Peut-être, mais les gens qui se marient vraiment n'organisent pas leur divorce avant de s'occuper de leur mariage. Lorsqu'ils prononcent les serments du mariage, ils espèrent les tenir.

— Ils se font des illusions, c'est tout.

Stevie avait du mal à réfléchir quand il la touchait. Elle se dégagea.

— Vous aussi, vous vous faites des illusions si vous pensez que je vais accepter.

— Stevie, si vous vouliez bien arrêter d'être aussi têtue, vous verriez que c'est aussi dans votre intérêt. Vous avez dit que vous désiriez un enfant et, pour autant que je sache, c'est peut-être votre meilleure chance d'en avoir un.

— Pourquoi dites-vous cela ? demanda-t-elle en se raidissant.

— Mais... parce que vous avez envie d'un enfant et que vous n'en avez pas. Et vous ne sortez avec personne, alors...

— Alors, manifestement, je n'ai pas ce qu'il faut pour attirer un homme ?

— Quoi ? s'exclama-t-il, sidéré. Je n'ai jamais dit cela.

— Vous n'en avez pas eu besoin.

— Écoutez, vous m'avez mal compris. Je vous trouve extrêmement attirante. Bon sang, ce baiser, hier soir, ne vous a rien fait comprendre ?

— Si. Il m'a fait comprendre que vous étiez un manipulateur.

Sur ce, elle prit son sac et se dirigea vers la porte.

— Stevie, si vous vouliez bien être un peu raisonnable...

— Ne me parlez pas d'être raisonnable. Trouvez-vous que votre proposition ait quoi que ce soit de raisonnable ?

— Stevie...

— J'ai tenu parole, Holt. Je vous ai dit que je vous aiderais à vous occuper d'Isabelle provisoirement et je l'ai fait. Je vous ai dit que j'allais vous aider à sélectionner une nounou et je l'ai fait. Je vous ai dit que je vous trouverais une infirmière à domicile à Atlanta et je l'ai fait. Alors, pourquoi ne me croyez-vous pas quand je vous dis que je ne vous épouserai pas ?

Elle ouvrit la porte. Isabelle aspira une longue goulée d'air et poussa un hurlement. Stevie se figea, la main sur la poignée, et se retourna vers le bébé.

— Voilà pourquoi, dit-il simplement.

Un instant, il eut l'impression de voir des larmes briller dans ses yeux. Puis elle se redressa, sortit et referma la porte.

11

La sonnerie insistante du téléphone tira Stevie d'un profond sommeil. Elle ouvrit les yeux et regarda les chiffres phosphorescents du réveil digital posé sur la table de nuit. Il était 3 h 37. Prise d'inquiétude, elle s'assit dans son lit et décrocha. Les appels en pleine nuit apportaient rarement de bonnes nouvelles.

— Allô ?

Les gémissements plaintifs d'un bébé résonnèrent dans le combiné.

— Stevie, je suis vraiment désolé de vous déranger à cette heure-ci. Je crois qu'Isabelle est malade, dit Holt d'une voix tendue et inquiète. J'ai laissé un message au pédiatre, mais cela fait une heure et il ne m'a pas encore rappelé, et…

— Qu'est-ce qui ne va pas ? demanda-t-elle.

— Eh bien, elle s'est réveillée en pleurant il y a deux heures, ce qui n'est pas inhabituel, mais je trouve qu'elle est chaude et qu'elle a un comportement bizarre.

— Bizarre comment ?

— Elle est plutôt molle.

— Avez-vous pris sa température ?

— Non. Je n'ai pas de thermomètre.

— Avez-vous du paracétamol pour nourrisson ?

— Non.

Elle aurait sans doute dû lui conseiller d'attendre que le médecin le rappelle. C'était ce qu'il y avait de plus intelligent à faire. Après tout, ce n'était pas son problème, et il valait mieux pour elle qu'elle cesse de se mêler de la vie d'Isabelle. En quittant le bureau de Holt ce soir-là, elle avait décidé de ne plus avoir de contact avec lui, ni avec son enfant. Elle s'attachait bien trop à Isabelle – et Holt l'attirait bien trop.

Mais c'était compter sans les pleurs du bébé qui lui parvenaient dans le téléphone.

Elle avait un thermomètre auriculaire et du paracétamol liquide pour enfant, qu'elle avait achetés un jour où elle avait gardé les jumeaux de son frère. Elle soupira.

— Donnez-moi votre adresse, dit-elle. J'arrive.

Holt avait dû guetter son arrivée derrière la porte car, dès qu'elle se gara devant l'imposante maison blanche, vingt minutes plus tard, il apparut sous le porche éclairé, Isabelle dans les bras. Il descendit les marches pour venir à sa rencontre. Le bébé poussait des gémissements.

— Mon Dieu, que je suis heureux de vous voir !

Une espèce de courant électrique la parcourut quand elle l'aperçut. Elle ne l'avait jamais vu qu'en costume et cravate alors que, maintenant, il portait un jean et un tee-shirt près du corps. Ses avant-bras étaient bronzés et ses biceps saillaient tandis qu'il tenait Isabelle contre son torse musclé.

Stevie tendit les bras vers la petite, qui avait l'air d'une pauvre poupée de chiffon. Isabelle protesta à peine lorsqu'elle la prit. Elle était brûlante.

— C'est sûr, elle a de la fièvre, déclara-t-elle. Le pédiatre a-t-il fini par vous rappeler ?

Holt hocha la tête.

— Il m'a dit de prendre sa température, de lui donner une cuillerée de paracétamol et de l'amener à son cabinet à la première heure demain matin. Si elle a 40 °C, il faudra lui donner un bain tiède.

— À quelle heure le cabinet ouvre-t-il ?

— Dans exactement trois heures, cinquante-deux minutes et trente-deux secondes, répondit-il en consultant sa montre.

Stevie sourit.

— Allez, viens, ma chérie, dit-elle à Isabelle. On va prendre ta température.

Holt lui tint la porte tandis qu'elle entrait avec le bébé dans l'élégant vestibule éclairé par un énorme lustre.

— Sa chambre est en haut, à gauche, annonça-t-il.

Elle le suivit dans le grand escalier et dans le couloir, jusqu'à la nursery. Elle s'arrêta sur le pas de la porte, stupéfaite.

— Ô mon Dieu !

— Ce sont les affaires qu'Ella avait achetées. Son avocat les a fait envoyer ici.

On aurait dit un royaume de fées. La pièce était tendue de soie blanche, de mètres et de mètres de fin tissu élégamment drapé autour de la grande fenêtre et en baldaquin au-dessus du berceau laqué blanc.

La table à langer, elle aussi blanche, était ornée d'un long volant de la même soie. Une immense maison de poupée assortie – un château de poupée, plutôt – était posée dans un coin de la pièce.

— Je trouve cela un peu exagéré, dit Holt, mais je ne m'y connais absolument pas en puériculture, et acheter encore des affaires de bébé n'avait pas de sens…

— C'est ravissant, commenta Stevie en passant le doigt sur le tissu. Dangereux pour un bébé, mais ravissant.

— Je n'ai même pas pensé à cela. J'ai demandé aux déménageurs de tout installer comme chez Ella. Cela ne m'étonne pas qu'elle se soit plus préoccupée de décoration que de sécurité.

— Il faut seulement remonter le tissu hors de portée d'Isabelle. Ce ne doit pas être difficile à faire. Vous êtes prêt à prendre sa température ? lui demanda-t-elle.

— Moi ? fit-il d'un air inquiet. Oh, non ! Il vaut mieux que vous le fassiez. Je vais attendre dans le couloir.

— Dans le couloir ? répéta-t-elle en fronçant les sourcils.

— Oui.

— Il faut au moins que vous regardiez pour apprendre.

— Non. Non, merci.

— Vous êtes le père d'Isabelle, déclara-t-elle d'un ton sévère. Vous devez apprendre un minimum de gestes simples pour vous occuper d'elle. Prendre la température d'un enfant fait vraiment partie des bases.

Holt se balançait d'un pied sur l'autre en fuyant son regard.

— Cela me met assez mal à l'aise.

Quel était le problème ? Elle allait le lui demander quand elle comprit : tout génie des affaires qu'il était, Holt ignorait manifestement les progrès technologiques des thermomètres.

Elle réprima un sourire. Elle n'allait pas le rassurer tout de suite.

— Vous êtes capable de le faire, assura-t-elle. Je vais vous aider. De toute façon, il vaut mieux être deux. Prenez Isabelle et allez vous asseoir dans le fauteuil.

Il obtempéra à contrecœur tandis que le bébé pleurait de plus belle.

— Hum… vraiment, je ne…

Stevie posa son sac, l'ouvrit et en sortit un étui en plastique.

Les yeux de Holt s'agrandirent de frayeur.

— Franchement, Stevie, je...

Elle ouvrit l'étui.

— Mais... mais il est énorme, non ? s'inquiéta-t-il.

Elle sentit ses lèvres trembler tandis qu'elle se retenait d'éclater de rire.

— Il est d'une taille tout à fait normale, affirma-t-elle.

— C'est un tout petit bébé, quand même.

Stevie, qui avait de plus en plus de mal à conserver son sérieux, sortit une boîte de petits capuchons en plastique et en posa un au bout de l'instrument.

— Tenez-la bien. Il ne faut pas qu'elle bouge pendant que j'insère le thermomètre.

— Je... je ne crois pas...

— Vous allez m'aider, oui ou non ? demanda-t-elle en le regardant sévèrement.

Il hocha la tête, visiblement réticent, le regard plein d'appréhension.

— D'accord, fit-il. Faut-il... faut-il que je lui enlève sa couche ?

Stevie éclata de rire.

— Qu'y a-t-il de si drôle ? grommela-t-il.

— Vous.

— Je ne vois rien d'amusant dans cette situation.

— Si. Parce que le thermomètre va dans son oreille.

— Son oreille ?

Le mélange de stupéfaction et de soulagement qui se peignit sur son visage fit redoubler l'hilarité de Stevie.

— C'est vrai ?

Entre deux hoquets, elle parvint à hocher la tête.

— Ouf. Je pensais...

— Je sais ce que vous pensiez, assura-t-elle en souriant. Maintenant, tenez-la bien.

Elle se pencha vers Holt et introduisit le bout du thermomètre dans l'oreille d'Isabelle, qui poussa un hurlement déchirant.

— Pauvre chérie, murmura-t-elle d'un ton apaisant en appuyant sur le bouton, avant de retirer l'appareil. Vu le cri qu'elle vient de pousser, je parie qu'elle a une otite.

— Vous avez sa température ?

— 39,5 °C, lut-elle. Il faut lui donner du paracétamol.

Elle posa le thermomètre, prit le flacon de médicament et mesura soigneusement la dose dans le compte-gouttes, qu'elle glissa dans la bouche du bébé. Isabelle fut si surprise qu'elle s'interrompit au milieu d'un hurlement et avala tout.

— Vous savez vous y prendre, commenta Holt, admiratif. Si c'était moi qui avais essayé, elle se serait étranglée.

— Vous auriez réussi, assura-t-elle. Ce n'est pas si difficile que cela.

— Tout ce qu'il faut faire pour s'occuper d'elle est difficile, pour moi. Je n'arrive même pas à la faire manger.

— À quand remonte son dernier biberon ?

— Je le lui ai donné vers 20 heures. Mais elle n'a presque rien avalé.

— Voyons si nous pouvons la convaincre de boire un peu.

Holt lui donna le bébé et descendit à la cuisine préparer un biberon. Stevie se rendit dans le salon, où elle s'installa sur le canapé. Avec ses somptueux kilims, ses meubles et objets anciens, la pièce respirait le luxe. Le ravissant arrangement de lanternes de cuivre sur un guéridon et la composition florale sur un autre trahissaient le travail d'un décorateur professionnel.

Holt se laissa tomber lourdement à côté d'elle et lui passa le biberon. Il fronçait les sourcils.

— Pauvre Isabelle, fit-il. Si petite et fragile, et maintenant malade.

— Je pense que ce n'est qu'une otite. Elle se remettra vite quand elle aura vu le pédiatre. Mais elle ne sera pas en état de prendre l'avion demain.

Elle glissa la tétine entre les lèvres du bébé, qui les referma aussitôt dessus.

— Vous pouvez reporter votre réunion ?

Holt secoua la tête.

— Je l'ai déjà fait une fois. De toute façon, il est trop tard. Trente actionnaires viennent exprès à Atlanta, et la plupart sont déjà arrivés.

— Que se passera-t-il si vous ne vous y rendez pas ?

Un muscle tressauta dans la joue de Holt.

— Eh bien, la société pourrait me faire un procès pour rupture de contrat, puisque le conseil d'administration m'a engagé pour préparer le plan que je dois présenter demain. Ma réputation serait fichue, ce qui signifie que plus personne ne voudrait m'embaucher et que je n'aurais plus de quoi nous faire vivre, Isabelle et moi.

— Vous m'avez dit qu'Ella lui avait laissé beaucoup d'argent...

— Ai-je l'air d'être du genre à vivre aux crochets de ma fille ? répliqua-t-il avec un regard noir.

— Vous ne pouvez pas vous faire représenter par quelqu'un ?

— Non.

Il poussa un profond soupir.

— C'est l'inconvénient de ne pas avoir d'associé, ajouta-t-il. Je ne peux pas me faire remplacer.

C'était aussi l'inconvénient d'être père célibataire.

— Combien de temps devez-vous vous absenter ?

Il se leva et se mit à faire les cent pas devant la cheminée.

— Je serai de retour vendredi soir.

La question qu'elle posait toujours aux parents qui se trouvaient devant un choix difficile s'imposa à son esprit. Quelle était la meilleure solution pour l'enfant à long terme ?

Dans le cas d'Isabelle, la réponse était évidente. Stevie inspira à fond.

— Il vaut mieux pour Isabelle que vous y alliez, déclara-t-elle. Je la garderai pendant votre absence.

Holt se tourna vers elle. Il semblait si soulagé qu'elle ne put s'empêcher de sourire.

— Vraiment ? C'est fantastique. Merci, Stevie. Merci mille fois. Je vous suis infiniment reconnaissant.

Elle se délecta de son sourire, heureuse et fière d'en être la cause. Mais, très vite, elle se ressaisit. Elle n'avait pas à éprouver des sentiments pour lui, se rappela-t-elle sévèrement.

— Je vais vous rendre ce service, mais à une condition, reprit-elle. Ensuite, je ne pourrai plus m'occuper d'Isabelle. Je ne veux pas aggraver son problème d'attachement, et si elle continue à passer autant de temps avec moi…

— Je comprends, assura-t-il en hochant la tête.

Était-ce bien vrai ?

12

Deux jours plus tard, Marie Stedquest regarda l'horloge au-dessus de la cuisinière, puis la table de la cuisine où son mari, en peignoir, mâchait une bouchée de céréales avec une lenteur exaspérante tout en parcourant tranquillement le journal. Elle sentit l'impatience l'envahir. Elle avait besoin de la table pour assembler les deux cents tartelettes aux écrevisses qu'elle devait servir à un cocktail le jour même. Mais Robert se mettrait à grogner si elle lui demandait de se dépêcher ou de s'installer ailleurs.

Ces derniers temps, il râlait à tout propos.

Contrariée, elle le regarda tourner la page et replier le journal soigneusement, en alignant le haut des feuilles avec précision. Il était perfectionniste à l'extrême. La ceinture de son peignoir blanc était impeccablement nouée, ses cheveux gris bien coiffés. Elle avait toujours admiré son sens de l'ordre, de l'organisation. Pourtant, depuis qu'il était à la retraite, cela l'exaspérait.

Il enfourna une autre bouchée de céréales et se remit à mâcher avec une insupportable lenteur. Agacée, elle prit le téléphone sans fil et appuya sur la touche de rappel.

À son grand soulagement, Stevie décrocha.

— Dieu merci, tu finis par répondre ! s'exclama Marie en se rendant dans la salle à manger pour s'éloigner de Robert. Je commençais à m'inquiéter pour toi. Que diable se passe-t-il ? Je te rencontre avec un homme dont tu ne m'as jamais parlé, et ensuite tu ne me rappelles pas quand je te laisse des messages sur ton portable. Lorsque j'ai téléphoné au Centre, Michelle m'a dit que tu étais absente jusqu'à la fin de la semaine parce que tu gardais un bébé malade. Quand j'ai essayé de te joindre chez toi, tu n'as pas répondu.

— C'est une longue histoire, maman.

— Eh bien, j'ai très envie de l'entendre.

— Je n'ai vraiment pas le temps pour l'instant. Je suis très occupée.

Comme Stevie semblait sur le point de raccrocher, elle parla vite, pour récolter un maximum d'informations en un minimum de temps.

— C'est le bébé que j'ai vu au restaurant ? demanda-t-elle.

— Oui.

— C'est une petite fille adorable, mais si maigre !

— Elle n'a pas eu la vie facile avant que Holt apprenne son existence.

— La pauvre petite…

Comme sa fille, Marie avait un faible pour les enfants. Surtout pour les siens. C'était pourquoi elle souhaitait que Stevie se mariât et fût heureuse.

— C'est sérieux, entre Holt et toi ?

— Non. Je l'aide seulement à s'occuper de son bébé.

— Vu la façon dont vous vous embrassiez, tu es plus qu'une simple baby-sitter pour lui.

Stevie poussa un soupir.

— Il a dû se rendre à Atlanta pour affaires, et je garde sa fille pendant son absence. Comme elle a une otite, il n'a pas pu l'emmener.

Marie se creusa la tête pour trouver un moyen de l'aider.

— Si tu es coincée avec un bébé malade toute la journée, tu auras sûrement envie d'un peu de compagnie ce soir. Je pourrais passer après mon cocktail…

— Ce n'est pas la peine, maman. D'ailleurs, je ne suis pas chez moi.

— Où es-tu ?

— Je me suis installée chez Holt, le temps de son voyage. Toutes les affaires de la petite y sont, et c'était le meilleur moyen de ne pas trop la perturber. Elle a des problèmes parce que, justement, il y a eu trop de changements dans sa vie.

— Pauvre chérie, fit Marie, les sourcils froncés par l'inquiétude. Quel genre de problèmes a-t-elle ?

— Comme tu l'as remarqué, elle est trop maigre, et elle n'aime pas être tenue ni câlinée. Écoute, elle pleure, maman. Il faut que je te laisse.

Cette fois, c'était sûr, elle allait raccrocher.

— D'accord, ma chérie… À plus tard, conclut-elle après que Stevie eut coupé la communication.

Marie retourna dans la cuisine. Robert se resservait de céréales. Il en était à la page sports du journal.

— Elle a fini par répondre, on dirait, fit-il.

Marie confirma d'un hochement de tête.

— Elle s'est installée chez cet homme pour garder son bébé pendant qu'il est en voyage d'affaires.

— C'est gentil de sa part.

— Très gentil. Elle a même pris des jours de congé, précisa Marie en sortant l'énorme boîte d'écrevisses du réfrigérateur. Elle dit que ce n'est pas sérieux entre eux, mais qu'en sait-elle ? Elle a si peu d'expérience avec les hommes…

— Alors que toi, tu es une experte en la matière ?

Il y avait dans sa voix la note taquine d'autrefois, celle qu'il employait quand ils plaisantaient. Mais elle n'était pas d'humeur à plaisanter. Elle était sous pression. Il lui restait beaucoup à faire d'ici à ce soir, et il agissait comme si elle avait tout son temps.

— Non, pas du tout, répliqua-t-elle. Surtout ces temps-ci.

— Bon sang, Marie ! fit-il en disparaissant derrière son journal. Tu ne vas pas mettre ça sur le tapis dès le début de la journée.

— Pour ton information, ma journée a commencé à 5 h 30, soit il y a trois heures.

Il baissa le journal et fixa sur elle un regard glacial.

— C'est ton choix, Marie. Tu sais que tu n'es pas obligée de travailler.

— J'en ai envie.

— Dans ce cas, ne te plains pas des horaires.

— Je ne me plains pas. J'ai seulement peur de ne pas être prête à temps.

— C'est bien le problème. Tu t'inquiètes tout le temps pour ton travail. Du coup, tu es stressée, tendue, et tu me parles hargneusement.

— Je te parle hargneusement ? Et toi, alors ? On dirait que tu ne t'entends pas. Et puis, ce n'est pas moi qui passe toute la matinée à manger un bol de céréales alors que quelqu'un d'autre a besoin de la table.

Robert jeta son journal sur la table et se leva si brutalement que sa chaise se renversa avec un grand fracas. Marie sursauta.

— Tu veux la table ? dit-il d'une voix glaciale. Tu n'avais qu'à le dire. Elle est toute à toi.

Au bord des larmes, Marie regarda son mari sortir de la cuisine en laissant sa chaise par terre, témoignage muet de sa colère. Un instant plus tard, elle l'entendit claquer la porte de leur chambre. Comme il avait claqué la porte sur leur vie amoureuse, songea-t-elle.

Des larmes brûlantes roulèrent sur ses joues. Ils n'avaient pas fait l'amour depuis près de six semaines. Trente-huit jours, exactement. Et la dernière fois qu'ils avaient essayé, Robert n'avait pas réussi à maintenir une érection.

Il se comportait comme si cela lui était égal, mais Marie savait que ce n'était pas le cas. Robert était un perfectionniste, aussi exigeant envers lui-même qu'envers les autres. À ses yeux, l'échec, sous quelque forme que ce soit, était inacceptable.

Elle avait pourtant fait plusieurs tentatives. Elle avait mis la chemise de nuit sexy qu'il préférait, l'avait invité à la rejoindre dans un bain moussant, lui avait proposé de lui faire un massage. Elle était même allée jusqu'à lui dire directement : « Faisons l'amour. » Mais chaque fois, il avait trouvé une excuse : il s'était froissé un muscle au golf, il était fatigué, il faisait trop chaud...

Elle avait essayé de lui parler, sans succès. Il refusait même d'admettre qu'il y avait un problème. Tout allait bien, affirmait-il. Parfaitement bien.

Si tout allait si bien que cela, pourquoi avait-elle l'impression d'être mariée avec un inconnu ?

Elle n'y comprenait rien. Cette période aurait dû être la plus heureuse de leur vie. Robert était libre de faire ce qu'il voulait, et elle réalisait enfin son rêve de devenir traiteur. Elle n'aimait rien tant qu'organiser des réceptions.

La première fois qu'elle avait évoqué la possibilité de monter sa société, Robert l'avait soutenue. Il l'avait encouragée à reprendre des études et lui avait donné de l'argent pour s'installer. Mais une fois que son affaire avait commencé à bien marcher, tout avait changé.

Pourquoi ne se réjouissait-il pas de sa réussite ? Elle avait mis ses ambitions personnelles entre parenthèses pour être une bonne épouse et une bonne mère. Oh, elle ne l'avait pas regretté un seul instant. Elle aimait être celle sur qui Robert pouvait s'appuyer. Maintenant, c'était son tour, et il ne semblait pas disposé à en faire autant pour elle. Leur mariage commençait à lui donner la désagréable impression d'être un arrangement à sens unique.

Elle avait toujours été là pour lui. Pourquoi, lui, n'était-il pas là pour elle ?

Robert entra dans la salle de bains et ôta son peignoir. Bon sang ! Il ne pouvait même plus prendre son petit déjeuner en paix.

Il se tourna d'un air maussade vers le lavabo. Quand il croisa son reflet dans le miroir, sa main s'immobilisa sur le robinet. Seigneur, comment en était-il arrivé là ? Il se reconnaissait à peine dans ce vieil homme renfrogné aux cheveux gris et à la barbe de deux jours.

Un sentiment de dégoût l'envahit. C'était pathétique. Il n'avait nulle part où aller, rien à faire. Il ne pouvait même pas rester chez lui sans déranger.

Il ouvrit le robinet et se passa de l'eau sur le visage. Nom de Dieu ! Ce n'était pas pour en arriver là qu'il avait travaillé si dur toute sa vie. Ce n'était pas ainsi qu'il avait imaginé sa retraite. Une retraite qu'il n'avait d'ailleurs pas envisagé de prendre si tôt. Les souvenirs revinrent, amers.

Il était au beau milieu d'une énorme affaire de fraude à l'assurance quand le procureur avait demandé à le voir. Robert avait cru qu'il s'agissait d'une réunion pour passer en revue les prochaines affaires.

Il se trompait.

Cette rencontre restait gravée dans son esprit telle une marque au fer rouge. Dès l'instant où il était entré dans le bureau de Larry, il avait senti que quelque chose clochait. D'abord, ce dernier lui avait demandé de fermer la porte, puis il avait contourné sa table de travail pour venir s'asseoir à côté de lui.

— Nous avons un problème, lui avait-il annoncé.

Cela n'avait rien d'extraordinaire. Leur travail était fait de problèmes. Cependant, le ton et l'attitude de Larry étaient inhabituels.

— Robert… les avocats de la défense affirment que vous avez fabriqué des preuves dans cette affaire de fraude à l'assurance.

— C'est absurde.

— Je sais, mais ils disent qu'ils sont en mesure de le prouver.

— De quelle façon ?

— Ils prétendent que les papiers de ces demandes d'indemnisation frauduleuses ont été falsifiés.

— Quoi ?

— Les papiers qui figurent au dossier sont des copies, pas des originaux. Ils ont produit d'autres copies, dont les dates et les numéros ne correspondent pas.

— C'est ridicule. Les papiers que nous avons retenus comme preuves étaient des originaux.

— Eh bien, ce n'est plus le cas.

— Quoi ?

— Il y a pire.

Robert avait eu l'impression que son sang se glaçait dans ses veines, comme quand il devait examiner les photos de la scène d'un crime particulièrement atroce.

— Comment cela ?

Larry s'était agité dans son fauteuil, visiblement gêné.

— Nous avons reçu un appel anonyme affirmant que les originaux se trouvaient dans votre bureau. Alors, hier soir, après votre départ...

— Vous êtes allé regarder ? s'était-il exclamé.

— Je n'avais pas le choix.

Robert avait hoché la tête et ravalé l'indignation que lui inspirait ce sentiment de trahison.

— Bien sûr, avait-il dit, en proie à une terrible angoisse. Bon sang, Larry, ne me dites pas que vous avez trouvé quelque chose.

— Hélas, si !

— Seigneur !

Il avait été pris d'une nausée si violente qu'il avait cru qu'il allait vomir.

— Je... je n'ai... Jamais je n'aurais... avait-il bredouillé. Qu'avez-vous trouvé ?

— Ce qu'ils voulaient que je trouve. Les originaux modifiés.

— Où ?

— Au fond d'un classeur, dans votre bureau.

— Mon Dieu ! avait-il gémi. Quelqu'un les y a placés pour me faire du tort.

— Je le sais.

— Ils doivent avoir quelqu'un dans la salle des preuves.

— Je le pense aussi. Je vous fais entièrement confiance et je sais que les acteurs de cette affaire ont le bras long et beaucoup d'argent. Malheureusement, avait conclu Larry d'un air triste et troublé, les apparences sont contre vous.

— Vous avez recherché les empreintes ?

— Oui. Il n'y avait rien. Du travail de pro.

Robert s'était senti de plus en plus oppressé.

— J'ai déjà parlé au juge Briar, avait avoué Larry, très mal à l'aise.

Il avait parlé au juge Briar de son affaire sans l'en avertir ? Ce manquement au protocole lui avait fait presque aussi mal que le coup monté.

— Et alors ? avait-il demandé.

— Il m'a dit que, si la défense présentait ces preuves – et elle le fera –, il devrait rejeter toute l'affaire. Mais il y a pire.

Robert n'aurait pas cru cela possible, mais son moral avait encore baissé d'un cran.

— Quoi ? avait-il demandé.

— Si la défense présente ces preuves, le juge Briar sera obligé de faire un rapport et d'ordonner une enquête sur notre service.

— Oh, non...

— Nous serons démolis par la presse. Tous les criminels que vous avez fait condamner prétendront que vous avez fabriqué des preuves contre eux aussi. Et puis, Robert... vous pourriez être inculpé à votre tour.

C'était un cauchemar. Un vrai cauchemar. D'autant que cela tombait pendant une année d'élection pour Larry.

— Nous n'avons qu'un moyen de nous en tirer, avait dit ce dernier, très tendu.

— Lequel ?

— Nous abandonnons toutes les charges contre eux maintenant et vous prenez votre retraite immédiatement.

Ce souvenir lui laissait un goût amer dans la bouche. Il se brossa les dents dans l'espoir de le chasser.

Il n'avait pas eu le choix. S'il avait résisté, il aurait causé la perte du service et aurait entaché son propre nom. Il aurait perdu ses droits à la retraite, dépensé inutilement une fortune en frais de justice. Il se serait peut-être même retrouvé derrière les barreaux, en compagnie des criminels qu'il avait fait condamner.

Il n'avait rien fait de mal, et pourtant il avait honte. Il se sentait gêné, humilié.

Et si seul... Il avait voulu en parler à Marie mais, en rentrant chez lui ce soir-là, il n'avait pas pu. Il l'avait trouvée en train de préparer sa première réception, si heureuse qu'il n'avait pas eu la force de lui annoncer la mauvaise nouvelle.

Alors, il avait remis cela à plus tard, en se disant qu'il allait attendre le bon moment. Mais la carrière de sa femme avait démarré sur les chapeaux de roues alors même que la sienne s'effondrait, et le bon moment ne s'était jamais présenté. Il lui avait seulement dit qu'il était usé, fatigué de poursuivre des criminels, fatigué de ses journées de travail qui se prolongeaient parfois jusqu'à minuit. Il lui avait annoncé qu'il avait envie de prendre sa retraite, le plus vite possible.

Sa décision avait surpris sa famille et ses amis; cependant, ils l'avaient acceptée sans poser de questions. Larry lui avait organisé une très belle fête de départ et lui avait offert la traditionnelle montre en or. Ses collègues avaient porté des toasts pour le féliciter de sa réussite et lui souhaiter une heureuse retraite. Puis tout le monde avait repris le cours de sa vie, sauf lui.

Le temps avait passé. Les journées vides avaient succédé aux journées vides. Aujourd'hui, cela faisait six mois. Alors, comment expliquer à Marie qu'il avait gardé aussi longtemps un secret de cette importance?

Il se brossa les dents jusqu'à se faire mal aux gencives. Au début, il avait tenté de se réconforter en se disant qu'il allait passer plus de temps avec Marie. Enfin, ils allaient pouvoir voyager, se promener, faire l'amour l'après-midi comme quand ils étaient jeunes mariés.

Le problème, c'était que Marie n'était plus jamais disponible. Sa société l'occupait bien trop, lui prenait tout son temps et son attention. Quant à faire l'amour… il préférait ne pas songer à ses échecs dans ce domaine.

Il prit sa bombe de mousse à raser. Il ne savait même pas pourquoi il se donnait la peine de se raser, d'ailleurs. Il n'avait nul besoin d'être présentable. Autrefois, il aimait bien jouer au golf le week-end. Maintenant qu'il avait le loisir d'y jouer tous les jours, cela ne lui disait plus rien.

D'ailleurs, la vie elle-même ne lui disait plus rien. Au lieu de se servir de son rasoir pour se raser, il ferait aussi bien de se trancher la gorge. L'idée de mettre fin à tout cela lui avait traversé l'esprit plus d'une fois.

Mais il estimait que c'était une solution lâche, or il n'était pas lâche. D'ailleurs, cela ferait souffrir les êtres qu'il avait cherché à protéger en prenant sa retraite.

13

Stevie regarda par le judas de la porte d'entrée et découvrit sa mère qui se tenait sous le porche. Il était un peu plus de 21 heures. Elle soupira et lui ouvrit.

— Maman, dit-elle. Qu'est-ce que tu fais là ?

Marie tenait deux assiettes couvertes de papier aluminium d'où s'échappait un délicieux arôme.

— Je t'ai apporté des restes du cocktail. J'avais peur que tu sois si occupée avec le bébé que tu en oublies de te nourrir. Ô mon Dieu ! s'exclama-t-elle en regardant à l'intérieur. Quel bel endroit !

— Comment as-tu su où me trouver ?

— Cela n'a pas été difficile : Holt est dans l'annuaire. Oh, Stevie ! fit-elle en entrant et en regardant autour d'elle. Quelle incroyable maison !

Stevie en convint. Après qu'Isabelle avait fini par s'endormir la nuit où il l'avait appelée, Holt lui avait fait visiter les lieux, et elle avait ouvert des yeux aussi grands que ceux de sa mère en ce moment.

Marie jeta un coup d'œil dans la salle à manger aux tons rouge sombre et admira la grande table en acajou, les chaises anciennes, le lustre imposant et les ravissants bibelots.

— On ne dirait vraiment pas une garçonnière de célibataire.

— Non, reconnut Stevie.

— Il a hérité de cette maison ?

— Pas que je sache.

Sa mère lui adressa un regard perplexe.

— Je suis sûre qu'il me l'aurait dit si c'était le cas, ajouta vivement Stevie.

C'était agaçant de faire croire qu'elle connaissait Holt depuis plusieurs mois. Elle n'aimait pas jouer la comédie, mais comment expliquer qu'il avait menti et qu'elle ne l'avait pas contredit et qu'elle ne comprenait pas pourquoi ?

Finalement, il était plus facile de continuer la comédie.

— Il a fait faire beaucoup de travaux, apprit-elle à sa mère. Il m'a dit qu'il n'avait pas modifié l'extérieur, mais que l'intérieur était en mauvais état et qu'il l'avait pas mal transformé.

— Il a dû recourir à une armée de décorateurs, observa Marie.

Rien qu'une, rectifia Stevie *in petto*, et qui lui courait après.

La veille, vers 20 heures, on avait sonné à la porte. En ouvrant, Stevie avait découvert une grande brune superbe vêtue d'un débardeur échancré et d'un jean moulant. Elle tenait une composition florale.

— Bonsoir, avait dit la brune avec un sourire condescendant. Vous êtes la gouvernante de Holt ?

Stevie avait soudain eu honte de son grand tee-shirt et de son pantalon de survêtement. Son vieux sentiment d'infériorité, celui qui datait de l'époque où elle était grosse, l'avait de nouveau envahie, mais elle avait relevé la tête et répondu :

— Non, je suis une amie. Je garde son bébé.

— Son bébé ? avait répété la brune en fronçant les sourcils. Holt n'a pas de bébé.

— Oh, si !

— Depuis quand ?

— Eh bien, l'enfant a six mois.

La brune n'avait qu'à faire le calcul.

— Qui est la mère ?

— Je pense que c'est plutôt à Holt de vous donner ce genre d'information.

La jeune femme lui avait adressé un sourire forcé qui ne paraissait pas très sincère.

— Bien sûr, avait-elle dit. Il est là ?

— Non. Il s'est absenté quelques jours. Puis-je lui transmettre un message ?

— Je suis une amie de Holt. J'ai décoré cette maison et j'apportais une composition florale de printemps pour la table basse.

— Je la lui donnerai, avait promis Stevie en tendant la main pour prendre les fleurs séchées.

La brune les lui avait données à contrecœur.

— Dites-lui de m'appeler, voulez-vous ?

— Et vous êtes ? avait demandé Stevie.

— Charlotte, avait-elle déclaré avec un grand sourire. Il a mon numéro.

Stevie avait été submergée par une vague de jalousie.

La voix de sa mère la tira de ses pensées.

— Il t'a dit qui s'était occupé de la décoration ? demandait-elle.

— Une certaine Charlotte.

— Eh bien, elle a beaucoup de goût. Je devrais peut-être l'engager pour m'aider. Alors, ajouta-t-elle en s'arrachant à la contemplation de la pièce, comment va la petite ?

— Mieux. Elle dort, pour l'instant.

— Bonne nouvelle, fit Marie en souriant. Et le père ?

— Il est très occupé. Il rentre d'Atlanta vendredi soir.

— On dirait que vous êtes devenus très proches.

Stevie baissa les yeux. Après un instant d'hésitation, elle estima que le mieux était de garder le silence. Il ne fallut pas longtemps à sa mère pour reprendre la parole.

— Évidemment, quand l'alchimie est là, on peut avoir l'impression de connaître depuis toujours quelqu'un que l'on vient de rencontrer. C'est ce qui s'est passé entre ton père et moi.

Stevie sauta sur l'occasion pour changer de sujet.

— Au fait, comment va papa ?

Un nuage passa sur le visage de sa mère.

— Bien, je crois.

— Tu crois ? répéta-t-elle avec une pointe d'inquiétude.

— Je ne l'ai pour ainsi dire pas vu de la journée. Il était d'une humeur de chien ce matin. Ensuite, il est sorti, et moi, j'ai été très occupée... Bon, reprit-elle avec un sourire qui sembla trop joyeux à Stevie, je ferais bien d'emporter ces assiettes dans la cuisine. C'est par là ?

Sans attendre de réponse, elle se dirigea vers la porte battante de la salle à manger.

— Oh, Stevie ! s'exclama-t-elle. C'est fabuleux !

Stevie approuva d'un hochement de tête. La cuisine était spacieuse, avec un sol en brique, des plans de travail en granit et de hauts placards en chêne. Dans le coin petit déjeuner, un lustre en fer forgé était fixé au-dessus d'une table en chêne.

— Oh ! poursuivit sa mère. Une table de cuisson en inox... et deux fours !

Aux yeux de Marie, cela faisait de Holt la perfection absolue.

— Holt fait la cuisine ? s'enquit-elle.

— Non, répondit Stevie, que cela fit presque rire.

— Eh bien, tu pourras lui préparer de merveilleux repas, dans cette cuisine, déclara sa mère avec un sourire complice, en posant les assiettes sur un plan de travail. Tu sais ce qu'on dit : pour gagner le cœur d'un homme…

— Qui te dit que j'en ai envie ?

— Mais pourquoi ne le voudrais-tu pas ? s'étonna Marie.

— Oh, je ne sais pas ! répliqua Stevie, sarcastique. Peut-être que le fait qu'il ait eu un bébé avec une femme qu'il ne connaissait pas depuis vingt-quatre heures m'ennuie un peu.

— D'accord, la situation n'est pas idéale, mais personne n'est à l'abri d'une petite erreur de jugement.

— Une petite erreur de jugement ? répéta Stevie, qui n'en croyait pas ses oreilles.

Comment sa mère pouvait-elle faire preuve d'autant d'indulgence à l'égard de Holt ?

— Il faut être deux pour faire un bébé. Apparemment, la jeune femme était plus que consentante. Et puis, au moins, Holt assume les conséquences de ses actes. Ce ne doit pas être facile d'élever un bébé tout seul.

Il n'avait pas l'intention de l'élever seul, songea Stevie, indignée. Il essayait de l'obliger à l'aider.

— Tout le monde peut se tromper, poursuivit Marie. Et j'espère que tu ne lui en veux pas, parce qu'il me plaît beaucoup. Et à toi aussi, vu la façon dont vous vous faisiez des mamours au restaurant.

— Des mamours ? Enfin, maman…

— J'ai hâte de faire plus ample connaissance avec lui quand il viendra dîner.

— Maman, il ne viendra pas dîner.

— Bien sûr que si. Il a accepté mon invitation.

— Peut-être, mais moi, j'annule.

— Tu ne peux pas faire cela. Ce serait très grossier.

Stevie soupira. Il était inutile de discuter avec sa mère pour le moment. Elle s'occuperait de cela quand Holt serait rentré.

Des pleurs s'échappèrent du récepteur fixé à sa ceinture.

— Il faut que je monte voir Isabelle, annonça-t-elle, soulagée de cette interruption. Merci pour le dîner, maman.

— Je ne suis pas obligée de partir tout de suite. Je viens avec toi.

À sa grande consternation, sa mère la suivit jusqu'à la nursery en poussant des exclamations admiratives tous les deux pas. Arrivée sur le seuil, elle s'arrêta net et porta les deux mains à son visage.

— Ô mon Dieu ! C'est féerique. On se croirait dans un rêve.

— Un rêve de marchand de tissu, peut-être. Si tu avais vu la pièce avant que je remonte les tentures et le baldaquin hors de portée d'Isabelle ! C'était vraiment dangereux.

— C'est la décoratrice de Holt qui s'en est occupée ?

— Non, répondit Stevie en sortant le bébé de son berceau. Tout ce qui est ici appartenait à la mère d'Isabelle.

— Mais je croyais qu'elle la négligeait, fit Marie en fronçant les sourcils.

— D'un point de vue affectif, oui. Pas matériellement. Mais elle ne passait pas de temps avec sa fille, et la pauvre petite n'a jamais pu former de lien avec personne. C'est pour cela qu'elle n'aime pas qu'on la porte.

— J'ai l'impression que cela ne lui déplaît pas du tout, remarqua Marie en la regardant.

Surprise, Stevie baissa les yeux vers Isabelle. En effet, le bébé la regardait tranquillement. Elle se figea sur place, le cœur battant. Elle n'osait plus bouger, à peine respirer, de peur de briser ce silence magique.

Isabelle ne pleurait pas ! Elle la regardait dans les yeux, confiante comme un enfant normal et en pleine santé. Le cœur de Stevie se gonfla de tendresse.

La sonnerie du portable de Marie brisa le silence. Pendant que sa mère répondait, Stevie porta le bébé jusqu'à la table à langer. Quelle ne fut pas sa stupeur, alors, de constater qu'Isabelle restait tranquillement allongée tandis qu'elle défaisait les pressions de sa grenouillère, puis qu'elle la changeait.

Marie raccrocha au moment où elle finissait de la rhabiller.

— Il faut que j'y aille, annonça-t-elle. C'était Betsy. Elle vient de se souvenir qu'elle avait promis à la société de location de rapporter la vaisselle ce soir. Je vais l'aider à charger.

— Très bien, dit Stevie d'un ton absent, en gardant les yeux rivés sur la petite fille.

— Bonsoir, ma chérie. Je retrouverai le chemin.

— D'accord. Bonsoir.

Le cliquetis des talons de Marie s'éloigna bientôt dans l'escalier. Stevie continua de sourire au bébé toujours calme, qui ouvrait de grands yeux clairs.

C'est alors qu'Isabelle leva les deux jambes, attrapa ses orteils dans ses petites mains et lui sourit de toutes ses gencives.

— Mais tu souris ! s'émerveilla Stevie.

Des larmes de joie lui montèrent aux yeux.

Soudain, elle comprit. Seigneur! Isabelle était en train de s'attacher à elle.

Stevie avait accompagné Holt chez le pédiatre avant son départ, et le médecin avait bien insisté sur la nécessité de trouver quelqu'un pour s'occuper du bébé de façon permanente.

— Le pire qui puisse arriver à Isabelle, avait-il précisé, c'est de s'attacher à une nouvelle personne qui la quittera.

Depuis le début, c'était bien ce qui inquiétait Stevie. Elle avait donc demandé au pédiatre combien de temps elle pouvait s'occuper d'Isabelle avant que la petite ne s'attache à elle.

— Je ne sais pas exactement, avait-il répondu. Mais je pense que si vous ne dépassez pas deux semaines, cela devrait aller.

Elle croyait donc avoir de la marge, puisqu'elle ne s'occupait d'Isabelle que depuis cinq jours. Mais apparemment elle se trompait.

Isabelle rayonnait. Stevie sentit sa gorge se nouer. Jamais elle n'avait rien vu d'aussi beau que ce sourire béat. Rien ne l'avait touchée aussi profondément que la joie de ce bébé.

Jusqu'à ce qu'Isabelle lui tende ses petits bras maigres.

— Tu... tu veux que je te prenne? demanda Stevie, le cœur serré.

À l'évidence, c'était bien cela. Stevie avait du mal à le croire. Cette petite fille qui criait, pleurait, se raidissait au moindre contact humain voulait qu'elle la porte?

Voilà qu'elle se mettait à gémir en lui tendant les bras de plus belle, le regard suppliant.

Stevie prit peur. La dernière chose qu'elle souhaitait, c'était la faire souffrir. Il fallait sans doute qu'elle évitât tout ce qui pourrait l'attacher un peu plus à elle.

Malgré tout, elle était incapable de résister à la prière silencieuse d'un enfant.

— Viens là, ma chérie, murmura-t-elle en la serrant contre elle comme elle l'avait fait des dizaines de fois.

Sauf que cette fois ce fut différent.

Isabelle ne dit rien. Et ce fut Stevie qui se mit à pleurer.

Que faire? se répéta-t-elle presque toute la nuit.

Après avoir donné son biberon à Isabelle et l'avoir recouchée, elle s'assit dans le fauteuil dans un coin de la nursery et resta là, dans le noir, à écouter le souffle régulier du bébé.

Non seulement la petite fille avait cessé de résister, mais elle était venue vers elle. C'était un progrès considérable – qui lui posait le plus cruel des dilemmes. Si Stevie sortait maintenant de la vie d'Isabelle, le mal serait peut-être irréparable. En revanche, si elle restait…

Elle regarda par la fenêtre, le cœur serré. Elle ne pouvait pas être la nounou d'Isabelle. Son expérience de mère d'accueil le lui avait appris. Elle s'était occupée d'une petite fille pendant quatre semaines et, lorsqu'elle avait été adoptée – pourtant par un couple formidable qui rêvait de ce moment depuis des années –, Stevie avait été anéantie de devoir la laisser partir. Elle ne supportait pas qu'un enfant qu'elle aimait lui soit enlevé. Elle n'était donc pas faite pour être nounou. Non, elle était faite pour être mère.

La mère d'Isabelle. Au plus profond d'elle-même, elle le savait. Isabelle n'était pas la seule à s'être attachée : en l'espace de quelques jours, elle avait pris une place essentielle dans le cœur de Stevie.

Cependant, devenir la mère d'Isabelle signifiait épouser Holt, ce qui engendrait toute une série de problèmes. Car elle s'était promis qu'elle ne se marierait que par amour. Pour elle, le mariage représentait un engagement à vie.

Mais rien ne lui permettait d'affirmer que l'homme de sa vie existait, ni qu'elle avait une chance de le trouver si c'était le cas. Avant que Holt et Isabelle ne fassent irruption dans sa vie, elle envisageait sérieusement de devenir mère célibataire en ayant recours à l'insémination artificielle. Non parce qu'elle ressentait le besoin biologique de donner la vie, mais parce qu'elle désirait profondément aimer et élever un enfant.

Aucun enfant ne pourrait avoir plus besoin d'elle, de son amour qu'Isabelle, et personne ne pourrait lui en donner autant que Stevie.

Le seul problème, c'était qu'Isabelle et Holt étaient indissociables.

Cette idée lui noua l'estomac. Holt représentait tout ce qu'elle s'était juré d'éviter chez un homme. Pouvait-elle vraiment se marier avec lui tout en prévoyant de divorcer dès qu'elle aurait adopté Isabelle ?

Elle s'approcha du berceau. La petite fille dormait sur le dos, ses bras tout fins relevés de part et d'autre de la tête, ses cheveux blonds en bataille. Une immense tendresse l'envahit.

Elle avait dit à Holt qu'elle ne se marierait que par amour. Eh bien, c'était ce qu'elle ferait si elle l'épousait pour devenir la mère d'Isabelle, car elle aimait cette enfant avec une intensité presque effrayante.

Les larmes aux yeux, elle caressa la joue du bébé endormi. Elle avait toujours su que, le moment venu, elle rencontrerait l'amour de sa vie. Elle n'ignorait qu'une chose : que l'amour de sa vie serait un bébé de six mois.

14

Il était près de 23 heures le vendredi soir quand Holt monta les marches du perron de sa maison. D'ordinaire, il devait tâtonner dans le noir pour ouvrir la porte d'entrée. Mais ce soir, la lumière du porche brillait pour l'accueillir, et la lueur d'une lampe perçait à travers les rideaux tirés du salon.

— Stevie ? appela-t-il quand il eut refermé la porte. Je suis rentré.

C'était étrange de savoir que quelqu'un l'attendait. Étrange, mais pas désagréable.

Stevie apparut dans le couloir en remontant l'encolure de son grand pull bleu qui avait glissé sur son épaule. Elle était en jean, pieds nus, et ses cheveux tombaient sur ses épaules en longues boucles blondes.

— Waouh ! s'exclama-t-il. Vous n'êtes pas comme d'habitude.

Elle se passa une main dans les cheveux, l'air gêné.

— Je lisais et je me suis endormie sur le canapé, dit-elle d'un ton d'excuse. Je dois être dans un bel état…

— Non, non, assura-t-il. Vous êtes très bien.

L'atmosphère se chargea de désir. C'était ce à quoi elle devait ressembler au lit, songea-t-il avec envie.

Décidément, elle lui faisait un effet des plus bizarres. En général, il se laissait d'abord éblouir par le physique des femmes, puis, à mesure qu'il les connaissait mieux, il devenait de moins en moins sensible à leur beauté. Avec Stevie, c'était tout le contraire. Chaque fois qu'il la voyait, il la trouvait un peu plus attirante.

Mais avec elle, tout était différent. D'abord, il la courtisait pour le bien de son enfant, pas pour lui. Curieusement, il ne cessait de songer à elle. Avec les autres, c'était « loin des yeux, loin du cœur », tandis que Stevie occupait ses pensées avec une impressionnante ténacité. Et puis, la plupart des femmes

qu'il connaissait adoraient parler d'elles-mêmes. Or, depuis son départ, il avait appelé Stevie tous les jours et, si elle lui avait donné des nouvelles très détaillées d'Isabelle, elle n'avait rien dit d'elle, ni de ce qu'elle pensait.

— Comment va Isabelle ? demanda-t-il.

— Très bien. Elle n'a plus de fièvre et elle n'a plus l'air de souffrir. Elle dort. Vous voulez monter la voir ?

— Oui.

Il posa son ordinateur portable et son sac de voyage sur le canapé et la suivit à l'étage. En montant l'escalier derrière elle, il ne put s'empêcher de l'admirer. Elle avait des fesses à la Jennifer Lopez : pleines, rondes, d'une forme parfaite, très agréables à regarder.

Stevie était d'ailleurs très agréable à regarder tout entière. Il lui plaisait qu'une femme ait de vraies courbes. Mais pourquoi Stevie les cachait-elle sous ses éternels vêtements trop grands ?

Son physique n'était pas la raison pour laquelle il voulait qu'elle restât auprès de lui, se rappela-t-il. S'il voulait qu'elle restât, c'était pour Isabelle.

La nursery n'était éclairée que par une veilleuse, si bien qu'il lui fallut quelques instants pour s'habituer à la pénombre. Il s'arrêta à côté de Stevie près du berceau.

Vêtue d'un pyjama rose à fleurs, Isabelle se tenait recroquevillée, les fesses en l'air, le pouce dans la bouche.

Seigneur, qu'elle était petite et menue ! Elle paraissait si fragile et sans défense que c'en était presque inquiétant. Il sentit une drôle de chaleur envahir sa poitrine, accompagnée d'un fort instinct de protection.

— Ce n'est pas grave qu'elle dorme sur le ventre comme cela ? demanda-t-il à mi-voix. J'ai lu quelque part qu'il fallait coucher les bébés sur le dos.

— C'est vrai pour les nourrissons, expliqua Stevie. Mais Isabelle est assez grande pour se retourner toute seule, donc ce n'est pas dangereux.

Ils restèrent encore un moment à la contempler, avant de sortir de la chambre. Tandis qu'ils descendaient, Stevie jeta un regard intrigué à Holt.

— Alors, vous lisez des livres de puériculture ?

Il haussa les épaules.

— Je veux être un bon père.

Elle le regarda un moment en silence.

— Eh bien, je suis sûre que vous allez en être un, finit-elle par dire.

Cette drôle de chaleur l'envahit de nouveau, à son grand agacement. Pourquoi fallait-il que cette remarque le touchât autant ?

— Selon vous, il suffit de vouloir être un bon père pour le devenir ? lança-t-il d'un ton de défi.

— Vous n'auriez pas ce désir si vous n'aimiez pas Isabelle.

— Il n'y a qu'un petit problème : je ne sais pas ce qu'il faut faire pour être un bon père. Le mien n'était jamais là.

— Alors, soyez celui que vous auriez voulu avoir.

Il aurait voulu tant de choses... Et si Isabelle avait les mêmes attentes ? Et s'il n'était pas à la hauteur ?

— À quelle fréquence voyiez-vous votre père ? s'enquit Stevie en le suivant dans la cuisine.

— Deux fois par an. Une fois pendant l'été et une autre fois pour Thanksgiving ou pour Noël, répondit-il en sortant une bouteille de chardonnay du réfrigérateur.

Il détestait la période des fêtes. Il détestait abandonner l'un de ses parents et faire croire à l'autre qu'il s'amusait, il détestait cette impression que c'était à cause de lui qu'ils étaient si malheureux.

— Que faisiez-vous quand vous étiez ensemble ?

— Nous allions assister à un match de football, de base-ball ou de hockey, raconta-t-il en cherchant un tire-bouchon. Nos activités père-fils s'arrêtaient là. Il retournait travailler en me laissant avec sa femme du moment, et j'avais l'impression de déranger.

— Votre père s'est donc remarié ?

— Deux fois. Et il a divorcé de nouveau deux fois. Il ne savait pas quoi faire d'un enfant.

— Mais vous aimiez bien être avec lui, devina-t-elle.

— Oh, oui ! Je me mettais dans tous mes états quand je devais le quitter. Il avait horreur de cela. Il détestait les démonstrations d'émotion.

— Il ne savait sans doute pas comment réagir.

Comment en étaient-ils venus à parler de ça ? se demanda-t-il en débouchant la bouteille. Stevie avait le don de provoquer ses confidences.

— Parlez-moi d'Isabelle, lui demanda-t-il. Elle a bien mangé ?

— Comme un petit ogre, répondit-elle en souriant. Elle a l'air d'avoir beaucoup plus d'appétit.

— Génial. Vous lui faites un bien fou, Stevie.

Il le disait sans arrière-pensée.

Elle se détourna et changea de sujet.

— Vos réunions se sont bien passées ?

— Très bien. Ils vont adopter mon plan à long terme, répondit-il en remplissant deux verres de vin. À l'origine, ils avaient l'intention de supprimer une centaine d'emplois, mais, avec ce plan, ils n'y sont plus obligés. J'en suis assez fier.

— Vous pouvez l'être.

— D'autant que la plupart des employés ont une famille à charge, ajouta-t-il. Vous avez une idée de ce qui arrive si le soutien de famille principal perd son emploi ?

— Non. Mais j'imagine que cela doit créer un gros traumatisme, dit-elle.

Il confirma d'un hochement de tête.

— Cela peut briser une famille. En outre, dans la conjoncture actuelle, la majorité de ces gens aurait du mal à retrouver du travail ailleurs.

Elle le fixa d'un regard scrutateur. Une fois de plus, il se demanda s'il n'en avait pas trop dit.

— Eh bien, félicitations !

— Merci.

Il lui tendit un verre, qu'elle leva.

— À votre réussite, dans votre travail comme dans votre rôle de père !

Il fit tinter son verre contre le sien avant de boire une longue gorgée. Il la regarda boire à son tour. Puis il les resservit et porta un toast.

— À vous, dit-il. La meilleure chose qui soit arrivée dans la vie d'Isabelle et dans la mienne.

— Vos propos sont exagérés, répondit-elle avec un petit sourire.

— C'est la vérité. Buvez.

Elle obéit, et il l'imita.

— Alors, demanda-t-il ensuite, que s'est-il passé pendant mon absence ?

— Eh bien, vous avez reçu quelques coups de fil, lui apprit-elle en prenant le bloc à côté du téléphone.

Une sonnette d'alarme retentit dans la tête de Holt. Il s'efforça tout de même d'adopter un air détaché.

— De qui ? s'enquit-il.

— Une certaine Tiffany a appelé hier. Elle m'a prise pour la bonne. Elle voulait savoir à quelle heure vous rentriez et si j'accepterais de la laisser entrer pour que vous ayez la surprise de la trouver à votre retour.

Zut.

— Je ne suis sorti avec elle que deux fois, dit-il. J'espère qu'elle ne vous a pas donné l'impression qu'il y avait quelque chose entre nous.

— Oh, que si ! répliqua-t-elle en faisant la moue. Si je peux vous donner un conseil, Holt, sachez que la plupart des femmes pensent que, lorsqu'on couche avec elles, on a une relation avec elles.

— Je n'ai pas couché avec elle.

Il devina à son expression qu'elle ne le croyait pas.

— Je vous le jure, insista-t-il en levant la main. C'était parti pour, mais j'ai décidé de faire marche arrière.

— Il faudrait peut-être la prévenir, parce qu'elle a l'air de penser que ça marche très fort entre vous. Vous avez aussi reçu un appel de Mandy, poursuivit-elle en consultant le bloc.

— Qui ?

— Mandy. Apparemment, vous l'avez rencontrée à New York le mois dernier et vous lui avez dit de vous téléphoner si jamais elle venait à La Nouvelle-Orléans. Elle va bientôt avoir des vacances et elle pensait les passer ici si vous étiez dans les parages.

Décidément, cela ne devait pas lui donner une très bonne impression de lui.

— Et Charlotte est passée, annonça-t-elle.

Il se racla la gorge avant de répondre :

— C'est ma décoratrice.

— Elle propose un service très personnalisé, alors, commenta Stevie en souriant, parce qu'elle a sonné chez vous à 20 heures, fraîche comme une rose, pour vous apporter une composition florale de printemps.

Zut et rezut.

— Ensuite, Buffy a téléphoné, continua-t-elle en haussant les sourcils.

Holt aurait voulu disparaître sous le plan de travail.

— Je pensais bien que vous étiez un don Juan, Holt, mais je ne me doutais pas que vous donniez aussi dans les vampires.

— Je ne l'ai pas vue depuis des mois. C'est fini, je vous assure.

— Ouais. Enfin, je ne suis pas sûre que vous ayez réussi à enfoncer un pieu dans le cœur de cette relation, rétorqua-t-elle.

— Que voulait-elle ?

— Vous, apparemment. Elle m'a cuisinée au téléphone, et ensuite elle est venue ici. Elle vous a laissé une lettre, ajouta-t-elle en lui tendant une enveloppe.

Nom d'un chien ! songea-t-il en buvant un peu de vin.

— Voyons... vous avez aussi reçu des appels d'Amber, de Sarah... et de Bob. Je dois dire que j'ai été un peu surprise de découvrir qu'il vous restait du temps pour des amis hommes. Ah, et votre mère a téléphoné !

— Ma mère ? répéta-t-il, inquiet. Que lui avez-vous dit ?

— Du calme. Je ne lui ai pas parlé du bébé. Je me suis dit que vous voudriez lui apprendre la nouvelle vous-même.

— Alors, que lui avez-vous dit ? répéta-t-il.

— Que je gardais la maison pendant que vous étiez à Atlanta. Elle a l'air très sympathique, remarqua-t-elle en reposant le bloc.

— Tout allait bien ?

Stevie hocha la tête.

— Elle a dit qu'elle appelait pour avoir de vos nouvelles, que cela faisait longtemps que vous ne vous étiez pas parlé. Vous devriez l'appeler plus souvent, conclut-elle.

— Je sais, soupira-t-il.

— En fait, d'après les appels que j'ai reçus, je pense que vous devriez apprendre à mieux communiquer avec les femmes qui sont dans votre vie.

— Stevie, je n'ai actuellement de relation avec aucune de ces femmes. Je vous le jure.

C'était vrai. Cela faisait un bout de temps qu'il n'était sorti avec personne. Depuis un moment, il avait l'impression que les complications l'emportaient sur le plaisir.

— Pour l'instant, précisa-t-il, il n'y a que deux femmes dans ma vie : Isabelle et vous. Et j'aimerais que cela reste ainsi, conclut-il en la regardant dans les yeux.

Elle but une longue gorgée de vin, puis reposa son verre.

— Holt, il faut que nous parlions.

En général, ces mots étaient de mauvais augure.

— De quoi ? demanda-t-il.

Elle semblait éviter son regard délibérément.

— Je me soucie du bien-être d'Isabelle...

— Moi aussi.

Il y avait dans sa voix quelque chose qui l'inquiéta.

— Elle va bien ? demanda-t-il. Il ne lui est rien arrivé ?

— Rassurez-vous, elle va bien.

Mais Stevie semblait sérieuse, sombre, même.

— Qu'y a-t-il ? demanda-t-il avec angoisse.

— Elle ne pleure plus quand je la prends. Elle me sourit et me tend les bras.

Le cœur de Holt fit un bond dans sa poitrine. Était-ce de joie ou de peur ? Il n'aurait su le dire. En tout cas, Stevie n'avait pas la tête de quelqu'un qui annonce une bonne nouvelle.

— C'est vrai ? demanda-t-il.

— C'est vrai, confirma-t-elle d'un air inquiet. Holt, elle commence à s'attacher à moi.

La crainte lui noua le ventre. Il avait fait un pari, et peut-être avait-il eu tort.

— Elle a commencé à s'attacher à vous dès la première fois qu'elle a entendu votre voix à la radio, déclara-t-il.

— Je veux dire à s'attacher vraiment, précisa-t-elle. D'une façon qui pourrait la faire souffrir si je disparaissais de sa vie.

Ô Seigneur ! Il ne supportait pas l'idée que son plan se retourne contre lui – et surtout contre Isabelle.

— Alors, il faut que vous restiez, dit-il avec espoir.

— J'y ai beaucoup réfléchi, répondit-elle en se tordant les doigts et en évitant toujours son regard.

— Et ? fit-il, au comble de l'angoisse.

Elle prit une profonde inspiration. Holt retint son souffle.

— Et moi aussi, je me suis attachée à Isabelle. Je l'adore et je ne supporte pas l'idée de la quitter. Si votre offre est toujours valable, conclut-elle après une pause, j'aimerais l'accepter.

— Bien sûr qu'elle est toujours valable ! assura-t-il, envahi par une immense joie. C'est génial ! s'exclama-t-il en traversant la cuisine pour la prendre dans ses bras et la soulever de terre.

Stevie poussa un petit cri et se cramponna à ses épaules tandis qu'il la faisait tournoyer. Il sentit son doux parfum, ses cheveux soyeux contre son cou ; il vit ses lèvres s'ouvrir sur un éclat de rire quand il la reposa à terre. La chaleur l'envahissait par tous les points de contact avec elle : ses bras autour de son cou, son ventre contre le sien, sa poitrine contre son torse. À la façon dont elle le regardait, il devina qu'elle ressentait la même chose.

Puis elle laissa retomber ses bras et s'écarta. Au prix d'un immense effort, Holt en fit autant.

— Il y a... hum... il y a des conditions, annonça-t-elle.

Il hocha la tête en s'efforçant d'ignorer le sang qui battait violemment à ses tempes et le souvenir brûlant de son corps contre le sien.

— Tout ce que vous voudrez.

Elle recula encore un peu.

— D'abord, déclara-t-elle, ma famille prend le mariage très au sérieux. Mes parents seraient anéantis s'ils apprenaient que je me suis mariée avec l'intention de divorcer tout de suite après. Je préfère leur faire croire que nous avions vraiment des sentiments l'un pour l'autre, que nous avons essayé et que cela n'a finalement pas marché. C'est donc la condition numéro un : aux yeux des autres, notre mariage doit sembler réel.

C'était assez facile. Il opina du chef.

— Pas de problème, dit-il. Moi non plus, je n'ai pas envie d'avoir à donner trop d'explications.

— Ce qui nous amène à la condition numéro deux, continua-t-elle. Pendant que nous serons mariés, vous devrez vous conduire comme si nous étions vraiment mariés. Je ne veux pas que vous m'humiliiez en couchant avec d'autres femmes.

— Par « me conduire comme si nous étions vraiment mariés », vous voulez dire que je ne devrai coucher qu'avec vous ?

Elle lui jeta un regard qui signifiait que ce n'était pas le moment de plaisanter.

— C'est la condition numéro trois. Nous ne coucherons pas ensemble, déclara-t-elle fermement.

— Pas du tout ?

— Pas du tout.

— Donc, je ne pourrai coucher avec personne le temps que durera notre mariage ?

— Exactement.

— Mince alors ! Cela va ressembler à un vrai mariage, en effet.

— Je ne plaisante pas !

— Moi non plus. Vous pensez que je vais faire vœu d'abstinence tout ce temps ?

— C'est à prendre ou à laisser.

Il ne voulait faire ni l'un ni l'autre.

— Voilà ce que je vous propose : je vous promets de vous être fidèle tant que nous serons mariés. Et j'accepte de n'exercer le devoir conjugal que lorsque vous m'y inviterez.

— Lorsque je vous y inviterai ? N'y comptez pas trop.

— On verra bien. Autre chose ?

— Oui. La condition numéro quatre, c'est que vous vous comportiez comme un mari aimant en présence de ma famille et de mes amis.

Il se rapprocha d'elle.

— Un mari aimant qui vous enlacera, vous embrassera dans le cou…

Elle repoussa son bras.

— D'accord, dit-il en souriant. Je crois que je pourrai faire cela. Autre chose ?

— Oui. Condition numéro cinq : vous serez un père aimant et présent pour Isabelle. Un enfant a besoin de deux parents. Alors, ne croyez pas que vous allez vous décharger sur moi de toutes vos responsabilités parentales. Il faut que vous acceptiez de tenir une grande place dans sa vie.

— C'est bien mon intention.

— Tant mieux.

— C'est tout ?

— Oui, répondit-elle en hochant la tête, c'est tout.

— Donc, cela veut dire que nous sommes fiancés ?

Elle se détourna, comme si cette idée la mettait mal à l'aise.

— J'imagine que oui, admit-elle.

— Dans ce cas, il faut que nous portions un autre toast, décida-t-il en leur resservant du vin. À la nouvelle maman d'Isabelle !

— La maman d'Isabelle, répéta-t-elle, émerveillée.

Le regard embué, elle fit tinter son verre contre le sien, avant de boire.

Holt leva de nouveau son verre.

— À Isabelle, la petite fille la plus chanceuse de la terre !

— Ça, je n'en suis pas si sûre…

— Moi, si.

Elle vida son verre, qu'il remplit aussitôt.

— Et j'ai gardé le meilleur pour la fin : à nous !

— À nous ?

— Bien sûr : nous allons nous marier.

— Oui, mais ce ne sera pas un vrai mariage.

— Peut-être, mais ce sera un vrai partenariat. Un partenariat parental. Cela mérite bien un toast.

Elle trinqua de nouveau avec lui avant de boire. Holt voulut la resservir, mais elle l'en empêcha en posant la main sur son verre.

— Tous ces toasts me font tourner la tête, expliqua-t-elle, et nous avons encore beaucoup de détails à régler.

— Exact. Par exemple, où et quand nous allons nous marier.

— Avant d'en arriver là, il faut que nous accordions nos violons.

— Nos violons ? répéta-t-il en haussant les sourcils, perplexe.

Elle hocha la tête.

— Il faut que nous puissions dire comment nous nous sommes fiancés. Ma famille et mes amis voudront savoir de quelle manière vous m'avez demandée en mariage.

— Ah, oui ! Les femmes attachent de l'importance aux demandes en mariage, c'est ça ?

Il n'avait même pas pensé à cet aspect des choses.

— Énormément, répondit-elle. Et j'ai peur de ne pas être une menteuse très convaincante.

— Dans ce cas, je vais faire les choses comme il faut.

Il lui devait au moins cela. N'allait-elle pas passer les dix-huit prochaines années – au moins – à élever sa fille ? Il n'avait pas vraiment envisagé tout ce qu'impliquait ce mariage pour Stevie : mentir à ses proches, faire de son premier mariage, l'événement dont presque toutes les femmes rêvaient, un mariage bidon.

Elle renonçait à beaucoup de choses. Alors, si elle avait envie d'une demande en mariage romantique, il allait lui en offrir une. En la matière, sa famille avait une tradition qui ferait parfaitement l'affaire. Autant s'en servir. Ce n'était pas comme s'il allait en avoir besoin une autre fois.

Il posa son verre.

— Attendez-moi ici, dit-il. Je reviens.

15

Quand Holt sortit de la cuisine, Stevie se hissa sur un tabouret de bar. Elle se retint au comptoir ; elle avait l'impression que la pièce se mettait à tanguer. Elle n'aurait pas dû boire autant de vin.

Et si ce n'était pas seulement le vin ? Et si la tête lui tournait à cause de la façon dont il l'avait soulevée de terre et l'avait fait tournoyer ? Sentir sa poitrine dure contre la sienne, ses bras d'acier autour d'elle avait certainement contribué à son ivresse.

Elle entendit des pas descendre l'escalier. Un instant plus tard, Holt passait la tête dans la cuisine.

— Ne bougez pas, lui ordonna-t-il, je plante le décor.

Le cœur de Stevie se mit à battre à coups redoublés. Elle avait beau savoir que c'était une mise en scène, la situation n'en demeurait pas moins excitante.

Une douce musique s'éleva. Holt reparut.

— C'est bon, annonça-t-il. Tout est prêt. Venez voir.

Elle se leva, un peu chancelante. Il lui prit la main et la conduisit dans le salon éclairé par la douce lueur de quelques bougies. Puis il l'entraîna jusqu'au canapé et s'assit à côté d'elle.

— J'ai quelque chose pour vous, dit-il.

Le cœur toujours battant, elle le vit sortir de la poche de sa chemise une petite boîte noire de la taille d'un paquet de cartes.

— Ouvrez, lui dit-il.

Les mains tremblantes, elle souleva le couvercle. Puis elle sortit un objet doré cabossé de son écrin de velours.

— C'est une montre à gousset ? demanda-t-elle.

— Non, corrigea-t-il, c'est une boussole.

Elle la fit tourner dans sa main, puis elle regarda Holt d'un air interrogateur.

— À l'origine, expliqua-t-il, elle appartenait à mon arrière-arrière-grand-père paternel, Ben. Depuis, cette boussole se transmet à l'aîné des garçons de chaque génération.

— C'est un vrai trésor.

Holt confirma d'un hochement de tête.

— Mon aïeul Ben participa à la bataille de 1812. Il partit en mission de reconnaissance avec un autre soldat du nom de Frank. Au cours d'une escarmouche avec six soldats anglais, Frank fut grièvement blessé. Ben fut touché aussi, mais sa boussole arrêta la balle. L'impact lui brisa une côte et fendit le verre, mais on peut dire que la boussole lui a sauvé la vie.

Stevie passa le doigt sur la bosse de la boussole.

— Ils échappèrent aux Anglais et se retrouvèrent au beau milieu des marécages. Frank perdait de plus en plus de sang. Alors qu'il semblait n'y avoir plus d'espoir, ils arrivèrent au chalet d'un trappeur français et de sa ravissante fille, Élise, qui leur donna à boire et à manger et pansa leurs blessures. Ben tomba fou amoureux de la fille du trappeur; un vrai coup de foudre. Il aurait voulu rester et l'épouser sur-le-champ, mais il devait retourner prévenir les Américains que les Anglais étaient plus près qu'ils ne le croyaient. Frank était trop mal en point pour voyager, si bien que Ben le laissa aux soins des deux Français. Avant de partir, il offrit sa boussole à Élise en gage de son amour. Elle commença par refuser, en disant qu'il en aurait besoin pour retrouver son chemin quand il reviendrait. Il insista. La boussole avait protégé son cœur pour qu'il puisse le lui donner, lui dit-il. Il reviendrait l'épouser dès qu'il aurait accompli son devoir envers son pays.

— Comme c'est romantique! fit Stevie dans un souffle. C'est ce qu'il a fait?

— Oui, dit Holt en hochant la tête. Mais il lui fallut près d'un an pour revenir. Entre-temps, Frank, guéri, tomba lui aussi amoureux d'Élise. Son père trouvait qu'elle perdait son temps à attendre un homme qui ne reviendrait sans doute jamais. Il tenta de la convaincre d'épouser Frank, mais elle refusa. Lors d'une dispute, son père lui prit la boussole et la jeta dans le marécage.

— Oh, non! murmura Stevie.

— La perte de la boussole sembla briser la volonté d'Élise, qui finit par accepter à contrecœur d'épouser Frank. Son père s'arrangea pour échanger une robe de mariée contre une peau d'alligator. En vidant l'animal, il trouva la boussole dans son ventre. Élise s'évanouit. Son père affirma que c'était un signe et annula le mariage. Trois jours plus tard, le jour où elle était censée épouser Frank, Ben vint la chercher pour la prendre pour femme.

— Cela s'est vraiment passé ainsi?

Holt haussa les épaules.

— Je suis un peu sceptique, mais mon père dit que son arrière-grand-père jurait que c'était la vérité. Depuis, à chaque génération, le premier descendant mâle de Ben et d'Élise donne la boussole à sa fiancée en lui racontant cette histoire.

Il sortit un papier jauni de sa poche, mit un genou à terre devant elle et lui prit la main, appuyant la boussole contre sa paume.

— Tu es mon véritable nord, celle que je cherche depuis toujours. Sans toi, je suis perdu, lut-il. Tu donnes un sens, une direction à ma vie. Mon cœur repose dans le creux de ta main. Tu as le pouvoir de le broyer ou de l'emplir d'une joie éternelle par la réponse que tu donneras à ma prière. Veux-tu m'épouser? demanda-t-il en scrutant son visage de son regard sombre.

Les yeux de Stevie s'emplirent de larmes.

— C'est là que vous êtes censée dire oui, lui souffla-t-il.

— Oui, murmura-t-elle, troublée. Oui!

— Il nous reste un élément de la tradition à respecter, annonça-t-il, le regard brillant, en l'aidant à se lever.

Il allait l'embrasser! Cette pensée l'hypnotisait. Elle ne savait trop si c'était dû au vin ou à l'émotion, mais elle chancela quand elle se mit debout. Peu importait, d'ailleurs, puisqu'il l'aida à conserver son équilibre en la prenant dans ses bras.

La première caresse de ses lèvres fut très douce, presque un frôlement. Chargé de retenue et de respect, c'était à peine le murmure d'un baiser.

Puis il pressa la bouche contre la sienne avec une lenteur sensuelle. Il avait un goût de vin délicieux et grisant. Un désir brûlant se répandit dans le ventre de Stevie. Il lui mordilla la lèvre inférieure, la provoquant, l'aguichant.

Il fit courir sa langue sur ses lèvres, lui enjoignant silencieusement de les ouvrir pour l'accueillir. Dès qu'elle obéit, il l'embrassa plus profondément. Son torse était ferme et chaud contre ses seins. Elle en voulait davantage. Elle avait l'impression que son sang s'était changé en lave. Même le métal de la boussole contre sa paume devenait chaud.

Elle gémit en ondulant contre lui et sentit son sexe durci contre son ventre. Tandis qu'il faisait glisser les mains le long de son dos jusqu'à ses fesses, elle se hissa sur la pointe des pieds pour se presser plus intimement contre lui.

Il l'empoigna plus fermement, la souleva et la porta sur le canapé. Elle l'entraîna avec elle ; elle avait envie de sentir sa chaleur, sa dureté, son poids sur elle.

Un cri de bébé leur parvint, plaintif et perçant.

L'esprit de Stevie était tellement embrumé par la passion qu'il lui fallut plusieurs secondes pour comprendre ce qui se passait. Isabelle pleurait ! Elle était chez Holt, sur son canapé, dans ses bras.

Elle s'écarta brusquement de lui.

— Je... Il faut que j'aille voir Isabelle, balbutia-t-elle.

À mesure qu'elle reprenait contact avec la réalité, l'inquiétude la saisit. Avait-elle perdu la tête ? Holt était un don Juan, un homme à femmes. Il allait lui briser le cœur. Et elle avait accepté de l'épouser ? Elle avait cru ce qu'il lui avait dit ? Le vin devait lui avoir monté à la tête.

Mais cette demande en mariage... Elle referma les doigts sur la boussole. Seigneur ! Elle n'avait jamais rien entendu de plus romantique.

Sauf que ce n'était pas vrai.

Isabelle pleurait de plus en plus fort. Stevie se leva.

— Vous croyez que quelque chose ne va pas ? demanda Holt en fronçant les sourcils.

Ce qui n'allait pas, c'était qu'elle s'était retrouvée à l'horizontale avec lui, les lèvres soudées aux siennes.

— Elle doit avoir faim, expliqua-t-elle. Le pédiatre a dit qu'il fallait qu'elle mange toutes les trois ou quatre heures, ce qu'elle commence à faire. C'est bon signe.

Elle parlait trop vite, comme toujours quand elle était énervée.

— Je vais lui préparer un biberon, proposa Holt.

— Entendu. Je... je vais la voir.

Elle monta l'escalier quatre à quatre. Que ne pouvait-elle fuir aussi facilement le maelström d'émotions qui tourbillonnait en elle...

— Elle a mangé comme un vrai petit ogre, commenta Holt vingt minutes plus tard, alors que Stevie recouchait doucement une Isabelle repue et satisfaite.

— Je vous l'ai dit, elle commence à avoir de l'appétit.

— En effet. Et je n'en reviens pas qu'elle ait arrêté de pleurer instantanément quand vous l'avez prise, ajouta-t-il en la regardant tandis qu'ils redescendaient. Elle est folle de vous.

— C'est réciproque. Moi aussi, je suis folle d'elle, répondit Stevie en emportant le biberon vide dans la cuisine.

— Et moi, déclara-t-il, je suis fou de vous.

Il voulut la prendre dans ses bras, mais elle s'écarta. Elle posa le biberon dans l'évier et se tourna vers lui.

— Holt, dit-elle, si nous voulons que notre arrangement marche, nous ne pouvons pas continuer comme cela.

— Comme quoi ? demanda-t-il en souriant.

— Vous savez très bien ce que je veux dire, répliqua-t-elle d'un ton qui lui fit comprendre que ce n'était pas le moment de plaisanter. Je parle de ce que nous faisions tout à l'heure.

Il fit un pas vers elle.

— Stevie, nous allons vivre ensemble. Il existe une puissante attirance entre nous. Alors, je ne vois pas où est le problème.

— Eh bien, moi, si. Je n'ai de relations physiques que si j'éprouve des sentiments. Nous savons l'un comme l'autre que ce ne sera pas le cas entre nous. Alors, autant ne pas compliquer la situation.

— Stevie...

— C'est l'une des conditions que vous avez acceptées, lui rappela-t-elle.

Il poussa un soupir de frustration. Il ne voulait surtout pas lui donner des regrets alors qu'elle avait enfin accepté sa proposition. Malgré tout, il allait lui être extrêmement difficile de vivre dans la même maison qu'elle s'ils n'avaient qu'une relation platonique. Surtout après ce baiser.

Hélas, il n'avait pas le choix !

— D'accord, dit-il à contrecœur. Je ne m'approcherai plus de vous sauf si vous en prenez l'initiative.

— Vous pouvez toujours rêver.

— Ça, je vais en rêver, n'en doutez pas.

Elle retourna dans le salon, et il la suivit. Elle évita le canapé et s'assit dans un fauteuil près de la cheminée.

— Il faut que nous mettions au point quelques détails pratiques, dit-elle.

— Lesquels ? demanda-t-il en se laissant tomber sur le canapé.

— Eh bien, comme Isabelle va se réveiller la nuit et demander à manger jusqu'à ce qu'elle ait pris suffisamment de poids, il vaudrait mieux que je reste auprès d'elle à partir de maintenant. Il faudrait donc que nous nous mariions le plus vite possible.

— D'accord.

Il préférait aussi que cela se fasse avant qu'elle ait le temps de se raviser.

— Comment voyez-vous les choses ? Si l'otite d'Isabelle est guérie, nous pourrions aller à Las Vegas demain.

— Je ne peux pas me marier sans la présence de mes parents, répondit-elle en secouant la tête. Cela leur briserait le cœur.

Cette histoire de parents commençait à devenir un peu casse-pieds.

— À la mairie, alors ? Si je demande à mon avocat de rédiger les contrats au plus vite, tout devrait pouvoir être prêt pour lundi.

Elle secoua de nouveau la tête.

— Nous ne pouvons rien faire avant d'en avoir parlé à mes parents. D'ailleurs, il faut que vous demandiez ma main à mon père.

Oh, non ! songea-t-il en la regardant avec consternation.

— Vous plaisantez ?

— Non. Il est un peu vieux jeu. Il s'attend que cela se passe ainsi.

— Il vous l'a dit ?

— Pas exactement, mais il a toujours plaisanté là-dessus. Chaque fois que je faisais une chose idiote, il me menaçait de tout raconter à mon fiancé le jour où celui-ci lui demanderait ma main.

Une chose idiote ? Il avait du mal à imaginer Stevie autrement que raisonnable.

— Ah, oui ? demanda-t-il. Quel genre de choses idiotes faisiez-vous ?

— Je ne sais pas. Des trucs stupides.

— Il me faut des détails. Je ne veux pas avoir l'air trop choqué s'il met ses menaces à exécution.

— Eh bien, par exemple, dit-elle en souriant, il m'a menacée de montrer une photo de moi avec les cheveux enroulés autour de canettes de jus d'orange.

— Vous vous êtes enroulé les cheveux autour de canettes de jus d'orange ?

— Oui, quand j'avais quinze ans. J'avais lu que c'était censé les rendre lisses. Mon père trouvait que c'était la chose la plus drôle qu'il ait jamais vue.

— Et il a pris des photos ?

— Je ne laissais jamais personne me prendre en photo.

Il se demanda pourquoi, mais il n'eut pas le temps de lui poser la question.

— Vous vous écartez du sujet, ajouta-t-elle aussitôt. Mon père s'attend que l'homme que j'épouserai lui demande ma main.

— D'accord, répondit-il. Quand devrai-je le faire ?

— Nous devons dîner chez eux demain soir. Vous n'aurez qu'à le prendre à part avant que nous passions à table, afin que nous puissions annoncer la nouvelle ensuite.

Tout se compliquait bien plus qu'il ne s'y attendait, mais c'était le prix à payer pour donner une maman à sa fille. Une merveilleuse maman.

— Entendu, dit-il.

Elle hocha la tête et se passa nerveusement la langue sur les lèvres. Seigneur, qu'elle embrassait bien ! songea-t-il. Il ne se rappelait pas avoir jamais ressenti un tel degré de passion aussi vite. Et il ne se serait jamais attendu à découvrir cette passion chez une femme apparemment si coincée. Il lui suffisait d'y penser pour que le désir renaisse en lui.

— Eh bien, nous devrions aller nous coucher, suggéra-t-elle en se levant et en croisant les bras sur sa poitrine. Je suis dans la chambre à côté de celle d'Isabelle.

— Prévenez-moi si vous voulez de la compagnie, lança-t-il.

— Ça n'arrivera pas, répliqua-t-elle en souriant.

16

— On dirait le parking du stade un jour de match, commenta Holt le lendemain soir, en passant devant toutes les voitures garées devant la maison en brique blanche des Stedquest, dans le quartier de Lakeview. Je pensais qu'il n'y aurait que vos parents et nous.

— Moi aussi, répondit Stevie en fronçant les sourcils. Apparemment ma mère a invité la moitié de la famille.

Génial ! songea-t-il. Non seulement il allait devoir affronter les parents de Stevie et demander sa main à son père, mais il allait aussi falloir qu'il fasse des mondanités avec le reste de sa famille.

— Qui est là ? s'enquit-il.

— Eh bien... le monospace est à mon frère, la Cadillac à ma grand-tante Sophie, la Toyota à mon oncle Chuck, le pick-up à mon oncle Joe, la petite Ford à ma cousine Mona... Les autres, je ne sais pas trop. Je ne me doutais pas de ce que ma mère mijotait, ajouta-t-elle en soupirant. Isabelle va détester voir tous ces gens.

« Elle ne sera pas la seule », répliqua Holt intérieurement.

— Y a-t-il des choses qu'il faut que je sache sur les uns et les autres ?

— Hum... mon frère est très protecteur vis-à-vis de moi. Il est inspecteur de police à Baton Rouge, alors il risque de poser pas mal de questions.

Cela promettait...

— Oncle Joe est dur d'oreille, mais il veut faire comme s'il suivait la conversation, alors il répète les mots qu'il parvient à saisir et n'arrête pas de dire : « Bravo ! » Quant à mon oncle Chuck, il risque de vous tenir la jambe pendant des heures. S'il vous coince, vous en avez pour la soirée. Arrangez-vous pour être avec ma mère ou un autre membre de la famille qui pourra vous tirer d'affaire quand vous ferez sa connaissance.

De mieux en mieux…

— Autre chose ? demanda-t-il.

— Eh bien, ma grand-tante Sophie…

Stevie hésita.

— Oui ?

— Elle… elle aime bien flirter. Elle a quatre-vingt-cinq ans, mais elle n'a pas l'air de s'en rendre compte.

— Comment cela ? Elle est sénile ?

— Peut-être un tout petit peu, concéda Stevie. Mais seulement en ce qui concerne les hommes.

« Je vais bien s'amuser, tiens », songea-t-il en trouvant enfin une place, deux maisons plus loin.

— Vous voulez que je prenne Isabelle dans la coque du siège auto ? proposa-t-il en descendant de voiture et en allant ouvrir la portière de Stevie.

Elle secoua la tête.

— Je vais la porter dans mes bras. Ma mère a gardé un berceau qui date de l'époque où les jumeaux de mon frère étaient bébés. Espérons qu'elle s'endormira avant le dîner.

Elle ouvrit la portière arrière et se pencha à l'intérieur.

— Salut, ma chérie, dit-elle au bébé.

— Waouh ! s'exclama Holt. Quel sourire !

Il contempla Stevie qui détachait Isabelle de sa coque. L'encolure de sa longue robe imprimée blanc et noir s'ouvrit, lui offrant un petit aperçu de son généreux décolleté et de son soutien-gorge en dentelle noire. Il eut l'impression que son sang se mettait à bouillir dans ses veines.

Si leur union ne reposait pas sur l'amour, le désir y tenait une place indéniable. Il ne parvenait pas à oublier le baiser de Stevie. Il y avait pensé toute la nuit.

Il marcha à côté d'elle jusqu'à la maison de ses parents, dont la porte s'ouvrit avant même qu'elle ait fini de sonner. La mère de Stevie apparut, vêtue d'une robe d'un rose soutenu. Elle arborait un rouge à lèvres assorti et un grand sourire.

— Bonsoir ! s'exclama Marie en embrassant Holt sur la joue, avant de se tourner vers sa fille pour en faire autant avec elle. Coucou, Isabelle… Quel plaisir de te voir !

Comme elle se penchait vers la petite fille, celle-ci se détourna en pleurant.

Marie s'assombrit.

— Oh, ma chérie, je ne voulais pas te fâcher…

— Ne vous sentez pas visée personnellement, dit Holt. Elle est très timide.

— Nous ne savions pas que tu comptais inviter toute la famille, remarqua Stevie.

— Il n'y a que quelques personnes, riposta Marie, sur la défensive. Je pensais qu'il serait plus amusant de faire une petite réunion. Entrez, ajouta-t-elle en s'effaçant et en souriant à Holt.

Il suivit Stevie et Isabelle à l'intérieur. Le salon était bondé.

Isabelle s'empourpra. Ses pleurs devinrent des hurlements.

— Elle n'a pas l'habitude de voir autant de monde, expliqua Stevie.

— Tu devrais l'emmener dans la chambre d'enfant pendant que je fais les présentations, suggéra Marie.

Holt aurait préféré accompagner Stevie. Ou, mieux encore, filer d'ici. Au lieu de cela, il se força à sourire.

— Venez, lui dit Marie en le conduisant dans le grand salon. Robert va vous servir à boire.

La pièce était décorée dans des tons de beige et de brun. Il y avait des photos de famille partout. Holt chercha des clichés de Stevie mais, avant qu'il ait pu en trouver un, Marie s'arrêta devant le bar encastré dans un meuble. Robert se tenait à côté d'elle.

— Content que vous ayez pu venir, dit-il.

Il lui souriait, mais son regard était circonspect. Holt se sentit un peu mal à l'aise. Robert n'était sûrement pas un homme facile à tromper. Quand il lui parlerait, il devrait s'en tenir autant que possible à la vérité. Stevie ne lui avait pas dit ce qui arriverait si son père n'approuvait pas leur mariage ; cependant, il se doutait que ce serait une cause de rupture de leur accord.

— Que voulez-vous boire ? lui demanda Robert.

— Une bière, s'il vous plaît, répondit Holt en regardant autour de lui. C'est plutôt animé, commenta-t-il.

— Nous avons une nombreuse famille.

— C'est ce que Stevie m'a dit.

— Et vous ? demanda Robert en décapsulant une bouteille de bière.

— Ma famille est plutôt restreinte. Je me suis toujours dit que ce devait être bien de faire partie d'une tribu comme celle-ci.

— Vous pouvez toujours faire comme Robert, remarqua Marie. Épouser une jeune femme qui ait une grande famille.

Venez, Holt, poursuivit-elle en le prenant par le bras. Nous allons vous chercher à manger. Ensuite, je vous présenterai.

Elle l'entraîna à l'autre bout de la pièce, où était dressé un impressionnant buffet de hors-d'œuvre variés.

— Eh bien ! s'exclama-t-il en admirant tartelettes aux épinards, petits canapés et bâtonnets de légumes. Je comprends pourquoi votre entreprise a un tel succès.

Marie rayonnait de fierté, et se tourna vers un homme assez grand, aux cheveux blonds semblables à ceux de Stevie.

— Holt, voici mon fils, Dan. Et la jolie brune près de la porte, avec les jumeaux, est sa femme, Casey. Dan, voici l'ami de Stevie, Holt.

— Bonjour, dit Dan en prenant un brick au fromage. J'ai vu votre bébé, quand vous êtes arrivé. Vous étiez marié avec sa mère ?

Il savait sûrement que non, songea Holt.

— Non, répondit-il calmement. J'ignorais même que j'avais un bébé jusqu'à ce que je reçoive un appel m'annonçant la mort de sa mère, il y a environ un mois.

— Ça alors ! Comment a-t-elle fait pour garder un secret pareil ?

— Elle habitait à Dallas, et nous ne nous étions pas parlé depuis un moment.

— Alors, vous vous étiez séparés en mauvais termes ? demanda Dan avec un regard scrutateur.

Holt avait la désagréable sensation de répondre à un interrogatoire.

— Non, dit-il. Nous nous étions seulement séparés.

— Heureusement pour vous qu'elle ne vous a pas demandé de pension alimentaire, pas vrai ?

Cette fois, il n'y avait plus de doute : Dan était en train de le cuisiner.

— Ella avait beaucoup d'argent. Elle avait hérité de la fortune de son père.

— Ah, bon ? fit Dan en haussant les sourcils. Et comment est-elle morte ?

— Mon Dieu, Dan, ne le traite pas comme un suspect ! intervint sa femme en venant à côté de lui.

Elle se présenta avec un sourire amical.

— Ce n'est pas grave, assura Holt. Ella est morte dans un accident de voiture, ajouta-t-il à l'intention de Dan. À Dallas.

Et au cas où vous vous poseriez la question, j'étais à La Nouvelle-Orléans au moment de l'accident.

— Il faut que vous excusiez Dan, dit Casey en riant. Déformation professionnelle.

— Si j'avais une sœur et qu'elle sortait avec un jeune papa, j'aimerais aussi savoir ce qu'il en est, déclara Holt en prenant une tartelette.

— Alors, Stevie et vous… vous sortez ensemble ? reprit Dan.

Il ne lâchait donc jamais prise ? songea Holt en confirmant d'un hochement de tête.

— Cela veut dire que, pour vous, c'est du sérieux ?

— Dan ! protesta sa femme en lui donnant un coup de coude.

— C'est ma sœur, dit-il. Je n'ai pas envie qu'elle souffre encore.

Encore ? À quoi Dan faisait-il allusion ?

Au grand soulagement de Holt, Marie Stedquest les rejoignit.

— Tante Sophie aimerait faire votre connaissance, annonça-t-elle.

— Faites attention, le prévint Casey. C'est une mangeuse d'hommes.

— Holt ne risque rien, assura Marie en souriant. J'ai expliqué à Sophie qu'il était avec Stevie. Et vous savez qu'elle est folle de Stevie.

— Sophie est folle tout court, marmonna Dan.

— Et puis, elle a amené un cavalier.

— Ce n'est pas un cavalier, c'est un gigolo.

Holt suivit le regard de Dan et découvrit un homme âgé vêtu d'une veste bleu électrique et coiffé d'une perruque noire qui se tenait à côté d'une vieille femme rousse en robe lavande.

— Sois gentil, lui ordonna Casey en lui donnant encore un coup de coude.

Holt se laissa entraîner par Marie de grand-tante en cousin, puis d'oncle en tante.

Du bout du salon, il sentit le regard du père de Stevie sur lui. Autant en finir tout de suite, songea-t-il. Il avala sa salive, s'excusa et se dirigea vers le bar.

— Monsieur… puis-je vous parler en privé un instant ? demanda-t-il.

Robert Stedquest se figea une seconde, mais se reprit si vite que Holt se demanda s'il n'avait pas imaginé sa réaction.

— Oui, dit-il, bien sûr. Allons dans mon bureau.

— Asseyez-vous, proposa Robert en désignant l'un des deux fauteuils devant sa table de travail et en prenant place dans l'autre.

Cette pièce vert sombre, aux murs couverts de rayonnages, était celle que Robert préférait dans la maison. C'était son repaire.

Il devinait ce qui allait arriver. Holt allait lui demander la main de Stevie – même si, selon lui, il était bien trop tôt pour savoir si leur relation était sérieuse.

— Monsieur, vous avez une fille adorable, commença Holt.

— En effet, approuva Robert en croisant les mains.

Il n'avait pas l'intention de lui faciliter les choses. Si ce garçon voulait Stevie, il allait falloir qu'il se donne du mal.

— Je me suis beaucoup attaché à elle.

— Attaché ? répéta Robert en haussant les sourcils, surpris.

Holt déglutit avant de reprendre :

— Plus qu'attaché. Je... je... pense que c'est la femme la plus merveilleuse qui soit. Je suis fou d'elle.

Il n'avait pas dit qu'il l'aimait. Cela dit, le verbe aimer n'était pas un mot que Robert employait très facilement non plus.

— Et... et je voudrais vous demander sa main.

Robert le fixa longuement.

— En avez-vous parlé avec Stevie ? finit-il par demander.

— Oui.

— Et qu'a-t-elle répondu ?

— Oui.

— Dans ce cas, quoi que je dise, cela n'aura pas vraiment d'importance, n'est-ce pas ?

Il avait parlé d'un ton caustique et rude – bien plus rude qu'il ne l'aurait souhaité. D'ailleurs, ces temps-ci, tout ce qu'il disait sonnait ainsi.

Holt marqua des points à ses yeux en gardant son sang-froid.

— Non, admit-il calmement, mais j'aimerais sincèrement avoir votre approbation. Cela compte beaucoup pour Stevie.

— Et Stevie compte beaucoup pour moi.

— Je le sais, monsieur.

Robert s'appuya au dossier de son fauteuil, pianota du bout des doigts sur le plateau en chêne de sa table, tout en rivant sur lui ce regard scrutateur qui avait fait trembler tant d'avocats.

Holt le soutint sans ciller.

— Depuis combien de temps la connaissez-vous ? demanda Robert.

— Depuis assez longtemps pour savoir que je ne peux pas vivre sans elle.

Robert avait l'habitude d'interroger des gens. Il connaissait tous les signes qui trahissaient les mensonges – les expressions fugitives qui passaient sur le visage, les yeux qui se détournaient un instant, les doigts qui se crispaient, les pupilles qui se dilataient imperceptiblement. Holt n'en présentait aucun.

— Et elle ressent la même chose pour vous ?

— Je l'espère, monsieur.

Là encore, il ne décela aucun signe de mensonge.

— Vous avez de la peine que la mère du bébé soit morte ? s'enquit-il.

— Pour tout dire, pas vraiment. Je suis désolé qu'elle soit morte, bien sûr, mais notre relation n'a jamais été très intense, et c'était terminé depuis plus d'un an.

— Vous voulez épouser Stevie parce que vous avez besoin d'une mère pour votre enfant ?

Un léger malaise passa brièvement sur le visage de Holt. Il décroisa les jambes et changea de position. Cependant, quand il répondit, ce fut en regardant Robert dans les yeux.

— Sans aucun doute, c'est un plus, admit-il. Pour Stevie comme pour Isabelle et moi. Il est également certain que, à cause du bébé, les choses sont allées plus vite que si les circonstances avaient été différentes. Mais Stevie et moi...

Il hésita un instant. Robert le vit avaler sa salive.

— Enfin, il y a bien plus entre nous que ma fille, conclut-il.

C'était vrai. Robert les avait vus s'embrasser au restaurant. Il existait indéniablement une alchimie entre cet homme et sa fille.

— J'ai cherché des renseignements sur vous sur Internet, déclara Robert. Vous réussissez admirablement dans votre métier, et votre vie sociale semble être des plus animées. Vous avez été élu l'un des plus beaux partis de La Nouvelle-Orléans. On vous a souvent vu dans les pages *people* en compagnie de femmes superbes – des mannequins, des actrices, etc. Stevie est adorable, poursuivit Robert. Pour moi qui suis son père, c'est la fille la plus merveilleuse du monde, mais je ne peux pas ne pas remarquer qu'elle n'a pas le genre glamour qui avait votre préférence autrefois.

— C'est l'une des raisons pour lesquelles j'ai envie de l'épouser, répondit Holt en hochant la tête.

— Je dois dire que je trouve un peu curieux que l'un des plus beaux partis de la région ait recours à un service de rencontres sur Internet, observa Robert.

Holt détourna le regard et changea de nouveau de position dans son fauteuil.

— Cela n'a rien d'anormal si l'on cherche à rencontrer une femme différente de celles que l'on côtoie habituellement.

Manifestement, le sujet le mettait mal à l'aise. Robert poursuivit donc dans cette voie.

— Qu'est-ce qui vous a donné envie de rencontrer une femme différente ?

— Eh bien, j'en avais assez des conversations superficielles et des petits jeux de séduction.

— Êtes-vous prêt à vous consacrer à une seule femme ?

— J'épouse Stevie avec la ferme intention de lui rester fidèle tout au long de notre mariage.

L'instinct de Robert lui soufflait que la réponse de Holt avait été préparée à l'avance. Cela dit, c'était une question à laquelle tout homme raisonnable devait s'attendre de la part de son futur beau-père. Le père de Marie la lui avait d'ailleurs posée, trente-sept ans plus tôt.

Ce souvenir s'imposa brutalement à lui. Il était mort de trac, mais tellement amoureux qu'il aurait affronté le diable en personne pour gagner la main de Marie.

La nostalgie et la tristesse l'envahirent. Où étaient passées toutes ces années ? Elles s'étaient écoulées si vite, occupées par le travail et mille choses qui ne semblaient plus si importantes que cela aujourd'hui.

Il força ses pensées à revenir à Holt.

Rien dans ses réponses ne semblait indiquer qu'il mentait. Pourtant, quelque chose ne collait pas. Bah… que pouvait-il y faire, de toute façon ? Stevie avait trente et un ans. Quoi qu'il dise, elle ferait ce qu'elle voudrait. Il n'avait plus d'autorité sur sa vie depuis des années.

Il avait pourtant l'impression que, hier encore, elle était cette petite fille avec des nœuds dans les cheveux qui le suppliait de la pousser sur la balançoire dans le jardin, de l'emmener au zoo, de lui apprendre à pêcher.

Dire que la plupart du temps, il était trop occupé pour accepter ! Son travail lui avait pris tout son temps, toute son énergie, avait absorbé toutes ses pensées. « Plus tard, lui disait-il toujours. Quand je serai moins débordé au bureau. »

Désormais, il n'était plus débordé, depuis qu'il avait été mis à la porte. Son travail était le symbole de sa réussite. Maintenant qu'il en était privé, que lui restait-il ? Que restait-il de lui ?

Rien. Rien que des regrets.

Il poussa un profond soupir. Stevie n'avait sans doute pas besoin de sa permission, mais elle désirait peut-être encore son approbation. C'était le moins qu'il puisse faire pour elle, même s'il avait un étrange pressentiment au sujet de ce jeune homme qui la demandait en mariage.

— Vous me donnez votre parole que vous ferez tout ce qui est en votre pouvoir pour rendre Stevie heureuse ? lui demanda-t-il.

— Oui, monsieur.

— Dans ce cas, dit-il en se levant et en lui tendant la main, félicitations.

— Merci.

Le soulagement se peignit sur le visage de Holt, qui se leva à son tour et lui serra la main.

— Quand souhaitez-vous annoncer la nouvelle ?

— Pendant le dîner, si cela vous convient.

— Bonne idée. Juste avant le dessert, alors.

Au même instant, Marie passa la tête dans la pièce.

— Ah, vous voilà ! Je me demandais où vous étiez passés, tous les deux. Nous sommes presque prêts à nous mettre à table.

Holt se dirigea vers la porte. Il semblait pressé de s'échapper.

— Je vais voir si Stevie a besoin d'aide pour s'occuper d'Isabelle, annonça-t-il.

— Le bébé dort déjà, répondit Marie. Stevie est dans le patio avec oncle Chuck.

— Dans ce cas, je vais voir si elle a besoin d'aide pour s'occuper d'oncle Chuck.

— Le bébé est beaucoup plus facile, le prévint Marie en riant.

Elle avait un rire merveilleux, songea Robert. Un rire doux et musical, léger comme l'air. Autrefois, il résonnait sans arrêt dans la maison. Qu'était-il donc devenu ?

C'était à cause de lui qu'il s'était tu. Lui qui, avant, aimait tant la faire rire ne semblait plus capable que de la faire pleurer.

Elle tourna les talons et sortit.

— Marie, tu as un moment ? lança-t-il.

— Pas tout de suite, mon chéri. Il faut que j'aille sortir les petits pains du four, sinon ils vont brûler.

Robert se retourna vers la fenêtre. Son regard s'arrêta sur le chêne rouge au milieu de la pelouse. Quand il l'avait planté, une trentaine d'années plus tôt, il était un vigoureux jeune homme, alors que l'arbre n'était qu'une pitoyable brindille. Aujourd'hui, l'arbre commençait à être grand et fort, et c'était lui, Robert, qui était pitoyable.

17

Dès que Stevie se rassit à table après avoir aidé à servir le dessert et le café, Robert tapota sa cuillère contre son verre pour faire taire les conversations et se leva. Le cœur de Stevie se mit à battre la chamade.

— J'ai gardé cette nouvelle pour le dessert comme on garde le meilleur pour la fin, annonça-t-il.

Un murmure d'excitation courut autour de la grande table.

— Holt a quelque chose à vous annoncer, ajouta-t-il.

— En fait, précisa Holt en se levant et en prenant Stevie par la main, c'est Stevie et moi qui avons quelque chose à vous dire.

Elle avait l'estomac noué par le trac.

Holt marqua une pause et lui sourit comme un homme amoureux. Elle avait beau savoir qu'il jouait la comédie, elle ne put empêcher son cœur de faire un bond dans sa poitrine.

— Stevie a accepté de m'épouser.

— Ô mon Dieu ! s'exclama Marie en portant les mains à ses joues. Oh ! C'est merveilleux !

Un bourdonnement de commentaires salua la nouvelle.

Holt se racla la gorge. Le silence se fit de nouveau.

— J'ai demandé la main de Stevie à M. Stedquest, et il m'a donné sa bénédiction.

Tous les convives applaudirent. Holt attendit qu'ils aient fini pour se tourner vers Stevie.

— Alors, j'ai quelque chose à te donner pour officialiser nos fiançailles, dit-il en passant au tutoiement, comme ils avaient décidé de le faire en public, par souci de crédibilité.

Il tira de sa poche un petit écrin en velours noir. Comme Stevie restait figée, il l'ouvrit et en sortit une bague étincelante. Puis il lui prit la main gauche et lui passa le bijou à l'annulaire.

Elle baissa les yeux vers sa main tremblante et découvrit un solitaire, énorme et scintillant. Elle avait beau sentir la bague sur son doigt, elle avait l'impression de regarder la main d'une autre femme.

Elle dut rester bouche bée un moment, car sa tante Lou lança :

— Eh bien, tu es devenue muette ?

— Je... je ne sais pas quoi dire, bredouilla-t-elle. Je suis sous le choc.

— Tu as déjà dit tout ce qui comptait quand tu as accepté de m'épouser, assura Holt avec un sourire. Et j'espère que cette bague t'empêchera de changer d'avis.

— M... merci, murmura-t-elle.

— Alors, embrassez-vous, enfin ! s'exclama sa grand-tante Sophie.

Stevie se tourna vers Holt et lui passa maladroitement les bras autour du cou. Il fit le reste. Elle avait parfaitement conscience de la bonne douzaine de paires d'yeux rivés sur elle, ce qui ne l'empêcha pas de frissonner sous ce baiser.

Un tonnerre d'applaudissements éclata. Puis la mère de Stevie vint les serrer dans ses bras tour à tour, Holt et elle. Son père se leva également pour l'embrasser, suivi du reste de la famille qui poussa des « Oh ! » et des « Ah ! » en admirant la bague.

Il fallut plusieurs minutes pour que l'excitation retombe et que tout le monde reprenne sa place à table.

— Voilà qui mérite un toast, déclara oncle Chuck.

— À Stevie et à Holt ! déclara son père en levant son verre. Puisse leur mariage être long et heureux.

— Mariage ! Bravo ! s'écria oncle Joe.

Un mariage long et heureux. L'énormité de son mensonge la frappa de plein fouet. Elle trompait les gens qui l'aimaient le plus en leur faisant croire que Holt et elle s'engageaient pour la vie. La culpabilité pesa soudain sur ses épaules.

Les verres tintèrent. Stevie se força à trinquer avec Holt, puis avec les convives les plus proches. Elle but une petite gorgée de vin. Les félicitations continuaient à déferler sur eux.

— Marie, on dirait que tu as un mariage à organiser, remarqua tante Lou.

— En effet, répondit sa mère, le regard brillant d'excitation. Voyons... nous sommes fin mars. Si nous nous mettons au travail tout de suite, tu pourras te marier cet automne.

Holt jeta un coup d'œil inquiet à Stevie.

— Oh ! Nous ne voulons pas attendre, dit-elle vivement. Nous souhaitons nous marier tout de suite.

— Tout de suite ? Mais organiser un mariage prend du temps ! protesta Marie.

— Nous voulons faire les choses simplement, expliqua Stevie.

— Même un mariage très simple demande pas mal d'organisation.

— À vrai dire, nous pensions simplement aller à la mairie la semaine prochaine, intervint Holt.

— Vous ne pouvez pas faire cela, s'exclama Marie. Vous rappeler le jour de votre mariage sera une joie toute votre vie. Il vous faut des souvenirs à revivre à chaque anniversaire, des photos à montrer à vos enfants et petits-enfants.

Un murmure approbateur salua cette déclaration.

— Pourquoi vous presser à ce point ? demanda Dan. Vous ne vous connaissez pas depuis si longtemps que cela.

— Peut-être qu'il y a un polichinelle dans le tiroir, suggéra oncle Chuck.

Tante Lou lui donna un grand coup de coude.

— Aïe !

— Aïe ! lança oncle Joe. Bravo !

Le silence se fit. Tout le monde se tourna vers Stevie. Seigneur ! Sa famille croyait qu'elle était enceinte. Elle se sentit rougir.

— Non ! s'écria-t-elle. Je ne... Enfin, il n'y a pas de raison que... Je ne...

Elle se tourna vers Holt d'un air suppliant.

— Nous n'attendons pas d'enfant, si c'est ce que vous voulez dire, déclara-t-il. Mais nous sommes pressés à cause du bébé.

— Le bébé de Holt a besoin d'une mère, confirma-t-elle en hochant la tête. Nous avons envie de former une famille le plus vite possible.

— Mais un mariage est un événement unique dans une vie, intervint Marie. Et tu es ma seule fille, Stevie. Ton père et moi avons toujours rêvé de t'offrir un beau mariage.

Que répondre à cela ? Elle se sentait de plus en plus coupable.

— Mais nous sommes si pressés, protesta-t-elle faiblement.

— Si vous pouviez attendre deux semaines, insista Marie, je crois que je me débrouillerai. Peut-être même ici. On installerait des tentes dans le jardin.

— Ce serait charmant, murmura tante Lou.

— Charmant, confirma tante Sophie.

— Charmant ! Bravo ! répéta oncle Joe.

— Je ne veux pas que vous vous donniez trop de mal, ni que vous fassiez trop de dépenses, dit Stevie.

Surtout pour un mariage qui allait durer si peu de temps, ajouta-t-elle *in petto*.

Son père se hérissa.

— L'argent n'est pas un problème, déclara-t-il fermement. J'économise pour ton mariage depuis que tu es petite fille.

Non seulement elle brisait le cœur de sa mère, mais voilà que, en plus, elle offensait son père. Il avait toujours mis un point d'honneur à subvenir aux besoins de sa famille, et maintenant il pensait sans doute qu'elle insinuait qu'il n'avait pas les moyens de lui offrir un beau mariage.

Quelle situation impossible ! Elle ne voulait pas décevoir ses parents, mais elle ne voulait pas non plus qu'ils investissent trop de temps et d'argent dans un mariage bidon.

Mais ils ne sauraient jamais qu'il était bidon. Elle n'avait pas l'intention de leur révéler la vérité au sujet de son arrangement avec Holt.

Elle observa tour à tour ses parents assis aux deux extrémités de la table. Le visage suppliant de sa mère, le regard chargé d'amour de son père… Elle avait toujours su que son mariage serait important pour eux, mais elle ne s'était pas rendu compte à quel point. Cette découverte accentuait encore son sentiment de culpabilité.

Elle regarda Holt.

— Du moment que cela peut se faire d'ici à deux semaines, lui murmura-t-il à l'oreille en se rapprochant d'elle, je veux bien que ce soit au zoo dans la cage aux lions.

Elle lui répondit par un sourire reconnaissant. Puisque ses parents semblaient tant souhaiter lui offrir un beau mariage, autant leur faire ce plaisir.

— D'accord, dit-elle à sa mère. Si tu penses que tu peux tout organiser en deux semaines, nous serons vraiment très heureux de nous marier ici.

Le visage de sa mère s'illumina, son père sourit, et tout le monde applaudit.

— Buvons aux futurs mariés, proposa oncle Joe.

— Buvez, lui chuchota Holt avec le plus sexy des sourires. J'adore l'effet qu'ont les toasts sur vous.

Stevie leva de nouveau son verre. Que diable venait-elle de faire ?

— Alors, Holt, que pensent vos parents de tout cela ? lui demanda Marie quand tout le monde se rendit dans le salon, une fois la table débarrassée.

— Je ne leur ai encore rien dit. Nous voulions d'abord en parler avec vous, précisa-t-il en regardant Stevie, qui s'était assise à côté de lui sur le canapé.

— Dans ce cas, il faut que vous les appeliez tout de suite. Et vous me donnerez leur numéro, afin que nous puissions nous contacter pour coordonner les choses.

Il sentit un filet de sueur glacée lui couler dans le dos.

— Coordonner quelles choses ? s'enquit-il.

— Eh bien, mais le dîner de répétition, la façon dont nous allons nous habiller…

Marie pensait-elle que ses parents allaient venir au mariage ? Il fallait étouffer cette idée dans l'œuf.

— Mes parents sont divorcés, et ils habitent loin. Je ne pense pas qu'ils pourront venir.

Elle ouvrit de grands yeux stupéfaits.

— Ils ne viendraient pas au mariage de leur propre fils ?

— Le délai est très court, fit-il. Je suis sûr qu'ils ont déjà des choses prévues…

— Raison de plus pour les appeler tout de suite. À mon avis, ils n'hésiteront pas à modifier leur programme.

La situation commençait à lui échapper. Il n'avait pas l'intention d'inviter ses parents – ni personne d'autre – à son mariage. D'ailleurs, il n'avait pas prévu ce genre de mariage. Il pensait que Stevie et lui se contenteraient de remplir les formalités légales sans faire toutes ces histoires.

— Malheureusement, dit-il, mes parents ne s'entendent pas. Ils ne supportent pas de se trouver dans la même pièce.

— Je suis sûre qu'ils pourront mettre leurs différends de côté le temps d'une journée, affirma Marie.

« S'ils étaient capables de mettre leurs différends de côté, songea-t-il, ils l'auraient fait pour Noël, pour mon anniversaire, pour la remise des diplômes. »

— D'ailleurs, poursuivit Marie, un mariage est une excellente occasion de se réconcilier.

Dans le cas de ses parents, ce serait plutôt l'occasion d'un double homicide.

— Appelez-les, insista-t-elle. Je pense qu'ils vous surprendront.

Elle était vraiment tenace…

— Entendu. Mais ne vous faites pas trop d'illusions.

— Parfait, répondit Marie. Vous voulez bien le faire ce soir ou demain matin ? Ainsi, nous pourrons nous téléphoner demain après-midi.

Holt regarda Stevie, qui haussa les épaules d'un air d'impuissance.

Bon sang, cela devenait sérieusement casse-pieds. La seule idée d'un grand mariage lui faisait horreur. Quant à la perspective de voir ses parents réunis, il la redoutait plus que tout. La dernière fois que c'était arrivé, c'était lors de la remise des diplômes de son université, douze ans plus tôt.

Ce souvenir lui nouait encore l'estomac. Après la cérémonie, lorsqu'ils étaient allés dîner tous les trois, sa mère avait fait comme si son père n'était pas là. Comme s'il était invisible. Comme si elle n'entendait pas ce qu'il disait.

Au début, son père avait paru désappointé. Mais peu à peu, la colère l'avait gagné, et il avait fini par se lever de table.

— Je ne peux pas en supporter davantage, avait-il dit d'une voix basse et froide. Holt, félicitations. Je suis très fier de toi. On s'appelle.

Il était parti. Dès qu'il était sorti de la salle, sa mère avait fondu en larmes.

Il aurait préféré affronter une meute de loups enragés plutôt que de se retrouver dans cette situation. Aussi, il espérait de toutes ses forces que son père et sa mère allaient décliner l'invitation.

— Bonsoir, lança Marie sur le pas de la porte, tandis que sa tante Sophie – la dernière à partir, comme toujours – démarrait au volant de sa Cadillac. Soyez prudents sur la route !

Quand elle eut refermé la porte, Robert poussa un soupir de soulagement, regagna le salon, prit un journal et s'installa dans son fauteuil.

Marie se laissa tomber dans le fauteuil à côté du sien.

— Je suis si heureuse pour Stevie ! dit-elle.

— Tu ne trouves pas que ces fiançailles sont un peu précipitées ?

— Pas vraiment. Holt a dit qu'ils communiquaient sans arrêt par e-mail depuis des mois. On peut réellement faire connaissance rien qu'en correspondant. Tu t'en souviens ?

Oh, oui, il s'en souvenait ! Quand il avait rencontré Marie, il était jeune soldat, en garnison en Allemagne. La paroisse de

Marie avait organisé une campagne de soutien aux troupes par correspondance, et il avait reçu un mot d'elle qui commençait par « Cher soldat ».

— Si c'était un autre soldat qui avait reçu ma lettre, nous ne serions pas en train de parler du mariage de notre fille, remarqua-t-elle.

Combien de fois, depuis toutes ces années, avait-il remercié sa bonne étoile de cet heureux hasard ! Mais aujourd'hui, cette conversation le mettait mal à l'aise. S'ils commençaient à faire les sentimentaux, cela finirait au lit, et... Le souvenir de ses dernières tentatives dans ce domaine l'emplissait de honte. Il hocha la tête, chaussa ses lunettes de lecture et ouvrit le journal.

— Tu te souviens, quand nous nous sommes enfin rencontrés ?

— Bien sûr.

Il n'avait aucune envie de se le rappeler. S'il entrouvrait seulement la porte, les souvenirs allaient affluer. Et, à la lumière du passé, le présent aurait un goût encore plus amer.

Le silence s'installa entre eux. Robert tournait les pages sans parvenir à se concentrer.

— T'est-il déjà arrivé de regretter que ce ne soit pas un autre soldat qui ait reçu ma lettre ? demanda doucement Marie.

— Quoi ?

— Si quelqu'un d'autre l'avait reçue, nous ne nous serions sans doute jamais rencontrés. Regrettes-tu parfois que cela ne se soit pas passé ainsi ? ajouta-t-elle d'une voix cassée.

— Enfin, Marie, fit-il en baissant son journal, qu'est-ce que c'est que cette question ?

— Une question directe.

Il referma le journal d'un geste sec.

— Non, riposta-t-il, absolument pas. C'est une question tordue. Quoi que je réponde, ce ne sera pas ce qu'il faut.

— Ce n'est pas vrai !

— Si. Tu essaies de me forcer à dire ce que tu as envie d'entendre.

Les yeux de Marie s'emplirent de larmes.

— Et ça te tuerait de dire ce que j'ai envie d'entendre, pour une fois ? demanda-t-elle d'une toute petite voix, à peine plus forte qu'un murmure.

Oui, peut-être. Parce que, s'il renonçait à sa colère, s'il lui témoignait de la tendresse, elle s'attendrait qu'il lui fasse l'amour. Or il ne voulait pas leur faire revivre cette humiliation, ni à l'un ni à l'autre.

— Pourquoi faut-il que je te le dise ? grommela-t-il. Tu sais bien que je t'aime.

— Non, je ne le sais pas. Je ne le sais plus.

Oh, bon sang ! Les larmes commençaient à rouler sur ses joues. Il détestait la rendre si malheureuse.

— Marie… je suis désolé. Ce qu'il y a…

Il s'interrompit, incapable de poursuivre.

— Il y a quoi ?

Il soupira et baissa les yeux.

— Je ne sais pas, dit-il.

C'était un mensonge. Il n'avait pas la force de lui avouer qu'il était un raté et qu'il n'était plus utile à personne.

— Le mariage de Stevie, reprit Marie, cela me fait penser à nous… à ce qu'il y avait entre nous. Tu te rappelles ?

Bien sûr qu'il se rappelait.

— Écoute, Marie, ne le prends pas mal, mais je n'ai pas envie de remuer les vieux souvenirs. Ces idioties sentimentales me mettent mal à l'aise.

— Les souvenirs et les sentiments ne sont pas des idioties, protesta-t-elle, le visage baigné de larmes. C'est ce qu'il y a de plus tendre chez un être. Tu prends ce qu'il y a de plus tendre en moi et tu le piétines.

Ces mots lui firent l'effet d'une gifle.

— Marie… je suis désolé. Je ne le fais pas exprès.

Elle s'essuya le visage du revers de la main et le regarda tendrement. Elle était toujours si prompte à lui pardonner… Trop prompte.

— Autrefois, reprit-elle, nous parlions, nous partagions les choses. Tu ne m'as même pas dit que Holt t'avait demandé la main de Stevie.

— J'ai essayé, mais il fallait que tu ailles t'occuper de tes fichus petits pains.

— Tu aurais pu me suivre dans la cuisine.

Alors, ils en étaient là ? Il fallait qu'il la suive partout comme un petit chien ?

— Nous avons passé de bons moments dans la cuisine, tu t'en souviens ? dit-elle avec un sourire très doux.

Là, c'était un coup bas. Comment aurait-il pu ne pas se rappeler ? Avant d'avoir des enfants, il leur arrivait de faire des descentes nocturnes dans le réfrigérateur, affamés après avoir fait l'amour comme des fous.

Les souvenirs déferlèrent en lui en Technicolor. Ils lui perçaient le cœur. Il revoyait Marie étendue sur la table de la cuisine. Il se rappelait la nuit où il l'avait prise par-derrière devant la cuisinière, celle où ils avaient essayé de faire l'amour debout contre le réfrigérateur, les jambes si serrées autour de lui qu'il avait du mal à respirer.

Et voilà qu'en y songeant, il avait de nouveau du mal à respirer.

Elle dut le sentir, car elle se leva et s'approcha de lui en défaisant le premier bouton de sa robe.

— Nous pourrions aller dans la cuisine maintenant, suggéra-t-elle d'une voix câline, et nous mijoter quelque chose…

Il en avait envie. Seigneur, qu'il en avait envie ! Mais il ne pouvait supporter l'idée d'un échec. D'un autre échec. Depuis quand était-il devenu aussi lâche ? Il ne le savait pas, mais une chose était sûre : il ne pouvait pas prendre le risque que Marie le découvre.

— Non, je n'ai pas envie d'aller dans la cuisine, grommela-t-il. C'est justement la cuisine, le problème. Tu y passes tant de temps pour ton travail que tu n'es disponible pour rien d'autre. Tu as envie de savoir pourquoi je ne te dis rien ? C'est parce que tu n'es jamais là. Et les rares fois où tu es à la maison, tu es tellement préoccupée par tes petits pains, tes programmes, ton organisation que c'est comme si tu n'étais pas là.

La douleur déforma le visage de Marie. Sa main se figea sur le deuxième bouton de sa robe.

Débordé par ses émotions, Robert avait le sentiment de perdre le contrôle de la situation, d'aller droit vers la catastrophe. Il se leva, jeta le journal et se dirigea vers la porte.

— Où vas-tu ? demanda-t-elle.

— Je sors.

— Quand rentreras-tu ?

— Je ne sais pas. Ne m'attends pas.

Sur ce, il prit son coupe-vent et sortit en claquant la porte. Il avait horreur de la faire souffrir, horreur de l'homme qu'il était devenu. Et le pire, c'était qu'il n'y pouvait rien.

18

Arrêté à un feu, Holt surprit Stevie à regarder la bague qu'elle portait au doigt.

— Elle vous plaît ? demanda-t-il.

— Je l'adore ! répondit-elle avec une joie sans réserve qui le ravit. Vous n'auriez pas dû, ajouta-t-elle. Elle vous a sûrement coûté une fortune, et comme nous n'allons être mariés que pour une courte période...

— Vous vouliez que vos parents croient à un vrai mariage, lui rappela-t-il. De quoi aurais-je eu l'air si je ne vous avais pas offert de bague de fiançailles ?

— Vous avez dépensé des milliers de dollars pour impressionner mes parents ?

Il haussa les épaules.

— Vous avez accepté beaucoup de sacrifices en devenant la mère de ma fille et en m'épousant, alors... Enfin, je ne pouvais pas faire moins que vous offrir une bague.

Il reporta son attention sur la route, mais il sentit la chaleur du regard de Stevie sur son visage.

— C'est vraiment très gentil, dit-elle. Je vous la rendrai quand nous divorcerons.

— Elle est à vous.

— Mais...

— Je tiens à ce que vous l'ayez, déclara-t-il fermement. Après tout, il la privait de tous ses rêves romantiques avec ce simulacre de mariage. S'il ne pouvait lui offrir une union définitive, il pouvait au moins lui offrir une bague qu'elle garderait.

— Merci mille fois, dit-elle en souriant de nouveau. Au fait, ma famille vous a trouvé très sympathique.

— Je ne suis pas sûr que votre père m'ait apprécié, répondit-il en démarrant quand le feu passa au vert. Pendant un moment, j'ai cru qu'il allait non seulement me refuser votre main, mais aussi m'accuser de je ne sais quel crime.

— Pourquoi ? Qu'a-t-il dit ?

— Ce n'est pas précisément une chose qu'il a dite. Sa façon de me regarder, plutôt, comme s'il avait l'impression que j'allais voler l'argenterie. Quant à votre frère, il m'a interrogé comme un suspect dans une affaire de meurtre.

— Je vous avais prévenu.

— Je pense que, l'un comme l'autre, ils doivent se douter de quelque chose, reprit Holt. Si vous voulez qu'ils croient que nous nous connaissons depuis un moment, il va falloir que j'en sache un peu plus sur vous.

— Par exemple ?

— Eh bien, votre frère a dit qu'il ne voulait pas vous voir souffrir encore...

— Seigneur ! fit-elle.

— Alors, qui vous a fait souffrir ?

— Quand ?

— Parce qu'on vous a fait souffrir plusieurs fois ?

— Je n'ai pas très bon goût en matière d'hommes, dit-elle.

— Vous avez envie de m'en parler ?

— Non. Mais il faut sans doute que je le fasse, parce que ma famille risque d'aborder de nouveau le sujet.

Voilà qui promettait d'être intéressant... Du coin de l'œil, il la vit tortiller la bandoulière de son sac sur ses genoux. Puis elle prit une profonde inspiration.

— Je ne suis sortie avec aucun garçon au lycée, ni à la fac. J'étais donc assez naïve quand j'ai rencontré Joe.

Il haussa les sourcils, surpris.

— Pourquoi n'êtes-vous sortie avec personne avant ?

— Parce que personne ne me l'a demandé.

— Vous plaisantez ? répliqua-t-il, intrigué. J'aurais cru que les garçons se battaient pour sortir avec vous.

— Loin de là, fit-elle, gênée.

— Comment est-ce possible ?

— J'avais des problèmes de poids, expliqua-t-elle, sans le regarder. Je pesais trente kilos de plus qu'aujourd'hui. Avant que je mincisse, les garçons ne s'intéressaient pas à moi.

Holt ne savait que dire. Il tenta de l'imaginer avec trente kilos de plus, sans y parvenir.

— Les gens traitent les gros comme s'ils étaient invisibles, ou alors ils se moquent d'eux, poursuivit-elle. Pour me consoler, je mangeais, ce qui ne faisait qu'aggraver le problème.

Holt la regarda brièvement en changeant de file.

— Vous aurez peut-être remarqué qu'il n'y a pas de photos de moi chez mes parents.

— Maintenant que vous le dites... c'est vrai.

— C'est parce que je ne laissais personne me prendre en photo. Lorsque mon frère s'est marié, il y a sept ans, un vidéaste et un photographe ont réalisé des images de l'événement. Comme j'étais demoiselle d'honneur, je n'ai pas pu y échapper. J'étais sur toutes les photos, j'apparaissais souvent dans le film... énorme. Quand je me suis vue, j'ai pleuré. Je me détestais. Alors, j'ai compris que si je voulais vivre une vraie vie, il fallait que je maigrisse.

— Qu'avez-vous fait ?

— Ce que j'aurais dû faire depuis des années : je me suis inscrite à un groupe de soutien, j'ai commencé à faire du sport et j'ai entamé un régime. Cela m'a pris près de neuf mois, mais j'ai fini par perdre du poids.

— Bravo ! Vous avez dû être vraiment contente.

— Ça m'a fait bizarre. J'étais toujours la même personne à l'intérieur, mais soudain les gens me traitaient différemment. Surtout les hommes.

En s'arrêtant au feu suivant, Holt la regarda. Elle avait la bouche pincée et le regard triste, perdu au loin.

— Je suis tombée très amoureuse du premier homme avec qui je suis sortie, reprit-elle en tordant la bretelle de son sac de plus en plus fort. Joe. C'était un vrai charmeur ; il présentait bien, il connaissait une belle réussite professionnelle et il était très beau. Comme il habitait Houston, je ne le voyais qu'une semaine sur deux environ, quand ses affaires l'amenaient à La Nouvelle-Orléans. Un week-end, j'ai voulu lui faire la surprise de venir à Houston. Ça, pour le surprendre, je l'ai surpris. Et j'ai aussi beaucoup surpris sa femme.

— Mon Dieu !

— Ce fut horrible. Jamais, au grand jamais, je ne serais sortie avec un homme marié. Surtout un homme marié avec de jeunes enfants. Alors, vous imaginez ce que j'ai ressenti quand c'est une femme avec un bébé dans les bras et une petite fille de deux ans qui m'a ouvert la porte.

Elle esquissa un rictus bien trop triste pour être un sourire.

— Je n'ai pas compris tout de suite. Comme une idiote, j'ai dit : « J'ai dû me tromper ; je cherche la maison de Joe Thornton. » Et là, elle a répondu que c'était bien là et qu'elle était Mme Thornton.

Holt siffla doucement.

— Qu'avez-vous dit ? demanda-t-il.

— J'ai bredouillé des excuses et j'ai tourné les talons. Mais la femme a voulu savoir qui j'étais, pourquoi je cherchais Joe, comment je le connaissais. C'est alors qu'il est venu voir ce qui se passait. Je me suis mise à pleurer et... et ç'a été un désastre. C'était lui qui avait menti, et pourtant, c'était moi qui me sentais coupable.

— Oh, ma pauvre...

Vu la haute idée qu'elle avait du mariage, cela avait dû lui faire un choc terrible.

— C'était affreux, poursuivit-elle. Sa femme m'a accusée, puis elle est devenue un peu folle. Elle s'est mise à m'appeler à La Nouvelle-Orléans en pleine nuit. Au début, elle raccrochait aussitôt, puis elle a commencé à m'insulter.

Elle regarda ses mains entortillées dans la bretelle de son sac.

— Je ne savais pas quoi faire, alors j'ai été voir mon frère. Il avait un ami policier à Houston, qui est allé la prévenir que je porterais plainte contre elle pour harcèlement si elle n'arrêtait pas.

— Et elle a arrêté ?

— Oui, répondit-elle avec un petit sourire. Et depuis, Dan a tendance à toujours vouloir me protéger.

Voilà pourquoi il l'avait soumis à un tel interrogatoire, conclut Holt.

— Ensuite, je suis restée un moment sans avoir envie de fréquenter quelqu'un, ajouta-t-elle après un silence.

— J'imagine.

— Deux ans plus tard, j'ai rencontré Peter. Nous sommes sortis ensemble six mois, et je pensais que cela devenait sérieux entre nous. Je l'ai présenté à ma famille, et ma mère l'a trouvé formidable.

— Alors, que s'est-il passé ?

— Eh bien, il m'a emmenée à la fête de fin d'année de sa société. Pendant que j'étais aux toilettes, l'épouse d'un de ses collègues et une autre femme sont entrées. Ne sachant pas que j'étais là, elles se sont mises à parler de Peter. Elles disaient que c'était un vrai coureur de jupons, qui couchait avec trois autres femmes pendant qu'il sortait avec moi, et qu'elles étaient vraiment désolées pour moi parce que je ne m'en doutais absolument pas.

Holt jeta un coup d'œil à Stevie. Elle regardait droit devant elle d'un air affligé. La colère le saisit. Il n'y avait que les lâches et les crapules pour mentir à une femme en lui faisant croire qu'elle était la seule si ce n'était pas vrai.

— Elles avaient raison, dit-elle, je ne me doutais de rien. Apparemment, j'étais la petite amie respectable, celle que Peter amenait aux réceptions professionnelles pour impressionner son patron conservateur ou quand il lui fallait une cavalière assortie à la femme de ses amis.

— Seigneur !

— Quand je lui en ai parlé, il n'a même pas essayé de nier. Il a dit qu'il avait besoin de mener une vie excitante et que j'étais gentille, mais…

Elle laissa sa phrase en suspens.

— Mais quoi ? demanda-t-il.

Elle regarda de nouveau par la vitre. Quand elle parla, ce fut d'une voix monocorde et blessée.

— Il a dit que la gentillesse, ce n'était pas très excitant.

La colère le reprit.

— Ce type était idiot, déclara-t-il. Moi, je vous trouve incroyablement excitante.

Elle se tourna vers lui, visiblement surprise. Leurs regards se croisèrent, et une onde de chaleur les traversa tous les deux. Elle se détourna vivement.

— C'est moi qui ai été idiote, corrigea-t-elle. Je faisais partie d'une espèce de harem, et je ne m'en doutais même pas !

— Ne vous en voulez pas trop. Il arrive à tout le monde de faire de mauvais choix.

— À tout le monde ? répéta-t-elle d'un ton interrogateur.

— Bien sûr. Avoir une aventure d'un soir avec Ella n'était manifestement pas un choix très judicieux de ma part.

— On vous a déjà brisé le cœur ?

— Pas vraiment, admit-il en secouant la tête.

— Comment vous y prenez-vous avec les femmes ?

Il haussa les épaules.

— Contrairement à votre copain Peter, je leur dis dès le début que je ne veux pas m'engager. Et je ne reste jamais très longtemps.

— Combien de temps ?

— Je ne sais pas. Quelques mois.

— Et ça marche ?

— Pas trop mal.

— Donc, votre philosophie, c'est de ne laisser personne devenir assez proche de vous pour vous faire souffrir.

— En gros, oui.

— Vous devez vous sentir seul.

— Pas plus que vous. Et je souffre moins.

Il n'avait pas tort. Elle soupira.

— Au moins, il me reste l'espoir, reprit-elle.

— L'espoir de quoi ?

— De finir par trouver l'âme sœur.

Il émit un petit grognement moqueur.

— Vous ne croyez pas à l'âme sœur ?

— Je ne suis même pas sûr de croire que nous ayons une âme.

— Alors, à quoi croyez-vous ?

— Je crois à ce que je vois. Je crois que tout ce que nous avons, c'est ici et maintenant.

— C'est vraiment triste.

— C'est la vie qui est triste, quand on y réfléchit, répliqua-t-il en se garant dans l'allée devant la maison et en coupant le contact. C'est pourquoi il faut profiter de l'instant présent.

Il se tourna vers elle et souleva une de ses mèches blondes, qu'il entortilla autour de son doigt.

— Par exemple, je sais ce qui me ferait plaisir, ici et maintenant.

— Quoi ?

— Vous embrasser, répondit-il alors qu'elle voyait briller ses yeux dans la pénombre. Je pense que cela vous plairait aussi.

— Vous vous flattez, répondit-elle d'une voix rauque qui la trahit.

Le regard de Holt étincela dangereusement.

— Cela ne vous a pas plu ?

— Je… j'avais un peu bu.

— Vous n'aviez encore rien bu quand vous m'avez embrassé tout à l'heure, pendant le dîner.

Les yeux rivés à la bouche de Holt, elle se passa la langue sur les lèvres – avant de se rendre compte que c'était justement ce qu'il ne fallait pas faire.

— Je jouais la comédie, protesta-t-elle.

— Les acteurs ont besoin de travailler, observa-t-il. Nous devrions peut-être répéter notre prochaine représentation.

Il allait l'embrasser… et elle en avait envie. Il venait de lui répéter qu'il ne voulait pas s'engager, et pourtant elle inclinait la tête vers lui, le cœur battant. C'était irrationnel, contraire à toutes les règles qu'elle s'était fixées. Dans un instant, il serait trop tard pour s'arrêter.

En faisant appel à toute la force de sa volonté, elle s'écarta de lui et ouvrit la portière. La lumière de l'habitacle s'alluma.

— Il faut coucher Isabelle, dit-elle.

Elle se hâta de descendre de voiture, ouvrit la portière arrière et détacha le bébé de son siège.

Seigneur ! Qu'est-ce qui lui avait pris ? Dès qu'elle s'approchait de Holt, elle perdait la raison. Il fallait qu'elle se tînt éloignée de lui.

Mais comment garder ses distances vis-à-vis d'un homme qu'elle s'apprêtait à épouser ?

19

— Bonsoir. Vous écoutez *Paroles de parents*, Stevie Stedquest. Vous êtes à l'antenne, annonça Stevie en jetant un coup d'œil à l'horloge.

Il restait huit minutes avant la fin de l'émission. Comment Holt se débrouillait-il avec Isabelle ? se demanda-t-elle. Elle avait hâte de rentrer et de la voir.

De voir Holt, aussi.

Elle s'arracha à ses pensées et se força à se concentrer sur l'intervention de l'auditeur.

— J'ai appelé la semaine dernière parce que je ne vous trouvais pas assez dure en matière de discipline, disait-il.

C'était le mordeur d'enfants, réalisa-t-elle, l'estomac noué. Décidément, Hank se fichait d'elle, ce soir. Il lui avait infligé une série de témoignages plus aberrants les uns que les autres, mais là, c'était le bouquet. D'ailleurs, il caressait sa barbe grise en s'efforçant de masquer son amusement.

— Oui, répondit-elle, je m'en souviens. Vous avez une question sur l'éducation des enfants ?

— Pas exactement. J'appelle parce que j'ai vu l'ami dont je vous ai parlé la semaine dernière – il s'appelle Gus –, et il veut bien vous rencontrer. Ça lui est égal si vous êtes moche du moment que vous êtes d'accord pour partager les frais.

De l'autre côté de la vitre, Hank était plié en deux de rire.

— Oh, fit-elle, je suis flattée, mais…

Elle prit une profonde inspiration.

— … mais je suis fiancée.

Hank haussa les sourcils, surpris.

Elle leva la main gauche pour lui montrer sa bague de fiançailles. Le réalisateur ouvrit de grands yeux derrière ses lunettes rondes.

— Pourquoi vous ne l'avez pas dit ? demanda l'auditeur.

— J'évite de parler de ma vie privée à l'antenne.
— Vous vous mariez quand ?
— Dans deux semaines.
— Vous allez essayer d'avoir un bébé tout de suite ?
— À vrai dire, je vais devenir mère en me mariant. Mon fiancé a un jeune enfant.
— Ah ! Eh bien, si jamais ça ne marche pas, dites-le. Gus sera sûrement encore en train de chercher, vu que les femmes ne se bousculent pas vraiment pour sortir avec lui.
À la fin de l'émission, une douzaine d'auditeurs avaient déjà appelé pour féliciter Stevie. Elle était à la fois touchée et surprise.
Hank ouvrit la porte qui séparait le studio et la régie.
— Il me semblait que tu étais censé filtrer les appels, lui lança-t-elle en se levant, pas sélectionner les auditeurs les plus cinglés, comme cette femme qui conseillait d'accrocher une patte de grenouille au berceau d'un bébé qui pleure.
— Il est parfois difficile de faire le tri.
— C'est ça, oui.
— Il faut bien que l'émission soit animée, répondit-il en remontant ses lunettes sur son nez. Alors, tu vas vraiment te marier ?
— Oui.
— Tu n'es pas obligée de faire cela pour garder ton poste, tu sais, dit-il avec un sourire taquin.
— Je n'avais pas l'impression que j'étais menacée, répliqua-t-elle en levant les yeux au ciel.
— Alors, qui est l'heureux élu ?
— Holt Landen.
— Holt Landen ? répéta-t-il, stupéfait.
— Tu le connais ?
— Oui. C'était l'invité de l'émission de midi il y a deux mois. Il répondait aux questions de petits entrepreneurs. C'est un type formidable.
Apparemment, toute La Nouvelle-Orléans en savait plus long qu'elle sur Holt.
— C'est un génie des affaires, poursuivit Hank. Il a des références long comme le bras. Il doit être plein aux as.
— Il est sans doute plus solvable que Gus, concéda-t-elle avec un sourire narquois.
— En tout cas, il est très généreux. Il a financé le lancement de plusieurs petites entreprises, et il organise chaque année

un séminaire pour aider les artisans et les patrons de PME à garder la tête hors de l'eau.

Troublée, Stevie ne tarda pas à s'en aller. Plus elle en savait sur Holt, plus il se mettait à ressembler à un homme qu'elle pourrait aimer. Dans ces circonstances, il devenait dangereux de l'épouser.

20

— Oh ! C'est magnifique ! Ô mon Dieu ! s'exclama Marie en s'éventant de la main, comme pour chasser les larmes qui lui embuaient les yeux.

Stevie lissa le satin blanc brodé de perles du bustier de sa robe de mariée et s'examina dans le grand miroir de la boutique. Elle avait choisi cette robe une semaine plus tôt, quand sa mère l'avait traînée dans les magasins le lundi suivant l'annonce de ses fiançailles.

Lors du premier essayage, la robe pendait sur elle comme un drap. Mais, quoique peu flatteuse, elle valait toujours mieux que les « meringues » à manches bouffantes qui constituaient le reste de la collection. La vendeuse avait affirmé qu'il suffirait de quelques modifications pour en faire la robe de ses rêves. Stevie ne l'avait pas crue – et elle avait eu tort.

Aujourd'hui, la robe de mariée tombait à la perfection. Juste assez échancrée pour révéler un soupçon de décolleté, elle se resserrait à la taille pour épouser la courbe de ses hanches avant de descendre jusqu'au sol, longue et sexy. Le reflet dans le miroir ne ressemblait pas à l'image que Stevie se faisait d'elle-même. Dans son esprit, elle était toujours énorme.

— Elle est parfaite, déclara Marie dans un soupir.

— Elle n'est pas trop moulante ? demanda Stevie à Michelle, qu'elle avait choisie comme demoiselle d'honneur.

— Non, elle est splendide, assura son amie en tournant lentement autour d'elle pour l'admirer sous tous les angles. Tu es belle à couper le souffle.

Isabelle gazouilla dans sa poussette près de la glace.

— Tu vois ? dit la mère de Stevie. Même Isabelle te trouve magnifique.

— Je crois que la traduction exacte est : « Hé ! Regardez ça ! Je vais avoir une maman canon », renchérit Michelle d'un ton taquin.

Stevie se mit à rire et se tourna vers sa mère, qui sortait un mouchoir de son sac.

— Ça va, maman ? demanda-t-elle, inquiète.

Les yeux de Marie s'emplirent de nouveau de larmes. Un instant, Stevie crut qu'elle allait éclater en sanglots. Heureusement, elle se contenta de prendre une profonde inspiration, avant de consulter sa montre.

— Il faut que je file, annonça-t-elle. J'organise une réception pour une compagnie pétrolière ce soir.

Elle embrassa Stevie, salua Michelle et envoya un baiser à Isabelle.

— Au revoir, maman. Merci de t'être jointe à nous.

— Oh, je n'aurais manqué cela pour rien au monde ! assura sa mère.

— Je l'espère bien, puisque c'est pour toi que je fais tout cela, murmura Stevie quand elle fut partie.

— C'est très important pour ta mère de t'offrir un beau mariage, lui rappela Michelle avec un sourire affectueux.

— Je sais bien. Mais quel gâchis de se donner tant de mal pour un mariage qui ne va pas durer !

— Ce sera quand même ton premier mariage, remarqua Michelle. Alors, autant en profiter.

— Je n'ai pas envie d'en profiter trop, répliqua Stevie en poussant la poussette vers la cabine d'essayage. J'ai déjà assez de mal comme cela à séparer le rêve et la réalité.

— J'imagine. Holt a vraiment de quoi faire rêver.

— Non, sauf si l'on rêve d'une relation libre et sans engagement.

— Tu pourrais peut-être le faire changer d'avis sur ce sujet…

— Aucune chance. Nous avons déjà préparé les papiers de notre divorce.

— Quand ?

— Ce matin, en signant le contrat de mariage. L'avocat va rédiger les documents et, dès que j'aurai officiellement adopté Isabelle, Holt déposera la demande de divorce.

Tout cela avait quelque peu déprimé Stevie, même si elle avait appris que Holt était très riche et fort généreux. Après le divorce, elle garderait la maison et recevrait un important capital, ainsi qu'une énorme pension alimentaire. Autrement dit, elle serait à l'abri du besoin pour le restant de ses jours. Pourtant, au lieu d'en être heureuse, elle se sentait vide.

Michelle entra avec elle dans la grande cabine et referma la porte. Elle regarda Stevie dans le miroir d'un air soucieux.

— Stevie, demanda-t-elle, tu es bien sûre de toi ? Il n'est pas trop tard pour changer d'avis, tu sais.

— Pourquoi changerais-je d'avis ?

— Tu renonces à beaucoup de choses...

— Mais regarde ce que je vais gagner.

Elle se tourna vers Isabelle, qui suçait énergiquement une tétine rose. Elle sourit à la petite fille, qui lui rendit son sourire, laissant tomber sa tétine.

Stevie la ramassa sur la petite couverture et la lui remit dans la bouche.

— Tu as vu ça ? dit-elle en se redressant. Il y a encore deux semaines, cette enfant pleurait dès qu'on la regardait directement. Elle était sur le point d'être admise à l'hôpital pour être alimentée par sonde. Maintenant, elle grossit, elle sourit et elle veut même que je la prenne dans mes bras !

— Ce mariage est bon pour Isabelle, cela ne fait aucun doute. Ce que je me demande, c'est s'il est bon pour toi, expliqua son amie avec un regard inquiet. Tu es sûre de vouloir d'un mariage sans amour ?

— Ce ne sera pas un mariage sans amour, rectifia Stevie. J'aime Isabelle, et elle commence à m'aimer aussi.

— Tu mérites de voir tous tes rêves se réaliser, Stevie, déclara son amie en l'aidant à enlever sa robe.

— C'est le cas. Mon rêve a toujours été de connaître le grand amour – et je l'ai trouvé, affirma-t-elle en souriant à Isabelle.

Elle ôta sa robe, que Michelle accrocha précautionneusement au cintre blanc rembourré.

— Je n'ai pas envie que tu souffres, c'est tout, dit celle-ci.

— Ce qui me ferait le plus souffrir, ce serait d'abandonner la petite, déclara Stevie en remettant son chemisier blanc. D'ailleurs, sans Isabelle, j'aurais peut-être opté pour l'insémination artificielle. Cet arrangement avec Holt présente beaucoup d'avantages. Je ne serai pas seule pour éduquer mon enfant qui de plus aura un père, et je n'aurai pas de problèmes d'argent.

Michelle ne répondit pas tout de suite.

— Tu as l'air de savoir ce que tu fais, finit-elle par dire.

— Oui, confirma Stevie.

C'était vrai en ce qui concernait Isabelle. Pour ce qui était de Holt, en revanche, elle était moins sûre d'elle.

— Il faut que je retourne au Centre, annonça Michelle en regardant sa montre.

Stevie sourit.

— Oui, va assumer tes nouvelles responsabilités.

Stevie avait démissionné de son poste de directrice, que Michelle avait repris. Elle allait continuer à donner quelques cours et à animer son émission de radio hebdomadaire, mais elle voulait consacrer le plus de temps possible à Isabelle.

— N'oublie pas que tu as ta journée de mise en beauté de la mariée, jeudi, ajouta Michelle.

Stevie fit la grimace. Ses parents lui avaient offert un forfait complet dans un salon de beauté. Une coiffeuse et une maquilleuse allaient la préparer pour le grand jour. Et comme si cela ne suffisait pas, la styliste d'une boutique de la ville allait lui choisir quelques tenues à porter pour les festivités avant le mariage.

Marie n'avait tenu aucun compte de ses protestations.

— Tu t'habilles toujours comme si tu avais des kilos en trop. Il faut que tu cesses de camoufler ta silhouette, avait déclaré sa mère. D'ailleurs, toute mariée doit avoir un trousseau.

— Maman, les trousseaux ont disparu avec les dots.

— Eh bien, appelle cela comme tu veux, mais la semaine à venir est la plus importante de ta vie, alors il faut que tu sois en beauté. Et puis, ton père prendrait un refus de ta part comme une insulte.

Sa mère savait comment venir à bout de ses résistances. Faire de la peine à son père était la dernière chose qu'elle voulait.

— Je ne risque pas d'oublier, répondit-elle, morose. J'espère seulement que je ne ressortirai pas avec une tête trop bizarre, parce que, juste après, je dois faire la connaissance de la mère de Holt.

— Cela te rend nerveuse, de la rencontrer ?

— Uniquement parce que je crains de dire quelque chose qui lui fasse comprendre que Holt et moi ne nous connaissons pas depuis si longtemps que cela, répondit-elle en enfilant un large pantalon noir – son préféré. Maman lui a parlé au téléphone et m'a dit qu'elle était formidable. Elles se sont vraiment très bien entendues.

— Et le père de Holt ?

— Il n'arrive que vendredi.

— Comment est-il ?

— Très sympathique aussi, selon ma mère. Holt ne semble pas du même avis. Ils ne sont pas fâchés, mais leurs relations sont distantes, expliqua Stevie. Apparemment, ses parents ne s'entendent pas. Selon lui, ils ne supportent pas de se trouver dans la même pièce.

— Voilà qui promet d'être intéressant…

— Comme tu dis.

À 15h50 le jeudi après-midi, Holt était coincé dans les embouteillages.

— La circulation est toujours aussi épouvantable ? demanda sa mère.

Holt avait pris son après-midi pour aller la chercher à l'aéroport et lui présenter Stevie.

— Non, répondit-il. Il doit y avoir une voiture en panne ou un accident.

— À quelle heure avons-nous rendez-vous avec Stevie ?

— À 16h15.

Le *Windsor Court Hotel* était particulièrement réputé pour ses thés, aussi Stevie avait-elle suggéré qu'ils se retrouvent là-bas.

— J'ai hâte de faire sa connaissance. J'espère que je ne suis pas trop chiffonnée.

— Tu es superbe, comme toujours.

Caroline Landen était la personne la moins chiffonnée qui fût. Elle portait ses cheveux bruns en un élégant carré. Et même après quatre heures de vol, son tailleur-pantalon crème était impeccable.

— Je ne sais pas qui je suis plus impatiente de rencontrer : ma petite-fille ou ma future belle-fille, dit-elle.

— Eh bien, elles ne vont pas réagir de la même façon en te voyant. Il y en a une qui risque de crier et de pleurer…

— J'espère que ce n'est pas Stevie, dit Caroline en souriant.

— Ce n'est pas son genre.

— Comment est-elle ?

— Tu vas t'en rendre compte par toi-même d'ici à quelques minutes.

— C'est ton avis qui importe, pas le mien, dit-elle avec un sourire tendre. Qu'aimes-tu chez elle ?

Aimer. Le mot lui fit un choc. Il allait pourtant falloir qu'il s'habitue à l'entendre, au cours des quelques jours à venir.

— Eh bien, elle a un sens de l'humour à froid qui me plaît. Et puis, elle n'hésite pas à me remettre à ma place.

— Tu aimes ça ? s'étonna sa mère avec une mimique amusée.

Holt réfléchit un moment à cette question.

— Curieusement, oui, reconnut-il.

— Hum, fit-elle, taquine. Je n'ai pas dû être assez sévère avec toi quand tu étais petit.

— Sans doute pas, répondit-il.

Sa mère avait toujours été très douce.

— Parle-moi d'elle, lui demanda-t-elle.

— Elle a les pieds sur terre et elle est sincère. Et généreuse, aussi. Elle s'intéresse plus aux autres qu'à elle, répondit-il en regardant droit devant lui.

— Elle a l'air merveilleuse.

— Oui. Oui, je crois que oui.

— Tu crois ?

Il se rendit compte trop tard qu'il aurait dû affirmer avec plus de force ce que lui inspirait la femme qu'il s'apprêtait à épouser.

— Elle l'est, je veux dire, corrigea-t-il en réglant son rétroviseur. Elle est formidable. Et Isabelle l'adore.

— Je regrette que tu ne m'aies pas appelée dès que tu as appris l'existence du bébé, dit sa mère d'un ton de reproche. J'aurais pu venir t'aider.

— Tu n'en aurais pas eu le temps.

— Je me serais débrouillée, assura-t-elle. Je m'en veux de ne pas en avoir fait plus quand tu étais petit. Après le divorce, j'ai été très prise par mon travail. Ensuite, j'ai rencontré Gary et…

— Hé ! Tu n'as pas à t'excuser. Je ne m'en suis pas mal tiré, si ?

— Tu t'en es tiré formidablement bien, déclara sa mère avec un regard triste qui contrastait avec son sourire. Cependant, je ne peux pas dire que ce soit grâce à moi.

— En tout cas, c'est plus grâce à toi que grâce à papa.

— Je n'aurais pas dû te monter contre lui, dit-elle en regardant par la fenêtre.

Il se tourna vers elle, surpris.

— Je n'ai jamais eu l'impression que c'était le cas.

— Je te disais du mal de lui. Je n'aurais pas dû, je m'en rends compte maintenant.

Holt crispa les mains sur le volant. La gravité de cette conversation lui déplaisait. Il aurait préféré rester sur un plan plus léger et superficiel, au lieu de plonger dans les eaux troubles du passé.

— C'est fini, tout ça. Et finalement, tout s'est bien terminé. Ne t'en fais pas.

Caroline le regarda en secouant la tête.

— Je ne t'ai pas montré le bon exemple, ni en matière de mariage ni en matière d'éducation. Mais j'espère pouvoir t'aider à éviter certaines des erreurs que j'ai commises.

Ils étaient toujours à l'arrêt. Holt se sentait non seulement piégé dans l'embouteillage, mais piégé tout court.

— Maman, ce n'est pas la peine de revenir sur tout ça.

— Que cela te plaise ou non, je vais te donner quelques petits conseils. J'espère que cela aidera un peu à réparer mes erreurs. Tout d'abord, déclara-t-elle, il faut que Stevie et toi fassiez passer votre mariage avant le travail, la réussite. Ne l'oubliez jamais. Ne laissez pas le quotidien ronger votre amour. Pensez à rire ensemble, à vous amuser, à parler. Et surtout faites l'amour.

Ô Seigneur ! Holt s'enfonça dans son siège. Si seulement la circulation pouvait reprendre ! Il avait hâte d'arriver à l'hôtel et d'en finir avec cette épouvantable conversation.

— Je suis une thérapie, expliqua sa mère. Ma psy m'aide à voir clair en moi.

— Une thérapie ? répéta-t-il, inquiet. Ça ne va pas ?

— Ça va très bien. Seulement, je n'étais pas satisfaite de ma vie telle qu'elle était, en particulier de mon inaptitude à construire une relation solide. J'ai pris conscience d'un certain nombre de choses. Notamment que tout n'était pas la faute de ton père. J'étais en colère, je souffrais, je me sentais trahie et je me suis éloignée de lui au lieu de le soutenir quand son entreprise a coulé. Il avait des torts, bien sûr, mais moi aussi. Je m'en rends compte maintenant. Un mariage se détériore petit à petit, imperceptiblement, poursuivit-elle. On ne parle plus que des problèmes, on s'énerve pour des détails, on cesse de se confier l'un à l'autre, on se critique… Ne laisse jamais cela se produire dans ton couple, Holt, conclut-elle.

Holt quitta la voie express, un énorme poids sur la poitrine. Voilà que sa mère lui prodiguait des conseils dans l'espoir que son mariage dure alors qu'il avait déjà rempli les papiers du divorce. Il lui en coûtait de lui mentir.

Il avait promis à Stevie de garder le secret. Si sa mère apprenait la vérité, elle se retrouverait dans une situation très difficile, car elle devrait tout de même jouer la comédie devant les parents de Stevie.

Il ne pouvait pas faire cela. Il ne pouvait que rouler le plus vite possible vers le *Windsor Court Hotel* pour mettre un terme à cette conversation.

— Ton père m'a appelée la semaine dernière, déclara-t-elle brusquement.

— Ah, bon ? fit-il, l'estomac noué.

Le lendemain du dîner chez les parents de Stevie, il avait téléphoné à son père. Celui-ci avait paru si surpris et si heureux de l'entendre que Holt avait eu un peu honte de ne pas l'appeler plus souvent. Son père avait semblé sincèrement ravi d'apprendre son mariage.

Caroline confirma d'un hochement de tête.

— Il m'a appelée après vous avoir eus au téléphone, la mère de Stevie et toi. Il m'a proposé de ne pas venir au mariage si sa présence me gênait.

— Tu aurais dû accepter.

— Je lui ai dit que nous devions être présents tous les deux. Nous… nous avons longuement parlé, ajouta-t-elle après une hésitation.

— Vraiment ?

— Oui. Nous avions beaucoup de choses à nous dire. Je me suis excusée de ma conduite le jour de ta remise de diplôme. D'ailleurs, je te dois des excuses à toi aussi.

— Pas du tout.

— Si. Je regrette mon attitude vis-à-vis de ton père après le divorce, dit-elle, les larmes aux yeux. Je regrette aussi de ne pas t'avoir offert une enfance plus heureuse.

— Je te répète que tu n'as pas à t'excuser, répondit Holt, de plus en plus mal à l'aise.

— Enfin, je serai peut-être meilleure grand-mère que mère…

— Si tu es seulement à moitié aussi bien comme grand-mère que comme mère, Isabelle aura beaucoup de chance.

Caroline souriait quand il se gara enfin dans le parking privé de l'hôtel.

— Nous y voilà, annonça-t-il en coupant le contact.

Un portier ouvrit la portière de sa mère et prit ses bagages dans le coffre tandis que Holt confiait les clés au voiturier.

— Il est presque l'heure de notre rendez-vous avec Stevie, dit-il. Je vais l'attendre en bas pendant que tu t'installes dans ta chambre. Tu pourras nous rejoindre ensuite.

— Bonne idée.

Quelques instants après que sa mère eut quitté le hall, une silhouette entra en poussant une poussette. Il eut une seconde d'hésitation. On aurait bien dit Stevie, mais avec des différences majeures. Dans son souvenir, elle n'avait pas les cheveux aussi blonds ni aussi lisses, et ils ne lui tombaient pas librement sur les épaules. Il était en outre absolument certain de ne l'avoir jamais vue aussi maquillée, ni vêtue de vêtements aussi près du corps que ce tailleur-pantalon noir.

Seigneur ! Il l'avait toujours trouvée mignonne, mais là elle était sublime.

Stevie vit Holt venir à sa rencontre dans le hall. Sa mère les regardait sans doute, aussi allait-il sûrement l'accueillir par un baiser. À cette idée, elle sentit ses jambes faiblir.

— Ça alors ! s'exclama-t-il. Vous êtes superbe.

Il l'examina de la tête aux pieds avant de l'attirer contre lui.

Il sentait le savon et les pastilles à la menthe, remarqua-t-elle quand il posa ses lèvres sur les siennes en une caresse intime.

Elle s'était pourtant dit que l'embrasser ne pouvait pas être aussi bouleversant que dans son souvenir, qu'elle avait dû imaginer l'effet que lui faisait le contact de ses mains, de son corps. Mais son cœur battant lui disait qu'elle s'était trompée.

Ils étaient à la limite de la décence quand il s'écarta. Heureusement, car Stevie ne savait déjà plus très bien ce qu'elle faisait. Par réflexe, elle recula.

— Vous n'êtes pas coiffée comme d'habitude, remarqua-t-il en soulevant une mèche de ses cheveux.

Elle avait de nouveau le souffle court quand il posa le regard sur le col en V du chemisier qu'elle portait sous sa veste ajustée.

— J'adore ce que vous portez, ajouta-t-il.

— Je n'ai pas l'habitude de mettre des vêtements aussi serrés, dit-elle en portant la main à son décolleté.

— Je ne dirais pas serrés, rectifia-t-il. Je dirais follement seyants.

À sa consternation, elle se sentit piquer un fard.

— Ma mère a insisté pour m'acheter un trousseau.

— Eh bien, j'espère qu'il comprend de la lingerie sexy, fit Holt.

— Si c'est le cas, vous ne le saurez pas, répliqua-t-elle en relevant le menton d'un air de défi.

— Ah, bon ? dit-il, les yeux brillants.

— Certainement pas.

— En tout cas, quoi que vous portiez – ou que vous ne portiez pas – sous ce tailleur, vous êtes magnifique.

Maintenant, elle avait le feu aux joues.

— Ne faut-il pas que nous allions rejoindre votre mère ?

— Elle est dans sa chambre. Elle descend d'une minute à l'autre.

Il l'avait donc embrassée par plaisir. Elle allait le lui reprocher quand il porta son attention sur Isabelle, qui les regardait de sa poussette.

— Comment ça va, aujourd'hui, mon bébé ? lui demanda-t-il. Tu es allée faire des courses avec ta maman ?

Ta maman. La douceur de ces mots noua la gorge de Stevie. La maman d'Isabelle. À ses yeux, c'était le plus beau titre du monde.

— Ça alors, chuchota-t-il d'un ton incrédule, je la regarde dans les yeux et elle ne hurle pas.

En effet, Isabelle ne bronchait pas.

— Elle commence à s'attacher à vous, expliqua Stevie.

Il se tenait parfaitement immobile, comme si la petite fille était une bombe qui pouvait exploser au moindre mouvement. Sans le quitter des yeux, elle fit une bulle de salive.

Il lui sourit, et c'est alors que le miracle se produisit.

Elle lui rendit son sourire.

Holt resta figé, le souffle coupé. Sa fille lui souriait !

Aussi vite qu'il était apparu, le sourire d'Isabelle se dissipa.

— Vous avez vu ça ? demanda-t-il.

— J'ai vu, confirma Stevie.

Qui aurait cru qu'un sourire édenté et un peu baveux lui procurerait tant de joie et de fierté ? Il était loin de se douter que ce petit être qui avait chamboulé sa vie pouvait lui donner un tel bonheur.

Il ne savait même pas qu'un tel sentiment existait.

Isabelle enfonça le poing dans sa bouche et se détourna pour observer un groom qui poussait un chariot de cuivre étincelant.

— Elle recommencera, lui promit Stevie d'une voix douce. Vous aurez encore plein de sourires.

Holt la regarda, surpris. Alors qu'il n'avait pas dit un mot, elle avait deviné ses pensées.

— Vous êtes voyante, ou est-ce moi qui suis transparent ?

— Vous êtes humain, répondit-elle, et votre fille vient de vous sourire pour la première fois.

La façon dont Stevie lisait en lui était déconcertante et inquiétante. Pourtant, cela avait aussi quelque chose d'étrangement réconfortant. Il avait l'impression de ne plus être seul, comme il l'avait été toute sa vie.

— C'est incroyable, n'est-ce pas ? murmura-t-elle. On a l'impression que cela change quelque chose en nous.

C'était vrai. Il ne se sentait plus simplement un homme avec un bébé. Il se sentait père.

Il tira sur le nœud de sa cravate, qui lui semblait soudain trop serré. Ces nouvelles émotions le mettaient mal à l'aise.

— Venez, dit-il, la gorge nouée. Allons nous asseoir.

21

— Voilà ma mère.

Stevie avait déjà deviné que la grande femme élégante qui entrait dans le salon de thé était la mère de Holt : il avait hérité de ses cheveux sombres, de son nez aristocratique, de son large sourire.

Il se leva, et Stevie en fit autant.

— Maman, je te présente Stevie. Stevie, voici ma mère, Caroline.

— Quelle joie de faire votre connaissance ! dit Stevie.

— Je suis très heureuse de vous rencontrer, moi aussi, assura la mère de Holt en s'approchant de Stevie pour l'embrasser.

— Il faut que je te présente quelqu'un d'autre, intervint Holt en désignant la poussette rangée à côté de la table. Maman, voici ta petite-fille.

— Je ne veux pas trop m'approcher, pour ne pas la contrarier, répondit Caroline, en se penchant prudemment pour regarder Isabelle. Oh, elle est adorable… mais si petite !

Holt hocha la tête.

— Elle a bientôt sept mois, mais la taille d'un bébé de cinq mois. Cela dit, elle a pris une livre la semaine dernière, ajouta-t-il en s'emparant de la main de Stevie, qui sentit une onde de chaleur remonter le long de son bras. Stevie fait des miracles, avec elle.

— Avec toi aussi, on dirait, remarqua Caroline en souriant. Je n'aurais jamais cru que tu te déciderais à te marier.

Un serveur en uniforme s'approcha avec un chariot et disposa sur la table des tasses en porcelaine, ainsi qu'une théière et un présentoir à trois étages garni de scones, de gâteaux et de petits sandwiches.

— Alors, Stevie, fit Caroline, une fois le thé servi, si j'ai bien compris, vous avez rencontré Holt sur Internet il y a quelques mois…

Stevie détourna le regard, le temps de chercher une réponse qui ne soit pas tout à fait un mensonge.

— En fait, il n'est pas facile de rencontrer des célibataires dans mon travail.

Holt vint à son secours.

— Stevie est une spécialiste de l'éducation.

— C'est ce que tu m'as dit. Cela ne pouvait pas mieux tomber !

— Je suis bien de ton avis, dit-il en décochant à Stevie un sourire qui la fit frissonner, bien qu'elle sût qu'il jouait la comédie.

— Vous envisagez de continuer à travailler après le mariage ? s'enquit Caroline.

— J'ai déjà renoncé à la direction du Centre de documentation des parents, mais je compte donner encore quelques cours et continuer à animer mon émission de radio. Je veux pouvoir me consacrer principalement à Isabelle.

— D'après Holt, c'est exactement ce dont elle a besoin.

La petite fille se mit à gémir. Stevie sortit un biberon du sac à langer et se leva pour la prendre.

— Isabelle a fait des progrès considérables, expliqua Holt à sa mère. Il y a seulement trois semaines, elle se mettait à hurler dès qu'on la touchait.

— Oh ! elle est vraiment jolie, s'exclama Caroline en regardant sa petite-fille téter avidement. Elle te ressemble beaucoup. Elle est plus menue que toi quand tu étais bébé, bien sûr, et elle est blonde, mais je trouve qu'elle a ta bouche et ton nez...

— Et elle a ses oreilles, ajouta Stevie en caressant doucement la tête du bébé.

Elle se rendit compte trop tard qu'elle avait involontairement révélé tout l'intérêt qu'elle portait à Holt. Il haussa d'ailleurs les sourcils et lui adressa un sourire amusé.

— Je ne savais pas que tu m'examinais de si près, fit-il.

— Tu n'as pas idée des détails qu'une femme remarque chez l'homme qu'elle aime, intervint Caroline.

Il fallait absolument trouver un moyen de changer de sujet, songea Stevie, mal à l'aise.

— Holt m'a dit que vous vendiez des maisons à des stars et à des milliardaires, dit-elle. Ce doit être fascinant.

— À vrai dire, la plupart du temps, ils sont capricieux et insupportables, avoua Caroline.

Le portable de Holt se mit à sonner. Il consulta le numéro qui s'affichait sur le petit écran.

— Désolé, dit-il, mais il faut que je réponde. Excusez-moi.

Il quitta la table et se dirigea vers le hall, le téléphone à l'oreille.

Stevie regarda Isabelle. Se retrouver seule avec la mère de Holt la rendait nerveuse.

— Cela a dû vous faire un choc de voir Isabelle débarquer du jour au lendemain, déclara cette dernière.

— On peut dire cela, répondit prudemment Stevie.

— Beaucoup de femmes se seraient enfuies en apprenant que leur petit ami avait un enfant illégitime. Pire, un enfant qu'il allait devoir élever.

— J'adore les bébés, alors cela ne m'a pas posé de problème.

— Où allez-vous habiter, tous les trois ?

— Chez Holt. Le bail de mon appartement arrivait à son terme, alors nous avons déjà déménagé mes affaires dans le grenier.

Caroline hocha la tête.

— J'ai toujours beaucoup aimé cette maison. Cependant, j'avoue qu'elle me rappelle aussi de mauvais souvenirs.

— Ah, bon ?

— Bien sûr.

— Pourquoi ?

Caroline la regarda d'un air surpris.

— Holt ne vous a pas dit ?

— Quoi donc ?

— C'est la maison où il habitait quand il était enfant, avant que son père et moi divorcions.

Cette nouvelle déconcerta Stevie, tout autant que le regard scrutateur que Caroline posait sur elle. Seigneur ! Si la mère de Holt découvrait qu'ils ne se connaissaient pas si bien que cela, tout leur plan s'écroulerait comme un château de cartes.

— Je... Il m'en a sûrement parlé au début, mais je n'ai pas dû faire attention, bredouilla-t-elle. Ç'a été un peu la pagaille avec le bébé ; j'ai eu à penser à pas mal de choses...

— Je crois que je ne saurais même plus comment je m'appelle si je devais à la fois m'occuper d'un bébé et organiser un mariage, commenta Caroline, compatissante.

Ouf ! Elle croyait à son excuse.

— Holt s'est donné un mal fou pour acheter la maison, reprit Caroline. Elle n'était pas à vendre, et il a offert le double de sa valeur aux propriétaires pour les convaincre de la lui céder.

Pour se donner une contenance, Stevie lissa la robe d'Isabelle.

— Il est bien plus sentimental qu'il ne veut le montrer, reprit Caroline.

Après sa bévue au sujet de la maison, elle avait intérêt à répondre de façon à montrer qu'elle connaissait Holt.

— Oui, confirma-t-elle. D'ailleurs, il m'a demandée en mariage d'une façon incroyablement romantique.

— Qu'a-t-il fait ?

— Il m'a offert une boussole.

— Oh ! Vous avez eu la boussole, s'exclama Caroline en joignant les mains. C'est merveilleux ! Moi aussi, j'avais eu la boussole. C'est...

Sa voix se brisa et, à la grande surprise de Stevie, ses yeux s'emplirent de larmes.

— Je suis désolée, reprit-elle au bout d'un long moment. Je dois être assez sentimentale aussi, finalement.

Ce n'était pas la nostalgie qui troublait son regard, mais la tristesse. Une tristesse si grande que Stevie se détourna par discrétion.

— Holt a toujours affirmé qu'il ne se marierait jamais, ajouta Caroline. Alors, je suis un peu sous le choc. Sous le choc, mais enchantée, précisa-t-elle avec un sourire tremblant.

Stevie lui rendit son sourire.

— Vous ne ressemblez pas aux femmes qu'il fréquentait.

— Comment étaient-elles ?

— C'étaient des femmes qui avaient tout, sauf un cœur. Comme s'il ne voulait pas s'attacher.

Cela correspondait certainement à la façon qu'avait Holt d'éviter de souffrir.

— Notre divorce, à son père et à moi, a été assez pénible. Il vous en a parlé ?

— Un peu, mais il n'aime pas beaucoup l'évoquer.

— Cela ne m'étonne pas. Cela a été une période difficile de sa vie.

— Pour vous aussi, je suppose.

Caroline hocha la tête.

— Vince, le père de Holt, était entrepreneur en bâtiment. Nous étions mariés et très heureux depuis des années quand il s'est mis à devenir distrait, silencieux, renfermé. Je n'arrêtais pas de lui demander ce qui n'allait pas, et il m'assurait que tout allait bien, mais qu'il avait beaucoup de travail. Il était si distant que j'ai cru qu'il y avait une autre femme. Un jour, il m'a annoncé que son entreprise avait coulé, que tout le matériel avait été saisi. Il m'a aussi appris qu'il avait hypothéqué la maison une seconde fois sans m'en parler, mais que cela faisait quatre mois qu'il n'avait pas pu honorer les remboursements et qu'elle allait donc être saisie également. Nous n'avions plus un sou. Et moi, je n'étais même pas au courant que nous avions des problèmes.

— Ô mon Dieu !

— Ç'a été un cauchemar. Mais le pire, c'était qu'il ne m'en ait pas dit un mot. Il avait fait face tout seul aux difficultés pendant des mois et, au lieu de rechercher mon soutien, il m'avait repoussée. Selon lui, il voulait me protéger, ajouta-t-elle. Je le comprends maintenant mais, sur le moment, cela m'a mise en colère et blessée. Il m'avait caché une si grande partie de sa vie que j'avais l'impression d'avoir affaire à un inconnu. Nous nous sommes disputés, poursuivit-elle en soupirant, et je suis partie chez ma mère à Los Angeles en emmenant Holt. La rupture a été particulièrement amère. Vince estimait que je le quittais parce qu'il n'avait plus d'argent. Quant à moi, je trouvais son attitude irresponsable et indigne de confiance. J'étais convaincue qu'il avait une maîtresse. Le pauvre Holt s'est retrouvé tiraillé entre nous deux.

— Le divorce est toujours pénible pour les enfants, murmura Stevie.

— Holt l'a mal pris, dit Caroline. Et le fait que son père et moi refusions de nous parler, hormis pour échanger des messages très succincts, ne l'a pas aidé. Ensuite, je me suis remariée et j'ai divorcé ; Vince aussi. Puis il s'est encore remarié et a encore divorcé. À la fin de ses études universitaires, Holt avait déjà vécu quatre divorces.

Pas étonnant qu'il ait une vision si noire du mariage, songea Stevie. Ni qu'il soit aussi sensible à la détresse des gens qui perdaient leur emploi. Il assimilait la faillite de son père à la séparation de ses parents.

Holt les rejoignit.

— Désolé, dit-il en regardant tour à tour sa mère et Stevie. De quoi parliez-vous ?

— De toi, bien sûr, répondit Caroline en adressant un sourire complice à Stevie.

— Comment pourrait-il en être autrement ? renchérit-elle. Je demandais à ta mère quel genre de petit garçon tu étais.

— Je parie qu'elle t'a répondu que j'étais merveilleux.

— C'était le cas, assura Caroline. Holt a toujours été très mûr pour son âge, très responsable. Trop, sans doute. Parfois, j'avais l'impression que les rôles étaient inversés, que c'était lui qui prenait soin de moi et pas le contraire.

— Comment cela ?

— Il s'occupait de tout à la maison. Quand je rentrais du travail, il avait fait le dîner. Il m'écoutait lui raconter mes problèmes et s'efforçait d'y trouver une solution.

— Je suis ravie d'apprendre que tu sais cuisiner, dit Stevie pour taquiner Holt.

— Maman oublie de préciser qu'il s'agissait soit de spaghettis, soit de plats surgelés.

— Je suis sûre que tu as ajouté quelques recettes à ton répertoire au fil des ans.

— Oui, confirma-t-il, pince-sans-rire. Je fréquente beaucoup le traiteur chinois.

La conversation porta ensuite sur des sujets plus légers, mais les informations que Caroline lui avait données sur l'enfance de Holt préoccupaient Stevie. Rien d'étonnant à ce qu'il ait évité toute forme d'engagement.

Mais pourquoi s'était-il donné autant de mal pour racheter la maison de son enfance ? Incapable de vivre une vraie relation amoureuse, il s'était donc tourné vers le seul endroit où il s'était senti pleinement aimé.

Il s'était appliqué à ne devenir proche de personne. Pourtant, un tout petit bout de femme avait trouvé la clé de son cœur : Isabelle. Que cela lui plaise ou non, Holt était tombé amoureux de sa fille.

Et que cela lui plaise ou non, Stevie craignait bien d'être en train de tomber amoureuse de lui.

22

— Je vais reconduire Stevie et Isabelle à la maison, dit Holt à sa mère, une heure plus tard. Je repasserai te prendre à 20 heures pour dîner.

— Vous ne vous joignez pas à nous ? demanda Caroline à Stevie.

Celle-ci secoua la tête.

— Je veux qu'Isabelle se couche à l'heure habituelle, expliqua-t-elle. Demain, il y a la répétition du mariage et du dîner, la soirée risque d'être longue. Et le lendemain, ce sera le grand jour.

— Je suis vraiment très heureuse d'avoir fait votre connaissance, répondit Caroline en l'embrassant sur la joue. Je comprends pourquoi Holt est tombé amoureux de vous.

Stevie sentit sa gorge se nouer.

Cinq minutes plus tard, la BMW de Holt s'arrêtait devant l'entrée de l'hôtel. Holt donna un pourboire au voiturier tandis que le portier ouvrait la portière pour Stevie.

— Votre mère est merveilleuse, dit-elle.

— C'est aussi mon avis, approuva-t-il.

— J'ai hâte de rencontrer votre père.

Les traits de Holt se crispèrent.

— Je suis sûr qu'il vous charmera, lâcha-t-il en démarrant et en s'engageant dans la circulation. C'est l'effet qu'il fait à tout le monde.

— On dirait que cela vous ennuie, observa-t-elle.

Il haussa les épaules.

— Je déteste sa façon de tromper les gens en se faisant passer pour un type formidable, c'est tout.

— Peut-être qu'il est formidable, répondit-elle. Peut-être devriez-vous lui donner une seconde chance et essayer de mieux le connaître.

— Il n'a jamais eu l'air d'avoir envie de mieux me connaître.

— Il ne savait sans doute pas comment s'y prendre.

À voir la mâchoire contractée de Holt, il ne semblait pas convaincu. Elle décida de changer de sujet.

— Vous ne m'aviez pas dit que votre maison actuelle était celle de votre enfance…

— Je n'y ai pas passé toute mon enfance, corrigea-t-il, méfiant. Je n'y ai vécu que jusqu'au divorce de mes parents.

— Mais vous ne m'en avez jamais parlé.

— L'occasion ne s'est pas présentée.

— Peut-être, mais avec votre mère, si, et je me suis sentie idiote de ne pas être au courant.

Holt soupira.

— Je l'ai achetée parce que c'est une belle maison dans un bon quartier, alors n'allez pas chercher des explications psychologiques. En outre, je l'ai fait refaire de fond en comble, donc elle ne ressemble plus du tout à ce qu'elle était à l'époque. Et au cas où vous auriez des soupçons freudiens, ma chambre est au rez-de-chaussée, alors que celle qu'occupaient mes parents se trouve à l'étage.

— Je n'avais pas l'intention de vous psychanalyser, assura-t-elle.

— Tant mieux.

— Mais si j'en avais envie, je commencerais par vous faire remarquer que vous êtes terriblement sur la défensive.

— Pas du tout.

— Vous voyez ? Voilà la réponse typique de quelqu'un qui est sur la défensive.

— Bon sang…

— Détendez-vous, lui dit-elle avec un grand sourire. Je vous taquine.

Il lui sourit, mal à l'aise, puis roula un long moment en silence.

— Puisque nous parlons de maison, finit-il par dire, je dois vous informer que je suis en train d'acheter celle d'en face.

— Celle avec le grand porche ? demanda-t-elle, surprise.

Il hocha la tête.

— Je ne savais même pas qu'elle était à vendre.

— Ce n'était pas le cas. Mais j'ai fait aux propriétaires une offre qu'ils n'ont pas pu refuser. Nous n'avons pas parlé de la façon dont nous allons vivre après le divorce, mais j'aimerais m'installer là-bas. Ainsi, Isabelle pourra aller et venir entre chez vous et chez moi comme elle le voudra.

— Excellente idée.

Sauf que, dans ce cas, elle allait être témoin malgré elle des allées et venues de toutes les femmes qui n'allaient pas manquer de défiler chez lui, songea-t-elle avec une douleur inattendue.

« Rappelle-toi pourquoi tu te maries, se réprimanda-t-elle. Il ne s'agit pas d'une relation entre Holt et toi, mais entre Isabelle et toi. Tu ferais mieux de ne pas l'oublier. »

— Qui habitait dans cette maison quand vous étiez petit ? s'enquit-elle.

— Mon copain Jimmy.

— Vous passiez beaucoup de temps avec lui ?

— Oui. Nous habitions pour ainsi dire l'un chez l'autre. Alors, je me suis dit qu'Isabelle pourrait en faire autant.

Il eut soudain l'air méfiant, comme s'il craignait qu'elle ne le trouve trop sentimental.

— Mais la raison pour laquelle je l'ai choisie, s'empressa-t-il d'ajouter, c'est parce que c'est une maison en bon état.

Stevie fit semblant de le croire.

— Elle a l'air, oui, confirma-t-elle. De l'extérieur, elle est superbe. Si vous voulez, je m'y installerai. Ainsi, vous pourrez rester chez vous.

— Non. C'est vous qui aurez la garde principale d'Isabelle, et j'aimerais qu'elle grandisse dans la même maison que moi.

La mère de Holt avait raison. Il était bien plus sentimental qu'il ne voulait le montrer.

— Vous allez avoir beaucoup de transformations à faire dans votre nouvelle maison ?

— Non. Elle a été complètement rénovée il y a deux ans. Les propriétaires ont abattu des murs pour dégager un grand espace au rez-de-chaussée, et ils ont refait l'électricité, la plomberie et l'air conditionné. Il n'y a presque rien à faire.

Prévoyait-il d'embaucher Charlotte pour la décoration ? se demanda Stevie. Puisqu'il allait reprendre sa vie de célibataire quand il emménagerait dans la maison d'en face, il voudrait peut-être raviver une ancienne idylle.

À cette idée, elle ressentit la même douleur qu'un peu plus tôt. « Arrête ça tout de suite ! » s'ordonna-t-elle.

Un instant plus tard, Holt garait la voiture devant la maison.

— Je vais rentrer les affaires d'Isabelle, dit-il. Ensuite, je vous aiderai à lui donner son bain et à la coucher.

— Entendu.
— Peut-être que cela me vaudra un sourire ?
— De ma part, c'est sûr, promit-elle.
Il lui décocha un coup d'œil amusé.
— Dans ce cas, c'est peut-être vous que je devrais laver et mettre au lit.
Le ton de sa voix fit battre le cœur de Stevie à coups redoublés.
— Désolée, mais je sais me laver moi-même et je dors seule, répliqua-t-elle.
Il passa la main derrière le dossier de son siège pour jouer avec une mèche de ses cheveux.
— Il va falloir que j'essaie de vous faire changer d'avis.
Stevie se retourna vers Isabelle qui, toute rouge, avait l'air très concentrée.
— On dirait que ce qu'il va falloir changer, c'est la couche d'Isabelle, dit-elle, malicieuse. Vous ne voulez pas commencer par là ?

23

Holt plissa les yeux pour se protéger du soleil du début d'après-midi. On était vendredi, et il arpentait la promenade derrière l'aquarium des Amériques à la recherche de son père. Quand ce dernier l'avait appelé un peu plus tôt dans la journée pour le prévenir qu'il arrivait et qu'il souhaitait le voir, Holt avait suggéré qu'ils se retrouvent à Canal Street et aillent se promener dans le Quartier français. De cette façon, s'ils ne trouvaient rien à se dire, ils pourraient toujours parler de l'architecture.

Il repéra son père, qui se tenait près de la balustrade et contemplait le Mississippi. Il avait l'air d'un sémillant touriste, avec son pantalon kaki bien repassé, son polo rayé et ses mocassins marron. Il avait les cheveux plus gris que la dernière fois qu'il l'avait vu, et il était plus mince. Holt avait toujours du mal à réaliser qu'il était désormais plus grand que son père. Il se sentait toujours tout petit à côté de lui.

Son père se retourna et le vit. Malgré les rides plus profondes qui marquaient son visage, il avait toujours le même sourire éclatant.

— Salut, fils ! s'exclama-t-il en lui tendant les bras.

Holt était décidé à ne pas se laisser embobiner par les démonstrations d'affection simulées de son père. Aussi se contenta-t-il de lui serrer la main en disant :

— Bonjour, papa.

Vince Landen lâcha sa main et lui tapa dans le dos.

— Tu es superbe, Holt, dit-il.

— Merci. Tu as l'air en forme, toi aussi.

— On fait ce qu'on peut. Cet endroit a changé, depuis que je n'habite plus ici, remarqua-t-il en désignant l'aquarium et le casino.

— Le quai, oui, mais pas le Quartier français. Tu veux qu'on aille y faire un tour ?

— D'accord.

Ils empruntèrent la rue piétonne.

— Ton appel m'a surpris, dit Vince. Il m'a même doublement surpris. Alors, te voilà père ?

— Oui.

— Comment va le bébé ?

Holt lui avait brièvement exposé les problèmes d'Isabelle au téléphone.

— De mieux en mieux, répondit-il. Stevie fait des merveilles avec elle.

— Ah, tant mieux ! Alors, tu vas finalement sauter le pas ?

— On dirait.

Vince regarda les bateaux au loin avec un sourire gêné.

— J'imagine que tu ne vas pas me demander conseil sur le mariage... fit-il.

— En effet, confirma Holt d'une voix plus dure qu'il ne l'aurait voulu. Maman m'a déjà expliqué tout ce qu'il ne fallait pas faire, ajouta-t-il plus gentiment.

— Ah, bon ? dit Vince, surpris.

— Oui. Elle m'a dit que vous aviez longuement parlé, tous les deux.

— C'est exact. Alors, comment l'as-tu trouvée ?

— Maman ? Superbe, comme d'habitude.

— Très bien. Parfait.

Il avala sa salive. Holt devina qu'il était mal à l'aise.

— Écoute, Holt, commença-t-il, je sais que je n'ai pas été le meilleur des pères...

C'était le moins qu'on puisse dire.

— Mais je veux que tu saches que je vous aimais plus que tout au monde, ta mère et toi.

Où son père voulait-il en venir ?

— Nous n'avons pas besoin de ressasser tout cela, assura-t-il. Le passé est le passé.

— Non, répondit son père. Le passé, c'est ce qui fait le présent. Il y a certains points de notre histoire sur lesquels j'aimerais m'expliquer aujourd'hui.

Apparemment, ces derniers temps, sa mère et son père avaient envie de vider leur sac et de passer en revue leurs erreurs.

— D'abord, poursuivit Vince, tu dois savoir que ta mère et toi étiez toute ma vie.

— Alors, comment se fait-il que tu sois parti avec Susie, ta secrétaire ? répliqua Holt.

Ces mots étaient sortis de sa bouche avant qu'il ne se rende compte qu'il allait les prononcer. Il n'avait jamais évoqué cet épisode avec son père, mais cela le rongeait depuis des années.

— Je ne suis pas parti avec elle.

— C'est ça, oui.

Il aurait dû se douter que son père allait nier. Sa mère le lui avait dit : il avait toujours nié.

— Demande à ta mère, lui suggéra son père. Il y a quelques mois, elle a parlé avec Susie, qui a confirmé mes propos.

— Combien l'as-tu payée ?

La bouche de son père se figea en un rictus de tristesse.

— Il est temps que je te donne ma version de ce qui s'est passé entre ta mère et moi. Je ne peux pas te forcer à me croire ni à me pardonner, mais laisse-moi parler.

— Je t'écoute.

Il s'adossa au bastingage de fer. Derrière lui, un cargo remontait lentement le fleuve.

— Quand mon entreprise a commencé à couler, je l'ai caché à ta mère. Je ne voulais pas l'inquiéter et je pensais pouvoir redresser la situation. Ce que j'ignorais, c'était qu'elle croyait que j'avais une aventure parce que je travaillais énormément. Ce n'était pas le cas. Je le jure. J'étais bien trop occupé pour avoir une liaison – si toutefois j'en avais eu envie.

Il y avait dans sa voix un accent résigné, celui d'un homme qui n'a plus rien à perdre, qui rendait son histoire étonnamment crédible.

— Lorsque mon entreprise a fait faillite et que ta mère est partie en Californie avec toi, j'ai perdu ma raison de vivre. Je me sentais si seul, j'étais si déprimé que j'ai pensé mettre fin à mes jours. Susie m'a recueilli chez elle. Au bout de quelques semaines, une chose en a entraîné une autre… C'est à ce moment-là que c'est arrivé. Après. Pas avant. Je le jure.

Pour la première fois, Holt envisageait la possibilité que sa mère ait pu se tromper sur la liaison de son père. Était-ce ce qu'elle avait cherché à lui dire dans la voiture ?

— Certes, je n'ai pas été le meilleur père du monde, mais je n'ai jamais cessé de t'aimer, poursuivit Vince. La vérité, c'est que je ne savais pas quoi faire. Ta mère prétendait que tu risquais d'être perturbé si on te trimballait à droite, à gauche. D'ailleurs, tu pleurais toujours quand tu arrivais chez moi, et de nouveau quand tu devais repartir, et tu avais l'air si malheureux lorsque tu étais avec moi… Enfin, je me rends compte maintenant que j'aurais dû faire plus d'efforts. Lorsque ta mère s'est mariée avec Gary, elle a dit que vous essayiez de former une famille tous les trois, alors j'ai décidé de m'effacer pour que tu puisses tisser des liens avec ton beau-père.

Son père avait gardé ses distances pour qu'il s'attache à cette poule mouillée de Gary ?

— Je n'ai jamais tissé de liens avec lui, répliqua Holt. Je n'en ai jamais eu envie. C'était toi mon père. C'était toi que je voulais. J'ai cru que tu t'occupais trop des enfants de ta nouvelle femme pour avoir du temps à me consacrer.

Vince secoua la tête.

— Je voulais que tu viennes vivre avec moi. Mais chaque fois que tu me rendais visite, tu avais l'air si furieux, si renfermé, que j'en ai conclu que tu étais mieux avec ta mère.

Était-ce bien vrai ? Il n'avait jamais envisagé les choses du point de vue de son père.

Oh, bon sang ! Il avait fait à son père ce qu'Isabelle lui faisait maintenant. Il l'avait repoussé alors qu'il avait désespérément besoin de lui. Il l'avait rejeté par peur d'être rejeté. Il n'avait jamais voulu se rapprocher de lui de crainte de souffrir.

— Quoi qu'il en soit, reprit son père, je tiens à ce que tu saches que je t'aime et que je suis fier de toi. Je suis fier de l'homme que tu es devenu. Et j'envie la chance que tu as d'épouser la femme que tu aimes et d'élever ta fille avec elle. Ne fais pas les erreurs que j'ai commises, lui conseilla-t-il en le regardant droit dans les yeux. Ne leur cache rien. Sois toujours là pour elles.

Holt se serait-il trompé sur le compte de son père pendant toutes ces années ? Il avait passé tant de temps, dépensé tant d'énergie à rechercher l'attention de son père et à lui en vouloir qu'il ne savait plus où était la vérité.

Au fond, peut-être cela n'avait-il pas d'importance. Peut-être que tout ce qui comptait, c'était que son père fût là maintenant. Peut-être Stevie avait-elle raison. Peut-être devait-il accorder une seconde chance à son père. Peut-être était-il temps de lui pardonner.

— Merci du conseil, papa, dit Holt. Tu ne veux pas qu'on aille boire une bière ?

24

La répétition du mariage commença dans le jardin des Stedquest, le vendredi soir. Marie se tenait au fond d'une des deux tentes blanches qui avaient été dressées, l'une pour la cérémonie du mariage, l'autre pour la réception.

Elle avait suivi le conseil de Robert et fait appel à une organisatrice de mariage, et même à un autre traiteur. Elle ne le regrettait pas.

— Quand le quatuor attaquera la *Marche nuptiale*, le marié et son témoin s'approcheront de l'autel, annonça l'organisatrice, une rousse bien en chair du nom de Lois.

Marie regarda Holt et son témoin se mettre en place.

— Qu'il est beau ! murmura-t-elle à Caroline, qui se tenait à côté d'elle.

— N'est-ce pas ? dit cette dernière avec fierté. C'est le portrait de son père.

— La flatterie mène à tout, intervint Vince en souriant.

— Ensuite, la demoiselle d'honneur de la mariée remontera l'allée centrale, annonça Lois.

Michelle, l'amie de Stevie, s'exécuta en tenant un bouquet invisible.

— Puis ce sera le tour de la petite fille.

Marie sourit en voyant sa petite-fille de quatre ans, Madison, gambader dans l'allée en lançant en l'air des pétales de fleurs imaginaires. Elle portait une robe bleue, et un ruban assorti retenait ses boucles blondes. Elle avait l'air d'un petit ange malicieux.

— Marche, ne sautille pas, lui dit l'organisatrice. Dépose les pétales délicatement, ne les jette pas.

— Comme ça ? demanda l'enfant en enfouissant la main dans un panier fictif, avant de rouvrir précautionneusement le poing.

— Oui, c'est très bien.

— Elle est adorable ! commenta Caroline en riant. J'ai toujours rêvé de donner une petite sœur à Holt.

— Je ne le savais pas, remarqua le père de Holt.

Curieuse, Marie le regarda. Vince était bel homme. Holt tenait de ses deux parents : il avait la stature et le visage viril de son père, mais les yeux de sa mère. Ils formaient un très beau couple.

Holt avait dit qu'ils ne s'étaient pas adressé la parole depuis douze ans, c'était difficile à croire. Robert ne la traitait pas aussi bien, songea-t-elle avec une pointe d'amertume.

— Et maintenant, les alliances, dit Lois en adressant un signe de tête au jumeau de Madison, Justin.

Le petit garçon remonta l'allée d'un air solennel, tenant en équilibre un anneau en plastique sur un coussin en satin.

— Très bien ! À présent, c'est au tour de la mariée et de son père.

Marie sentit sa gorge se nouer tandis que Robert conduisait Stevie à l'autel.

Il était si beau dans son costume foncé ! Elle avait l'impression que c'était hier qu'elle l'avait épousé.

Ses yeux s'emplirent de larmes.

— Tenez, fit Caroline en lui tendant un mouchoir en papier.

— M… merci.

— Je pleure toujours aux mariages, alors j'ai pris mes précautions, expliqua la mère de Holt.

— Quand la musique s'arrêtera, le pasteur commencera la cérémonie, annonça Lois. Lorsqu'il demandera : « Qui donne cette femme en mariage ? » ce sera à vous, monsieur Stedquest.

Robert hocha la tête.

— Lorsque vous aurez conduit la mariée à l'autel, vous rejoindrez votre épouse. Stevie confiera son bouquet à sa demoiselle d'honneur et se tournera vers Holt. Le pasteur va vous expliquer la suite.

À côté de Marie, Caroline renifla dans un mouchoir. Vince lui tapotait maladroitement le dos. Quand elle lui sourit, il passa son bras autour de ses épaules.

De nouveau, une vague de tristesse assaillit Marie. Dès le lendemain, après la réception, elle se concentrerait sur son propre mariage. La chaleur et la tendresse que Robert et elle partageaient autrefois lui manquaient. Elle ne savait pas encore comment elle s'y prendrait, mais elle allait raviver l'amour qui les unissait, son mari et elle.

Le dîner de répétition eut lieu dans le Salon doré, au premier étage d'*Arnaud's Restaurant*, dans le Quartier français. Comme son nom l'indiquait, la salle était entièrement décorée en doré.

Le père et la mère de Holt avaient tous deux souhaité organiser ce dîner, mais il avait tenu à s'en charger lui-même. Ses instructions au patron du restaurant avaient été simples : il fallait que la soirée soit mémorable.

Et c'était réussi, à en croire les grands yeux que Stevie ouvrit en entrant.

— C'est incroyable... murmura-t-elle. On a l'impression d'entrer dans un coffre à bijoux.

Dans un coin de la salle, un pianiste jouait sur un demi-queue auprès d'une petite piste de danse. Les quatre tables rondes étaient recouvertes d'une nappe blanche et garnies de bougies dorées. D'élégantes compositions de roses blanches et de magnolias qui se reflétaient dans deux grands miroirs ornaient les tables et les cheminées. L'ensemble était magnifique.

Mais pas autant que Stevie. Elle riait avec son témoin, Evan Hensley. Elle portait une robe en soie qui révélait un peu de son fascinant décolleté. Hormis une agrafe sur le côté de la taille, il se demandait ce qui la retenait – et surtout ce que Stevie portait dessous.

Il rêvait de le découvrir. Leur baiser sur le canapé avait décuplé l'envie qu'il avait d'elle. Il ne parvenait plus à chasser de son esprit le goût de ses lèvres, le parfum de sa peau, la souplesse de son corps. Sa politique du « pas touche » le rendait fou.

Heureusement, elle n'avait cours que quand ils étaient seuls. En public, il était censé se conduire comme un fiancé fou amoureux.

Il se pencha vers elle et l'embrassa doucement dans le cou. Elle leva les yeux, surprise, et rougit.

— Je me demande ce que fait Isabelle, dit-elle pour tenter de détourner son attention.

— Elle dort profondément, lui apprit-il. Sinon, on l'entendrait protester, précisa-t-il en l'embrassant de nouveau dans le cou.

Elle rougit de plus belle et fit une nouvelle tentative de diversion.

— Tes parents ont l'air de très bien s'entendre, observa-t-elle.

Holt se tourna vers la table voisine, où sa mère riait des propos de son père, la main sur son bras.

— En effet, constata-t-il.

— Cela ne semble pas te faire très plaisir.

— Pourquoi cela ne me ferait-il pas plaisir ?

— Eh bien, lorsqu'on a passé son enfance à rêver que ses parents revivent ensemble, on peut être contrarié qu'ils commencent à bien s'entendre quand il est trop tard pour en profiter.

— C'est plutôt égoïste de réagir ainsi, commenta-t-il.

— Non, c'est compréhensible, répliqua-t-elle.

— Cela me fait un drôle d'effet, c'est tout, répliqua-t-il. Mais c'est mieux que de craindre qu'ils ne se mettent à se lancer les assiettes à la figure.

— On a du mal à imaginer autant d'animosité entre eux.

À les voir maintenant, c'était vrai.

— Ils se sont longuement parlé au téléphone après que ta mère et moi les avons appelés.

— Et ils n'ont pas arrêté de bavarder pendant la répétition.

Holt l'avait remarqué aussi. Avant qu'il ait le temps de répondre, son témoin fit tinter son couteau contre son verre. Evan était un ami d'université devenu avocat d'affaires à Boston. Sa femme était enceinte de sept mois de leur troisième enfant. Tous deux s'étaient pris d'amitié pour Stevie dès qu'ils l'avaient rencontrée.

— J'aimerais porter un toast, annonça Evan.

Le silence se fit dans la pièce. Tous les convives levèrent leur verre.

— À Stevie, dit-il, une femme remarquable qui a réussi là où beaucoup d'autres ont échoué malgré leurs efforts ! Je connais Holt depuis des années, j'ai toujours pensé qu'il resterait célibataire. Cela dit, maintenant que je connais Stevie, je comprends pourquoi il a changé d'avis. Je vous souhaite à tous deux beaucoup de bonheur.

Stevie sourit mais, au fond, elle souffrait. Holt ne comptait nullement renoncer à son célibat. Ce mariage était une comédie. Rien de tout cela n'était réel.

L'ennui, c'était qu'elle était attirée par Holt, elle commençait même à éprouver des sentiments pour lui.

Elle eut l'impression que les toasts duraient une éternité et fut soulagée quand ils prirent fin et que le pianiste se remit à jouer.

— Allons danser, proposa Holt.

— Oh… je… je ne… non, articula-t-elle avec peine.

— Pourquoi ? demanda-t-il, perplexe.

— Tout le monde est sur le point de partir.

— Non, répondit-il, pas du tout. Le dessert n'a pas encore été servi, et j'ai commandé du champagne.

— Non ! glapit-elle involontairement d'une voix suraiguë.

Holt plissa le front.

— Il y a un problème ?

Elle avala sa salive avec difficulté. Il fallait qu'elle lui avoue la vérité. Elle garda les yeux rivés à la bougie pour éviter de le regarder.

— Quand je dois danser, je suis prise de panique. C'est une longue histoire. Je préférerais ne pas entrer dans les détails.

— J'ai vu des ouvriers monter une piste de danse chez tes parents, lui dit-il. Les gens vont s'attendre que nous dansions, demain.

— Je le crains fort, répondit-elle. Au moment d'aller danser, j'ai l'impression que je ne peux plus respirer.

— Rien ne nous oblige à danser, dit-il en lui prenant la main. Ni maintenant ni demain. Nous n'aurons qu'à dire à tes parents que…

Elle l'interrompit.

— C'est très important pour mon père. Quand j'étais petite, je dansais avec lui, juchée sur ses pieds. Il me disait que nous danserions à mon mariage.

— Tes parents ne sont pas au courant de ton problème avec la danse ?

— Ils savent que je n'aime pas beaucoup cela, mais pas à quel point cela m'angoisse.

Il la regarda longuement.

— Tu es prête à partir ? finit-il par lui demander.

Elle hocha la tête.

Holt se leva et prit la parole.

— Merci à tous d'être venus. Stevie et moi devons aller coucher Isabelle. Nous nous faisons une joie de vous retrouver demain, au mariage. Je peux vous demander un grand service ? ajouta-t-il plus bas, à l'adresse d'Evan et de sa femme.

— Bien sûr.

— Cela ne vous dérange pas d'aller danser ? Je ne veux pas que la fête se termine parce que nous partons. J'espère que les autres vous imiteront.

— Entendu.

Stevie et Holt saluèrent les invités, puis sortirent en poussant Isabelle endormie dans sa poussette.

Isabelle se réveilla quand Stevie la prit pour l'installer dans son siège auto et pleura durant tout le trajet de retour.

— J'espère qu'elle ne régresse pas, s'inquiéta Holt.

— Elle doit être fatiguée, répondit Stevie. Je parie qu'elle se rendormira quand elle aura bu son biberon.

La petite fille se calma dès qu'ils furent arrivés à la maison et qu'elle la sortit de son siège.

— Maintenant, elle pleure pour que vous la preniez dans vos bras, remarqua Holt.

— N'est-ce pas merveilleux ?

— Si. Peut-être qu'un de ces jours, elle en fera autant avec quelqu'un d'autre...

— Je suis sûre que vous pourrez la porter sans qu'elle pleure d'ici à la fin de la semaine, Holt.

C'était drôle qu'il en ait envie à ce point. Il ne se serait jamais cru capable de s'attacher aussi vite à quelqu'un.

Pendant que Stevie changeait Isabelle, il prépara le biberon, puis l'emporta dans la nursery. Il regarda Stevie s'asseoir dans le fauteuil à bascule et installer sa fille sur ses genoux. Pendant qu'Isabelle buvait voracement, Stevie ne cessa de lui parler. Puis les paupières du bébé s'alourdirent et Stevie la coucha dans le berceau.

Holt caressa la tête blonde, le cœur gonflé d'émotion.

— On dirait une poupée, fit Holt tandis qu'ils descendaient.

— Ou un ange.

— Oui. Ce que je souhaite le plus au monde, c'est être un bon père pour elle.

— Vous y arriverez, assura Stevie.

— Ouais... Pour l'instant, tout ce que je suis parvenu à faire, c'est vous convaincre de devenir sa mère.

— Désolée de vous décevoir, répondit-elle en souriant, mais c'est Isabelle qui m'a convaincue.

— Alors, j'en suis toujours à zéro, c'est ça ? fit-il. Vous voulez qu'on aille s'asseoir sur la terrasse ? La soirée est si belle...

— Avec plaisir.

Holt ouvrit la porte-fenêtre qui donnait sur le jardin.

Stevie sortit. Le parfum des fleurs d'olivier embaumait l'air. Holt la suivit jusqu'à la balancelle en bois. Ils commencèrent à se balancer.

— Parlez-moi de votre phobie de la danse, lui demanda-t-il. Cela dure depuis longtemps ?

Stevie soupira. Elle s'était doutée qu'il voudrait en savoir plus.

— Depuis le lycée, répondit-elle, le regard perdu dans la nuit.

— Il s'est passé quelque chose en particulier ?

— Oui, avoua-t-elle, l'estomac déjà noué.

Sans insister, il attendit qu'elle poursuive.

Les souvenirs se bousculaient dans l'esprit de Stevie. Puis les mots sortirent.

— J'avais des problèmes de poids autrefois. On se moquait de moi. J'étais déjà d'une nature timide, mais mon obésité n'a fait qu'aggraver les choses. Il est toujours difficile d'être adolescente, mais il est encore plus difficile d'être une adolescente grosse.

Holt posa la main sur l'épaule de Stevie.

— Les gamins sont cruels, murmura-t-il.

Elle entendait encore les insultes et les moqueries chuchotées sur son passage dans les couloirs de l'école, tandis qu'elle restait courbée sur ses livres et s'appliquait à ne regarder personne.

Elle ferma les yeux pour échapper à ces douloureux souvenirs.

—Mes parents m'ont envoyée à un cours de danse quand j'étais au collège parce que, selon eux, une fille devait savoir danser. Je leur ai pourtant dit que c'était une perte de temps, que personne n'invitait jamais les grosses filles à des soirées. C'était vrai. Personne ne m'invitait jamais.

Holt accentua la pression de sa main sur son épaule.

— La première fois que je suis allée à une soirée, c'était environ une semaine avant la cérémonie de remise des diplômes du lycée. Le professeur de littérature avait enrôlé quelques élèves dont moi, pour servir les rafraîchissements à la soirée des terminales.

Holt semblait attentif et bienveillant. De nouveau, elle fixa la nuit et laissa les souvenirs affleurer.

—Vers la fin de la soirée, l'un des garçons les plus populaires de l'école est venu m'inviter à danser. Je n'en croyais pas mes yeux. J'étais secrètement amoureuse de lui depuis des années. Le morceau qui passait était *Stairway to Heaven*, poursuivit-elle. Ce fut un véritable enfer. Il s'est mis à danser n'importe comment. Il sentait l'alcool. Tout le monde a éclaté de rire. Il m'a fallu un moment pour me rendre compte qu'il ne m'avait invitée à danser que pour se moquer de moi.

Elle ferma les yeux un instant, puis les rouvrit et continua :

— J'étais mortifiée. J'ai voulu quitter la piste, mais deux des copains de mon cavalier m'ont attrapée et se sont mis à me faire tourner aussi. Je ne savais pas quoi faire. Je me suis raidie. Je portais des talons hauts, je n'avais pas l'habitude, et… je suis tombée. Ma jupe s'est relevée, et je me suis retrouvée par terre comme une baleine échouée, mon gros derrière exposé à la vue de tous. Tous les autres étaient pliés de rire.

Holt jura à mi-voix.

— Il se trouve que je m'étais foulé la cheville, mais c'était bien moins douloureux que de m'être ridiculisée à ce point. J'ai refusé de retourner au lycée. Je ne suis même pas allée à la cérémonie de remise des diplômes. Je ne voulais pas monter sur l'estrade en claudiquant sur mes béquilles, de peur qu'on se moque encore de moi.

— Et vos parents n'en ont rien su ?

Elle secoua la tête.

— J'ai prétendu que je m'étais tordu la cheville en tournant.

Il l'attira plus près de lui et lui prit la main. Son geste était réconfortant, empreint d'une gentillesse touchante, et il dissipa les sentiments glacés et angoissants que ces souvenirs avaient laissés en elle.

— Depuis, la seule idée de danser me terrifie.

— Parce que vous avez peur de tomber ?

— Non. Enfin, oui. Bah, je ne sais pas, avoua-t-elle avec un petit sourire penaud. Je pense que j'ai surtout peur d'être ridicule. Le pire, dans toute cette histoire, c'est de m'être sentie aussi idiote.

— Les idiots, ce sont ces garçons. Vous étiez leur victime.

Elle secoua la tête.

— C'est moi qui ai été stupide. Comment ai-je pu croire que ce garçon avait réellement envie de danser avec moi ? C'est cela, le plus humiliant. L'idée que j'aie pu être assez naïve pour croire qu'il me trouvait vraiment… vous savez…

— Séduisante ? suggéra-t-il.

Elle lui répondit d'un faible hochement de tête.

Il arrêta la balancelle.

— Vous n'avez plus ce genre de doute, au moins? s'inquiéta-t-il.

Elle haussa les épaules.

— Je suis toujours la même.

— Non, affirma-t-il avec conviction, vous avez beaucoup changé. La Stevie Stedquest que je connais ne se laisserait pas traiter ainsi. Vous avez dit que vous étiez timide, poursuivit-il. Mais regardez-vous aujourd'hui. Vous animez une émission de radio où vous vous adressez à des milliers d'auditeurs, et vous donnez des cours à des adultes. Vous avez vaincu votre timidité et vous avez aussi vaincu votre problème de poids.

Il lui releva le menton pour la forcer à le regarder dans les yeux.

— Quant à savoir si vous êtes attirante… Bon sang, Stevie, avez-vous idée de l'effet que vous me faites?

Elle l'examina avec un mélange d'envie et de méfiance.

— Je vous ai désirée dès que je vous ai vue, murmura-t-il.

Ce fut la méfiance qui l'emporta. Elle s'écarta.

— Vous désiriez que je m'occupe d'Isabelle, rectifia-t-elle.

— Il n'y a pas que cela, et vous le savez très bien. Stevie, ces baisers que nous avons partagés signifient quelque chose. Toutefois, si, pour une raison ou une autre, vous n'avez pas compris le message, je me ferai un plaisir de vous l'expliquer de nouveau.

Elle s'écarta encore.

— Ce n'est pas la peine.

— Je crois que si. Apparemment, vous avez besoin qu'on vous rafraîchisse la mémoire, répliqua-t-il.

Il laissa glisser son regard jusqu'à ses lèvres. Il se penchait vers elle pour l'embrasser quand elle sauta de la balancelle.

— Ma mémoire va très bien, affirma-t-elle. C'est vous qui avez des trous de mémoire. Je me rappelle que vous avez dit que vous ne me feriez plus d'avances.

— Sauf si vous me le demandiez, précisa-t-il en se levant.

— Ce qui n'est pas arrivé – et n'arrivera pas.

— On verra bien. Le simple fait que nous en parlions me semble prometteur.

Comme elle semblait sur le point de protester encore, il la prit par la main.

— Venez, lui ordonna-t-il.

— Où cela?

— Dans le salon, répondit-il. Il faut que nous nous entraînions pour demain.

— Que nous nous entraînions... à nous embrasser ?

— Excellente idée, mais je pensais plutôt à danser.

— Ah !

Était-ce un effet de son imagination ou semblait-elle un peu déçue ?

Il ouvrit une armoire qui abritait son matériel hi-fi et sortit un CD. Lorsque le morceau commença, il lui tendit les bras.

Stevie hésita. Son cœur battait la chamade.

— Venez, lui dit-il d'un ton enjôleur. Il n'y a que vous et moi. Je ne rirai pas et je vous promets de ne pas vous laisser tomber.

— Je sais que c'est idiot, mais j'ai peur.

— Il ne va rien vous arriver de mal, promit-il doucement.

Elle le rejoignit, les jambes en coton. Il lui prit la main et l'enlaça de l'autre bras.

Lentement, il se mit à bouger. Des souvenirs de cette fameuse danse, des années plus tôt, assaillirent Stevie, qui se raidit.

Il lui caressa le dos.

— Concentrez-vous sur l'instant présent, lui conseilla-t-il. C'est le meilleur moyen de lutter contre les mauvais souvenirs et les craintes.

— Comment fait-on ?

— Il faut vous concentrer sur vos impressions sensorielles.

— Je ne sais pas si je serai capable d'ignorer tous les gens qui nous observeront.

— Bien sûr que si, affirma-t-il.

Un peu hésitante, elle plongea les yeux dans les siens, chauds et sombres.

— Vous voulez que je vous montre comment ça marche ?

— D'accord.

— Très bien. Je vais vous décrire mes impressions, annonça-t-il en promenant la main dans son dos. Je sens de la soie sous mes doigts. Le tissu est doux, réchauffé par la chaleur de votre corps.

Le cœur de Stevie se mit à battre à coups désordonnés. Holt glissa une cuisse entre les siennes, et elle recula tandis qu'il avançait.

— Je sens la pression de votre corps contre le mien, poursuivit-il, vos seins contre mon torse. Cela m'excite beaucoup.

De nouveau, il pressa sa cuisse contre elle. Stevie se rendit compte qu'ils évoluaient lentement. Son cœur s'emballa comme celui d'un sprinteur tout près de la ligne d'arrivée.

Il l'enlaça plus étroitement, se pencha vers elle et inspira lentement.

— Je sens le parfum de vos cheveux, fit-il. On dirait l'odeur d'un jardin la nuit… en beaucoup plus excitant.

Une vague de chaleur envahit Stevie.

Tout en continuant à la tenir fermement, il la guida pour tourner.

— Il y a quelque chose dans l'odeur de vos cheveux que l'on ne peut pas attribuer à un parfum. Quelque chose de léger et d'excitant, quelque chose que je respire aussi dans votre cou. Bon sang, ça me rend fou !

Il se rapprocha d'elle et appuya la joue contre ses cheveux.

— Vous êtes superbe. Le plus incroyable, c'est que vous ne semblez pas en avoir conscience. Depuis le début de la soirée, j'ai envie de vous embrasser.

Stevie avala sa salive. Elle avait du mal à réfléchir. Ses lèvres tremblèrent quand elle esquissa un sourire.

— Je vais vous embrasser, demain, promit-il. À la fin de la cérémonie du mariage, et de nouveau quand ce morceau s'achèvera – comme maintenant.

— Le morceau est terminé ? s'étonna-t-elle tandis que les dernières notes s'évanouissaient.

Holt s'immobilisa et la regarda, un petit sourire aux lèvres.

— Oui. Cela n'a pas été trop douloureux, si ?

Douloureux, non, admit-elle intérieurement. Mais érotique, sensationnel.

— Ce sera pareil demain, assura-t-il. Nous nous concentrerons sur nos sensations, et vous vous en tirerez très bien.

Elle quitta ses bras au moment où commençait un morceau des Bee Gees.

— Merci, dit-elle.

— Vous vous sentez mieux ?

— Je me sens beaucoup mieux en ce qui concerne la danse. Vous avez réussi à détourner mon attention de mon angoisse.

— Vous aussi, vous avez le don de détourner mon attention.

Il parlait d'une voix grave. Dans son regard brillait une étincelle. Un moment, elle crut qu'il allait l'embrasser, puis elle se rappela qu'il lui avait promis de ne pas le faire si elle ne l'y invitait pas. Une déception absurde l'envahit. Elle croisa les bras, comme pour se protéger.

— Bon, dit-elle, il se fait tard.

— Oui, répondit-il en s'approchant d'elle et en caressant légèrement sa joue. Merci, Stevie. Isabelle a vraiment beaucoup de chance. Moi aussi.

Stevie recula, déstabilisée.

— Il faut que je vous laisse aller vous coucher si vous voulez avoir bonne mine demain matin, reprit-il. Non que vous ayez besoin de sommeil pour être belle, bien sûr. Même après une nuit blanche, vous seriez ravissante.

Elle leva les yeux au ciel.

— Vous pouvez arrêter les compliments bidon, répliqua-t-elle. Nous ne sommes plus en train de danser.

— Ils n'étaient pas bidon, Stevie, affirma-t-il. Je pensais chaque mot que je vous ai dit.

25

Les légers accords d'un morceau de Beethoven que jouait le quatuor à cordes flottaient dans l'air du soir tandis que Robert attendait avec le reste de la famille et les invités derrière un treillage fleuri à l'extérieur de la tente.

L'organisatrice s'affairait, arrangeant la couronne de fleurs de Madison, redressant le bouquet de la demoiselle d'honneur. Lois avait une poitrine de chanteuse d'opéra de dessin animé.

Pour sa part, il avait toujours aimé la façon dont les seins de Marie dansaient au rythme de ses mouvements.

Il la regarda s'entretenir avec Lois. Qu'elle était belle, dans sa robe rose foncé, avec ses cheveux coiffés en chignon ! Maintes fois, au fil des ans, il s'était demandé pourquoi une femme aussi belle et merveilleuse avait accepté de l'épouser. Il se le demandait toujours.

Elle aussi devait commencer à se le demander, songea-t-il avec une pointe de tristesse. Il ne lui avait pas fait l'amour depuis des semaines, à elle qui avait toujours été une femme passionnée. Il n'avait pas pensé que cette abstinence durerait si longtemps. Il avait cru que le temps ferait s'estomper le souvenir de ses échecs au lit et lui rendrait sa confiance. Or, le temps n'avait fait qu'aggraver le problème.

Et il n'avait rien fait pour compenser son manque d'empressement amoureux, songea-t-il avec un sentiment de culpabilité. Il ne comprenait pas ce qui lui arrivait. Pourquoi se conduisait-il avec une inébranlable politesse vis-à-vis des inconnus et comme un crétin vis-à-vis de la femme qu'il aimait ?

— Il est bientôt l'heure, annonça l'organisatrice en consultant sa montre. Pensez-vous que tous les invités soient là ?

— Si tante Sophie est là, sûrement, répondit Marie. Elle est toujours la dernière arrivée.

Robert jeta un coup d'œil à l'intérieur de la tente, où il repéra un chapeau bleu surmontant une permanente rousse.

— Je la vois, dit-il à Marie en reculant. Elle est avec son gigolo.

L'organisatrice fronça les sourcils, choquée. Robert fit un clin d'œil à Marie et lui sourit. Elle lui rendit son sourire. Un instant, il retrouva leur complicité d'autrefois.

Seigneur, qu'il rêvait de sentir son corps contre le sien, d'éprouver de nouveau la douceur de s'enfouir en elle !

— Si vous pensez que tout le monde est là, les parents du marié peuvent aller s'asseoir, dit Lois. Vous savez où ils sont ?

— Dans la maison, avec Isabelle, répondit Marie.

— Je vais les chercher, déclara l'organisatrice en s'éloignant d'un pas pressé.

Marie sourit à Robert.

— Caroline et Vince sont complètement fous de leur petite-fille, observa-t-elle.

— Et l'un de l'autre, on dirait, ajouta-t-il.

— Tu crois ? fit-elle en le regardant d'un air surpris.

— Eh bien, ils sont tout le temps ensemble. Bien plus que nous.

Marie se rembrunit.

— Désolée, répliqua-t-elle, sur la défensive, mais j'ai vraiment eu beaucoup à faire. Il n'est pas facile d'organiser un mariage en deux semaines.

Pourquoi prenait-elle tout ce qu'il disait comme une critique ? Il se hérissa, avant de se rendre compte que c'était surtout à lui-même qu'il en voulait.

Comment reprocher à Marie d'être sur les nerfs ? On ne pouvait pas dire qu'il lui eût apporté un soutien inconditionnel, ces derniers temps.

— Je sais, je sais, assura-t-il. Et tu t'en es sortie à merveille. Tout est très beau.

— Surtout Stevie, répondit-elle en se tournant vers la mariée, qui bavardait avec Michelle. Tu ne la trouves pas ravissante ?

— Si.

« Et toi aussi », aurait-il dû ajouter. Mais les mots restèrent coincés dans sa gorge. Il avait envie de lui faire part de ce qu'il ressentait, mais il avait trop peur des conséquences que cela pourrait entraîner.

— Tu es prête à y aller, maman ?

Robert se retourna et vit leur fils qui jouait le rôle de placeur. Qu'il était beau dans son smoking ! Marie avait toujours dit que Dan était son portrait. Avait-il jamais été si beau ? En tout cas, aujourd'hui, il ne l'était plus.

Il regarda tour à tour Dan et Stevie, si ravissante dans sa robe blanche que son cœur se gonfla d'émotion. Marie et lui avaient des enfants formidables qui réussissaient très bien leur vie. C'était surtout grâce à sa femme. Lui n'avait pas été aussi présent qu'il l'aurait dû. Il avait envie de le lui dire. Il avait envie qu'elle sache qu'il l'admirait et qu'il l'estimait.

— Ça va être à vous, annonça Lois.

Marie regarda Robert.

« Dis quelque chose, s'ordonna-t-il. Dis-lui ce que tu ressens. »

Il avala sa salive avec difficulté.

— Tu es très belle.

« Tu es nul, Stedquest », se morigéna-t-il.

Mais Marie redressa la rose qu'il portait à la boutonnière avec autant de douceur et de tendresse dans le regard que dans le geste.

— Toi aussi, tu es très beau, répondit-elle.

— Très bien, madame Stedquest, dit Lois. Allez-y.

Le cœur de Stevie palpita quand elle vit sa mère disparaître sous la tente au bras de son frère.

— Dès qu'elle sera assise, je ferai signe aux musiciens, déclara Lois.

Stevie prit le bras de son père, qui lui tapota la main.

— Tu es superbe, ma chérie. Pas trop nerveuse ?

— Un petit peu.

Le regard de son père s'assombrit. Il se pencha pour lui parler à l'oreille.

— Il n'est pas trop tard pour changer d'avis, tu sais, chuchota-t-il.

Cette remarque la décontenança.

— Pourquoi voudrais-je faire une chose pareille ?

Il haussa les épaules.

— Tu ne connais pas Holt depuis très longtemps, et il arrive que les gens regrettent d'avoir pris une grande décision précipitamment. Alors, si tu as des doutes…

— Pas du tout.

Pas en ce qui concernait Isabelle, du moins. Or, c'était bien pour elle qu'elle se mariait. Elle voulait adopter la petite fille, devenir sa mère.

— C'est bien ce que je veux faire.

— Parfait. Je tenais juste à m'en assurer.

Le cœur de Stevie s'emplit d'amour pour son père. Après avoir dépensé tant d'argent et s'être donné tant de mal, il l'aurait laissée faire machine arrière. C'était cela, l'amour, songea-t-elle. C'était accorder une seconde chance.

— Je t'aime, papa.

— Moi aussi, je t'aime, petite citrouille, répondit-il, les yeux humides.

Les premiers accords de la *Marche nuptiale* retentirent. Lois, qui se tenait près de l'entrée de la tente, fit signe à Michelle.

— C'est au tour de la demoiselle d'honneur.

Michelle s'approcha, son bouquet serré contre sa robe rose. Stevie et elle échangèrent un sourire, puis Michelle commença à remonter l'allée.

— Et maintenant, la petite fille avec les fleurs, dit l'organisatrice. Tu es prête ?

Les boucles blondes de Madison dansèrent quand elle hocha la tête.

— N'oublie pas : marche, ne sautille pas, lui rappela Lois. Et ne lance pas les pétales. Laisse-les tomber doucement.

Avec un grand sourire, la nièce de Stevie prit une poignée de pétales dans sa main et s'engagea dans l'allée. Stevie entendit un long murmure d'admiration, puis des rires.

— J'ai hâte de voir la vidéo, dit-elle à son père en souriant. Je suis sûre qu'elle les lance comme des confettis.

— Le porteur des alliances est-il prêt ? demanda Lois.

Justin hocha solennellement la tête. Il prenait son rôle très au sérieux.

Enfin, ce fut le tour de Stevie.

— Bien, dit l'organisatrice. Allons-y.

Stevie et son père pénétrèrent sous la tente. Elle vit d'abord des fleurs et des visages, tous tournés vers elle. La musique alla *crescendo*, et les invités se levèrent.

C'est alors qu'elle vit Holt, qui se tenait devant l'autel fleuri. Était-il possible d'être aussi beau ? songea-t-elle. Toute la scène semblait sortie de l'un des livres de contes qu'elle lisait à Madison : un prince charmant, un décor féerique, une belle robe. Cela paraissait trop beau pour être vrai.

Elle s'avança jusqu'à l'autel et vécut toute la cérémonie comme dans un rêve, jusqu'à ce qu'arrive le moment d'échanger les consentements. Là, soudain, tout lui sembla très réel.

— Moi, Stephanie Ann Stedquest, je te prends, toi, Holt Everett Landen, pour époux légitime et jure de t'aimer et de te chérir pour le meilleur et pour le pire, dans la richesse et la pauvreté, jusqu'à ce que la mort nous sépare.

Ce n'était pas une simple étape du processus d'adoption, mais un vœu sacré.

Elle était encore sous le choc de cette prise de conscience lorsque Holt lui fit la même promesse.

Le pasteur sourit.

— Et maintenant, dit-il, par les pouvoirs qui me sont conférés par l'État de Louisiane, je vous déclare mari et femme. Vous pouvez embrasser la mariée.

Stevie se tourna vers Holt. Il la prit par les bras et l'attira à lui. « C'est mon mari, songea-t-elle, incrédule. Mon mari. »

Puis il prit possession de sa bouche. Ses lèvres étaient à la fois douces et insistantes, tendres et enivrantes. De nouveau, elle eut l'impression de flotter dans un rêve merveilleux.

Leur baiser s'acheva bien trop vite, la laissant tout étourdie. Puis ils remontèrent l'allée centrale et sortirent de la tente.

Holt lui sourit pendant qu'ils attendaient la sortie des invités pour pouvoir faire les photos.

— Eh bien, ça y est, dit-il. Nous l'avons fait.

— Oui, murmura-t-elle.

Mais une question lui brûlait le cœur comme son baiser lui avait brûlé les lèvres.

Qu'avaient-ils fait ? Seigneur, qu'avaient-ils fait ?

Pour Stevie, la réception se déroula dans un brouillard de félicitations et de toasts. Elle toucha à peine au dîner. En revanche, elle but deux coupes de champagne, et elle en ressentait un peu les effets quand Holt la prit par la main et l'entraîna sur la piste pour ouvrir le bal.

Il lui sourit et l'enlaça tandis que le quatuor jouait les premières notes du morceau sur lequel ils s'étaient exercés.

— Tout le monde nous regarde, chuchota-t-elle.

— N'y pensez pas, lui conseilla-t-il. Concentrez-vous sur moi.

Elle plongea les yeux dans les siens.

Holt lut de la peur dans son regard, et son cœur se serra.

— Pensez à ce qui se passe ici et maintenant, dit-il. Parlez-moi de vos impressions.

— Je suis terrifiée. Je suis physiquement terrifiée.

Il resserra les doigts sur les siens.
— Vous sentez ma main ?
— Oui.
— Décrivez-la-moi.
Elle prit une inspiration hésitante.
— Elle est chaude, forte.
— Sentez-vous d'autres parties de mon corps ?
— Votre bras autour de moi et votre torse contre le mien. C'est... c'est agréable.
— C'est agréable pour moi aussi. Autre chose ?
— Votre smoking. Il est doux et chaud.
— La chaleur semble un thème récurrent, remarqua-t-il en évoluant sur la piste.
— On dirait.
— Que sentez-vous d'autre ?
— Vos cuisses. On dirait qu'elles poussent les miennes à bouger.
— Quelles odeurs percevez-vous ?
— La vôtre.
— Mon déodorant doit me trahir...
Elle se mit à rire.
— Non, rectifia-t-elle, vous sentez le savon et l'amidon.
— Vous avez un rire génial, dit-il.
— Vous aussi.
— Ah, oui ?
— On dirait qu'il gargouille dans mon oreille.
— Vous êtes sûre que ce n'est pas plutôt mon ventre ?
— Presque sûre, oui. Et si je colle l'oreille à votre poitrine, j'entends battre votre cœur.
Il la serra plus étroitement contre lui. Elle leva la tête.
— Je vois deux yeux très sombres, annonça-t-elle. Sombres et brillants, avec des cils et des sourcils noirs. Je vois aussi l'ombre de votre barbe, votre bouche.
Holt avala sa salive. Il avait l'impression que l'air ne sortait plus de ses poumons.
— Je sens une note de champagne dans votre souffle, poursuivit-elle. C'est très, très sexy.
Dieu tout-puissant !
— Je devrais peut-être en vérifier le goût... suggéra-t-elle.
— Stevie... vous ne seriez pas un peu pompette ?
— Peut-être un petit peu. On a porté pas mal de toasts.
Elle se blottit contre lui.

Une vague de désir déferla en lui. Heureusement que le morceau touchait à sa fin, car il n'était pas loin de lui procurer une impression sensorielle qu'elle aurait été gênée de décrire.

— Stevie...

— Oui ?

— La chanson est terminée.

Elle le regarda dans les yeux et eut un sourire rêveur.

— Mince alors... fit-elle.

26

— Pour une fille atteinte d'une phobie de la danse, je trouve que vous avez plutôt mis le feu à la piste, ce soir, remarqua Holt en ouvrant la porte de leur maison, plus tard dans la soirée.

— N'est-ce pas ? renchérit fièrement Stevie, qui portait le bébé endormi.

Après avoir dansé avec Holt, elle avait dansé avec son père, puis avec le père de Holt, son témoin, et presque tous ses oncles. Elle n'avait quitté la piste que lorsque les musiciens avaient rangé leurs instruments.

— Je crois bien que j'ai vaincu ma phobie.

— Moi aussi, confirma-t-il en lui tenant la porte.

— Je vous dois une fière chandelle, dit-elle en le regardant. Merci.

— Tout le plaisir était pour moi.

Non, songea-t-elle, pas tout le plaisir. Elle porta Isabelle à l'intérieur et s'arrêta près de l'escalier.

— J'ai peur de me prendre les pieds dans ma robe si je ne la relève pas, fit-elle.

Holt esquissa un sourire.

— Dans ce cas, vous pouvez l'ôter et aller coucher Isabelle en sous-vêtements.

— J'ai une meilleure idée. C'est vous qui allez la porter.

Elle lut de l'appréhension sur son visage.

— Elle dort, reprit-elle. Ça va très bien se passer.

Elle lui donna la petite fille avec précaution, et il l'installa délicatement au creux de ses bras. Isabelle, épuisée, continua de dormir, les yeux fermés, le souffle paisible et régulier.

— Vous avez vu ? chuchota Holt en regardant Isabelle comme s'il tenait un petit miracle dans ses bras.

Un élan de tendresse envahit Stevie. Elle releva la longue jupe de sa robe de mariée et suivit Holt dans l'escalier, qu'il monta avec une prudence qui aurait été risible si elle n'avait été aussi touchante.

Dans la nursery, elle le regarda poser tout doucement l'enfant sur la table à langer. Puis il se tourna vers elle, l'air à la fois incrédule et émerveillé.

— Vous voulez que je prenne le relais ? chuchota-t-elle, émue.

Il secoua la tête.

— Ça a l'air bien parti, alors autant que je continue, répondit-il. En plus, vous êtes encore en robe de mariée. Allez passer une tenue plus confortable pendant que je lui mets son pyjama.

— À vrai dire, répondit-elle, elle est étonnamment confortable.

Et surtout, elle n'avait pas envie de sortir de la chambre. Voir Holt avec son enfant était trop touchant, trop émouvant, trop merveilleux. Elle retint son souffle et pria pour qu'Isabelle ne gâche pas tout en se réveillant en hurlant.

Et puis, il y avait une autre raison pour laquelle elle n'avait pas envie de se changer. Si elle retirait sa robe, cette soirée magique prendrait fin. Or elle voulait la prolonger le plus possible.

Isabelle protesta à peine quand Holt lui changea sa couche et lui mit son pyjama jaune. Il la déposa dans son berceau, et elle referma les yeux presque aussitôt.

Il resta un moment à côté d'elle. Stevie s'approcha. La petite dormait à poings fermés.

— C'est la première fois qu'elle ne pleure pas avec moi, dit-il.

— Elle est en train de s'attacher à vous, assura-t-elle, émue.

— Vous croyez ?

— Absolument.

« Et elle n'est pas la seule », songea-t-elle. Quand le bras de Holt frôla le sien, elle eut l'impression que son sang coulait plus vite dans ses veines.

Elle recula vers la porte.

— Bon, il se fait tard, dit-elle. Je crois que je vais aller me coucher.

— Mais c'est notre nuit de noces, objecta-t-il.

Voilà que ce délicieux frisson brûlant la reprenait.

— D'ailleurs, il y a une chose que nous avons oublié de faire, ajouta-t-il.

— Ah, bon ?

Il hocha la tête et posa la main sur le bas de son dos pour la guider dans le couloir.

— Qu'est-ce que c'est ? demanda-t-elle.

— Venez dehors et je vous montrerai.

Elle le suivit sous le porche. L'air était frais et calme, seulement troublé de temps à autre par la stridulation d'un grillon.

— Alors, qu'est-ce que c'est ? répéta-t-elle.

— Cela.

Il la souleva de terre sans crier gare. Elle poussa un petit cri et, le cœur battant, se cramponna à son cou.

— Il faut que je vous porte pour franchir le seuil de la maison, expliqua-t-il en joignant le geste à la parole.

Être portée ainsi par un homme lui procurait une sensation enivrante. Elle se sentait menue, féminine, et désirable.

Surtout quand il la regardait comme en ce moment. Le sang battait si fort à ses tempes qu'elle était sûre qu'il l'entendait aussi. Il la porta jusqu'au canapé. Elle crut qu'il allait la poser, mais il n'en fit rien. Au contraire, il la serra plus étroitement contre lui. Son visage n'était plus qu'à quelques centimètres du sien. Maintenant, c'était à elle de prendre l'initiative, elle le savait.

Avant d'avoir pleinement conscience de ce qu'elle faisait, elle se rapprocha et posa les lèvres sur les siennes.

Leur baiser, d'abord léger et doux, s'embrasa et devint brûlant, avide, dévorant. L'esprit de Stevie s'embruma.

Il la posa à terre, mais uniquement pour mieux plaquer son corps contre le sien. Sentant son sexe durci contre elle, elle se hissa sur la pointe des pieds pour se coller contre lui.

— Mon Dieu, Stevie ! gronda-t-il.

Holt remonta les mains le long de son buste, caressa ses seins, en effleura la pointe. Sa robe, qu'elle avait refusé d'enlever quelques instants plus tôt, n'était désormais plus qu'un obstacle dont elle était pressée de se débarrasser. Elle chercha à tâtons la fermeture Éclair ; Holt la trouva pour elle et la tira vers le bas, avant de la dévêtir lentement.

Elle ne portait plus que son soutien-gorge sans bretelles et sa petite culotte en dentelle blanche. Elle le vit l'examiner. L'espace d'un instant, le brouillard de désir qui l'enveloppait se déchira suffisamment pour qu'elle se sente mal à l'aise. Elle voulut s'écarter, mais Holt la retint.

— Vous êtes magnifique, murmura-t-il.

Il baissa la tête jusqu'au renflement de ses seins, juste au-dessus de la dentelle de son soutien-gorge.

— Vraiment magnifique…

Puis il remonta les lèvres jusqu'à son cou, son oreille, tandis qu'il baissait les mains jusqu'à sa petite culotte pour jouer avec l'élastique.

— Il y a un autre seuil que j'aimerais vous faire franchir, chuchota-t-il.

— Lequel ? demanda-t-elle d'une voix rauque.

— Celui de ma chambre.

— Emmène-moi… murmura-t-elle tout près de sa bouche.

Il la souleva de nouveau de terre et la porta jusqu'à sa chambre. Là, il la déposa sur le grand lit et s'agenouilla au-dessus d'elle, les yeux brillants dans la lumière tamisée qui filtrait par la porte entrouverte.

Stevie déboutonna la chemise de Holt. La vue de son torse nu, de ses pectoraux musclés et de son ventre plat lui coupa le souffle.

— À mon tour, fit-il en dégrafant le soutien-gorge de Stevie et en le lui ôtant, révélant les pointes dressées de ses seins. Tu es si belle, Stevie.

Il parsema son corps de baisers, la faisant frémir. Elle retint son souffle quand il descendit plus bas et traça un chemin brûlant le long de son ventre. Il tira sur l'élastique de sa petite culotte avec les dents tandis que, du bout des doigts, il effleurait l'intérieur de ses cuisses en une exquise torture. Lentement, très lentement, il remonta jusqu'à la source de son désir.

Enfin, il lui retira sa culotte, et elle sentit son souffle chaud au plus intime d'elle-même.

— Je te veux en moi, murmura-t-elle.

— Pas encore…

C'est alors qu'il posa la bouche sur elle. Un tourbillon de sensations l'assaillit, si intense, si incroyable que c'en était presque douloureux.

Pour Stevie, le monde se résuma soudain à Holt, à ce qu'elle éprouvait. Et brusquement, sans qu'elle s'y attende, son désir explosa.

Quand elle redescendit sur terre, il était au-dessus d'elle. Elle l'attira à elle. Elle voulait lui donner autant qu'il venait de lui donner. Elle voulait sentir son poids sur elle. Elle voulait le sentir en elle.

Il gémit de plaisir en la pénétrant lentement.

— Que c'est doux... s'émerveilla-t-il.

Elle plaqua les mains sur son dos et le serra plus étroitement pour l'encourager. À sa grande surprise, cela recommença. Le plaisir monta de nouveau en elle et déferla en une vague brûlante qui la submergea. Mais, cette fois, il fut encore plus profond, plus fort, car elle entraîna Holt avec elle.

27

Il était près de 2 heures du matin quand tante Sophie et son cavalier quittèrent enfin la maison des Stedquest. Marie ferma la porte derrière eux et revint dans le salon, où elle se laissa tomber sur le canapé à côté de Robert.

— Il paraît que, quand les invités ne veulent pas partir, c'est signe que la fête est réussie, remarqua-t-elle.

— Elle était plus que réussie, déclara-t-il.

— Et la cérémonie était charmante, tu ne trouves pas ?

Robert hocha la tête.

— C'est le plus beau mariage auquel j'aie assisté, déclara-t-il. À part le nôtre, bien sûr.

Marie sourit, heureuse. Ç'avait été une merveilleuse journée. En particulier parce que Robert s'était montré beaucoup plus jovial et tendre qu'il ne l'avait été depuis des semaines. Il semblait presque redevenu lui-même. Peut-être les choses étaient-elles en train de rentrer dans l'ordre.

— Stevie était superbe, n'est-ce pas ? Et Holt aussi.

Il hocha de nouveau la tête.

— Ils forment un très beau couple.

— Quant à toi, tu étais magnifique. Il y a quelque chose de particulièrement sexy chez un homme en smoking.

Il lui adressa ce sourire taquin qui lui manquait tant depuis quelques mois.

— Il va falloir que je surveille de près les serveurs, alors…

Elle éclata de rire.

— Tu es le seul homme à me faire cet effet, affirma-t-elle en se rapprochant de lui et en posant la main sur son torse. Maintenant, ajouta-t-elle d'un air suggestif, en tirant sur son nœud papillon, j'aimerais que tu portes beaucoup moins de vêtements…

Elle le sentit se raidir. Même sa voix semblait tendue quand il dit :

— Il est affreusement tard.
Elle se mit à lui masser les épaules.
— J'ai lu des choses sur les TE et...
— Qu'est-ce que c'est que ça, les TE ?
— Les troubles de l'érection. C'est très fréquent chez les hommes d'un certain âge et...
Robert sursauta comme s'il avait reçu une décharge électrique.
— Bon sang, Marie ! Je n'ai pas de « troubles », comme tu dis.
— Il y a un problème, Robert. Tu n'as plus jamais envie de me faire l'amour.
— J'en aurais peut-être envie si je ne m'y sentais pas obligé.
— Tu t'y sens obligé ?
— Et comment ! répondit-il avec une note de dureté dans la voix. En ce moment, par exemple, tu es en train de faire pression sur moi.
— Ce n'est pas mon intention, assura-t-elle, une boule au creux de l'estomac.
— Il n'empêche que c'est ce que tu fais.
Marie sentit ses yeux s'emplir de larmes.
— Robert, mon chéri, c'est notre problème à tous les deux. J'en souffre aussi, et il faut que nous le résolvions ensemble. J'ai fait des recherches ; il existe des médicaments. Si tu acceptais seulement d'aller voir un médecin...
— Je n'ai pas envie d'aller voir un médecin, bon sang ! Et ce n'est pas parce que c'est une grande occasion que je dois faire mon numéro comme un singe savant pour satisfaire madame, en tout cas.
Des larmes brûlantes roulèrent sur les joues de Marie.
— Ce dont j'ai envie, c'est d'être proche de toi. On peut faire l'amour sans avoir de rapports proprement dits.
— Bien sûr, oui. Comme on peut dîner sans manger.
— Il y a de nombreuses façons d'être intimes.
— Je refuse de commencer une chose que je ne pourrai pas finir.
— Robert, si tu voulais bien consulter un médecin, je suis certaine...
Mais il s'était levé, furieux, et se dirigeait vers la porte.
— Je n'ai pas besoin d'un médecin, jeta-t-il. J'ai besoin que tu me fiches la paix.
Sur ce, il se rendit dans son bureau, dont il claqua la porte.

Marie ferma les yeux, en proie à un mélange de désespoir et de colère. Robert était trop fier pour se faire aider. Trop fier et trop têtu. Manifestement, il préférait laisser se flétrir trente-sept ans d'amour plutôt que de reconnaître qu'il avait un problème.

Ce qui était un problème en soi. Depuis sa retraite, il avait changé. Il était morose, coléreux.

Peut-être que le fait d'avoir cessé de travailler le déprimait. D'après ses lectures, les troubles de l'érection pouvaient être causés par une dépression. Mais Robert n'accepterait pas plus de parler à un médecin de dépression que de sa vie sexuelle.

Et il était trop fier pour appeler son ancien bureau et dire qu'il voulait reprendre le travail. Une fois une décision prise, il ne revenait jamais en arrière.

En revanche, si on le priait de revenir, ce serait différent...

Marie se redressa d'un coup. Bien sûr ! Si son ancien patron apprenait que son travail manquait à Robert, il lui demanderait de revenir, elle en était sûre. Cela résoudrait tout.

Oui, elle avait trouvé la solution.

28

Stevie se réveilla le lendemain matin avec un terrible mal de tête. Elle entendit Isabelle pleurer. Mais pourquoi lui semblait-elle si loin ? D'ordinaire, elle l'entendait très bien, puisqu'elle dormait dans la chambre voisine de la sienne.

L'esprit embrumé, désorientée, elle ouvrit les yeux. Le soleil qui l'éblouit ne fit qu'ajouter à sa confusion. Elle referma les yeux pour se protéger de son éclat douloureux, en se demandant d'où venait une telle lumière. Sa chambre n'avait pas de fenêtre à l'est.

Mais celle de Holt, si.

Elle ouvrit grands les yeux. Ce qu'elle craignait se confirma. Ô Seigneur ! Elle était dans la chambre de Holt. Dans le lit de Holt.

Nue.

Les événements de la nuit précédente lui revinrent en mémoire.

— Oh, non, marmonna-t-elle. Ô mon Dieu !

Elle s'assit brusquement, et ce changement de position trop rapide lui donna la nausée. Seigneur, qu'avait-elle fait ?

Eh bien, pour commencer, elle avait bu trop de champagne. Ensuite, elle avait laissé Holt la porter pour franchir le seuil.

Deux seuils, corrigea-t-elle.

Mmm… ç'avait été exquis. C'était bien là le plus terrible. Elle avait passé la nuit la plus émouvante, la plus magnifique de sa vie. Holt lui avait fait découvrir des sensations insoupçonnées.

Et pas uniquement sur le plan physique. Sur le plan sentimental aussi. Il avait éveillé en elle des sentiments profonds et dangereux, des sentiments terriblement proches d'un amour dévorant.

La nausée la reprit. Quelle horreur ! Elle était amoureuse de lui.

Non. C'était impossible. Cela n'allait pas recommencer. Elle n'allait pas se remettre à aimer un homme qui ne l'aimait pas. Surtout un homme qu'elle serait amenée à voir régulièrement toute sa vie. Elle repoussait brutalement le drap et se levait quand Holt apparut dans l'encadrement de la porte.

Elle replongea sous le drap, qu'elle remonta jusqu'au menton.

Il s'appuya au chambranle. Il était en jean, torse nu. On aurait dit un mannequin posant pour un calendrier.

— Bonjour, dit-il.

Elle se cramponnait au drap comme à un radeau.

— Salut, répondit-elle.

— Ne sois pas si timide. Tu ne l'étais pas, cette nuit.

Il fallait qu'elle mette les choses au point, mais elle avait si mal à la tête qu'elle ne parvenait pas à aligner deux idées cohérentes.

— À propos de cette nuit… commença-t-elle.

Mais il la contemplait d'un regard si brûlant que son peu de lucidité s'évapora complètement.

— C'était génial, assura-t-il. Tu as été géniale.

Elle avala difficilement sa salive. Elle avait soudain la bouche sèche.

— Je venais fermer la porte pour que tu puisses dormir, expliqua-t-il. Tu n'en as pas eu tellement l'occasion, cette nuit.

— J'ai entendu Isabelle…

— Je m'en suis occupé. Je n'ai pas réussi à lui faire prendre son biberon, mais je l'ai changée et je l'ai mise dans son transat. Ça a l'air d'aller pour l'instant, déclara-t-il en souriant. Tu ne veux pas faire la grasse matinée ? Il faut que tu sois reposée pour l'heure de la sieste d'Isabelle.

Il lui fit un clin d'œil et referma la porte.

Il pensait qu'ils étaient amants. Il pensait que ce qui était arrivé cette nuit allait se reproduire pendant qu'Isabelle ferait la sieste, puis ce soir, le lendemain soir, et ainsi de suite.

Jusqu'à ce qu'ils divorcent.

À cette idée, la gorge de Stevie se noua. Alors, tout serait fini, et Holt recommencerait à sortir avec d'autres femmes. Pire, elle habiterait en face de chez lui et les verrait partir le matin, satisfaites et souriantes.

Dans sa tête, le martèlement se faisait de plus en plus fort. Elle rejeta le drap et se rendit dans la salle de bains, en larmes.

Ce qui s'était passé la veille n'était qu'un rêve. Un rêve aussi merveilleux qu'irréel. Holt et elle avaient peut-être échangé leurs consentements, mais il ne s'agissait pas d'un vrai mariage, en dépit de ce qu'elle s'était autorisé à croire l'espace d'une nuit. Ce n'était qu'un arrangement, une étape du processus d'adoption, point final.

Elle ouvrit l'armoire à pharmacie. Elle avala deux comprimés avant d'entrer dans la douche. Elle resta un long moment sous l'eau brûlante. La chaleur lui faisait du bien, atténuait sa migraine.

Ce qu'ils avaient fait cette nuit était fait. Mais elle veillerait à ce que cela ne se reproduise pas.

Isabelle hurlait et se tortillait sur les genoux de Holt, qui essayait de lui donner son biberon.

— Allez, ma chérie, tu sais que tu as faim, dit-il en tentant de lui glisser la tétine dans la bouche.

Mais le bébé détourna la tête en criant.

Il fut soulagé de voir Stevie entrer dans la cuisine, vêtue de son peignoir de bain blanc, les cheveux humides. Elle était magnifique.

— Alors, tu n'es pas gentille avec ton papa ? demanda-t-elle à Isabelle.

— Non, pas du tout, répondit-il.

Isabelle se tut et regarda Stevie. Puis elle lui tendit les bras.

— Là, je me sens rejeté, dit Holt.

Stevie prit la petite fille et s'assit à la table du petit déjeuner. Holt lui passa le biberon. Elle glissa adroitement la tétine dans la bouche d'Isabelle, qui se jeta dessus comme si elle mourait de faim.

Stevie adressa à Holt un sourire compatissant.

— Il faut lui laisser encore un peu de temps. Dans une semaine ou deux, elle te suppliera de la prendre dans tes bras.

— Un peu comme toi ? demanda-t-il avec un sourire canaille.

— Holt…

Elle prit une profonde inspiration et regarda Isabelle avant de dire :

— La nuit dernière était une erreur.

Holt sentit son estomac se nouer.

— Ça a semblé te plaire, pourtant, fit-il.

— C'est bien le problème.

— Tu aurais préféré que cela ne te plaise pas ?

Écarlate, elle ne quittait pas Isabelle des yeux.

— Ce que j'essaie de dire, c'est… que je ne suis pas capable de vivre une aventure sans lendemain.

— Ce n'est pas une aventure sans lendemain, puisque nous sommes mariés.

— Nous avons vécu une cérémonie de mariage. Nous ne sommes pas pour autant mariés.

— Au regard de la loi, si.

— Holt, je ne veux pas souffrir, expliqua-t-elle d'une voix grave.

Zut. La faire souffrir était la dernière chose qu'il voulût. Contrairement à lui, elle recherchait un engagement pour la vie. Il le savait depuis le début.

Ce qu'il ignorait alors, c'était l'attirance qu'elle allait exercer sur lui. Jamais il n'avait vécu une nuit aussi intense, aussi extraordinaire.

— Désormais, poursuivit-elle, chacun de nous va faire partie de la vie de l'autre pour toujours. Alors, ne faisons rien qui puisse compliquer notre relation.

— Et si ce qui me mettait mal à l'aise, c'était d'être avec toi sans pouvoir te toucher ?

Elle releva la tête.

— Tu vas devoir t'y faire.

— Donc, à partir de maintenant, il va falloir que nous nous conduisions en copains et que nous fassions comme s'il ne s'était rien passé cette nuit ?

Elle confirma d'un hochement de tête.

— Nous allons l'oublier.

Il haussa les épaules.

— Je ne vois pas comment je pourrais oublier à quel point tu es belle nue.

Ni comment il pourrait oublier la sensation de ses jambes enroulées autour de lui, la douceur de ses seins au creux de ses mains, ses petits gémissements de plaisir, sa façon de se cambrer dans la jouissance.

Elle piqua un fard.

— Tu dois me confondre avec quelqu'un d'autre, répliqua-t-elle.

— Corrige-moi si je me trompe, mais il me semble que tu étais la seule femme dans mon lit cette nuit.

— Oui, peut-être, mais je suis loin d'être belle.

— Moi, je trouve que si.

Elle émit un ricanement de dérision en guise de réponse.

— Tu ne me crois pas ? demanda-t-il.

— Écoute, je ne me fais pas d'illusions. Mon corps ne peut pas rivaliser avec celui de ton amie la décoratrice et des autres femmes auxquelles tu es habitué. Et je n'aime pas que tu me débites les compliments bidon que tu leur récites.

Ses crétins de camarades de lycée avaient vraiment réussi à la complexer.

— Ce n'est pas ce que je fais, assura-t-il.

— De toute façon, cela n'a pas d'importance, parce que tu ne me verras plus jamais ainsi.

— Je ne te verrai plus jamais comme une femme superbe ?

— Non. Tu ne me verras plus jamais nue.

L'entendre prononcer ce mot suffisait à l'exciter. Elle dut s'en rendre compte, car elle se mit à rajuster un pied du pyjama du bébé comme s'il s'agissait d'une affaire urgente.

— Je n'ai plus envie de parler de cela, déclara-t-elle.

— Comme tu voudras, Stevie, dit-il en se levant de table. Mais si tu crois que je vais oublier ce qui s'est passé la nuit dernière, tu te trompes lourdement.

29

— Marie ! Quel plaisir de vous voir ! s'exclama Larry Martin en souriant et en se levant de son fauteuil en cuir pour l'accueillir.

Le procureur, un homme rondouillard d'âge moyen, fit le tour de son grand bureau pour venir l'embrasser sur la joue.

— Vous êtes superbe, reprit-il. On dirait que votre nouvelle carrière de traiteur vous réussit.

— Oui, confirma-t-elle, cela me plaît beaucoup.

— Robert m'a dit que cela marchait du tonnerre. Il est très fier de vous.

Cette remarque la surprit.

— C'est vrai ?

— Oui, absolument.

— À quand remonte la dernière fois que vous lui avez parlé ?

— J'ai un peu honte de l'admettre : à sa fête de départ à la retraite. Je comptais l'appeler ensuite, mais nous avons eu énormément de travail, ici.

Il lui désigna un fauteuil. Elle s'assit et rajusta la jupe de son tailleur gris.

— Alors, il profite bien de sa retraite ? s'enquit-il.

— À vrai dire, c'est la raison de ma visite, expliqua-t-elle en crispant les doigts sur son sac en cuir. Le travail lui manque.

Larry haussa les sourcils.

— Il ne l'avoue pas, mais il n'est pas dans son assiette. Il est malheureux.

— J'en suis navré, déclara Larry d'un air sombre.

— Je crois qu'il a pris une décision un peu hâtive. Il ne m'en avait même pas parlé. Un jour, il est rentré en annonçant qu'il était prêt à prendre sa retraite. Je sais que sa dernière affaire l'a complètement frustré et je pense que, sur le moment, il était vidé. Alors, je me suis dit… fit-elle en se penchant en avant. Vous voudriez bien demander à Robert de revenir, au moins à temps partiel ?

— Marie…

Quelque chose dans l'expression de Larry l'alarma.

— Je sais que ce n'est pas mon rôle de vous demander cela, mais vous connaissez Robert. Il est très têtu. Une fois qu'il a pris une décision, il n'aime pas changer d'avis. De lui-même, il n'admettra jamais qu'il s'est trompé, mais si vous l'appeliez… Enfin, je suis sûre qu'il sauterait sur l'occasion.

— Je suis désolé, Marie, mais…

Larry se racla la gorge, visiblement très mal à l'aise.

— J'ai bien peur de ne pas pouvoir faire cela, dit-il.

— Je ne pensais pas à un poste permanent, plutôt à des missions ponctuelles. Je sais qu'il vous arrive de faire appel à des consultants pour vous aider dans de grosses affaires et, vu son expérience, je pense que Robert serait pour vous un partenaire idéal.

Larry croisa les doigts.

— C'est très délicat, Marie…

Soudain glacée, elle s'immobilisa.

— Il y a une chose qui concerne la retraite de Robert que vous semblez ignorer, dit-il.

— Laquelle ? demanda-t-elle avec appréhension.

Larry poussa un profond soupir.

— Ce n'est pas lui qui a décidé de prendre sa retraite. Il a été prié de le faire.

— Je… je ne comprends pas, fit-elle en fronçant les sourcils.

— Cette dernière affaire sur laquelle il a travaillé impliquait la maîtresse d'un membre très haut placé du gouvernement.

— Il me l'a dit.

C'était à l'époque où Robert lui parlait encore, où elle avait encore l'impression de faire partie de sa vie, songea-t-elle avec tristesse.

— C'était une histoire de fraude à l'assurance, ajouta-t-elle.

Larry hocha la tête.

— La femme en question n'était pas en première ligne dans cette affaire, expliqua-t-il. Tout le monde a conseillé à Robert de ne pas trop s'acharner sur elle, de s'occuper plutôt des gros bonnets, mais il a refusé.

Cela, c'était Robert tout craché, songea-t-elle avec tendresse. Il estimait que personne, quels que soient sa fortune, ses privilèges ou ses relations, n'était au-dessus des lois.

— Au beau milieu de l'audience préliminaire, de nouveaux documents sont mystérieusement apparus. Des documents qui donnaient l'impression que Robert avait délibérément falsifié des preuves.

— Il n'aurait jamais fait une chose pareille ! protesta Marie, horrifiée.

— L'ami de la défenderesse avait des relations haut placées, et cela semblait très convaincant. Nous sommes sûrs que ces papiers ont été fabriqués pour incriminer Robert, mais nous n'avons jamais pu le prouver.

— Ô mon Dieu… murmura-t-elle.

— Les charges ont été abandonnées, et tous les accusés s'en sont tirés. De vous à moi, le juge m'a dit qu'il croyait à l'innocence de Robert mais que, vu les circonstances, il allait être obligé de rédiger un rapport si nous ne prenions pas les mesures nécessaires.

Marie crispa si fort les doigts sur son sac que ses ongles s'enfoncèrent dans le cuir.

— Qu'entendez-vous par « mesures nécessaires » ?

— Nous séparer de Robert.

— Non ! gémit Marie. Mais vous dites que le juge le croyait innocent !

Larry hocha la tête en soupirant.

— Il n'avait pas le choix. Théoriquement, il est censé rédiger un rapport sur toutes les conduites suspectes. S'il l'avait fait, tout le bureau aurait été soumis à une enquête. Ç'aurait été un cauchemar. Et Robert aurait sans doute été mis en examen.

— Ô Seigneur… murmura Marie d'une voix brisée.

— On a offert à Robert la possibilité de prendre sa retraite, et il a accepté. Cela lui permettait au moins de sauver sa réputation et de préserver ses droits à la retraite.

— Je… je n'étais absolument pas au courant, avoua-t-elle.

— Je suis désolé, Marie. Je pensais que vous saviez.

Elle secoua la tête. Elle avait l'impression de faire un mauvais rêve.

— Je ne comprends pas pourquoi il ne m'en a pas parlé. Pourquoi me cacher une chose pareille ?

Larry haussa les épaules. Il paraissait gêné.

— Cela a été dur à avaler pour lui, dit-il. Peut-être n'a-t-il pas su comment vous annoncer la nouvelle.

— Mais je suis sa femme !

Il détourna le regard et prit un presse-papiers en verre sur son bureau pour se donner une contenance.

— Je ne sais que vous dire.

Rien d'étonnant à ce que Robert ait été aussi déprimé depuis sa retraite, songea Marie, puisque ce n'était pas lui qui avait pris la décision de partir. Mais pourquoi s'était-il acharné à lui faire croire le contraire ?

Larry la regarda avec sympathie.

— Robert s'est sacrifié. S'il avait refusé de partir à la retraite, la presse en aurait fait ses choux gras. Tout le service en aurait été entaché. Lorsqu'il y a un soupçon de corruption, il rejaillit sur tout le monde.

La tête de Marie lui tournait. Quelle humiliation cela avait dû être pour Robert ! Lui qui avait passé sa vie à combattre le crime, se retrouver lui-même accusé et obligé de quitter son emploi !

Et il ne lui en avait pas dit un mot. Il avait porté ce fardeau tout seul. Il l'avait tenue à l'écart.

— Tout le monde ici est au courant ? demanda-t-elle.

Le fauteuil de Larry grinça quand il changea de position.

— Nous avons essayé de rester aussi discrets que possible, mais ce genre de nouvelle se répand vite.

Alors, tout le monde savait. Tout le monde sauf elle. Tous les gens qui avaient assisté à la fête de départ de Robert, qui avaient fait des discours, porté des toasts.

Elle se sentait idiote. Idiote, gênée et blessée.

Il fallait qu'elle sorte de ce bureau avant d'être débordée par ses émotions. Elle se leva.

— Il faut que j'y aille, dit-elle précipitamment. Je dois retrouver une amie pour déjeuner.

Il se trouvait que c'était vrai. Elle avait rendez-vous avec Caroline dans vingt minutes. Mais même si elle n'avait rien prévu, elle aurait inventé quelque chose, n'importe quoi, pour filer d'ici.

Larry semblait troublé.

— Je suis désolé, Marie.

Elle n'osa pas répondre, de peur de craquer.

— Je vais appeler Robert pour lui proposer qu'on déjeune ensemble, promit-il.

— Je suis sûre que cela lui fera plaisir, dit-elle en se dirigeant vers la porte. Merci encore. Transmettez mes amitiés à Brenda.

— Je n'y manquerai pas. Nous devrions sortir tous les quatre, un de ces soirs.

Cela ne se produirait pas, elle le savait, mais elle répondit tout de même :

— Excellente idée.

Elle sortit du bureau dans une espèce de brouillard. Dès qu'elle sortit du bâtiment, les larmes se mirent à couler sur ses joues.

Le maître d'hôtel conduisit Marie dans la salle de restaurant du *Commander's Palace*, où Caroline était déjà assise et sirotait un thé glacé. La jolie brune sourit et se leva quand Marie s'approcha de sa table. Elle était très élégante, comme toujours, dans son tailleur rose gansé de bleu marine qui mettait sa silhouette mince en valeur.

— Quelle joie de vous voir ! dit-elle à Marie en l'embrassant chaleureusement.

— Excusez-moi, je suis en retard.

— Je viens d'arriver.

Marie sentit Caroline la regarder avec insistance tandis qu'elle s'asseyait sur la chaise que le maître d'hôtel lui tenait. Quand il se fut éloigné, la mère de Holt se pencha vers elle.

— Ça va ? demanda-t-elle. Je vous trouve un peu pâle.

À sa grande consternation, Marie sentit les larmes se remettre à couler sur son visage.

— Que se passe-t-il ? demanda Caroline.

— C'est Robert, expliqua-t-elle en se tamponnant les joues avec sa serviette. Il est déprimé depuis qu'il a pris sa retraite, et je pensais que si j'allais trouver son ancien patron pour lui dire que le travail lui manquait, il le reprendrait à temps partiel ou comme consultant. Au lieu de quoi, j'ai découvert…

Elle dut prendre une profonde inspiration pour ne pas éclater en sanglots.

— J'ai découvert qu'il n'était pas parti à la retraite de son plein gré. Il y a été forcé par un incident dont il n'était pas responsable.

— Oh, Marie… Je suis vraiment désolée.

— Il ne m'a rien dit, Caroline. Il a fait comme si la décision venait de lui. Et à son bureau, tout le monde était au courant. Je suis allée à son pot de départ, où je devais être la seule à ne rien savoir et… Il m'a tenue à l'écart, reprit-elle en s'essuyant les yeux. Il est si distant, depuis… Je ne comprends pas pourquoi.

— À mon avis, il a honte, répondit Caroline avec compassion.

— Mais je suis sa femme, la personne la plus proche de lui. Du moins le croyais-je.

— Votre opinion compte plus à ses yeux que celle de n'importe qui. Il ne veut pas baisser dans votre estime.

Marie regarda Caroline. Ce qu'elle disait sonnait juste.

— C'est ce qui nous est arrivé, à Vince et à moi, précisa celle-ci.

— Ah, bon ?

— Il a perdu son entreprise, raconta-t-elle. Et non seulement son entreprise, mais tout ce que nous possédions : nos économies, notre maison, même l'argent que nous avions mis de côté pour envoyer Holt à l'université. Tout y est passé, et malgré cela, sa société a coulé. Je ne l'ai su que quand tout a été saisi.

— Oh, Caroline !

— J'étais sous le choc, blessée, en colère. Le pire, c'est que je me sentais trahie. S'il m'avait parlé au lieu de prendre des mesures désespérées pour rétablir la situation, je n'aurais pas autant souffert.

— C'est aussi ce que je ressens, dit Marie.

— Je n'ai pas cherché à le comprendre. Quand son entreprise a commencé à battre de l'aile, il s'est vu dans la peau d'un raté. Alors, il avait besoin d'un endroit où il ne se sentait pas minable, où il était admiré et aimé : notre foyer. Car une chose était sûre : il ne s'admirait ni ne s'aimait plus lui-même. Il avait peur que je le quitte si j'apprenais ce qui se passait, ajouta-t-elle d'une voix plus basse. Et c'est ce que j'ai fait. Mais pas à cause de son échec professionnel ou de nos pertes financières. Cela, j'aurais pu le supporter. Non, si je suis partie, c'est parce qu'il avait trahi ma confiance. Je savais qu'il y avait un problème, mais il affirmait que tout allait bien.

— C'est exactement ce que fait Robert !

— Vince travaillait énormément. Il n'était jamais à la maison. J'ai pensé qu'il y avait une autre femme. Ensuite, j'ai appris que son entreprise avait fait faillite et que nous allions perdre notre maison. Nous avons eu une violente dispute. Je suis partie chez ma mère en Californie en emmenant Holt. Je croyais qu'il me supplierait de revenir, mais il ne l'a pas fait. Il estimait que je l'avais frappé quand il était à terre. Après cela, son ancienne secrétaire est entrée en scène pour le consoler – elle avait un faible pour lui depuis des années. Évidemment, j'étais convaincue qu'il avait une liaison avec elle depuis des mois.

— C'était le cas ?

— Non. Mais je l'ai cru jusqu'à ce qu'elle m'appelle, il y a quelques mois. Elle voulait s'excuser pour le rôle qu'elle avait joué dans la fin de mon mariage. Elle m'a dit que Vince m'avait toujours été fidèle jusqu'à ce que je le quitte.

— Vous en avez parlé, Vince et vous ?

Caroline hocha la tête.

— Quand Vince m'a téléphoné pour qu'on discute du mariage de Holt, ç'a été mon tour de m'excuser. Ne laissez pas la même chose vous arriver, à Robert et à vous, ajouta-t-elle en posant la main sur celle de Marie. Ne lui en voulez pas de ne vous avoir rien dit. C'est le signe qu'il tient profondément à vous.

— Que dois-je faire, maintenant ? Il sera furieux si je lui apprends que je suis allée à son bureau pour demander qu'on lui rende son emploi.

— Vous pourriez peut-être trouver un moyen de le pousser à se confier à vous.

— Comment ?

— Je n'en sais rien. Mais je suis sûre que vous allez avoir une idée.

Il le fallait. Si elle voulait sauver son mariage, elle devait trouver un moyen d'inciter Robert à lui dire la vérité.

30

Le jeudi suivant, Holt trouva Stevie dans la cuisine, en train de préparer de la bouillie. Il s'arrêta sur le pas de la porte.

— J'ai une surprise pour toi, mon cœur, disait-elle.

Si seulement c'était à lui qu'elle parlait ainsi… songea-t-il. Vivre avec Stevie sans faire l'amour avec elle le rendait fou.

Ce n'était pourtant pas comme si elle se montrait délibérément provocante. Aujourd'hui, par exemple, elle portait une robe de chambre pelucheuse qui n'avait de sexy que ce qu'elle dissimulait – de longues jambes, des hanches voluptueuses, des seins aux mamelons rosés, une légère toison dans laquelle il rêvait de disparaître comme dans le triangle des Bermudes.

Il était certain que, dès qu'il entrerait dans la cuisine, elle remonterait le col de sa robe de chambre et en resserrerait la ceinture pour être sûre qu'il ne voie rien. Une manœuvre qui aurait pour effet pervers de décupler son envie de voir quelque chose.

— Tu as envie d'essayer quelque chose de nouveau, mon cœur ? demanda-t-elle.

Et comment ! Faire l'amour sur la table de la cuisine, par exemple…

— Tu préfères t'asseoir sur mes genoux ou sur ta chaise ?

— Bonne idée, les genoux, mais je pense que cela marcherait mieux si c'était toi qui t'asseyais sur les miens.

Elle tourna vivement la tête quand il entra.

— B… bonjour, bredouilla-t-elle en rougissant et en remontant le col de sa fichue robe de chambre, comme il l'avait prévu. Je n'avais pas vu que tu étais là.

— Je viens d'arriver, mentit-il.

Il s'approcha d'Isabelle qui, allongée sur une couverture, jouait avec son portique. Il s'accroupit à côté d'elle.

— Bonjour, mon petit rayon de soleil, lui dit-il.

Isabelle lui sourit, révélant ses gencives roses et le bout de deux toutes petites dents blanches. Son cœur se gonfla de tendresse. C'était fou, l'émotion que lui procurait le moindre sourire de sa fille.

Il fit une mimique ahurie, et Isabelle se mit à rire. Surpris, il se tourna vers Stevie.

— Tu as entendu ? demanda-t-il.

— Absolument.

Il se retourna vers le bébé.

— Hé, Isabelle, fit-il, regarde.

Il tordit la bouche, plissa le front et loucha. La petite fille rit de plus belle. À la quatrième grimace, toutefois, elle commença à s'énerver.

— Je crois qu'elle a faim, expliqua Stevie.

Elle souleva Isabelle, l'installa sur ses genoux et prit une minuscule cuillère, qu'elle plongea dans le bol de bouillie avant de la lui présenter.

— C'est de la bouillie au riz, Isabelle. Qu'est-ce que tu en penses ?

Isabelle goûta consciencieusement, les sourcils froncés par la concentration.

— On dirait une dégustatrice de vin professionnelle, remarqua Holt.

— Je me demande si c'est un bon cru, fit Stevie en souriant.

Apparemment, oui, car Isabelle avala sa bouchée et rouvrit la bouche pour en avoir une autre. Stevie tendit la cuillère à Holt.

— Tu veux le faire ? proposa-t-elle.

— Tu crois qu'elle va accepter ?

— Essaie.

Il approcha lentement la cuillère de la bouche d'Isabelle, qui l'ouvrit sans hésiter.

— Ça marche ! s'exclama-t-il.

Stevie regardait Holt. Le voir ainsi lui faisait chaud au cœur. Il avait l'air d'un petit garçon le matin de Noël, émerveillé, radieux. Il donna une autre cuillerée de bouillie à Isabelle.

— Tu te rends compte ? fit-il, stupéfait.

— Mais oui. Je savais que tu arriverais à la conquérir.

« Tout comme tu m'as conquise », ajouta-t-elle *in petto*. Cette idée fit courir en elle un frisson d'inquiétude.

— Elle n'accepte que parce qu'elle est sur tes genoux, reprit-il.

— Et alors ? répondit-elle, en remontant contre sa poitrine la petite fille qui gigotait. Élever un enfant est un travail d'équipe.

— Nous formons une sacrée bonne équipe, toi et moi.

Presque une vraie famille, songea Stevie avec un pincement au cœur. « Ne pense pas à ce genre de chose », se morigéna-t-elle.

Alertée par un bruit de moteur, elle regarda par la fenêtre de la cuisine. Un camion de déménagement se garait devant la maison d'en face.

— On dirait que les voisins s'en vont, observa-t-elle.

— Oui. Je dois signer la vente définitive dans deux semaines.

Stevie avala sa salive. Elle savait qu'il devait acheter cette maison et déménager dès qu'elle aurait adopté Isabelle. Lorsqu'il en avait parlé, cela lui avait paru bien loin. Maintenant, cela lui semblait bien trop près. Ils n'étaient pas mariés depuis une semaine que c'était déjà le commencement de la fin.

C'était aussi bien comme ça, songea-t-elle, morose, car elle s'attachait à lui un peu plus chaque jour.

La veille, en allant se coucher, elle était entrée dans la chambre d'Isabelle pour s'assurer que tout allait bien. En regardant dans le berceau, elle avait eu peur. Il était vide.

— Par ici, avait chuchoté une voix masculine dans le coin de la nursery.

Elle s'était retournée, le cœur battant. Assis dans le fauteuil à bascule, Holt tenait dans ses bras le bébé endormi.

Stevie avait croisé les bras sur sa poitrine, mal à l'aise dans sa nuisette qui lui arrivait à mi-cuisse.

— Tu m'as fait peur.

— Désolé, avait-il dit à mi-voix. Elle ne me laisse la prendre que quand elle dort.

Monsieur Je-ne-m'attache-à-personne était assis dans le noir, en train de bercer sa fille endormie.

— Je me suis dit que, si je la prenais dans mes bras pendant qu'elle dormait, elle s'habituerait inconsciemment à moi, avait-il expliqué.

Isabelle la ramena à l'instant présent en crachant une bouchée de bouillie.

— Cela veut dire qu'elle en a assez ? s'enquit Holt.

— On dirait, répondit-elle en essuyant doucement le menton du bébé avec une serviette.

Il se pencha en avant pour embrasser sa fille sur la joue et frôla le sein de Stevie au passage.

Une vague de désir déferla en elle. Holt la regarda, et la tension qui s'installa entre eux faillit la submerger. L'espace d'un instant, elle crut, le cœur battant, qu'il allait l'embrasser. Mais il s'écarta brusquement et se releva. Malgré elle, une profonde déception l'envahit.

— Il faut que j'y aille, dit-il d'un ton bourru.

— Tu ne veux pas de petit déjeuner ?

— J'avalerai quelque chose sur le chemin du bureau.

Il prit la sacoche de son ordinateur portable et sortit.

Elle l'entendit refermer la porte à clé derrière lui, et ce geste protecteur la toucha. Que ne pouvait-elle enfermer ses émotions d'un tour de clé… Mais aucun verrou, aucune chaîne, aucune barrière ne pourrait empêcher Holt d'entrer dans son cœur.

31

— Tu nous as manqué ! s'exclama Michelle, quatre semaines plus tard, en aidant Stevie à disposer les chaises pour son cours intitulé « Motivez votre adolescent ».

— On ne dirait pas, répliqua Stevie.

C'était son premier cours après un mois de congé, et elle retrouvait le Centre exactement tel qu'elle l'avait laissé.

— Visiblement, tu te débrouilles très bien sans moi, ajouta-t-elle.

— Et la maternité, comment ça se passe ?

— C'est fantastique.

Elle jeta un coup d'œil à Isabelle qui tapait sur un lapin en plastique et riait quand il couinait.

Michelle suivit son regard.

— En tout cas, commenta-t-elle, cela semble convenir à merveille à Isabelle. Je n'ai jamais vu un enfant changer autant en si peu de temps.

C'était vrai. Au cours du dernier mois, Isabelle avait atteint le poids minimal requis pour son âge et avait fait d'énormes progrès moteurs. Cependant, plus encore que tout le reste, c'était sa personnalité qui avait changé. Ce n'était plus un petit paquet d'angoisses inconsolable et hurlant, mais un bébé heureux, souriant, joyeux. Elle s'était attachée non seulement à Stevie, mais aussi à Holt. Pour la plus grande joie de son père, elle souriait quand elle le voyait et lui tendait les bras pour qu'il la prenne. Elle commençait même à s'habituer à la présence d'autres gens.

— Alors, demanda Michelle, comment se passe la vie conjugale ?

— C'est aussi génial. Malheureusement.

— C'est malheureusement génial ? fit son amie en haussant les sourcils, surprise.

— Eh bien… tu connais les circonstances.

— J'espérais qu'elles changeraient. Alors, raconte.

— Que veux-tu savoir ?

— Décris-moi une journée habituelle.

— Eh bien, nous commençons par lever Isabelle, expliqua Stevie en allant chercher une chaise à l'autre bout de la pièce.

— Tous les deux ?

— En général, oui.

— Vous sortez du même lit ?

— Tu sais bien que non, répliqua Stevie en la réprimandant du regard.

— Non, je ne sais rien du tout. Nous n'avons pas eu l'occasion de bavarder depuis un bon bout de temps, toi et moi.

— Rien n'a changé sur ce chapitre. Nous prenons le petit déjeuner ensemble, puis Holt se prépare pour aller travailler. Quand il rentre, nous dînons en principe ensemble. Puis nous baignons Isabelle et la couchons.

— Et ensuite ?

— Holt a souvent beaucoup de travail. Il travaille sur son portable dans le salon pendant que je lis. Parfois, nous regardons la télé ou un film, ou alors nous écoutons de la musique en bavardant.

— Et après ?

— Nous regagnons chacun notre chambre.

— Alors, vous n'avez pas…

Stevie tenta de changer de sujet.

— Tu crois que nous avons suffisamment de chaises, ou est-ce qu'il en faut d'autres ?

— Oui ! s'exclama Michelle en se redressant et en souriant.

A priori, elle ne parlait pas des chaises. Stevie soupira.

— Oui, nous l'avons fait, avoua-t-elle. Une fois. Et pour t'éviter d'avoir à poser la question – ce qui ne semble pas te gêner, de toute façon –, c'était merveilleux. Plus que merveilleux, mais…

— Mais quoi ? demanda Michelle doucement.

— Il ne faut pas que ça se reproduise, répondit Stevie, la gorge nouée. Je suis en train de tomber amoureuse de lui.

— Peut-être ressent-il la même chose.

— Non.

— J'ai bien vu la façon dont il te regarde.

— Il éprouve juste de l'attirance pour moi.

— Vous avez l'air de très bien vous entendre.

— C'est vrai.

Holt lui parlait de son travail, des problèmes et des gens qu'il rencontrait. Ils évoquaient ensemble les films qu'ils avaient vus, l'actualité. Ils avaient le même sens de l'humour, et Holt aimait la faire rire.

— Il ne veut pas s'engager, ajouta-t-elle. Ses parents ont divorcé, se sont remariés et ont divorcé de nouveau, et il refuse de faire vivre cela à Isabelle.

— Tu pourrais peut-être le faire changer d'avis.

Stevie secoua la tête.

— Il a acheté la maison d'en face et compte s'y installer après le divorce. En outre, son avocat s'occupe de l'adoption, qui devrait être officialisée d'un jour à l'autre. Bref, tout se passe comme prévu.

— Tu lui as parlé de tes sentiments ?

— Non.

— Pourquoi ?

— À quoi bon ?

Michelle fronça les sourcils.

— Pourquoi te contentes-tu de si peu ? Tu mérites mieux.

— Écoute, j'ai fait tout cela pour avoir une fille. Et j'en ai une.

Elle regarda Isabelle, qui souriait à son reflet dans le miroir posé sur le sol, et son cœur se gonfla d'amour.

— C'était sur cela que portait notre accord, poursuivit-elle. J'ai obtenu ce que je voulais, point final.

— Je voudrais tant que tu sois heureuse.

— Je le suis, affirma-t-elle en regardant l'horloge. Allez, nos élèves vont arriver d'une minute à l'autre, et il faut encore que je photocopie les documents à distribuer et que j'allume le magnétoscope.

Elle se rendit dans la salle du fond, où se trouvait la photocopieuse. Mais en sentant Michelle la suivre d'un regard inquiet, elle douta que son amie l'ait vraiment crue. D'ailleurs, elle n'était pas sûre de se croire elle-même.

Après qu'ils eurent couché Isabelle le lendemain soir, Holt s'assit à côté de Stevie sur le canapé pour consulter ses mails sur son portable. Soudain, elle se recroquevilla dans un coin.

— Oh, non ! s'exclama-t-elle en plaquant les mains sur ses yeux.

Il la regarda en souriant.

— Du calme, dit-il. Ce n'est qu'une série télé.

— Je sais, mais ils vont tomber dans une embuscade.

— Si cela te met dans cet état, je ferais peut-être mieux d'éteindre la télévision.

— Tu n'as pas intérêt !

Il se mit à rire. Stevie regardait cette série policière toutes les semaines et avait si peur pour les personnages qu'elle s'en rongeait littéralement les ongles. Il aimait bien la taquiner à ce sujet.

Mais ce qu'il aimait, surtout, c'était être avec elle. Il aimait sa façon de s'absorber totalement dans ce qu'elle faisait. Il aimait son enthousiasme et sa compassion, fussent-ils dirigés vers les héros d'un feuilleton. Il aimait son sens de l'humour et le son de sa voix. Il aimait aussi la lumière de la lampe sur ses cheveux blonds, sa lèvre supérieure qui ressemblait au haut d'un cœur, son tee-shirt bleu qui se tendait sur ses seins et...

Elle se redressa brusquement en pointant le doigt vers la télévision, où la série avait laissé la place à la publicité.

— Hé ! Voilà la nounou nazie !

Holt leva les yeux. Il s'agissait d'une publicité pour une boulangerie du quartier, et la grosse femme qui sortait une tarte du four n'était autre que l'actrice qui avait joué la très stricte Mme Schultz.

— Elle n'a plus son accent allemand ! s'étonna Stevie.

En effet...

Il reporta son attention sur son ordinateur, mais il sentait que Stevie le regardait.

— Que fait une nounou professionnelle dans une publicité pour une boulangerie ? demanda-t-elle.

— Elle a peut-être changé de métier, suggéra-t-il en gardant les yeux rivés à son écran.

— Ou alors, elle n'a jamais été nounou, répliqua-t-elle avec dans la voix une note qui le fit frissonner.

— Je ne vois pas ce que tu veux dire, fit-il en se tassant un peu.

— Je crois que si.

Aïe.

— Tu n'as rien à me dire ?

Elle savait. C'était le moment de tout lui avouer.

— Si, je crois, admit-il en se tournant vers elle et en soupirant. Ces nounous... Enfin, ce n'étaient pas vraiment des nounous, mais des comédiennes.

Stevie croisa les bras et le regarda sans un mot. Son silence était plus déconcertant que tout ce qu'elle aurait pu dire.

— Je reconnais que j'ai mal agi, mais j'ai pensé que, si tu croyais qu'il était impossible de trouver une nounou qualifiée pour Isabelle, tu accepterais de rester auprès d'elle.

— En d'autres termes, tu as profité de mon amour des enfants.

— Euh… oui, bredouilla-t-il. On peut dire cela.

— C'est vraiment un coup bas, dit-elle calmement.

Indéniablement. Il hocha la tête d'un air contrit.

— Tu as raison. Je suis désolé.

Durant un long, très long moment, il attendit que l'épée de Damoclès s'abatte.

Au lieu de quoi, Stevie finit par lui sourire.

— Je me demandais combien de temps il te faudrait pour me le dire.

— Tu étais au courant ? fit-il, soulagé.

Elle leva les yeux au ciel.

— Il y a une quinzaine de jours, quand j'ai ouvert le journal, j'ai vu la fille au tatouage « Satan règne » – sans son tatouage, d'ailleurs – dans une pub pour un matelas. Et la semaine dernière, celle avec le chewing-gum et le téléphone portable passait à la télé pour vendre une assurance-vie.

— Oh, zut !

Elle était au courant depuis quinze jours et elle n'avait rien dit ?

— Et ça ne t'a pas énervée ?

— Oh, si ! J'ai envisagé de les engager pour qu'elles débarquent dans ton bureau en prétendant être des inspecteurs du fisc.

Il grimaça.

— J'ai aussi pensé leur mettre un uniforme de police et les envoyer t'arrêter pendant une réunion du conseil d'administration d'Allen Industries.

— Ouille !

— Finalement, j'ai décidé de ne rien faire.

Dieu merci…

— Qu'est-ce qui t'a fait changer d'avis ? demanda-t-il.

La tendresse qu'il lut dans le regard de Stevie fit naître une drôle de petite boule au creux de son estomac.

— Une fois mon énervement passé, je me suis rendu compte que tu avais échafaudé ce plan sournois pour me convaincre de devenir la mère d'Isabelle. Comment t'en vouloir ?

Holt sentit une grande douceur l'envahir.

— Je l'aime, dit-elle. C'est la meilleure chose qui me soit jamais arrivée.

— Et tu es la meilleure chose qui lui soit jamais arrivée, à elle.

« Comme à moi », ajouta-t-il intérieurement.

Cette idée lui fit tellement peur que, quand le téléphone sonna, il l'entendit à peine. Lorsqu'il sonna de nouveau, il sauta sur ses pieds et posa son ordinateur sur la table basse.

— Je vais répondre, lança-t-il précipitamment.

Cet appel arrivait à point nommé pour lui offrir une diversion et lui permettre d'écarter ses pensées du chemin dangereusement tendre qu'elles prenaient.

— C'était ma mère, déclara-t-il en revenant dans la pièce, dix minutes plus tard. Elle vient à La Nouvelle-Orléans ce week-end.

Stevie éteignit la télévision et se tourna vers lui. Holt avait enfilé un jean en rentrant du travail, mais il portait encore la chemise bleue qu'il avait mise ce matin-là. Les manches roulées révélaient ses avant-bras bronzés, et le col déboutonné laissait entrevoir les poils de son torse. Il était follement sexy.

— Ah, bon ?

— Oui, répondit-il en hochant la tête. Elle envisage même de revenir habiter ici.

— Sans blague ?

— Elle dit qu'elle en a assez de traiter avec ces gens riches qui se donnent de grands airs et qu'elle a envie de vendre des maisons, et non des monuments destinés à flatter l'ego de leurs propriétaires.

Stevie se mit à rire.

— En réalité, sa vraie motivation, ajouta-t-il, c'est qu'elle veut être plus proche d'Isabelle. Elle prend son rôle de grand-mère très au sérieux.

— Ce serait génial, pour Isabelle.

Holt hocha de nouveau la tête et se laissa tomber sur le canapé.

— Maman trouve que ce serait génial pour elle aussi.

— Génial, sauf que… sauf qu'elle va croire que notre mariage bat de l'aile si elle découvre que nous faisons chambre à part, dit-elle, l'estomac noué.

— Il faudra bien qu'elle le découvre un jour ou l'autre.

— Il est encore trop tôt.

— Dans ce cas, tu peux t'installer dans ma chambre avec moi.

L'inquiétude de Stevie dut se lire sur son visage, car Holt sourit.

— Pas de panique, dit-il. Je dormirai par terre. À moins que tu ne m'invites à partager le lit, précisa-t-il d'une voix grave.

Cette idée l'électrisa.

— Dans tes rêves, répliqua-t-elle d'un ton léger.

— Il se trouve que j'en rêve, justement.

Elle aussi…

— Tu devrais peut-être arrêter la bière le soir.

— Ce n'est pas la bière, mon problème. C'est toi, fit-il en jouant avec une mèche des cheveux de Stevie.

— Tu te trompes, corrigea-t-elle doucement. Ce n'est pas moi, ton problème. C'est l'engagement.

La main de Holt s'immobilisa. Il posa sur Stevie un regard sombre et préoccupé.

— Stevie…

Elle se força à parler avec une légèreté qu'elle était loin de ressentir.

— Cela dit, ton plus gros problème pour ce week-end, c'est de savoir si tu as un sac de couchage confortable. Il se fait tard, ajouta-t-elle d'un ton détaché. Je vais me coucher.

Elle se hâta de sortir. Elle ne voulait surtout pas qu'il voie les larmes qui lui montaient aux yeux.

32

— Merci de m'accueillir, dit Caroline à Stevie, le vendredi soir.

Elles montaient dans la chambre d'amis, suivies de Holt, qui portait les sacs de sa mère.

— C'est un plaisir, assura Stevie.

C'était vrai. Elle appréciait la mère de Holt et était ravie de la revoir. En revanche, la perspective de dormir dans la chambre de Holt la rendait nerveuse.

— Je suis vraiment navrée d'arriver si tard, reprit Caroline. Mon vol devait arriver à 20 heures, mais il a eu deux heures de retard. J'imagine qu'Isabelle dort.

— Oui, mais nous pouvons aller la voir, si vous voulez.

— Avec plaisir.

Elles se rendirent dans la nursery tandis que Holt déposait les bagages de Caroline dans la chambre d'amis.

— Mon Dieu ! chuchota Caroline en regardant le bébé endormi. C'est fou ce qu'elle a grandi.

— C'est un vrai petit goinfre, maintenant, répondit Holt en entrant à son tour. Selon le médecin, elle a atteint une taille normale pour son âge et elle rattrape son retard de développement. En plus, elle devient chaque jour plus affectueuse.

— Elle adore son papa, ajouta Stevie. Elle laisse Holt la porter, lui donner à manger, la changer…

— C'est merveilleux, fit Caroline en souriant.

Tous trois ressortirent.

— Vous avez faim ? demanda Stevie à Caroline. Je peux vous réchauffer du rôti.

— Non, merci, Stevie. J'ai déjà dîné. En revanche, la journée a été longue, alors si cela ne vous ennuie pas, je vais me coucher de bonne heure.

— Cela ne nous ennuie pas, répondit Holt, qui joua son rôle de jeune marié avec beaucoup de conviction en passant un bras autour de la taille de Stevie. N'est-ce pas, ma chérie ?

— N… non, bredouilla-t-elle. Non, pas du tout. Vous avez besoin de quelque chose ? demanda-t-elle à Caroline.

— J'ai tout ce qu'il me faut, assura cette dernière. À demain matin.

Holt continua d'enlacer Stevie jusqu'à l'escalier.

— Je pense qu'il faut que nous allions nous coucher aussi, suggéra-t-il. Cela ferait bizarre, des jeunes mariés qui ne seraient pas pressés d'aller au lit.

Stevie s'empourpra. Elle le suivit en traînant un peu les pieds. Sur le seuil de sa chambre, il se retourna en souriant.

— Je ne vais pas te mordre, promit-il.

Ce n'était pas cela qui l'inquiétait. Elle entra dans la chambre, hésitante. Elle était mal à l'aise et étonnamment intimidée.

— Tu veux prendre ta douche ou j'y vais d'abord ?

— Vas-y.

Il se rendit dans la salle de bains, dont il referma la porte. Stevie fouilla dans ses affaires, en quête de son roman. À côté, elle entendit l'eau couler.

Holt était là, derrière cette porte, nu. Elle fit son possible pour chasser cette pensée de son esprit, mais n'y parvint pas. Elle s'installa sur le lit, appuyée contre les oreillers, et tenta de s'absorber dans la lecture de son livre. Elle dut lire à haute voix pour se concentrer.

— « Il l'enlaça et prit possession de ses lèvres en un baiser sauvage. Le désir ruissela en elle telle une coulée de lave brûlante. »

Génial. Une scène d'amour torride. Ce n'était vraiment pas ce qu'il lui fallait ce soir. Elle posa le roman sur la table de nuit. Puis elle alla ouvrir le meuble qui dissimulait la télévision et l'alluma.

Elle aurait voulu garder les yeux rivés à l'écran, mais lorsqu'il revint dans la chambre, elle ne put s'empêcher de les poser sur lui.

Il ne portait rien d'autre qu'une serviette nouée autour des reins.

— En général, je dors nu, expliqua-t-il. En l'honneur de ta présence ce soir, je vais mettre un survêtement, mais j'ai oublié de l'emporter dans la salle de bains.

Elle avala sa salive. Seigneur ! Pourvu qu'il ne laisse pas tomber sa serviette pour s'habiller devant elle.

— Hum… je vais te laisser tranquille, dit-elle en prenant sa trousse de toilette et son pyjama.

Elle se rendit dans la salle de bains et referma soigneusement la porte derrière elle.

Après avoir pris sa douche, elle s'essuya et enfila son pyjama. Elle avait choisi le plus informe et le plus vieux qu'elle possédât : en pilou bleu, il était décoré de moutons et de chiffres. Elle avait décidé de ne rien mettre qui puisse paraître ne serait-ce que vaguement sexy, et ce pyjama faisait parfaitement l'affaire. Pourtant, en rentrant dans la chambre, elle se sentait toujours aussi intimidée.

La télévision était éteinte, comme le lustre au plafond. Seule une lampe de chevet éclairait la pièce. Holt était étendu en travers du lit, vêtu en tout et pour tout d'un pantalon de survêtement gris. La vue de son torse nu fit battre le cœur de Stevie plus vite. Elle se rendit compte qu'il était en train de lire son roman.

— Dis donc, il y a des passages plutôt coquins, commenta-t-il.

— Il faut lire toute l'histoire pour comprendre le contexte, répliqua-t-elle, sur la défensive.

— Oh, je le comprends parfaitement, assura-t-il avec un sourire malicieux.

Elle voulut lui prendre le livre, mais il le tint hors de sa portée et roula à l'autre bout du grand lit.

— « Il glissa la main sous son léger caraco, sur son ventre si doux, puis la fit remonter jusqu'à ses seins généreux », lut-il à voix haute.

— Donne-moi ça, ordonna-t-elle, le feu aux joues.

Elle monta sur le lit pour s'emparer du livre, mais il ne la laissa pas faire.

— « Il caressa les pointes roses de ses seins », poursuivit-il.

Elle plongea sur le roman. En même temps, Holt roula vers elle, si bien qu'elle tomba sur lui. Il passa un bras autour d'elle et la tint fermement, en tendant le livre au bout de son bras libre.

— Je t'en prie ! s'exclama-t-elle en se tordant sous son étreinte d'acier.

Il passa une cuisse musclée sur ses jambes pour l'empêcher de bouger. Les yeux toujours rivés sur le livre, il reprit :

— « Je t'en prie, le supplia-t-elle, je t'en prie, emmène-moi vers les sommets palpitants de l'extase. »

— Hé ! Ce n'est pas dans le livre.

Elle tenta de nouveau de s'emparer du roman, mais n'y parvint pas.

— « S'il te plaît, fit-elle, haletante, prends-moi tout de suite ou je mourrai de désir. »

— Ça, pour mourir, tu vas mourir, marmonna-t-elle en lui donnant un coup de coude dans les côtes.

— Aïe ! s'écria-t-il en se tenant le côté.

Elle n'avait pas voulu lui faire mal. Inquiète, elle se pencha sur lui.

— Je suis désolée, dit-elle. Ça va ? C'était pour jouer… Hé !

Avant qu'elle comprenne ce qui se passait, il l'avait retournée sur le dos. Elle leva les yeux et rencontra son regard rieur.

— Simulateur ! dit-elle d'un ton accusateur.

— « Il brûlait de désir. Ses reins s'embrasaient pour elle », reprit-il, faisant toujours semblant de lire.

— Ah, d'accord, répliqua-t-elle en levant les yeux au ciel, avant d'adopter une voix aussi artificielle que celle de Holt. « Des flammes jaillirent dans son bas-ventre quand elle lui donna un coup de genou dans les bijoux de famille. »

— Tu ne ferais pas ça !

— Tu veux parier tes bijoux de famille ? demanda-t-elle en haussant les sourcils.

— À la réflexion, peut-être pas.

Prudent, il la lâcha, mais resta au-dessus d'elle en lui souriant. Elle lui rendit son sourire et, quand leurs regards se croisèrent, leur espièglerie céda la place à quelque chose de plus profond.

Le regard de Holt la maintenait prisonnière mieux que n'importe quelle étreinte. Il était si près d'elle qu'elle voyait l'ombre de sa barbe et percevait un parfum de dentifrice dans son souffle. Elle sentait aussi la chaleur et la dureté de sa virilité contre elle.

Il passa le dos de sa main sur sa joue.

— Stevie… fit-il dans un souffle.

Il ne dit rien d'autre que son nom, mais c'était comme si son cœur avait attendu toute sa vie qu'un homme prononce son prénom de cette façon. Elle noua les bras autour de son cou et attira son visage vers elle jusqu'à ce que leurs lèvres se joignent.

Ce baiser fut la goutte d'huile qu'attendait le feu de leur passion pour s'embraser. Holt prit la lèvre inférieure de Stevie entre ses dents et la suça doucement. Elle gémit et le serra plus étroitement contre elle. Leurs baisers se firent de plus en plus longs, de plus en plus profonds.

Holt s'écarta juste assez pour déboutonner sa veste de pyjama et exposer ses seins à la lumière de la lampe de chevet.

— Éteins, murmura-t-elle, soudain embarrassée.

— J'ai envie de te voir.

— Je… Moi, je n'en ai pas envie.

— Pourquoi ?

— Parce que… parce que… fit-elle en se détournant, gênée.

— Ça suffit, maintenant. Viens là.

Il quitta le lit, puis lui tendit la main pour qu'elle se lève à son tour.

— Où allons-nous ? demanda-t-elle avec inquiétude.

— Jusqu'à la glace. Il est grand temps que tu t'observes.

— Non. Je… je… C'est une mauvaise idée. Nous ne devrions pas…

Sans tenir compte de ses protestations, il l'entraîna jusqu'au placard, dont il ouvrit la porte, l'exposant au grand miroir fixé derrière.

— Regarde-toi, lui ordonna-t-il.

À contrecœur, elle leva les yeux et grimaça en se découvrant rouge et gênée dans son large pyjama orné de moutons dont le haut bâillait. Elle voulut le refermer, mais il l'en empêcha.

— Je veux que tu te voies, dit-il. Alors, ne bouge pas, je vais te faire faire une visite guidée.

Elle resta debout, parfaitement immobile, et le regarda dans la glace glisser les doigts dans ses cheveux.

— Je vois une très belle femme avec de magnifiques cheveux doux et soyeux, commenta-t-il. Je vois une peau douce et claire, des yeux intelligents.

Il promena légèrement les doigts sur sa joue.

— Et une bouche qui semble faite pour être embrassée, ajouta-t-il.

Il descendit les mains sur son cou, jusqu'à ses épaules. Elle retint son souffle quand il lui ôta sa veste de pyjama. Elle sentit l'air frais sur sa peau nue et voulut croiser les bras sur sa poitrine, mais il posa les mains sur ses seins sans lui laisser le temps de le faire. La vue de ses mains viriles et bronzées sur sa peau blanche lui parut à la fois choquante et érotique. Elle se sentait étrangement détachée, comme si elle regardait un film.

— Tes seins sont magnifiques. Pleins, ronds, doux…

Ses jambes flageolaient tandis qu'il la caressait.

— J'adore les regarder et les toucher, ajouta-t-il. Et aussi les goûter.

Il passa devant elle et prit un mamelon durci entre ses lèvres. Le souffle court, elle gardait les yeux rivés à leur reflet dans le miroir, prisonnière de l'image érotique des cheveux sombres de Holt contre sa peau pâle, de son dos nu devant sa poitrine également nue. Il fit descendre ses mains le long de son buste, lentement, très lentement.

— J'adore ta poitrine, murmura-t-il. J'adore la courbe de ta taille et de ton ventre.

Il s'agenouilla devant elle et sema des baisers sur son ventre, tout en dénouant le cordon de son pantalon de pyjama, qui tomba. Elle ne portait plus qu'une petite culotte. D'ordinaire, elle n'en mettait pas sous son pyjama, mais ce soir elle s'était dit qu'une barrière psychologique supplémentaire ne serait peut-être pas superflue.

— J'adore tes hanches.

— Elles sont trop larges, protesta-t-elle en essayant de se détourner.

— Elles sont follement sexy, rectifia-t-il en la maintenant. J'aime beaucoup la façon dont elles s'évasent ici… et là, précisa-t-il en posant les mains juste en dessous de sa taille, puis en les passant derrière. Et j'aime aussi l'arrondi de tes fesses. En particulier ici, à leur jonction avec tes cuisses.

Il promena lentement les doigts sur sa peau brûlante, puis il descendit le long de ses jambes.

— Je suis fou de tes cuisses.

— Elles sont trop grosses.

— Elles sont parfaites, affirma-t-il en faisant remonter ses caresses. Quand je les regarde, j'ai tellement envie de les écarter que c'est presque insupportable.

Ces mots firent jaillir en elle un éclair de désir. Quand il posa les mains sur l'intérieur de ses cuisses, elle crut défaillir.

— Quant à ce qu'il y a entre elles… Eh bien, rien que d'y penser, je te désire tellement que cela me fait mal.

Un désir de la même violence s'empara de Stevie. Elle regardait le reflet dans le miroir, fascinée par l'image des mains de Holt sur sa peau, de ses doigts qui remontaient encore. Il baissa sa petite culotte. Puis il la caressa jusqu'à ce qu'elle sente ses jambes chanceler.

Alors, il se releva, se replaça derrière elle et fit courir les mains sur ses hanches, son ventre, ses seins.

— Stevie, tu es un rêve érotique incarné.

Elle sentait son érection contre ses reins, lisait son désir dans la brume de ses yeux sombres. Il ne la berçait pas de compliments creux. Il la désirait réellement.

— Regarde-toi, Stevie, et vois ce que je vois en toi.

Elle examina le visage de Holt dans la glace tandis qu'il contemplait son corps. Puis, pour la première fois de sa vie, elle regarda son reflet nu et se trouva attirante. Grâce à Holt, elle se sentait belle et désirable. Elle était même fière que son corps ait un tel pouvoir sur lui.

— Cela m'excite de te regarder nue, murmura-t-il. Alors, laisse-moi faire, tu veux ?

— D'accord, dit-elle dans un souffle. Du moment que je peux en faire autant.

— Marché conclu, répondit-il en souriant.

Elle lui ôta son pantalon de survêtement. Il resta debout, dans sa nudité triomphante, et la laissa l'admirer tout son soûl.

Puis il la souleva dans ses bras et la porta sur le lit. À la douce lumière de la lampe de chevet, il la caressa longuement, lentement, plus intimement, jusqu'à ce qu'elle se mette à trembler et à gémir.

— S'il te plaît, le supplia-t-elle. Je t'en prie… prends-moi tout de suite.

Stevie poussa un petit cri et l'attira vers elle, lui enjoignant silencieusement d'entrer en elle complètement car, à mesure qu'il emplissait son corps, il emplissait aussi son cœur.

Les mots durent sortir directement de son âme, car ils ne passèrent pas par son cerveau mais s'échappèrent de sa bouche sans qu'elle sache qu'elle allait les prononcer.

— Je t'aime, murmura-t-elle. Je t'aime, Holt.

33

Quand il entendit ces paroles fatales, ces mots qui sonnaient le glas d'une relation, Holt s'efforça de se convaincre qu'il avait mal compris. Mais Stevie recommença, et elle y ajouta même son prénom.

— Je t'aime, Holt.

Il la regarda, et l'infinie tendresse qu'il lut dans ses yeux lui coupa le souffle. Il posa un doigt sur ses lèvres.

— Chut, fit-il. Ne dis pas ça.

— Je n'ai pas pu me retenir, répondit-elle.

Quel salaud il faisait ! Il savait pourtant qu'elle ne pouvait pas dissocier le sexe de l'amour, et cela ne l'avait pas empêché de coucher avec elle.

Il roula sur le dos, un bras devant les yeux.

— Stevie, tu ne m'aimes pas vraiment, affirma-t-il. Tu te sens bien parce que nous venons de faire l'amour de façon extraordinaire.

— Ce n'est pas vrai. Enfin, rectifia-t-elle en souriant, il est vrai que nous avons fait l'amour de façon extraordinaire, mais pour ce qui est du reste…

Il se tourna vers elle. Il avait terriblement peur qu'elle prononce de nouveau ces mots.

— Écoute, Stevie… hum… je suis désolé. C'était vraiment nul de ma part de t'attirer dans mon lit en sachant que, pour toi, l'amour et le sexe ne vont pas l'un sans l'autre, reconnut-il en soupirant.

— Tu ne m'as pas attirée dans ton lit ; j'y suis venue de mon propre gré.

Il s'adossa à la tête de lit.

— Je ne veux pas te mentir, Stevie. Il ne s'agit pas d'une relation permanente.

— Elle pourrait l'être, répondit-elle doucement.

Il fallait qu'il la fasse revenir sur terre, et vite.

— Non, répliqua-t-il. Je ne suis pas fait pour ça. Je ne dois pas avoir le gène de l'engagement.

— Comment le sais-tu si tu n'as jamais essayé ?

— Tôt ou tard, nos rapports se dégraderont, et nous nous séparerons. Cela anéantira Isabelle. Je ne veux pas lui faire subir cela. Et à toi non plus, ajouta-t-il plus doucement.

— Je ne crois pas que cela se produira.

— Exact. Parce que nous avons conclu un accord, répliqua-t-il. Ce qui compte, c'est Isabelle, pas nous. Tu le savais depuis le début. Nous le savions.

Du coin de l'œil, il la vit se mordre les lèvres comme si elle essayait de retenir un sanglot. Il enfila son pantalon de survêtement et alla sortir un tee-shirt de sa commode.

— Tu penses me connaître, reprit-il, mais ce n'est pas le cas. La vérité, c'est que je suis un salaud.

— Non, ce n'est pas vrai.

— Si, crois-moi, insista-t-il.

— Je préfère croire mon instinct.

Pourquoi ne voulait-elle pas arrêter ? Elle le forçait à être cruel. Il devait briser tout de suite ses illusions, car plus il tarderait, plus elle souffrirait.

— Tu ne m'aimes pas vraiment, Stevie. Ce que tu aimes, c'est l'idée que nous formions une famille.

— Peut-être que j'aime les deux, riposta-t-elle.

— Et zut ! marmonna-t-il en croisant les bras sur sa poitrine. Je ne veux pas de grand déballage d'émotions. C'est quand les émotions surviennent que les choses tournent mal. Si tu t'attaches trop à moi, tu finiras par m'en vouloir, ce qui compliquera le partage de la garde. J'ai vu ce qui est arrivé à mes parents et je sais ce que cela fait à un enfant. Je m'efforce seulement de nous épargner à tous beaucoup de souffrance et de tristesse.

— Il n'y a aucune raison de penser qu'il nous arriverait la même chose qu'à tes parents, objecta-t-elle.

— Tu as raison : cela ne nous arrivera pas, parce que nous ne resterons pas ensemble assez longtemps. Dès que l'adoption sera prononcée, je ficherai le camp d'ici.

Elle se détourna, de façon qu'il ne voie pas son visage. Elle ne fit pas un bruit, mais il devina qu'elle pleurait et cela le rendit malade.

— Stevie, sois raisonnable. Tu ne vas quand même pas tout gâcher...

— Parce que c'est moi qui gâche tout ? demanda-t-elle avec un petit sanglot.

Il laissa échapper un soupir exaspéré.

— Je t'ai prévenue, je suis un salaud, jeta-t-il.

Ses clés cliquetèrent quand il les ramassa sur la commode.

— Où vas-tu ? lui demanda-t-elle.

— Je sors.

— Mais… ta mère ?

— Je serai rentré avant qu'elle se lève.

Sur ce, il prit son portefeuille et quitta la chambre. Il se détestait. Il détestait ce qu'il faisait à Stevie. Et il détestait cette situation qui l'obligeait à la blesser maintenant pour ne pas la faire souffrir davantage après.

Stevie passa presque toute la nuit à se tourner et se retourner dans le lit de Holt et à se remémorer tous les événements de la soirée. Quand la lumière du jour commença à éclairer la chambre, elle se leva et alla à la fenêtre. Les bras serrés autour d'elle, elle contempla le gros olivier dans le jardin tandis que le ciel gris virait au bleu.

Elle était amoureuse de Holt. L'épisode devant le miroir avait scellé son amour pour lui. Holt avait changé la façon dont elle se voyait. Il lui avait montré qu'elle était belle. Il l'avait libérée et lui avait appris à accepter son corps. Avant, quand elle se regardait dans la glace, elle ne voyait que ses défauts. Mais, la veille, elle avait découvert un corps assez beau pour exciter l'homme qu'elle aimait.

Cette scène avait aussi changé la façon dont elle voyait Holt. Il tenait à elle, elle en était sûre. Sinon, il n'aurait pas pu se montrer aussi tendre, aussi attentif. Le problème, c'était qu'il refusait de l'admettre.

Il se prétendait incapable d'aimer, mais elle savait qu'il n'en était rien. Ce qui le retenait, c'était la peur. Pas tant la peur de souffrir lui-même que de la faire souffrir, elle, ou de faire souffrir Isabelle.

Ce qui prouvait, si nécessaire, qu'il tenait à elle.

Elle n'avait pas prévu de lui dire qu'elle l'aimait. Les mots étaient sortis tout seuls, la surprenant autant que lui. En les prononçant, elle l'avait terrifié et, au lieu de baisser sa garde et de lui ouvrir son cœur, il avait élevé ses défenses et tenté de la faire fuir.

Il s'attendait sans doute qu'elle soit bouleversée, en colère. Elle allait au contraire se montrer joyeuse, chaleureuse et aimante. Elle se comporterait comme si le fait qu'il soit sorti comme un ouragan au beau milieu de la nuit était sans importance.

Le gazouillement matinal d'Isabelle lui parvint par le récepteur du *baby phone*. Elle enfila son peignoir et sortit de la chambre en s'appliquant à afficher un sourire déterminé.

Si Holt voyait qu'elle ne craquait pas quand il tentait délibérément de la blesser, peut-être cesserait-il de craindre de la faire souffrir et accepterait-il de l'aimer.

Quand Holt entra dans la cuisine, Stevie, Isabelle et sa mère s'y trouvaient déjà.

— Bonjour, mon chéri, dit sa mère. Tu as bien couru ?

Alors, c'était cela, la couverture. Il jeta un coup d'œil à Stevie et sourit à sa mère avant de répondre :

— Oui, très bien, merci.

En réalité, il avait passé une nuit blanche sur le canapé de son bureau, incapable de chasser les paroles de Stevie de son esprit.

Je t'aime.

Pourquoi fallait-il que les femmes compliquent les choses à ce point ? Jusqu'à présent, chaque fois qu'il avait dit à une femme qu'il ne l'aimait pas, elle s'était vexée et mise en colère. Stevie allait sûrement jouer les victimes, et sa vie allait devenir un enfer.

Méfiant, il la regarda s'affairer dans la cuisine, préparer la bouillie d'Isabelle, bavarder avec sa mère. Pour l'instant, il ne notait pas de changement dans son comportement.

— Tu as envie de donner à manger à Isabelle ? lui proposa-t-elle.

— Bien sûr, répondit-il en lui prenant le bol prudemment, craignant presque qu'elle ne le lui lance à la figure.

Au lieu de cela, elle lui sourit et installa Isabelle dans sa chaise haute.

Heureusement que sa mère était là, songea-t-il. C'était probablement pour cela que Stevie se montrait aussi aimable. Une fois qu'ils seraient seuls, elle lui ferait sûrement une scène.

— Alors, où comptez-vous chercher une maison ? demanda Stevie à Caroline en lui servant du café.

— Dans le Garden District et au bord du lac.

Holt leva la tête.

— Je croyais que tu voulais un appartement, intervint-il.

— Je le croyais aussi, mais finalement il me faut plus de place.

— Pourquoi ?

— Pour qu'Isabelle puisse venir me voir. Et parce que… fit Caroline en jouant nerveusement avec la ceinture de son peignoir. J'ai une nouvelle à vous annoncer.

— Ah, oui ?

— Je ne vais pas m'installer à La Nouvelle-Orléans seule.

Holt se redressa brusquement. Sa mère ne lui avait pas dit qu'elle fréquentait quelqu'un.

— C'est vrai ? demanda-t-il.

— Oui.

Elle hésita un instant avant de lâcher :

— Ton père va s'y installer aussi.

— Papa ?

Elle hocha la tête, radieuse.

— Nous allons nous remarier.

Holt se figea.

— Tu plaisantes ?

— Non, pas du tout.

— Mais… pourquoi ?

— Nous n'avons jamais cessé de nous aimer.

— Comment cela, vous n'avez jamais cessé de vous aimer ? s'exclama-t-il, presque scandalisé. Et toutes ces années où vous étiez tellement en colère l'un contre l'autre que vous ne vous adressiez pas la parole ?

— Nous étions têtus et idiots, répondit sa mère avec un regard chargé de chaleur et de sympathie. Trop têtus pour nous dire ce que nous avions sur le cœur. J'espère que Stevie et toi ne serez jamais aussi bêtes ni aussi obtus, ajouta-t-elle avec un sourire triste. J'espère que vous aurez la sagesse de ne jamais faire vivre à Isabelle ce que tu as vécu.

Cela, elle pouvait y compter.

— Mais c'est un peu soudain, non ? demanda-t-il en fronçant les sourcils.

— Nous estimons que nous avons déjà perdu suffisamment de temps comme cela.

— Tu as vraiment bien réfléchi ? Tu es sûre de ce que tu fais ?

— Plus sûre que je ne l'ai jamais été.

Stevie se leva et serra Caroline dans ses bras.

— C'est merveilleux ! s'exclama-t-elle. Je suis si heureuse pour vous...

Merveilleux ? C'était un désastre, oui.

— C'est à vous et à Holt que nous le devons, ma chérie, répondit Caroline en l'embrassant à son tour. Sans votre mariage, nous ne nous serions peut-être jamais reparlé.

Il y avait une potion d'amour dans l'eau du robinet ou quoi ? Stevie lui avait dit qu'elle l'aimait, et maintenant ses parents se remettaient ensemble !

Isabelle se mit à taper sur la tablette de sa chaise haute, comme pour protester contre la lenteur du service. Il plongea la cuillère dans la bouillie et lui donna une autre bouchée.

— J'ai une autre surprise, annonça Caroline en se rasseyant. J'ai parlé avec Vince ce matin ; il arrive tout à l'heure. Et je me demandais... Enfin, cela vous ennuierait qu'il passe la nuit ici ?

— Non, pas du tout, assura Stevie.

Génial. C'était vraiment génial. Ses parents allaient faire des galipettes au premier pendant qu'il passerait la nuit à son bureau ou par terre.

— C'est fabuleux, n'est-ce pas, mon chéri ? lui demanda Stevie en posant une tasse de café devant lui et en lui adressant un regard qui signifiait clairement qu'il devait approuver.

— Oui, fit-il d'un ton neutre. Tout à fait fabuleux.

— J'imagine que cela doit te faire un choc, Holt, reconnut sa mère d'un air compatissant.

C'était le moins qu'on puisse dire. Il prit sa tasse et but une longue gorgée de café avant de dire :

— Il va me falloir un peu de temps pour m'y habituer.

Beaucoup de temps, oui. À vrai dire, il n'était toujours pas revenu de sa surprise quand, une heure plus tard, sa mère partit chercher son père à l'aéroport.

— Ça alors, je n'arrive pas à y croire, dit-il en regardant Stevie installer Isabelle dans son transat.

— Que tes parents se remettent ensemble ?

— Oui.

Le souvenir de la nuit de leur rupture était encore gravé dans son esprit si nettement que le simple fait d'y penser lui donnait la nausée. Il entendait encore les bruits – les voix en colère, les portes qui claquaient, la voiture qui démarrait en trombe, les sanglots de sa mère.

— Elle va encore souffrir, déclara-t-il. L'engagement n'est pas plus le truc de mon père que le mien.

— Tu ne sais pas si c'est ton truc ou pas.

— Je ne suis jamais entré dans un four allumé, et pourtant je sais que je me brûlerais.

Il aurait d'ailleurs préféré passer sur un gril plutôt que de parler de la veille. Cependant, certaines choses devaient être dites.

— Écoute, Stevie... à propos d'hier soir...

— C'était merveilleux, non ? fit-elle joyeusement.

Son attitude le désarçonna.

— Euh... oui. Mais je parle de... d'après.

— Après ? répéta-t-elle en fronçant les sourcils, comme si elle ne voyait pas à quoi il faisait allusion.

— Ce que tu as dit.

— Ah, oui, fit-elle avec un petit rire, en se tournant vers l'évier. Tu avais raison : ce n'était que du bonheur post-coïtal. Ne t'inquiète pas. Je me suis emballée, poursuivit-elle d'un ton léger. Désolée si cela t'a perturbé.

Ça, pour l'avoir perturbé, elle l'avait perturbé.

— Je trouve ça formidable, pour tes parents, reprit-elle en mettant une assiette dans le lave-vaisselle.

— Quitte à se remarier, répliqua-t-il en fronçant les sourcils, ils auraient pu le faire plus tôt. Quand je pense à tout ce que j'ai fait pour qu'ils se remettent ensemble lorsque j'étais petit...

— Qu'as-tu fait ?

— Il serait plus simple de te dire ce que je n'ai pas fait.

— Donne-moi des exemples.

Il regarda Isabelle dans son transat, et son esprit remonta le temps.

— Eh bien, je me disais que si j'arrivais à les réunir dans la même pièce, tout s'arrangerait. Alors, j'ai échafaudé toutes sortes de plans. D'abord, je me suis dit que si je tombais très, très malade, mon père serait obligé de venir me voir à l'hôpital. Du coup, j'ai mangé de la nourriture pour chats.

Stevie poussa un petit cri.

— Tu plaisantes ?

Il secoua la tête.

— Cela n'a pas marché, précisa-t-il. J'ai été malade, en effet, mais pas assez pour être hospitalisé. Cela dit, ajouta-t-il en souriant de son air stupéfait, aujourd'hui encore, je ne supporte pas le thon.

Elle rit, mais il lut de la compassion dans son regard. Elle s'assit à côté de lui.

— Quel autre stratagème as-tu inventé ensuite ? demanda-t-elle.

— Je me suis dit que j'irais forcément à l'hôpital si je me cassais quelque chose, alors j'ai sauté du toit.

— Oh, Holt !

— Je me suis foulé la cheville, mais sans me faire la moindre fracture. En revanche, j'ai eu si mal que j'ai renoncé à essayer de me blesser.

— Dieu merci !

— Mon idée suivante a été de me tourner vers le sport. Si je devenais vraiment bon, mon père viendrait me voir jouer. Malheureusement, les entraîneurs des moins de douze ans s'assuraient toujours que tout le monde ait le même temps de jeu, si bien qu'il était impossible de devenir une star. Après, j'ai essayé de décrocher l'un des rôles principaux dans la pièce de fin d'année à l'école, malheureusement, j'ai joué un arbre, conclut-il en secouant la tête.

— Bon casting, plaisanta-t-elle.

— Ensuite, j'ai décidé de me mettre au piano. J'avais horreur de ces leçons, mais je m'acharnais parce qu'il m'avait dit qu'il viendrait aux concerts.

— Il l'a fait ?

— Oui, répondit-il avec amertume. Avec sa nouvelle femme et les deux filles de celle-ci.

C'était un souvenir cuisant. La vue de cette blonde bien en chair et de ses deux gamines aux cheveux filasse assises avec son père dans l'assistance alors que sa mère se trouvait seule à l'autre bout de la salle lui avait soulevé le cœur.

— J'ai massacré la musique. Comme il faut.

Il s'était assis au piano. Un murmure d'impatience s'était élevé dans la salle, puis le silence s'était fait. Et là, il avait eu un blanc. Il avait regardé les touches, qui lui avaient soudain paru être les dents d'un monstre. Son professeur avait fini par lui apporter la partition. Après un début hésitant, il avait joué le morceau à toute vitesse, en faisant fausse note sur fausse note. Ç'avait été la plus grande humiliation de sa vie.

— Quand j'ai eu fini de jouer, j'ai levé les yeux. Ces odieuses filles riaient.

Il y avait tant de compassion dans le regard de Stevie qu'on eût dit qu'elle tentait d'absorber sa peine.

— Cela a dû être horrible pour toi.

— Oui, confirma-t-il en tambourinant du bout des doigts sur la table. Ensuite, ç'a été comme si mon père se retirait de ma vie. Ma mère et lui se sont mis à jouer aux chaises musicales du mariage. Elle s'est remariée, puis il a divorcé, puis elle a divorcé et il s'est remarié, avant de divorcer de nouveau.

— Pas étonnant que tu aies une vision négative du mariage.

— Une vision négative ? fit-il avec un reniflement de dérision. Doux euphémisme. C'est la fin du bonheur, oui.

— Pas tous les mariages.

— Tous ceux que j'ai connus, en tout cas. Et crois-moi, j'en ai connu plus d'un.

— Si tes parents avaient résolu leurs problèmes, tous ces autres mariages n'auraient jamais eu lieu, lui dit-elle avec douceur. Leurs autres unions ont sans doute échoué parce qu'ils étaient encore amoureux l'un de l'autre.

— S'ils n'ont pas été capables de résoudre leurs problèmes à l'époque, je ne vois pas comment ils y arriveront maintenant.

— Je crois qu'ils ont conscience d'avoir commis une grosse erreur et qu'ils veulent donner une seconde chance à leur amour.

— Et moi, je crois qu'ils se sentent seuls, qu'ils sont tristes et qu'ils se voient vieillir. Ce remariage est une tentative pathétique de ressusciter leur jeunesse.

— Eh bien, quoi que tu en penses, ce sont tes parents, et il faut que nous fassions quelque chose pour fêter leurs secondes fiançailles. Nous devrions organiser un barbecue demain et inviter mes parents.

— Pourquoi fêter quelque chose qui est condamné à l'échec ?

— Parce que ce sont tes parents, répliqua-elle. Tu les aimes et tu souhaites qu'ils soient heureux. Et puis ce sont nos invités et il est normal de célébrer avec eux la bonne nouvelle.

— Bonne pour qui ?

— Pour eux.

Pas pour lui, en tout cas. Après ce qui s'était passé la veille, c'était le pompon.

L'attitude détachée que Stevie adoptait aujourd'hui le sidérait, mais il n'était pas dupe. Elle ne lui aurait jamais dit qu'elle l'aimait si elle n'avait pas éprouvé des sentiments profonds pour lui.

Il ne lui restait donc qu'une chose à faire : à partir de maintenant, il n'allait plus la toucher. Ils n'auraient plus le moindre contact physique. Il ne pouvait pas prendre le risque de la faire souffrir, ni de tout gâcher pour Isabelle.

Oui, c'était la seule conduite honorable à avoir. Mais cela lui promettait de longues nuits solitaires, des journées de frustration… et pas mal de douches glacées.

34

Isabelle se mit à pleurnicher et à taper des pieds sur le tapis de jeu installé sur la terrasse.

— On dirait que c'est l'heure de la sieste, déclara Stevie en se levant de son fauteuil en fer forgé et en la prenant dans ses bras.

Marie posa un regard plein de tendresse sur sa fille, adorable dans son corsaire et son tee-shirt bleus.

— Nous allons faire la vaisselle, ma chérie, déclara-t-elle.

— Oui, renchérit Caroline de l'autre côté de la table. Allez vous occuper du bébé. Et encore merci pour ce délicieux déjeuner.

— Ce n'est pas moi qu'il faut remercier, mais le roi du barbecue, répondit-elle avec un signe de tête en direction de Holt.

— Merci… merci, dit-il en saluant d'une façon qui fit rire tout le monde.

— N'empêche que c'est à vous que revient le mérite de ce sublime gâteau au chocolat, reprit Caroline.

— Tout était absolument délicieux, assura Vince.

— Ravie que ça vous ait plu.

Elle leur adressa un rapide sourire et disparut dans la maison avec le bébé.

— Elle a hérité de vos gènes de cuisinière, remarqua Caroline en débarrassant avec Marie.

— Je crains qu'elle n'ait aussi hérité des gènes du secret de son père, répondit cette dernière en posant une pile d'assiettes dans l'évier. Je vois bien que quelque chose ne va pas, mais elle me répète que tout va bien.

— Elle ne se sentait pas bien, ce matin, confia Caroline. Elle a fait du café, et ensuite elle a dit que l'odeur lui donnait mal au cœur. Je me demande si ce ne sont pas des nausées matinales.

— Ô mon Dieu ! s'exclama Marie en joignant les mains, emballée à l'idée d'être de nouveau grand-mère. Ce serait merveilleux.

— Oui, approuva Caroline en souriant. Et Vince et moi serons là pour en profiter.

— Je suis si heureuse pour vous deux, déclara Marie.

— Je regrette seulement que ce ne soit pas arrivé il y a une vingtaine d'années, mais mieux vaut tard que jamais, n'est-ce pas ?

— Absolument.

— Au fait, comment ça va, avec Robert ? demanda Caroline en vidant les restes d'une assiette dans la poubelle.

— Eh bien, il continue à bouder chaque fois que je fais la cuisine pour une soirée et il dort toujours dans la chambre d'amis.

Lors de leurs nombreuses conversations téléphoniques depuis le retour de Caroline en Californie, Marie lui avait appris que Robert avait quitté le lit conjugal peu de temps après le mariage de Stevie et de Holt. Il prétendait souffrir d'insomnies et ne pas vouloir l'empêcher de dormir, mais Marie avait la certitude que c'était pour éviter l'intimité.

— Il vous a dit la vérité, à propos de son départ à la retraite ?

Marie secoua la tête.

— Non, et ce n'est pas faute de lui en avoir donné l'occasion. Cela dit, ces derniers temps, je note des signes d'amélioration.

— C'est vrai ?

— Oui, fit-elle en hochant la tête. Il semble de meilleure humeur. Il est plus bavard, plus expansif. Nous sommes allés au cinéma la semaine dernière, nous sommes sortis hier soir : c'est presque comme s'il me faisait de nouveau la cour.

— Voilà qui est très encourageant.

— Et le plus encourageant, c'est qu'il a accepté d'aller consulter un médecin, confia Marie en se penchant vers elle.

— C'est formidable !

— J'espère que si nous nous rapprochons physiquement, il s'ouvrira à moi. Je crois que les hommes sont le contraire des femmes : nous voulons que le lien émotionnel précède le lien physique, mais pour eux c'est l'inverse.

— Vous avez raison. Et je parie que c'est ce qui va se passer.

— Les voilà, annonça Marie.

Vince, suivi de Robert, de Stevie et de Holt, entra dans la cuisine et enlaça son ex-femme.

— Il est l'heure d'aller à l'aéroport, annonça le père de Holt. Nos avions respectifs décollent dans moins de deux heures, et il faut que nous rendions la voiture de location.

— Mes bagages sont faits; je suis prête, répondit Caroline. Encore merci de nous avoir accueillis, ajouta-t-elle à l'adresse de Stevie. Avec un peu de chance, la prochaine fois que nous viendrons, ce sera pour signer la promesse de vente de la maison.

— Vous en avez trouvé une? fit Robert.

— Oui. C'est une maison victorienne, un peu comme celle-ci. Nous voulions avoir la place d'accueillir Isabelle et les autres petits-enfants que Holt et Stevie pourront nous donner.

— Il y a du nouveau dans ce domaine? demanda Marie avec un sourire taquin.

Stevie pâlit et répondit:

— N... non. Bien sûr que non.

Marie jeta un coup d'œil à Holt. Il regardait Stevie, le visage de marbre. Apparemment, elle avait posé le pied en terrain miné. Soit ils n'étaient pas d'accord sur le moment d'avoir un bébé, soit ils essayaient sans y parvenir, soit Stevie était enceinte mais ne voulait pas encore le dire.

À l'autre bout de la pièce, Caroline croisa son regard et haussa les sourcils pour lui faire comprendre qu'elle avait aussi l'impression qu'il se passait quelque chose.

Marie s'efforça de détendre l'atmosphère.

— Eh bien, quand il y aura du nouveau dans ce domaine, fit-elle, nous serons ravis de l'apprendre.

— Et comment! renchérit Caroline. Je crois qu'il est temps de partir, chéri, ajouta-t-elle à l'intention de Vince.

— Je vais charger la voiture, annonça-t-il en sortant de la cuisine.

— Nous devrions y aller aussi, suggéra Marie à Robert.

La porte s'était à peine refermée derrière leurs parents que Holt se tourna vers Stevie et lui demanda d'un ton brusque:

— Tu n'as pas quelque chose à me dire?

— À quel sujet?

— Tu le sais parfaitement.

— Je... je ne crois pas, bredouilla-t-elle en baissant les yeux. Enfin... je n'y avais pas pensé avant que ma mère aborde la question.

Il prit une profonde inspiration.

— Stevie, as-tu un moyen de contraception ?

Elle rougit et évita son regard.

— Je... je ne sortais avec personne quand je t'ai rencontré, déclara-t-elle. Et je ne croyais pas que toi et moi... que nous... enfin, tu sais.

— En d'autres termes, c'est non.

Elle hocha la tête d'un air abattu.

— Et nous ne nous sommes pas protégés l'autre nuit. Ni... ni lors de notre nuit de noces, ajouta-t-il, l'estomac noué.

Comment avait-il pu être assez idiot ? Il n'avait pourtant rien d'un lycéen inexpérimenté. Bon sang, il avait déjà fait un bébé par accident ! Et encore avait-il pris ses précautions, cette fois-là. Stevie lui faisait perdre la tête. Il avala sa salive.

— Est-ce que tu es... enfin, tu sais... ? demanda-t-il.

Elle pâlit.

— Réponds-moi, Stevie. Tu as du retard ?

— Un... un petit peu.

— C'est-à-dire ?

— Quatre ou cinq semaines.

— Bon sang de... commença-t-il en se frappant le front. Et cela ne t'a pas inquiétée ?

— Je n'y ai pas vraiment prêté attention. Il s'est passé tant de choses...

Il alla dans la cuisine prendre ses clés sur le comptoir.

— Je reviens, annonça-t-il.

— Où vas-tu ?

— À la pharmacie, acheter un test de grossesse. Et tu le feras dès que je reviendrai.

Stevie regardait fixement la petite fenêtre dans la baguette en plastique, incrédule. Enceinte. Elle était enceinte !

— Impossible, marmonna-t-elle.

Elle prit le mode d'emploi sur le bord du lavabo et le relut. Non, elle ne s'était pas trompée. Deux lignes signifiaient bien qu'elle était enceinte. Et le test se disait fiable à plus de quatre-vingt-dix-neuf pour cent.

Ce n'était pas possible. Comment pouvait-elle être aussi malchanceuse ? Tous les couples qu'elle connaissait avaient essayé pendant des mois d'avoir un enfant avant de réussir.

Elle se regarda dans le miroir.

— Enceinte, murmura-t-elle. Tu es enceinte.

Elle était à la fois incrédule, préoccupée, heureuse, inquiète. Le bébé de Holt grandissait en elle. Isabelle allait avoir un petit frère ou une petite sœur. Elle sourit quand la joie l'emporta sur tous ses autres sentiments.

Le problème, c'était que Holt ne réagirait sans doute pas de la même façon. Elle sursauta en l'entendant frapper à la porte de la salle de bains.

— Stevie, tu as fini ?

Ô Seigneur ! Elle posa les deux mains sur son ventre en un geste protecteur, prit une profonde inspiration et s'efforça de masquer son allégresse. Holt n'allait pas très bien accueillir la nouvelle. Il ne voudrait pas d'un autre enfant. De toute façon, ils auraient divorcé avant même la naissance de ce bébé.

À cette idée, une nouvelle vague d'émotions déferla en elle. Ce n'était pas possible. Il fallait qu'elle gagne du temps.

— Stevie ?

Elle ouvrit lentement la porte. Il se tenait de l'autre côté, les mains enfoncées dans les poches, les cheveux en bataille, l'air anxieux.

— Alors ? demanda-t-il.

— Eh bien…

— Tu es enceinte ?

Elle se contenta de hocher la tête en guise de réponse.

Il la regarda. Elle était incapable de déchiffrer son expression, de deviner les pensées qui se cachaient derrière ses yeux si sombres.

— Tu en es sûre ? finit-il par demander.

— Regarde toi-même. Deux lignes, cela signifie que je suis enceinte, répondit-elle en lui montrant la baguette.

Il vit les deux lignes dans la petite fenêtre et déglutit avec peine.

— Selon ce qui est écrit sur la boîte, ce test est extrêmement précis. Mais il vaut sans doute mieux que j'aille chez le médecin pour en avoir la certitude.

— Vas-y dès demain, dit-il d'un ton autoritaire. Plus tôt nous aurons une réponse sûre à cent pour cent, plus tôt nous pourrons prendre une décision.

— Il n'y a rien à décider, répliqua-t-elle en se redressant. Si je suis enceinte, je garde le bébé.

Un nerf se mit à tressauter dans la joue de Holt.

— Je me doutais que tu voudrais le garder, dit-il.

— Pas toi ? demanda-t-elle, le ventre noué.

Il se détourna et se passa les deux mains dans les cheveux.

— Je ne sais pas ce que je ressens ni ce que je veux. Je n'ai jamais eu l'intention d'avoir des enfants, et voilà que, tout à coup, je me transforme en machine à faire des bébés.

Il se tourna de nouveau vers elle, le visage crispé.

— Je n'ai jamais voulu que cela arrive, lâcha-t-il.

— Moi non plus, répondit-elle, le cœur serré, mais c'est arrivé.

Il appuya les deux mains contre la porte du placard et resta ainsi, la tête baissée. Au bout d'un long moment, il se redressa et la regarda d'un air sombre.

— En tout cas, ça ne change rien.

Aux yeux de Stevie, cela changeait considérablement les choses.

— Que veux-tu dire ? demanda-t-elle prudemment.

— Je subviendrai à tes besoins et à ceux du bébé comme à ceux d'Isabelle, mais nous ne resterons pas mariés.

— Qui te dit que c'est ce que je souhaite ? demanda-t-elle en relevant le menton d'un air de défi.

— Eh bien, d'après ce que tu as dit avant-hier soir…

— Oh, ça.

Même si elle le pensait sincèrement, elle avait eu tort de lui dire qu'elle l'aimait. Cela lui avait fichu une trouille bleue et l'avait fait reculer. Or le repousser était la dernière chose qu'elle voulût – surtout maintenant qu'elle était enceinte de lui.

— Je me suis un peu emballée et j'ai dit la première chose qui me passait par la tête. Je ne le pensais pas vraiment.

Il la considéra d'un œil soupçonneux.

— La vérité, c'est que tu n'es pas le genre d'homme que je souhaite avoir comme mari, de toute façon, ajouta-t-elle.

Il se renfrogna.

— Ne le prends pas mal, dit-elle en souriant. Mais il va tout de même falloir que nous reportions un peu le divorce. Mes parents ne te pardonneraient jamais d'avoir divorcé pendant que j'attendais ton enfant. Et puis, il faudra que tu sois là les premiers mois, pour former un lien avec ce bébé.

— Je n'avais pas pensé à cela, concéda-t-il.

— Si nous divorcions… disons dans un peu plus d'un an, tu serais présent durant les premiers mois de la vie de ce bébé, mais Isabelle n'aurait pas encore deux ans ; c'est largement assez jeune pour qu'elle ne se souvienne pas de nous deux vivant ensemble.

— Ça se tient…

— Alors, tu es d'accord ?

Il poussa un soupir avant de hocher la tête sans enthousiasme.

Ouf ! Elle avait réussi à gagner du temps. Elle disposait d'un an pour le faire changer d'avis. Une année au cours de laquelle elle allait l'aimer si passionnément, si absolument qu'il ne pourrait que l'aimer à son tour.

Du moins l'espérait-elle.

— Tiens-toi tranquille, Isabelle.

Le bébé se tortillait sur la table à langer en hurlant à pleins poumons tandis que Holt essayait de le changer.

— Allez, ma chérie, mets-y un peu du tien.

Elle poussa un cri perçant. Elle était agitée depuis que Stevie était partie à la radio, une demi-heure plus tôt. L'humeur de Holt, sombre et orageuse depuis qu'il avait appris que Stevie était enceinte, avait dû se communiquer à elle.

Mon Dieu, qu'allait-il faire d'un autre bébé ? Il n'arrivait même pas à se débrouiller avec celui-ci !

Et ce n'était pas le pire, dans cette histoire. La grossesse de Stevie signifiait qu'ils allaient rester mariés toute une année. Comment allait-il faire pour ne pas la toucher ?

Elle lui avait dit qu'elle l'aimait, nom d'un chien ! Il ne pouvait pas coucher avec une femme qui l'aimait, sous peine de provoquer une catastrophe.

Elle avait retiré ces paroles fatales, mais il se méfiait. Le plus sûr – et le plus honorable – était de garder ses distances.

Ce qui allait lui être presque impossible maintenant qu'il savait quel goût elle avait, comment elle réagissait, quels sons elle émettait quand ils faisaient l'amour. Était-il condamné à vivre dans cet état de désir inassouvi pendant une année complète ?

Il réussit enfin à fixer la couche d'Isabelle.

— Voilà ! s'exclama-t-il en soulevant sa fille. Allons allumer la radio pour voir si la voix de ta maman arrive à te calmer…

Il emmena Isabelle dans le salon, la posa sur son tapis d'éveil et alluma la radio.

— Vous écoutez *Paroles de parents*, Stevie Stedquest. Vous êtes à l'antenne.

Comme prévu, Isabelle se tut dès qu'elle entendit la voix de Stevie.

— Je suis enceinte, dit une auditrice, et ces derniers temps, je n'arrive plus à dormir tant je suis inquiète. Je me demande comment je vais réussir à me débrouiller avec un autre enfant.

— Combien en avez-vous ?

— Un seul. Un petit garçon de deux ans.

— Qu'est-ce qui vous inquiète précisément ?

— J'ai peur de ne pas être capable d'aimer un autre enfant autant que j'aime celui que j'ai déjà.

— Vous aimez énormément votre fils.

— Oui. C'est le soleil de ma vie.

— Eh bien, vous allez peut-être avoir du mal à le croire, mais vous allez aimer votre autre bébé tout autant.

— Je ne sais pas si c'est possible.

— Bien sûr que si. L'amour n'est pas une ressource limitée.

— Je ne comprends pas.

— Je suis sûre qu'il y avait déjà des gens dans votre vie que vous aimiez, avant d'avoir votre fils. Et vous les aimez encore, même si vous aimez votre fils, n'est-ce pas ?

— Oui.

— Donc, vous avez été capable de lui faire une place dans votre cœur. Tout comme vous serez capable d'en faire une pour votre futur bébé. Ce qu'il y a d'incroyable, dans l'amour, c'est que plus on en donne, plus on en a à donner.

— Je n'avais pas vu les choses sous cet angle. Merci. Je me sens beaucoup mieux.

Stevie avait ce don, en effet : elle rassurait les gens, songea Holt. Lui aussi se sentait mieux, alors qu'il ne savait même pas s'il était d'accord avec ce qu'elle venait de dire.

Au fond, avoir un second enfant ne serait peut-être pas si mal. Stevie était une mère formidable. Et puis, Isabelle aurait un petit frère ou une petite sœur. Lui qui était fils unique, cela lui avait toujours manqué.

À quoi ressemblerait-il, ce bébé ? Si c'était une fille, il espérait qu'elle aurait les cheveux et les yeux de Stevie.

Il se rembrunit. Il n'allait quand même pas se mettre à faire le sentimental à propos de Stevie sous prétexte qu'elle était enceinte. Plus il y avait de sentiments dans un couple, plus il y avait de problèmes au moment de la séparation, or Stevie et lui allaient se séparer avant qu'Isabelle soit assez grande pour se souvenir d'eux ensemble.

Lui, en revanche, il s'en souviendrait.

35

— Tu es rayonnante ! s'exclama Michelle, une semaine plus tard, quand Stevie entra dans le Centre en poussant la poussette d'Isabelle. On peut dire que la grossesse te réussit.

Stevie rangea la poussette le long du mur et détacha Isabelle.

— Je suis vraiment heureuse d'être enceinte, avoua-t-elle.

— Tes parents aussi, je parie.

Stevie sourit. Quatre jours plus tôt, elle était passée chez eux en rentrant de son rendez-vous chez le médecin, qui venait de lui confirmer qu'elle attendait un bébé.

— Ma mère a bondi de joie, répondit-elle. Et mon père était tout ému.

— Oh, c'est trop mignon !

— C'est si bon de le voir heureux, Michelle, confia-t-elle en prenant Isabelle dans ses bras. Il a l'air de sortir de la déprime dans laquelle il était depuis son départ à la retraite.

— Et les parents de Holt, comment ont-ils pris la nouvelle ? lui demanda son amie.

— Ils sont ravis. Ils adorent Isabelle, alors la perspective d'avoir un autre bébé à chouchouter les enchante.

— J'imagine.

— Ils ont signé la promesse de vente de la maison qu'ils voulaient, ajouta-t-elle. Vince a vendu ses parts de son entreprise à son associé, et il va louer un appartement ici pour superviser la rénovation de la maison pendant que Caroline liquide ses affaires en Californie.

Michelle sourit à Isabelle.

— Avec tous tes grands-parents en ville, tu vas être une petite citrouille pourrie gâtée !

Isabelle se mit à rire.

— Et Holt, alors ? Comment réagit-il ?

— Je crois qu'il est plus content qu'il ne veut le montrer. Ce matin, il m'a demandé si j'avais envie de savoir si c'était un garçon ou une fille.

— C'est bon signe. Que lui as-tu répondu ?

— Si le Dr Arnold peut nous dire le sexe du bébé, je veux le connaître, déclara-t-elle en installant Isabelle sur le tapis de sol. Holt est d'accord.

— Encore un bon signe, déclara Michelle. Et le reste, comment ça se passe ?

Stevie se releva et repoussa ses cheveux en arrière en soupirant.

— Eh bien, je lui ai vraiment fichu la trouille quand je lui ai dit que je l'aimais, alors nous faisons de nouveau chambre à part.

En rentrant après son émission de radio le dimanche soir, elle avait découvert qu'il avait mis toutes ses affaires dans la chambre d'amis. Vu les circonstances, avait-il décrété, mieux valait garder quelques distances.

— Il faut que tu remédies à cela, lui conseilla Michelle. Parce que, quoi qu'on ait pu te dire...

Comme deux jeunes mères et leurs bambins venaient d'entrer, elle se pencha vers Stevie et lui parla à l'oreille.

— Quoi qu'on ait pu te dire, reprit-elle, le chemin du cœur d'un homme ne passe pas par son estomac.

— Je m'en étais déjà rendu compte, assura Stevie en souriant.

Il ne lui restait plus qu'à trouver un moyen de se rapprocher de Holt.

36

— Ohé ! Stevie, je suis rentré !

Elle sourit et se leva du canapé. Elle lissait son débardeur bleu quand Holt entra dans le salon, avec son sac et son ordinateur portable.

— Tu as fait bon voyage ? lui demanda-t-elle.

Il avait passé trois jours – et trois nuits – à Atlanta, et il avait attendu avec impatience son retour.

— Quand cet audit sera terminé, j'en aurai fini avec ce dossier, dit-il en posant ses bagages et en regardant le courrier sur la table basse. Et ici, tout va bien ?

— Isabelle dort. Elle va très bien, mais je crois que tu lui as manqué.

— Elle aussi, elle m'a manqué.

Un silence pesant s'installa entre eux, chargé des mots qui n'avaient pas été prononcés : « Toi aussi, tu m'as manqué. »

— Comment te sens-tu ? s'enquit-il.

Elle prit une profonde inspiration et rassembla son courage. Il était temps de mettre son plan à exécution.

— Eh bien… je ne dors pas très bien.

— Tu as des insomnies ?

— Oui, confirma-t-elle en s'efforçant de masquer sa nervosité. Je n'arrête pas d'avoir des… envies.

— Des envies de fraises, de trucs comme ça ?

— Non. De…

Elle avala sa salive. « Qui ne risque rien n'a rien », se rappela-t-elle.

— De sexe, acheva-t-elle.

Holt se figea, son courrier à la main.

— L'un de mes livres sur la grossesse précise que les femmes enceintes ont parfois un très gros appétit sexuel.

Il reposa les enveloppes et la regarda.

— C'est vrai ?

Elle hocha la tête.

— J'ai l'impression que c'est ce qui m'arrive, expliqua-t-elle en serrant ses mains l'une contre l'autre pour les empêcher de trembler. Alors, je… hum… j'aimerais te proposer une solution.

Il semblait tout ouïe.

— Laquelle ? demanda-t-il.

— Je sais que tu ne veux pas que nous nous investissions émotionnellement, mais il faut que je fasse quelque chose pour cette… cette tension. Ce n'est pas bon pour le bébé.

Elle vit qu'il déglutissait avec difficulté.

— Donc, poursuivit-elle, je me suis dit que nous pourrions peut-être faire l'amour, mais en nous mettant tous les deux dans la peau d'un personnage. Ainsi, nous garderions nos distances sur le plan émotionnel.

Il passa un doigt le long du col de sa chemise comme pour le desserrer, alors qu'il était déjà déboutonné.

— Comment cela se passerait-il, au juste ?

— Par exemple, tu pourrais faire comme si j'étais… disons, une strip-teaseuse, et moi comme si tu étais… un policier. Cela nous empêcherait de trop nous impliquer, tu ne crois pas ?

L'image de Stevie en tenue de strip-teaseuse fit considérablement monter la température de Holt. Il ôta sa veste et s'efforça de prendre un air pensif, comme s'il réfléchissait à sa proposition.

— Ouais, fit-il. Cela pourrait sans doute marcher.

— Si je parvenais à me détendre et à dormir suffisamment, ce serait meilleur pour le bébé, assura-t-elle.

— Oh, il faut absolument faire ce qu'il y a de mieux pour le bébé, approuva-t-il.

Cela ne lui ferait pas de mal à lui non plus. Y penser suffisait à l'exciter. Vivre avec Stevie sans la toucher le rendait fou. Si elle pensait qu'en se déguisant, ils pourraient faire l'amour sans qu'elle s'attache, il était prêt à revêtir le costume qu'elle voudrait.

— Il n'y a pas de mal à essayer, je pense, conclut-il.

— J'espérais que tu verrais les choses ainsi, dit-elle en souriant. Reste ici un instant.

Elle sortit rapidement. Il entendit la porte du placard de l'entrée s'ouvrir et se refermer. Deux minutes plus tard, elle revint avec deux petits sacs et lui en tendit un.

— Qu'est-ce que c'est ? demanda-t-il en l'ouvrant.
— Ta tenue.
Il sortit précautionneusement une casquette de policier, des menottes et un minuscule slip fait dans un tissu soyeux et orné d'insignes et de revolvers.
— Pas très réglementaire, comme uniforme, commenta-t-il en haussant les sourcils. Où as-tu trouvé ça ?
— Dans une petite boutique du Quartier français.
Elle n'avait pas perdu son temps, en son absence…
— Et où est ton costume ? demanda-t-il.
— Ici.
— Quand pourrai-je le voir ?
— Dès que je l'aurai mis.
— C'est-à-dire quand ? demanda-t-il, impatient.
— Pourquoi pas tout de suite ?
— Je dois pouvoir me libérer, fit-il en souriant.
— Accorde-moi cinq minutes, puis viens dans la chambre. Fais comme si tu étais dans un club de strip-tease après l'heure de fermeture et que tu étais un gros dur de flic qui me traînera en prison si je ne fais pas tout ce qu'il me dit.
— Tu veux que je joue « un gros dur de flic » ?
Elle hocha la tête.
— Et tu tiens vraiment à ce que je me serve de ça ? demanda-t-il en tendant les menottes vers elle.
— Bien sûr, répondit-elle avec un sourire aguicheur.

Stevie inspira à fond avant de remonter la fermeture Éclair de la minijupe à franges rouges assortie à son tout petit haut.
« Fais comme si tu étais quelqu'un d'autre, s'enjoignit-elle en enfilant une paire de mules rouges aux talons ridiculement hauts. Imagine que tu es une femme audacieuse et sexy. »
Nerveuse, elle traversa la chambre en chancelant dans la lumière tamisée. Elle venait de mettre un CD intitulé *Compilation Séduction* quand Holt frappa à la porte.
— Entrez, inspecteur, lança-t-elle.
Une main appuyée sur la commode, l'autre sur la hanche, elle s'efforça d'adopter un air sensuel.
La porte s'ouvrit lentement. Holt entra. Il portait sa casquette de policier et un jean de la poche duquel pendaient les menottes. Il était torse nu, et la vue de sa poitrine musclée fit battre le cœur de Stevie un peu plus vite.

— Hé là, ma petite dame, fit-il en imitant la voix de John Wayne, on a une autorisation, pour tout ce matériel ?

— Quel matériel ?

— Celui qu'il y a sous tous ces vêtements.

Elle ouvrit de grands yeux empreints d'une innocence feinte et parla dans un souffle, à la façon de Marilyn Monroe.

— Oh, inspecteur, je ne savais pas qu'il me fallait une autorisation !

— Tout le matériel doit faire l'objet d'une autorisation et d'une inspection. D'une inspection très poussée, précisa-t-il avec un sourire coquin.

— C'est vrai ?

Il hocha la tête.

— En fait, je dois procéder à une fouille au corps.

— Ah, bon ? fit-elle en battant des paupières.

— Absolument. Alors, fais-moi ton meilleur effeuillage.

Il sortit les menottes de sa poche et joua avec en s'asseyant sur le bord du lit.

— Et tu as intérêt à être bonne, sinon je serai obligé de t'embarquer et de te mettre au trou.

Stevie gloussa.

— Hé ! Je ne t'ai pas donné la permission de rire. Alors, enlève-moi tout ça. Et n'oublie pas de bien te coller et de te frotter à moi en même temps.

— D'abord, il me faut la preuve que vous êtes un vrai inspecteur de police.

— Quel genre de preuve ?

— Eh bien... une plaque ou un revolver. Ou alors, vous pourriez peut-être me montrer vos sous-vêtements officiels de la police.

— Je te montrerai mon revolver dès que tu seras en petite tenue. Et si tu es très, très vilaine, je te montrerai peut-être aussi ma matraque.

— Ô mon Dieu ! Je ferais mieux de vous obéir.

— C'est dans ton intérêt.

En ondulant des hanches, elle déboutonna son haut à franges et fut récompensée par un sourire. Puis elle l'ôta, révélant un soutien-gorge en dentelle rouge. Ensuite, elle se retourna et, en tortillant des fesses, descendit la fermeture Éclair de sa minijupe. Elle la retira, puis, en string rouge, s'approcha de lui en dansant et lui prit la main pour qu'il se lève.

— Voyons si vous êtes un vrai policier, dit-elle en posant la main sur le bouton de son jean. Si c'est le cas, vous devez porter un revolver…

— Oh, j'en porte un, assura-t-il en souriant quand elle ouvrit sa braguette.

Une onde de désir la traversa lorsqu'il retira son jean.

— Impressionnant, murmura-t-elle.

— Il faut se déshabiller plus vite que ça, ma petite dame.

— Désolée, inspecteur, fit-elle.

Elle se retourna pour dégrafer son soutien-gorge, mais il s'approcha d'elle avant qu'elle ait eu le temps de le faire.

— Ça suffit. Je vais devoir te mettre en garde à vue.

— Pourquoi, inspecteur ?

— Pour dissimulation de preuves, déclara-t-il en lui prenant la main et en l'entraînant jusqu'au lit. Viens là, que je puisse te fouiller. D'ailleurs, il vaut mieux que je te menotte.

Elle s'étendit sur le lit, et il se pencha sur elle.

— C'est pour te protéger, ajouta-t-il.

— Comme vous voudrez, inspecteur.

— Mets les mains au-dessus de la tête, lui ordonna-t-il.

Elle obtempéra, et il lui menotta les poignets.

— D'abord, il va falloir que je fouille ta bouche, déclara-t-il en prenant possession de ses lèvres.

Elle lui rendit son baiser jusqu'à ce qu'ils soient tous deux à bout de souffle.

Puis il descendit le long de son cou, laissant une traînée de baisers dans son sillage. Lorsqu'il s'écarta pour lui ôter son soutien-gorge, il se rendit compte qu'il ne pouvait pas le lui retirer complètement tant qu'elle avait les mains attachées.

— On dirait que j'ai fait une erreur tactique, commenta-t-il.

Elle sentit les pointes de ses seins se durcir sous son regard.

— Tant pis, reprit-il. Tu es trop dangereuse pour que je te détache maintenant. Nous allons devoir faire avec.

Il remonta son soutien-gorge le long de ses bras, jusqu'à ses mains, puis baissa de nouveau la tête sur ses seins. De petites étincelles de plaisir coururent en elle quand il taquina ses mamelons du bout de la langue.

— Pas de trace d'activité illégale pour l'instant, dit-il dans un souffle, les lèvres tout contre sa peau. Mais il faut que je continue à te fouiller.

Il recula et fit glisser le string de Stevie sur ses jambes. Elle sentit le désir redoubler au creux de son ventre.

— Inspecteur, il ne s'agit pas d'une infiltration ?

— Si, absolument.

— Dans ce cas, vous ne devriez pas être habillé comme le suspect pour ne pas vous faire remarquer ?

— Ah, si, confirma-t-il.

Il enleva son slip, avant de poser les mains sur les cuisses de Stevie.

— Allez, dit-il. Maintenant, écarte les jambes.

— Vous avez un mandat de perquisition ?

— Si tu n'as rien à cacher, je ne devrais pas en avoir besoin.

Elle était déjà trop étourdie pour protester – et même pour rire. Elle écarta les jambes.

— Très bien, fit-il en posant sur elle son regard sombre.

Il fit remonter lentement ses mains sur l'intérieur de ses cuisses, si lentement qu'elle crut mourir avant qu'il atteigne le cœur palpitant de son être. Quand il le toucha enfin, elle poussa un petit cri. Puis il la caressa jusqu'à ce qu'elle gémisse, haletante.

— Je t'en prie, dit-elle, abandonnant le jeu. Je t'en prie, je n'en peux plus.

Lui non plus, manifestement.

— Il ne faudrait pas que tu portes plainte contre la police pour mauvais traitement.

Il s'allongea sur elle et la pénétra lentement.

— Oh, Holt, gémit-elle en enroulant les jambes autour de lui.

Ensemble, ils s'évadèrent vers un lieu où aucune loi, aucune règle n'avait cours. Un lieu où chacun détenait la clé de la délivrance de l'autre.

37

Deux semaines plus tard, Holt entra dans la cuisine et trouva Stevie en train de faire manger Isabelle, assise dans sa chaise haute. Ses cheveux blonds brillaient comme de l'or dans le soleil de la fin d'après-midi. Il s'arrêta sur le pas de la porte et la regarda, submergé par une vague d'émotion.

Elle était si belle que cela lui faisait presque mal. D'ordinaire, après avoir passé autant de temps auprès d'une femme, il découvrait que l'emballement du début cédait la place à l'ennui. Ce n'était pas le cas avec Stevie. Au contraire. Plus il la voyait, plus il était fou d'elle.

— Salut ! fit-elle en levant la tête et en lui souriant.

— Salut, répondit-il.

Il traversa la cuisine, prit Stevie par la taille et l'embrassa. Isabelle tapa bruyamment sur la tablette de sa chaise.

— Salut à toi aussi, ma petite chérie, dit-il à sa fille, en se penchant pour déposer un baiser sur sa joue.

— Tu ne croiras jamais ce qu'elle a appris à faire, aujourd'hui, annonça Stevie.

— Ah pa, fit Isabelle en continuant à taper sur la tablette. Ah paa.

— Elle a appris à dire papa ! s'exclama-t-il, le cœur battant. Il s'accroupit devant elle, le visage au niveau du sien.

— Répète, ma chérie, lui demanda-t-il. Dis papa. Paaa paaa.

Au lieu de quoi, elle émit un « pfft » humide. Il recula vivement pour se mettre hors de sa ligne de tir.

En riant, Stevie lui passa une serviette en papier.

— Erreur, dit-elle. Elle a appris à cracher ce qu'elle avait dans la bouche à la figure des gens.

— C'est ce que je vois, répondit-il en s'essuyant la joue.

— Et encore, tu as eu de la chance qu'elle ait presque fini d'avaler sa bouchée, ajouta-t-elle. À midi, elle m'a eue avec de la compote de pommes.

— Tu as craché de la compote sur maman ? demanda Holt à Isabelle, qui lui adressa un grand sourire édenté.

— Devine ce qu'elle a fait d'autre, aujourd'hui.

— J'ai presque peur de l'apprendre.

— Elle s'est tenue assise toute seule.

— Ça alors ! fit-il, aussi fier et heureux que si elle avait remporté le prix Nobel. Eh bien, tu apprends de nouveaux trucs si vite que j'ai presque du mal à suivre. Un peu comme ta maman, ajouta-t-il en décochant un sourire coquin à Stevie.

Celle-ci lui rendit son sourire. Depuis leur petite fête costumée, elle partageait son lit, et il avait découvert qu'elle était pleine de surprises. Désormais, l'heure du coucher était son moment préféré de la journée.

— Moi aussi, j'ai une nouvelle à t'annoncer, déclara-t-il en s'installant sur un tabouret de bar.

— Ah, oui ? fit Stevie en donnant une autre cuillerée de pêches écrasées à Isabelle.

— J'ai failli t'appeler, puis je me suis dit que ce serait plus amusant de te l'annoncer de vive voix.

Il marqua une pause théâtrale.

— De quoi s'agit-il ? demanda-t-elle.

— Le juge a signé les papiers d'adoption ce matin. Tu es légalement et officiellement la mère d'Isabelle.

— C'est vrai ? demanda-t-elle, le visage éclairé par la joie.

— C'est vrai, confirma-t-il en hochant la tête.

Elle poussa un cri de joie.

— Tu as entendu ça, ma chérie ? Maman est vraiment ta maman !

Isabelle lui répondit par un éclat de rire et un autre « pfft ». Stevie ôta la tablette et détacha le bébé, qu'elle souleva dans ses bras.

— Tu es à moi ! s'écria-t-elle. Je suis à toi ! Nous sommes une famille !

Elle se mit à danser dans la cuisine. Isabelle riait de plus en plus.

— Tu te rends compte, mon bébé ? Je suis ta maman pour de vrai !

Holt les regardait, le cœur gonflé de tendresse.

— Tu es sa mère depuis qu'elle a entendu ta voix, dit-il. C'est elle qui t'a choisie, tu sais.

— Je suis si heureuse qu'elle l'ait fait !

— Moi aussi.

— Ah, oui ? fit-elle d'un ton enjoué, mais avec une lueur d'espoir dans les yeux. Et pourquoi donc ?

« Parce que je t'aime », répondit-il *in petto*. À cette pensée, un éclair d'inquiétude le traversa.

Était-ce vrai ? L'aimait-il ? Il n'en savait rien. Ses sentiments pour Stevie étaient des plus confus. Il la désirait. Il aimait son rire et son sourire, son esprit, sa chaleur. Il était ému de savoir que son bébé grandissait dans son ventre.

Et puis, il y avait autre chose. Avec elle, il se sentait bien, à sa place, chez lui. Il avait l'impression d'être lui-même, en mieux.

Était-ce cela, l'amour ?

Si oui, ce n'était sans doute pas aussi épouvantable que ça. Peut-être – il disait bien peut-être – que cette histoire de mariage avait une chance de marcher. Après tout, de nombreux couples parvenaient à être heureux.

Même ses propres parents disaient qu'ils n'auraient jamais dû se séparer.

— Tu es content qu'Isabelle m'ait choisie parce que je fais très bien le *jambalaya*, plaisanta Stevie.

— C'est ça, cette bonne odeur ? demanda-t-il en s'approchant de la cuisinière et en soulevant le couvercle de la cocotte.

— Oui.

— Mmm, fit-il en humant le parfum épicé. Oui, c'est ce qui me plaît chez toi. Et aussi ta capacité à apprendre à Isabelle à cracher sa compote à la figure des gens.

Il lui planta un baiser sur les lèvres, avant de prendre son courrier.

Il tria les enveloppes et les publicités.

— On dirait que tu as reçu une carte de ta décoratrice, remarqua Stevie.

Il prit une petite enveloppe ornée d'un autocollant avec le nom et l'adresse de la société de Charlotte. Il l'ouvrit.

Holt,

Merci infiniment de m'avoir recommandée à ta mère. Je suis très impatiente de la rencontrer la semaine prochaine, et j'ai hâte de travailler sur ton nouveau projet. Tu m'as manqué !

Je t'embrasse,

Charlotte

Stevie, qui avait fini d'essuyer la bouche d'Isabelle, se redressa.

— Pourquoi t'écrit-elle ? s'enquit-elle.

— Je suis tombé sur elle il y a quelques jours, expliqua-t-il en posant la carte, et je lui ai dit que ma mère cherchait une décoratrice. Elles vont se voir la prochaine fois que ma mère viendra à La Nouvelle-Orléans.

— Ah, lâcha Stevie.

Elle ôta sa bavette à Isabelle et l'installa sur son tapis de sol.

— Alors, que te dit-elle, dans son mot ?

Holt lui tendit la carte. Elle la parcourut avant de relever la tête, les lèvres pincées.

— C'est quoi, ton nouveau projet ?

— La maison d'en face.

— Tu veux lui en confier la décoration ? demanda-t-elle, visiblement tendue.

Il se raidit.

— Elle va venir chercher la clé d'ici un jour ou deux.

— Je vois, fit-elle en se détournant pour remuer le *jambalaya* sur le feu.

— Cela te pose un problème ?

— Oui, figure-toi.

— Pourquoi ?

— Je me demande bien pourquoi, répliqua-t-elle d'une voix sardonique. Peut-être parce que c'est une ex.

Holt se hérissa.

— C'est fini, tu le sais.

— Pas pour elle. Elle est passée se rappeler à ton bon souvenir, il y a quelques semaines.

Une désagréable impression de déjà-vu s'imposa à Holt. C'était exactement le genre de chose que sa mère disait à son père à propos de sa secrétaire. Tout cela lui semblait étrangement familier : le ton de voix blessé, l'air soupçonneux. Il refusait de revivre cela.

— J'engage qui je veux ; ce ne sont pas tes affaires, jeta-t-il sèchement.

Un instant, elle eut l'air si choquée qu'on aurait pu croire qu'il l'avait giflée. Puis elle releva le menton.

— Si, ce sont mes affaires, riposta-t-elle. Tu avais accepté de ne pas me mettre dans une situation gênante en sortant avec d'autres femmes tant que nous serions mariés.

— Je ne sors pas avec d'autres femmes, j'engage une décoratrice.

— Qui te poursuit de ses assiduités.

C'était exactement ce genre de conflit qui avait fait rompre ses parents. Dire qu'il avait commencé à croire que, entre Stevie et lui, ce pourrait être différent. Quelle blague !

— Stevie, tu commences à ressembler à une épouse. C'est agaçant.

Deux taches rouges se formèrent sur ses joues.

Holt se dirigea vers la porte.

— Où vas-tu ?

— À la salle de gym.

— Mais le dîner est presque prêt.

— J'avalerai quelque chose dehors.

Sur ce, il sortit. Il s'était trompé en croyant que son mariage pourrait marcher. Il savait bien que c'était impossible. Rien ne durait éternellement.

Il devait prendre du recul, garder ses distances, s'il voulait qu'ils puissent se séparer dans un an sans rancune.

38

Assise devant sa coiffeuse, Marie jeta un coup d'œil à sa montre avant de mettre sa boucle d'oreille gauche. Robert devait rentrer d'un instant à l'autre, et elle avait hâte de savoir comment son rendez-vous chez le médecin s'était passé.

Son rendez-vous était à 11 heures ce matin-là. Elle aurait voulu l'accompagner, mais elle avait des desserts à faire pour le soir même. En revanche, elle s'était organisée pour que son assistante supervise seule la réception afin de se libérer pour Robert.

Elle attendait beaucoup de cette soirée. Robert l'avait même embrassée sur la joue en partant et lui avait dit qu'il comptait l'emmener dîner dans un très bon restaurant. Du coup, elle était passée chez *Victoria's Secret* s'acheter un bustier rose très sexy et des bas. Ensuite, elle s'était dépêchée de rentrer pour prendre une douche et se changer, en espérant que, avant la fin de la nuit, Robert aurait découvert les dessous sexy qu'elle portait sous la robe rouge qu'il préférait.

Elle se mettait du parfum dans le cou quand elle entendit Robert tourner la clé dans la serrure de la porte d'entrée. Elle sentit son pouls s'accélérer.

— Je suis là, chéri, lança-t-elle en refermant le flacon. Comment ça s'est passé, chez le médecin ?

Elle leva les yeux. Quand elle le découvrit dans le miroir, son sourire se figea.

Tout dans son visage trahissait la colère. Ses lèvres étaient si serrées qu'elles en perdaient leur couleur. Une veine palpitait sur sa tempe, et ses yeux lançaient des éclairs.

La peur la saisit quand elle se tourna vers lui.

— Qu… qu'est-ce qui ne va pas ? demanda-t-elle.

— Comment as-tu osé ? jeta-t-il d'une voix basse et froide, en avançant dans la pièce. Comment as-tu osé aller à mon bureau et m'humilier comme cela ?

— Je… je n'y suis pas allée pour t'humilier.

— Que croyais-tu faire, en leur demandant de me rendre mon emploi ?

— Je croyais t'aider.

— M'aider ? Tu croyais que ça m'aiderait que ma femme aille à mon ancien bureau ramper à ma place ?

— Je n'ai pas rampé, protesta-t-elle. Je… j'avais l'impression que la retraite ne te plaisait pas et que tu étais trop fier pour admettre que tu avais fait une erreur mais que, si on t'appelait pour te proposer des missions de consultant, tu les accepterais et tu serais plus heureux.

— Plus heureux ? Tu veux que je sois plus heureux ? dit-il en faisant un pas de plus vers elle.

— Je… je n'étais pas au courant des circonstances de ton départ à la retraite. Si j'avais su, je n'y serais jamais allée.

— Tu n'aurais jamais dû y aller, point final.

Marie se leva, les jambes tremblantes.

— Pourquoi ne m'as-tu rien dit, pour ton travail ?

— Pourquoi ne m'as-tu pas dit que tu mijotais un coup aussi bas ?

— Ne réponds pas à ma question par une question. C'est toi qui m'as menti.

— Ah, oui ? Et toi, tu m'as fait passer pour le dernier des imbéciles.

— Qu'est-il arrivé ?

— Je suis allé boire une bière avec Larry.

Il était écarlate. Jamais elle ne l'avait vu ainsi, même après cet affreux coup de soleil qu'il avait pris à Destin Beach, trois ans plus tôt.

— Larry a commencé à parler de ta visite au bureau et m'a dit qu'il espérait ne pas m'avoir mis dans une position trop délicate. Bon sang, Marie, je le regardais en me demandant ce qu'il voulait dire. Quand j'ai compris, j'aurais voulu disparaître sous la table.

— Je suis désolée, Robert, fit-elle dans un souffle. Tu étais si malheureux, notre relation devenait si compliquée, si amère… J'ai voulu résoudre tes problèmes.

— Nom d'un chien, Marie ! Tu es ma femme, pas ma mère. Tu n'es pas censée résoudre mes problèmes.

— Et toi, tu n'es pas censé me cacher des choses aussi importantes ! Tu as traversé l'une des périodes les plus difficiles de ta vie et tu m'as tenue à l'écart.

— Apparemment, j'ai eu raison de le faire.

Il traversa la chambre, ouvrit la porte du placard et sortit sa valise, qu'il se mit en devoir de remplir de vêtements.

— Où... où vas-tu ? demanda-t-elle, envahie par l'angoisse.

— Ailleurs.

— Où ?

— Je ne sais pas.

Elle allait lui demander combien de temps il comptait s'absenter, mais elle se retint. Elle n'avait pas envie de savoir. Elle avait bien trop peur de sa réponse.

Lorsqu'il quitta la chambre, elle se leva et alla à la fenêtre. Elle le vit sortir de la maison en claquant la porte, jeter sa valise dans le coffre et monter en voiture.

Il démarra dans un crissement de pneus. Marie enfouit le visage dans ses mains, mais elle ne pleura pas. Elle avait assez pleuré. Si Robert devait se conduire ainsi, elle préférait qu'il ne soit pas là. Elle n'était pas son souffre-douleur. Elle n'était pas son ennemie. Et elle n'était pas sa mère.

Elle était sa femme. Elle était censée être sa confidente, son amie, son amante. S'il refusait qu'elle le soit, il ne restait rien à sauver de leur mariage.

Robert roula sans but dans les rues de la ville. Il était si en colère, si bouleversé qu'il n'arrivait même pas à décider où aller. Quand la nuit tomba, il se dirigea vers la rive nord du lac Pontchartrain, uniquement parce que le pont qui y menait faisait près de quarante kilomètres – quarante kilomètres pendant lesquels il n'aurait pas à décider quelle direction prendre.

Parce qu'il n'en avait pas la moindre idée. Cette histoire avec Marie... Seigneur, il avait vraiment été aveugle !

La journée avait pourtant bien commencé. Il avait été content que Larry l'appelle pour l'inviter à déjeuner. Il avait refusé à cause de son rendez-vous chez le médecin, mais ils étaient convenus de se retrouver dans l'après-midi pour boire une bière. Il avait attendu ce moment avec impatience.

Ils s'étaient assis à une table dans l'un de leurs bistrots habituels, près du tribunal. Après avoir échangé quelques plaisanteries, ils avaient commandé une bière. Puis Larry s'était penché en avant, les avant-bras appuyés sur la table.

— Au fait, avait-il dit, désolé pour Marie, l'autre jour.

— Quoi ?

— Vous savez, quand elle est passée me voir au bureau...

— De quoi parlez-vous ?

Larry avait pâli, puis rougi.

— Oh, zut.

Une impression désagréable s'était emparée de Robert.

— Qu'y a-t-il ?

Larry avait bu une longue gorgée de bière avant de répondre.

— Écoutez, je suis désolé. Faisons comme si je n'avais rien dit.

— Mais enfin, qu'est-ce qui se passe ?

— Demandez à Marie, avait répondu Larry en secouant la tête.

Robert ne voyait qu'une raison qui puisse expliquer la gêne de Larry à parler de Marie. Un accès de jalousie d'une force et d'une profondeur terrifiantes l'avait envahi.

— C'est à vous que je pose la question, avait-il dit avec brusquerie.

Larry avait compris son inquiétude. Il s'était appuyé au dossier de son siège en ouvrant de grands yeux et en levant les deux mains.

— Oh, bon sang ! Ce n'est pas cela du tout, avait-il assuré.

— Alors, qu'est-ce que c'est ?

Son ancien patron avait poussé un soupir.

— Elle est venue au bureau il y a quelque temps. Elle a dit que vous étiez déprimé depuis votre départ à la retraite et que vous étiez trop fier pour admettre que vous aviez fait une erreur en la prenant aussi tôt. Elle voulait savoir si je serais prêt à vous proposer un temps partiel ou des missions de consultant.

Robert en avait eu la nausée.

— Quoi ? s'était-il écrié.

— Je ne savais pas que vous ne lui aviez rien dit des... hum... des circonstances de votre départ – et j'ai fini par lui raconter toute l'histoire.

Pour Robert, l'humiliation avait été atroce. Elle avait balayé le peu d'estime de soi qu'il conservait encore.

— Je n'en reviens pas qu'elle ait agi dans mon dos comme cela, avait-il dit. Je suis désolé.

— Hé, elle a fait cela pour vous. Elle pensait agir dans votre intérêt, avait répondu Larry en fronçant ses sourcils broussailleux d'un air inquiet. Marie et vous... il faudrait que vous parliez plus.

Des conseils matrimoniaux, maintenant… C'était la dernière chose dont il eût besoin.

— Écoutez, avait-il dit en se levant, il faut que j'y aille. Désolé que vous ayez été mêlé à tout ça.

Les pleins phares d'une voiture qui arrivait très vite derrière lui le tirèrent de ses pensées et le ramenèrent au présent. Il était presque au milieu du pont, et un imbécile collait à son pare-chocs.

Il serra les dents, tenté de donner un coup de frein pour que ce crétin lui rentre dedans. Avec un peu de chance, l'impact ferait tomber sa voiture du pont et mettrait fin à ses problèmes.

Cette idée lui fit peur, justement parce qu'il la trouvait tentante. Il avait toujours estimé que le suicide était la solution des lâches. De toute façon, avec sa chance, s'il tombait à l'eau, il flotterait au lieu de couler. Ou alors sa voiture resterait sur le pont, mais l'accident ferait de lui un légume.

Ce qui ne changerait pas grand-chose par rapport à sa situation présente. Il était tellement nul que Marie se sentait obligée de résoudre ses problèmes pour lui. Et elle n'osait même pas le lui dire, parce qu'il était devenu une telle lavette qu'elle craignait qu'il ne le supporte pas.

Le pire, c'était qu'elle avait raison, songea-t-il avec dégoût. Il était un minable. Un zéro. Un vieil homme fini. Il échouait dans tous les domaines. Il rendait malheureuse la seule femme qu'il eût jamais aimée.

L'image de son visage s'imposa à son esprit. Curieusement, il se la représentait toujours souriante et heureuse. Pourtant, ces temps-ci, elle ne souriait plus beaucoup.

Seigneur, quel imbécile il faisait ! Il aurait dû se rendre compte qu'elle était au courant. Elle lui avait pourtant raconté cinquante histoires d'hommes qui, en perdant leur emploi, avaient aussi perdu leur estime de soi. Elle lui avait rebattu les oreilles avec le récit de la faillite de Vince, en ajoutant que c'était parce qu'il n'avait pas parlé à Caroline de ses problèmes que leur mariage avait sombré.

Elle avait fait son possible pour le pousser à lui dire la vérité.

Mais pourquoi était-ce si difficile ?

La voiture qui le suivait finit par le doubler en trombe. Robert vit le point rouge d'un mégot de cigarette jeté par la fenêtre. Puis le véhicule se mit à faire des embardées sur la route en changeant de file. Le conducteur était ivre, devina-t-il. S'il y avait un délit qui lui inspirait plus de mépris que tous les autres, c'était bien la conduite en état d'ébriété.

Il nota mentalement le numéro de la plaque d'immatriculation, puis sortit son téléphone portable de sa poche et composa le 911.

— Je roule sur le pont vers le nord, annonça-t-il, et il y a un conducteur ivre qui zigzague devant moi.

— Où êtes-vous ? demanda la standardiste.

— Je viens de passer la marque du kilomètre dix-huit.

C'est alors que l'accident se produisit. Tout alla si vite qu'il n'aurait rien vu si le véhicule n'avait pas été à moins de cent mètres de lui, au niveau d'un réverbère. La voiture heurta la glissière de sécurité, se cabra et tomba du pont.

— Ô mon Dieu ! La voiture du conducteur ivre vient de tomber à l'eau ! cria-t-il dans le téléphone.

Il pila, sortit de sa voiture et courut jusqu'au parapet en béton. Il ne s'arrêta que le temps d'ôter ses mocassins et sauta dans ce qui semblait être un trou noir.

L'eau était froide. Froide et légèrement salée. La tête sous l'eau, il regarda en bas. À cet endroit, le lac ne faisait que quatre mètres de profondeur, et il distinguait le toit de la voiture blanche. Il retint son souffle et nagea jusqu'à la portière du conducteur. L'homme était maintenu par sa ceinture de sécurité, en vie mais manifestement pris de panique. Il agitait un bras affolé par la vitre ouverte.

Robert remonta à la surface pour respirer. Il inspira à fond, replongea et tenta d'ouvrir la portière, sans succès. Heureusement que l'homme était fumeur, songea-t-il, et que la vitre était baissée. Pour la première fois de l'histoire, une cigarette pourrait bien sauver la vie d'un homme.

Il passa la main dans l'habitacle pour déboucler la ceinture de sécurité de l'homme, qui se cramponna frénétiquement à sa manche. Les poumons de Robert le brûlaient. Il tentait de tirer le conducteur par la fenêtre, mais c'était lui qui le tirait dans la voiture.

Et soudain, l'homme se relâcha complètement. À cet instant, Robert comprit qu'il avait une décision à prendre et qu'il ne disposait que d'une fraction de seconde pour le faire. L'homme était peut-être déjà mort. S'il restait avec lui, tout serait fini d'ici une minute ou deux, et cela aurait l'air d'un accident. Il mourrait même en héros.

Mais Marie croirait qu'il était mort en lui en voulant. Elle penserait que c'était de sa faute, que c'était elle qui avait causé sa mort.

Il ne pouvait pas lui faire cela. Il ne voulait pas lui faire cela. Il l'aimait.

L'immensité de cet amour l'emplit comme l'eau avait empli la voiture accidentée. Il l'aimait, et elle l'aimait. L'amour était tout ce qui comptait. C'était la raison de vivre des hommes.

C'était aussi la raison pour laquelle ce type ne pouvait pas mourir ce soir, la raison pour laquelle Robert avait sauté dans le lac. Quelqu'un, quelque part, aimait peut-être cet homme ivre, pitoyable et imbécile. Et même si ce n'était pas le cas, il méritait une seconde chance.

Robert avait désespérément besoin d'air. Il tira un grand coup et parvint à sortir l'homme par la fenêtre. Peut-être était-il déjà trop tard, songea-t-il en le remontant à la surface. Il ne lui restait sans doute qu'une seconde ou deux avant que le manque d'oxygène lui fasse perdre conscience. Il se dirigeait vers une vive lumière blanche. N'était-ce pas ce qui arrivait quand on mourait ? Il ne se serait jamais douté que cela demandât un tel effort physique, cela dit. Ses poumons étaient en feu. Il sentait ses muscles faiblir. La lumière commençait à s'évanouir.

C'est alors que son visage atteignit le paradis. Un paradis d'air respirable. Il inspira et ouvrit les yeux. Il avait atteint la surface et la lumière brillait de nouveau, éblouissante.

— Les voilà ! cria une voix au-dessus de lui.

Robert regarda vers la source de la lumière et vit qu'on faisait descendre quelque chose du pont. Un gilet de sauvetage. Deux gilets de sauvetage. Il pédalait dans l'eau en essayant, d'un bras, de maintenir la tête de l'homme à l'air libre. De l'autre main, il attrapa un gilet.

Une échelle de corde se déroula. Robert se dirigea lentement vers elle tandis qu'un homme descendait.

— Ça va ? demanda le secouriste.

Robert hocha la tête en attrapant l'échelle, toujours haletant. Il n'avait pas suffisamment d'énergie pour dire autre chose que le strict nécessaire.

— Inconscient, fit-il en inclinant la tête vers l'homme qu'il soutenait.

Le secouriste fixa rapidement une espèce de harnais autour du conducteur ivre, avant de faire signe à l'un de ses coéquipiers sur le pont.

— Je reviens vous chercher, dit-il à Robert.

Quand l'homme eut été hissé sur le pont, le secouriste redescendit.

— Vous êtes blessé ? lui demanda-t-il. Nous pouvons vous hisser si vous ne vous sentez pas capable de monter l'échelle.

— Je vais bien, assura Robert.

C'était vrai. Il se sentait bien.

Pour la première fois depuis très longtemps, il était heureux d'être en vie. Et il était impatient de retrouver Marie, de la serrer dans ses bras, de lui dire qu'il l'aimait et de la supplier de lui accorder une seconde chance.

Elle ne répondait pas au téléphone. Un peu plus tard, tandis qu'il roulait sur le pont vers La Nouvelle-Orléans, il tenta de la joindre sur son portable. Elle répondit au bout de deux sonneries, mais il sentit de la méfiance dans sa voix.

— Marie, dit-il, il faut que je te voie.

Elle hésita une seconde. Il eut l'impression que son cœur faiblissait. Elle qui était toujours si prompte à pardonner, si désireuse de faire la paix…

— Nous devrions attendre un jour ou deux, Robert, répondit-elle. Je crois qu'il nous faut un peu d'espace.

Ce fut comme si une flèche lui perçait le cœur. De l'espace… Ils en avaient eu bien trop, justement, ces derniers temps. Avait-il épuisé toute sa capacité à pardonner, toutes ses chances ? Il crispa sa main mouillée sur son portable.

— Où es-tu ? demanda-t-il.

— J'ai une réception au *Gallier Hall,* répondit-elle d'un ton détaché qu'il ne lui connaissait pas. Betsy devait s'en charger seule, mais après ton départ, j'ai décidé d'aller l'aider.

— J'arrive.

— Je ne crois pas que ce soit une bonne idée. Il me semble…

— J'arrive, répéta-t-il.

Marie disposait un plateau de bouchées au chocolat sur le buffet drapé de satin quand elle entendit un murmure s'élever dans la pièce. Elle leva la tête et vit une mer de robes pailletées et de smokings se tourner vers la porte d'entrée. Puis la mer se fendit, et un homme trempé se dirigea droit vers elle. Son regard brillait d'une détermination farouche.

Robert.

Le cœur battant, elle se précipita vers lui.
— Mon Dieu ! s'exclama-t-elle. Tu es tout mouillé !
— Je sais.
— Que t'est-il arrivé ?
— C'est une longue histoire.
Elle savait que tout le monde les regardait. Or, la première règle de son métier était que le personnel ne devait en aucun cas troubler une réception.
— Viens, dit-elle en prenant le bras de Robert, trempant la manche de sa robe en soie rouge au passage.
Ils allèrent dans la cuisine, où Betsy préparait un plateau de mini-éclairs et de fraises enrobées de chocolat. Elle leva la tête et poussa un cri.
— Robert ! Mon Dieu, qu'est-ce qui vous est arrivé ?
— Plus tard, répondit-il.
Il entraîna Marie dans la réserve et alluma la lumière.
— Mais qu'est-ce qui… commença-t-elle.
— Marie, je suis vraiment désolé.
L'émotion troublait son regard. Ses yeux semblaient même embués de larmes, mais il était si mouillé qu'elle n'en était pas sûre.
— Je suis désolé pour tout, reprit-il. J'ai été un véritable crétin. Je comptais te parler de mes problèmes au travail, mais j'ai sans arrêt repoussé le moment de le faire parce que je ne voulais pas baisser dans ton estime.
— Ça ne serait pas arrivé ! Larry m'a expliqué que tu avais été piégé. Je savais que ce n'était pas de ta faute.
— Non. Il n'empêche que j'ai été poussé dehors comme si j'étais coupable et… Mon Dieu, Marie, je ne peux même pas te dire à quel point ça m'a fait mal.
— Évidemment, fit-elle, bouleversée. Cela a dû être horrible.
— Oui.
— Une telle injustice…
Elle secoua la tête, à court de mots.
— Et savoir que tu ne pouvais pas te défendre sans risquer de faire plonger tout le bureau…
— Cela me tuait, admit-il en hochant la tête.
— Alors, pourquoi ne m'as-tu rien dit ?
Il repoussa une mèche de cheveux mouillés qui retombait sur son front et la regarda. Il n'y avait ni orgueil ni prétention dans ses yeux ; juste des regrets, de la peine et de la sincérité.

— Je voulais le faire, assura-t-il. Je n'arrêtais pas d'essayer de trouver le moment adéquat, mais tu étais si occupée, si passionnée par ton travail que... enfin, je n'avais pas envie de gâcher ton bonheur. Ensuite, il y a eu le pot de départ, et après... Je ne voyais pas comment t'expliquer le fait que je ne t'aie rien dit avant. Et plus j'attendais, plus cela devenait difficile. J'ai fini par me convaincre que tu n'avais pas vraiment besoin de savoir, que tu serais plus heureuse si tu n'étais pas au courant. Mais ce secret si lourd et si terrible me rongeait. Et te cacher la vérité a commencé à me ronger aussi, jusqu'à ce que, finalement, garder le secret devienne plus pénible que le secret lui-même.

— Oh, Robert, murmura-t-elle.

— C'était de l'orgueil mal placé, affirma-t-il en la prenant par les bras. J'avais l'impression d'être le roi des nuls au moment où toi, tu connaissais le succès. Je me sentais vieux, inutile, et... j'ai fini par le devenir. Et je te l'ai reproché, ajouta-t-il dans un soupir. C'était injuste, égoïste et stupide de ma part. Mais je me sentais tellement minable... Et j'avais peur, conclut-il d'une voix à peine audible.

— De quoi ?

— De te perdre. Et pourtant, je faisais tout pour te repousser, ajouta-t-il en secouant la tête, avant de lui adresser un sourire gêné. Je crois qu'il faut que je voie un psy, non ?

— Non. Il faut seulement que tu me voies, moi.

Elle posa tendrement les deux mains sur ses joues et le regarda droit dans les yeux.

— Il faut que tu voies dans mon cœur, reprit-elle. Parce que, alors, tu verras que je suis là pour toi. Tu verras que je t'aime et que rien ne changera jamais cela. Mais si tu ne veux pas de mon amour... Eh bien, je ne chercherai pas à te l'imposer.

Il remonta les mains le long de ses bras, jusqu'à ses épaules, et l'attira vers lui.

— J'ai besoin de ton amour, assura-t-il. Je t'aime plus que la vie elle-même. Je crois que j'ai eu l'impression de ne pas te mériter, avoua-t-il en la regardant dans les yeux. Mais je vais me rattraper. Je suis prêt à faire tout ce qu'il faut. Si tu veux que j'aille voir un conseiller conjugal, un psy ou une sorcière à deux têtes, tu n'as qu'un mot à dire, et j'irai.

— Tu sais où j'ai surtout envie d'aller ?

— Non.

— À la maison, chuchota-t-elle.

Il l'attira tout près de lui et lui donna un long et lent baiser plein de douceur, de tendresse et d'émotion, chargé de promesses d'avenir.

— J'ai l'impression d'y être déjà.

Des larmes roulèrent sur les joues de Marie mais, cette fois, c'étaient des larmes de joie. Il l'embrassa de nouveau, avec une ardeur qui déclencha les flammes de la passion. Elle se serra contre lui et sentit la chaleur de son corps à travers sa chemise mouillée. Il resserra les bras autour d'elle et la pressa tout contre lui, tout contre la preuve durcie de son désir.

Ils n'avaient pas besoin de Viagra. Il fallait seulement qu'il ne subsiste aucun obstacle entre eux, et ils avaient déjà mis leur cœur à nu. Robert tira une chaise sous la poignée de la porte de la réserve pour la bloquer, puis descendit la fermeture Éclair de la robe de Marie.

39

Stevie se réveilla épuisée le lendemain matin. Épuisée et déprimée. Dans la cuisine, elle trouva un mot à côté de la cafetière électrique.

Grande réunion aujourd'hui. Suis parti très tôt. Rentrerai tard. Ne m'attends pas.

Les larmes lui montèrent aux yeux tandis qu'elle préparait la bouillie d'Isabelle. Il était plus de minuit quand Holt était rentré, la veille. Il s'était couché en lui tournant le dos, et quand elle avait fait un geste vers lui, il avait marmonné qu'il était fatigué. C'était la première fois depuis qu'elle dormait dans sa chambre qu'ils ne faisaient pas l'amour. Elle était restée éveillée jusqu'au petit matin, le ventre noué.

Au premier désaccord, il s'était éloigné. Au lieu de rester et de mettre les choses au clair, il était parti. Elle avait cru qu'elle était presque parvenue à escalader le grand mur qu'il avait érigé autour de son cœur, et voilà que, à la première difficulté, il se dressait de nouveau, plus sombre, plus haut, plus insurmontable que jamais.

C'était pour le moins décourageant. Tout autant que le fait que Holt ait fait appel à Charlotte pour décorer la maison d'en face. D'ailleurs, ce qui l'ennuyait le plus n'était pas qu'il ait engagé Charlotte, mais qu'il prépare la maison pour y emménager. Il comptait toujours s'en aller. Qu'il ait demandé à une ex d'aménager son nid post-divorce ne faisait que retourner le couteau dans la plaie.

Ce n'était pas qu'il ne tînt pas à elle, songea-t-elle en installant Isabelle dans sa chaise haute. Seulement, il refusait de l'admettre. Il était convaincu qu'il ne saurait pas faire durer un mariage, que le divorce était inévitable et que plus tard il interviendrait, plus Isabelle souffrirait.

Selon Stevie, les actes en disaient plus long que les mots. Or les actes de Holt étaient aimants. Il l'embrassait en rentrant le soir, il enfouissait le visage dans son cou à chaque occasion, il la câlinait quand ils s'asseyaient sur le canapé après le dîner pour bavarder. Il se levait avec Isabelle le matin pour que Stevie puisse dormir un peu plus. Et il avait dû lire son livre sur la grossesse, car il lui apportait un soda et des crackers au lit depuis qu'il avait appris que manger avant de se lever pouvait aider à lutter contre les nausées matinales.

Et quand ils faisaient l'amour… Holt était le plus exquis, le plus tendre, le plus passionné, le plus attentionné des amants. Il la ravissait au-delà des mots. Et le plaisir était réciproque, cela ne faisait aucun doute.

Elle espérait simplement ne pas prendre ses rêves pour des réalités. Elle tablait sur l'espoir que, quand le bébé naîtrait, la peur de l'engagement de Holt se serait dissipée.

La scène de la veille avait constitué une rechute. Une rechute dont elle ne pouvait pas encore mesurer la gravité. Du moins le temps jouait-il en sa faveur. Il lui restait presque un an pour le faire changer d'avis.

Isabelle semblait contaminée par sa mauvaise humeur. Elle protestait et gigotait tandis que Stevie essayait de la nourrir et s'entraînait à cracher à chaque bouchée. Quand on sonna à la porte, un peu après 10 heures, elle pleurait, Stevie avait mal au dos, et le vieux survêtement gris qu'elle avait enfilé en se levant était maculé de taches de céréales.

Portant le bébé hurlant sur sa hanche, elle traversa le salon jonché de jouets jusqu'à la porte d'entrée et regarda par le judas.

Génial. C'était génial.

De l'autre côté se tenait la décoratrice, les cheveux brillants, le maquillage impeccable, vêtue d'un tailleur gris qui mettait en valeur sa minceur et ses longues jambes. Stevie changea Isabelle de hanche et ouvrit.

Les effluves d'un parfum de luxe entrèrent d'abord, suivis de la jeune femme, qui examina Stevie, comparant certainement sa tenue débraillée avec sa propre élégance.

Ses lèvres parfaites se retroussèrent en un sourire faux.

— Je ne sais pas si vous vous souvenez de moi, dit-elle. Je suis Charlotte Ferguson.

— Oui, je me souviens, répondit Stevie. Vous êtes la femme qui apporte des fleurs mortes le soir.

Le sourire de Charlotte se fissura un peu.
— Je suis la décoratrice de Holt, rectifia-t-elle. Il m'a dit que vous pourriez me donner les clés de sa nouvelle maison.
« Sa nouvelle maison. » Ces mots lui nouèrent la gorge.
— Oui, dit-elle malgré tout, en ouvrant plus grande la porte. Elles sont dans la cuisine.
Charlotte entra et regarda autour d'elle. Tandis qu'elles se rendaient dans la cuisine, Stevie imagina de quoi la maison pouvait avoir l'air à ses yeux, avec la couverture de bébé étalée sur le sol du salon, le transat dans un coin, la vaisselle du petit déjeuner sur la table, la chaise haute couverte de bouillie, des jouets partout.
— Je suis sûre que vous appréciez ce que j'ai fait de la maison, fit-elle.
Cela ne sembla pas amuser la décoratrice.
— Alors… vous gardez toujours le bébé de Holt ? demanda-t-elle.
Il ne lui avait pas dit qu'ils étaient mariés, comprit Stevie, le cœur serré.
— En fait, déclara-t-elle en relevant le menton, c'est aussi mon bébé. Et Holt et moi allons en avoir un deuxième.
Charlotte la regarda avec un mélange de méfiance et d'incrédulité, comme si elle avait affaire à une folle.
— Il ne vous a pas dit ? demanda Stevie. Nous sommes mariés.
Charlotte eut un petit sourire forcé. Manifestement, elle croyait qu'elle mentait.
— Tout ce que je sais, c'est qu'il m'a engagée pour décorer la maison d'en face parce qu'il va s'y installer.
Stevie garda la tête haute et rassembla tout son courage.
— Oui, confirma-t-elle. Nous pensons qu'un peu de distance nous aidera à entretenir le mystère et le romantisme de notre mariage.
Une mèche imbibée de bouillie lui tomba en travers du visage, gâchant un peu l'effet qu'elle voulait produire. Au moment où elle la rejetait en arrière, Isabelle remplit bruyamment sa couche.
Charlotte regarda le bébé d'un air horrifié tandis qu'une mauvaise odeur caractéristique s'élevait entre elles.
— Vous voulez la prendre ? proposa gentiment Stevie.
— Euh… non, merci. Il vaut mieux que j'aille travailler.
— Entendu, répondit Stevie en lui donnant les clés.

La décoratrice les prit entre le pouce et l'index, comme si elles étaient répugnantes.

Puis elle fila aussi vite que le lui permettaient ses talons hauts, qui cliquetèrent sur le plancher telles les griffes d'un caniche. Stevie la suivit avec le bébé malodorant.

Elle s'arrêta sur le seuil tandis que Charlotte se hâtait de traverser la rue.

Mais à peine eut-elle refermé la porte derrière elle qu'elle fondit en larmes. Car elle avait compris que Holt allait vraiment déménager.

Quand elle arriva au Centre pour donner son cours de midi sur les coliques du nourrisson, Michelle se précipita à sa rencontre.

— Stevie, tu as vu le journal ?

— Non. Pourquoi ? demanda-t-elle en installant Isabelle à côté d'un autre bébé, sur le tapis de sol du coin des petits.

Elle se redressa avec une grimace et massa ses reins douloureux.

— Ton père est un héros !

— Quoi ?

— Il a sauvé un homme dont la voiture était tombée dans le lac, hier soir.

Michelle traversa rapidement la pièce pour aller chercher un journal sur son bureau et le lui rapporter.

Stevie le parcourut. En effet, la photo de son père, debout à côté d'une voiture de police, les vêtements mouillés et les cheveux plaqués sur le crâne, s'étalait à la une. *Un retraité sauve une vie*, disait le titre.

Elle lut l'article.

— Que faisait mon père sur le pont du lac ? s'étonna-t-elle.

— Aucune idée, mais ce type a eu de la chance qu'il y soit.

— Eh bien ! Je n'en reviens pas que ma mère ne m'ait pas encore téléphoné.

— Alors, appelle-la ! Je suis pressée de connaître les détails de cette histoire.

— Je crois que c'est ce que je vais faire.

Stevie sortit son portable de son sac et composa le numéro de ses parents. Quelques instants plus tard, elle raccrocha en fronçant les sourcils.

— C'est bizarre, déclara-t-elle. Je suis tombée sur le répondeur, et le message dit qu'ils sont absents jusqu'à lundi.

— Peut-être qu'ils veulent fuir les médias.

— Sans doute. Mais cela ne leur ressemble pas d'être injoignables.

Elle grimaça quand la douleur de son dos se propagea à son ventre.

— Qu'est-ce qu'il y a ? s'inquiéta Michelle.

— J'ai mal au ventre. J'ai dû manger quelque chose qui n'est pas passé.

— Tu devrais rentrer chez toi, conseilla son amie. Nous pouvons déplacer le cours.

— Non, ça va aller.

Mais cela n'alla pas. Tandis qu'elle parlait des façons de calmer les maux de ventre des petits bébés, les siens augmentaient, trop violents pour qu'elle continue à les ignorer. Elle lutta contre la panique qui l'envahissait. Non. Elle refusait même d'envisager cette possibilité.

À mesure que l'après-midi passait, hélas, elle fut bien obligée de se rendre à l'évidence.

— Stevie, ça va ? lui demanda Michelle à la fin de son cours.

— Non, répondit-elle, des larmes brûlantes dans les yeux. Je... je crois...

Elle ne parvenait pas à le dire. Elle serra les cuisses comme si la seule force de sa volonté pouvait lui permettre d'éviter l'inéluctable.

— Michelle, reprit-elle, tu veux bien me conduire chez le médecin ?

Quand le docteur Arnold l'examina, tout était déjà fini.

— Je suis désolé, Stevie, dit-il doucement. Environ vingt pour cent des grossesses se terminent ainsi au cours des trois premiers mois.

Des larmes roulaient sur ses joues tandis que, assise au bout de la table d'examen, elle serrait sa blouse de papier dans ses doigts.

— Cela n'est pas dû à quoi que ce soit que vous ayez fait, assura le médecin en lui donnant un mouchoir en papier, et vous n'auriez rien pu faire pour l'éviter. Cela vous aidera peut-être de savoir que quatre-vingt-dix pour cent des femmes qui font une fausse couche mènent ensuite leurs grossesses à terme et ont des enfants en bonne santé.

— Pas moi, répondit-elle amèrement.

— Il n'y a aucune raison de croire cela.

Si. Son mariage était fichu. Maintenant que l'adoption était officielle et qu'Isabelle s'était attachée à Holt, plus rien ne s'opposait au divorce. Elle avait cru que sa grossesse lui permettrait de gagner du temps, un temps qu'elle mettrait à profit pour se faire aimer de Holt. Mais ce temps venait de lui échapper.

Non seulement elle avait perdu son bébé, mais elle avait aussi perdu l'homme qu'elle aimait.

40

L'assistante de Holt passa la tête dans la salle de réunion où il se trouvait avec les dirigeants d'Allen Industries.

— Je suis désolée de vous interrompre, dit-elle d'un air grave, mais j'ai Mme Michelle Blanche au téléphone. Elle dit qu'il s'agit d'une urgence. Cela concerne votre femme.

Le cœur de Holt fit un bond. Il se leva brusquement.

— Excusez-moi, dit-il en sortant.

Il était arrivé quelque chose à Stevie ? La poitrine oppressée par l'angoisse, il pressa le pas dans le couloir. Il prit la communication dans le bureau de son assistante pour ne pas perdre encore plusieurs secondes en se rendant dans le sien.

— Allô ?

— Holt, je suis désolée de t'appeler comme cela, dit Michelle. Stevie m'a dit que tu avais une réunion importante et elle ne voulait pas te déranger, mais je me suis dit qu'il fallait que tu saches.

— Que je sache quoi ?

— Stevie a fait une fausse couche.

Ô Seigneur !

— Elle… Ça va ? demanda-t-il, la gorge nouée.

— Physiquement, oui. Elle a vu le médecin, et il l'a renvoyée chez elle. Mais psychologiquement… elle est anéantie. J'ai préféré te mettre au courant.

— Elle est à la maison ?

— Oui. Je lui ai proposé de rester avec elle, mais elle n'a pas voulu. Elle affirme que tout va bien et qu'elle est parfaitement capable de s'occuper d'Isabelle. Mais, à mon avis, il vaut mieux qu'elle ne soit pas seule.

— Je rentre. Merci d'avoir appelé.

Il raccrocha et se tourna vers Lanie.

— J'ai une urgence familiale, expliqua-t-il. Dites au conseil d'administration que je suis navré, mais qu'il va falloir reporter la réunion.

Sur ce, il sortit.

Un vide glacé l'envahit tandis qu'il se faufilait dans la circulation de St. Charles Avenue. Sa dureté de la veille n'avait pas dû faire de bien à Stevie ni au bébé. Il était resté éveillé presque toute la nuit, et à en juger par le rythme de sa respiration, elle aussi. Était-il responsable de ce qui était arrivé ?

En entrant dans la maison, il trouva les stores baissés et les lumières éteintes. Il ne vit pas Stevie tout de suite, car elle était étendue sur le canapé, le regard perdu dans le vague.

— Stevie ?

Elle ne bougea que la tête.

Il traversa la pièce et vint s'agenouiller auprès d'elle.

— Stevie, dit-il, je suis désolé.

— Tu n'as pas à me mentir, répliqua-t-elle d'un ton neutre et terne. Je sais que tu ne voulais pas de ce bébé.

Bon sang… était-ce vrai ? Au début, peut-être, mais ensuite, l'idée avait fini par lui plaire.

— Je suis consterné par ce qui est arrivé, assura-t-il.

— N'empêche que c'est arrivé. Alors, tu es libre.

Ces mots lui percèrent le cœur.

— Stevie… je m'en veux vraiment. Si je n'avais pas été aussi odieux hier soir, si je ne t'avais pas fait de la peine…

Stevie se redressa lentement et posa les pieds sur le sol.

— Non, ce n'est pas de ta faute, répondit-elle d'une voix plus douce. Le médecin dit que ce n'est pas dû à quoi que ce soit que nous ayons fait. C'est arrivé, c'est tout.

Il s'assit à côté d'elle sur le canapé et lui prit les mains, qu'il trouva froides et sans force.

— Je suis vraiment désolé, répéta-t-il.

Elle se raidit et se détourna.

— Ton amie la décoratrice est passée ce matin, lui apprit-elle.

Zut. Son cœur se serra encore un peu plus.

— J'imagine que ta maison sera bientôt prête.

— Stevie, nous n'avons pas besoin d'aborder cette question maintenant.

— Si, affirma-t-elle, la bouche durcie par la détermination. Comme je ne vais pas avoir de bébé, nous ferions aussi bien de revenir au plan initial. Nous étions d'accord pour divorcer dès que l'adoption serait officielle et qu'Isabelle se serait attachée à toi. Eh bien, c'est fait.

Il eut l'impression que son sang se figeait dans ses veines.

— Ce n'est pas le moment de parler de cela. Tu as eu une dure journée et…

— Holt, je ne peux pas continuer comme cela, coupa-t-elle d'un ton ferme. Je t'aime. J'espérais que d'ici la naissance du bébé, tu m'aimerais aussi. Je sais que ce n'était pas très honnête de ma part, que je n'aurais pas dû m'attendre que tu changes. Mais la vie est faite de changements, et avoir un bébé est l'un des plus grands changements qui soient… Bref, j'espérais que tes sentiments changeraient aussi, conclut-elle en baissant les yeux.

Il avait l'impression d'avoir une plaie à vif à la place du cœur.

— Stevie…

Elle leva la main pour l'interrompre.

— Ne dis rien, lui enjoignit-elle. Je sais que tu t'en veux. Je sais que tu n'avais pas l'intention de me faire souffrir. Je sais que tu veux me consoler de la perte du bébé. Mais tu me feras plus de mal encore si tu me dis des choses tendres alors que j'accepte enfin la vérité.

Il lisait tant de peine dans ses yeux que cela le faisait souffrir aussi. Elle prit une inspiration tremblante.

— Il n'y a plus de bébé, et toi et moi, nous n'avons pas d'avenir ensemble. Je ne peux pas continuer à faire comme si nous étions vraiment mariés alors que ce n'est pas le cas, et plus longtemps cela durera, plus ce sera dur pour moi. Il serait cruel de ta part de rester, d'être gentil avec moi, car je ne t'en aimerais que plus. Je veux une rupture nette.

— Stevie…

— Tu pourras voir Isabelle autant que tu voudras. Plus tu la verras, mieux ce sera. Tu pourras venir lui donner son petit déjeuner et passer en rentrant du bureau. Mais… mais, Holt, je ne peux plus vivre avec toi.

Il ne voulait surtout pas la faire souffrir encore plus. Il devait donc faire ce qu'elle lui demandait. Il n'avait pas le choix.

— Quand désires-tu que je parte ?

— Maintenant.

— Tu veux que je demande à quelqu'un de venir ? À Michelle, à ta mère…

— Je n'ai besoin de personne, affirma-t-elle. J'ai seulement besoin que tu t'en ailles.

41

Une demi-heure plus tard, Stevie regarda Holt mettre sa valise dans le coffre de sa BMW et démarrer lentement. Elle avait l'impression que son cœur était aussi vide que son ventre.

Ce n'était pas comme si elle n'avait rien vu venir, se dit-elle tandis que la voiture disparaissait au coin de la rue. Elle savait depuis le début qu'elle n'aurait pas dû amorcer une relation avec Holt. Mais elle avait laissé son cœur prendre le pas sur sa raison et commencé à croire au mensonge qu'elle vivait. Elle s'était même persuadée que Holt l'aimait aussi.

Elle essuya une larme et tourna le dos à la fenêtre. Chasser Holt lui avait beaucoup coûté, mais elle était trop vulnérable pour lui permettre de rester. Si elle s'était raccrochée à lui ce soir, si elle l'avait laissé la consoler de la perte de son bébé, elle n'aurait sans doute pas eu la force, le lendemain, de faire ce qui devait être fait.

Or cela devait être fait. Elle préférait en finir tout de suite plutôt que de laisser cette histoire traîner en longueur. Mieux valait rompre tous les liens avant qu'elle ne s'investisse encore plus. Si elle l'aimait déjà autant, qu'en serait-il d'ici un mois ou deux – ou douze ?

Non, décidément, il fallait une rupture franche. Elle le savait. Et elle avait su dès le début que cela ferait mal.

Ce qu'elle n'avait pas prévu, c'était à quel point cela ferait mal.

Holt partit en fin d'après-midi. Il roula sans but dans St. Charles Avenue, accablé de douleur, engourdi. Il ne voulait pas retourner au bureau. Il n'avait pas envie d'affronter la curiosité des gens, de donner des explications. Cependant, il n'avait pas non plus envie d'être seul, et aller dans un bar ne le tentait pas.

Ce dont il avait envie, c'était d'être avec Stevie. C'était vers elle qu'il avait pris l'habitude de se tourner, avec elle qu'il avait pris l'habitude de parler, à elle qu'il avait pris l'habitude de se confier. Elle était celle qui le comprenait et l'acceptait sans condition. Il n'y avait personne de semblable dans sa vie. Il n'y avait jamais eu et il n'y aurait sans doute jamais plus personne comme elle dans sa vie.

Il passa en revue la liste de ses relations. Qui pourrait-il appeler ? Il n'avait pas d'amis hommes proches qui soient célibataires. Ses meilleurs copains étaient mariés et occupés avec leur femme et leurs enfants.

Il y avait bien son père, qui venait d'emménager provisoirement dans un appartement de banlieue pour superviser les travaux de la maison qu'il avait achetée avec Caroline. Stevie, Holt et Isabelle lui avaient apporté une cocotte de ragoût maison le jour où il s'y était installé. Holt avait même accepté d'être son témoin pour son remariage avec sa mère, la semaine suivante.

Cédant à une impulsion, il se rendit chez son père et frappa à la porte.

Vince lui ouvrit, ses lunettes de lecture sur le nez. Son visage s'éclaira d'un grand sourire quand il découvrit son fils.

— Holt ! Quelle bonne surprise ! Entre, entre donc.

Holt pénétra dans l'appartement spartiate.

— Tu veux un Coca ? lui proposa son père.

— Oui, merci.

Vince alla vers le réfrigérateur, sortit deux canettes et lui fit signe de s'asseoir sur le canapé.

— Alors, demanda-t-il, qu'est-ce qui t'amène ?

— C'est une longue histoire.

— Je suis tout ouïe.

Holt lui raconta tout. Comment il avait rencontré Stevie, comment il l'avait persuadée de l'épouser temporairement, la nature de leur accord, la fausse couche, la séparation.

— On dirait que tu as obtenu exactement ce que tu attendais de cet arrangement, observa son père avec un regard chargé de sympathie.

— Sans doute, admit-il d'un air sombre. Mais dans ce cas, comment se fait-il que je me sente aussi nul ?

— Peut-être que tu t'es mis à souhaiter autre chose.

Holt secoua la tête.

— Je ne veux pas rester marié et que tout se casse la figure d'ici quelques années.

— Qui te dit que cela se cassera forcément la figure ?

Vince se pencha en avant, les avant-bras sur les cuisses.

— Dis-moi, Holt... où comptes-tu trouver une femme mieux que Stevie ?

— Nulle part. Mais je ne cherche pas de femme.

— Pourquoi ?

Peut-être avait-il eu tort de venir ici. Son père semblait ne rien comprendre. Mais qu'avait-il espéré d'autre ?

— Parce que je ne veux pas me marier.

— Pourquoi cela ? Parce que tu es très heureux célibataire, ou parce que tu as été très malheureux marié ?

— Hum... ni l'un ni l'autre.

À vrai dire, c'était plutôt le contraire. Il adorait retrouver Stevie en rentrant chez lui.

— Je ne trouve pas que le mariage soit un risque à prendre pour Isabelle et pour moi.

— Pourquoi ? Parce que ta mère et moi nous sommes plantés ? demanda Vince en secouant tristement la tête. Ne fonde pas les grandes décisions de ta vie sur les erreurs que nous avons pu commettre.

— Ce n'est pas le cas. Je me fonde sur ma propre expérience.

Vince posa son Coca sur la table basse avant d'expliquer :

— Quand ma boîte a commencé à couler, je me suis dit que je détenais toutes les réponses. J'avais construit beaucoup de maisons, alors je me suis persuadé que je n'avais qu'à continuer comme je l'avais toujours fait. Je n'ai pas cherché à savoir ce qui avait changé – le goût des clients, la concurrence, le marché de l'immobilier...

Holt but une gorgée de Coca en se demandant quand son père allait se décider à en venir au fait.

— J'ai l'impression que tu fais la même erreur que moi, reprit celui-ci. Tu t'es mis dans la tête que tu ne pouvais pas tomber amoureux et te marier parce que tu penses que l'amour ne dure pas. Mais tu ne tiens pas compte des nouvelles informations. Au cas où tu ne t'en serais pas rendu compte, mon garçon, tu aimes Stevie.

Il avait bien pensé à tout cela. N'empêche, cela faisait un drôle d'effet de se l'entendre dire tout haut. Et par son père. « Tu aimes Stevie. » Il tourna et retourna cette idée dans son esprit, l'examina sous tous les angles, la soupesa, la jaugea.

— Même si c'est le cas, dit-il prudemment, ce n'est pas suffisant. Rien ne garantit que cela durera.

— Tu ne te laisses pas arrêter par le manque de garanties dans d'autres domaines de ta vie, répliqua son père. Finalement, tout est une question de confiance.

— Désolé, mais je suis en panne de confiance, fit Holt, ironique.

— Non, ce n'est pas vrai. Tu ne laisses pas le risque d'intoxication alimentaire t'empêcher de déguster un bon hamburger, n'est-ce pas ?

— Euh... non, admit-il.

— Donc, tu fais confiance à un cuisinier de pacotille pour cuire la viande à la bonne température, mais pas à ton cœur pour la femme que tu aimes. Franchement, est-ce que tu trouves cela logique ? lui demanda Vince en le regardant dans les yeux.

— Le mariage est une affaire bien plus compliquée que la cuisson des hamburgers, objecta-t-il.

— Seulement si on veut qu'il le soit, rétorqua son père en se levant et en se dirigeant vers la fenêtre, les mains dans les poches de son pantalon en toile. Dans toute relation, il y a des problèmes. Il n'existe pas deux personnes qui puissent être toujours d'accord sur tout. Cependant, si l'on est capable de mettre son orgueil de côté et de raisonner en termes de « nous » et non de « je », ce n'est pas compliqué du tout.

— Peut-être, mais rien ne garantit que je sois capable de faire en sorte que ça marche.

— La vie ne nous offre pas beaucoup de certitudes, tu sais. Mais je vais t'en donner deux. Si tu ne vas pas supplier cette femme à genoux de te reprendre, premièrement, ton enfant ne saura jamais ce que c'est que d'appartenir à une vraie famille ; et deuxièmement, tu passeras le restant de tes jours à chercher quelque chose ou quelqu'un pour combler ce trou en forme de Stevie que tu auras dans le cœur.

Holt baissa les yeux.

— Je ne veux pas qu'Isabelle traverse ce que j'ai vécu quand maman et toi avez divorcé.

— Eh bien, fais en sorte que cela n'arrive pas, répondit son père d'une voix assurée. Ta mère et moi ne nous sommes absolument pas doutés de la façon dont notre divorce t'a affecté, ce que je regretterai jusqu'à ma mort. Tu feras certainement des erreurs en élevant Isabelle. Mais une chose est sûre : ce ne seront pas celles que j'ai faites en t'élevant... À la réflexion, ajouta-t-il au bout d'un moment avec un regard triste, on dirait que tu marches exactement sur mes traces.

— Quoi ? fit Holt, surpris.

— La plus grave erreur de ma vie a été de laisser partir ta mère. Et tu t'apprêtes à commettre la même avec Stevie.

« On dirait que tu marches exactement sur mes traces. » La voix de son père résonnait dans sa tête comme une rengaine entêtante quand Holt sortit du parking de l'immeuble, une demi-heure plus tard.

Nom d'un chien ! Il ne voulait pas être comme son père. Surtout dans le domaine du mariage. Il ne croyait pas à ces histoires de « jusqu'à ce que la mort nous sépare », alors que son père ne jurait plus que par l'amour éternel. Donc, il ne suivait pas du tout ses traces. CQFD.

Bien malgré lui, une autre phrase de son père s'imposa à son esprit : « Tout est une question de confiance. »

Encore une perle, tiens. Il sentit un muscle de sa joue tressauter nerveusement tandis qu'il s'engageait sur Veteran's Boulevard. Quelle idée, aussi, de demander conseil à un homme qui, après avoir été mis K-O trois fois, s'apprêtait à remonter sur le ring !

L'idée du prochain remariage de ses parents ne le mettait plus en colère, mais elle le troublait. Elle entrait en contradiction avec tout ce qu'il croyait de l'amour et du mariage. S'aimaient-ils encore vraiment, après tout ce qu'ils s'étaient fait subir ? L'amour pouvait-il donc être aussi indulgent, aussi durable, aussi fort ?

Perdu dans ses pensées, il ne vit le feu rouge que quand il fut presque au carrefour. Il freina – trop tard. Un camion fonçait vers lui. Il allait le percuter !

En une fraction de seconde, il vit sa vie défiler devant lui.

Sauf que ce n'était pas sa vie, c'était le visage de Stevie.

Il allait mourir avant d'avoir vraiment vécu. Stevie ne saurait jamais ce qu'il éprouvait pour elle.

Tout sembla se dérouler au ralenti. Sa voiture fit une embardée vers la gauche. Le camion se déporta vers la droite dans une cacophonie de crissements de pneus et de coups de klaxon.

Il ne se rendit compte qu'il avait fermé les yeux que quand il les rouvrit. Il découvrit alors que sa voiture s'était arrêtée en travers au beau milieu du carrefour. Son cœur battait à se rompre. Autour de lui, des conducteurs en colère l'évitaient en klaxonnant.

La jambe tremblante, il passa le pied de la pédale de frein à celle de l'accélérateur. Le plus simple pour dégager le carrefour était de repartir dans l'autre sens, ce qu'il fit. Il roula quelques mètres, puis s'arrêta sur le parking d'un fast-food et coupa le contact.

Il resta assis au volant une longue minute. Seigneur ! Il avait failli mourir. Et le visage de Stevie aurait été la dernière image qu'il se serait représentée.

Il descendit de voiture, les jambes en coton, et entra dans le restaurant. Il commanda un café, dont il renversa la moitié sur le comptoir tant sa main tremblait.

Il alla s'asseoir à une table avec sa tasse. Il l'avait échappé belle, songea-t-il. Avec un peu moins de chance, sa voiture aurait été transformée en accordéon. Il regarda par la fenêtre et vit le siège auto d'Isabelle à l'arrière.

Quelle horreur ! Elle aurait pu être avec lui.

Il regarda le petit siège auto. Ce n'était rien qu'un peu de plastique et de tissu – rien qui puisse vraiment la protéger en cas d'accident grave. Voilà qui donnait à réfléchir.

Un frisson glacé courut le long de sa colonne vertébrale, et les mots de son père lui revinrent à l'esprit : « Tout est une question de confiance. » Quand il installait son enfant dans sa voiture, il faisait confiance à un assemblage de métal, de caoutchouc et de verre, à sa propre capacité de conduire en toute sécurité et à celle des autres conducteurs d'en faire autant.

Cette pensée avait quelque chose de terrifiant.

« Tu ne te laisses pas arrêter par le manque de garanties dans d'autres domaines de ta vie », lui avait dit son père.

C'était vrai. Il n'allait pas enfermer Isabelle dans une cellule capitonnée de peur qu'elle se fasse mal, et il n'allait pas cesser de conduire de peur d'avoir un accident.

La crainte d'échouer ne l'empêchait pas de rechercher de nouveaux contrats pour sa société. Pas plus que la peur de tomber ne l'empêchait de monter un escalier. Alors, pourquoi la peur de l'échec devrait-elle l'empêcher de connaître ce que la vie avait à offrir de plus doux ?

Il sourit. Il avait l'impression que son cœur flottait, libéré. Pourquoi lui avait-il fallu si longtemps pour comprendre ? Il était comme Isabelle. La chose qu'il désirait le plus au monde était justement celle qu'il faisait tout son possible pour éviter.

Cette chose, c'était l'amour. Un amour durable. Un amour avec de profondes racines et de hautes branches.

Un amour capable d'abriter et de protéger. Un amour tenace, fort et qui ne cesserait pas de grandir.

Et cet amour, il voulait le partager avec Stevie. Avec Stevie, Isabelle et tous les autres enfants qu'ils pourraient avoir. Il voulait le partager avec leurs parents à tous deux, leur famille, leurs voisins, le monde entier. Et peut-être même avec un chien et un chat, voire, qui sait, un poisson rouge.

Stevie ressentait-elle la même chose ? Accepterait-elle de lui confier son cœur ou estimerait-elle que c'était trop risqué ? Pourvu qu'il n'ait pas tout gâché ! songea-t-il en priant pour qu'elle lui accorde une seconde chance.

Il avait besoin de lui dire ce qu'il ressentait. Il fallait qu'elle sache que ses sentiments avaient changé, comme elle l'espérait. Il fallait qu'il la convainque qu'il croyait à l'amour, qu'il croyait à un amour éternel, qu'il croyait qu'ils étaient faits l'un pour l'autre.

42

Stevie regarda sa montre. D'ordinaire, elle trouvait que son émission passait à toute vitesse, mais ce soir, le temps semblait traîner en longueur.

En fait, c'était sa vie qui traînait en longueur. Il y avait trois jours que Holt avait quitté la maison, et son absence faisait comme un grand trou dans le tissu de son existence. Il venait tous les matins donner son petit déjeuner à Isabelle et passait tous les soirs en rentrant du travail, mais Stevie montait à l'étage dès qu'il arrivait et ne redescendait qu'après l'avoir entendu partir.

Il faudrait pourtant bien qu'elle finisse par l'affronter – et qu'elle finisse par affronter les autres. Elle redoutait de dire à ses parents que Holt et elle s'étaient séparés. Quand ils l'avaient appelée de Cancún, le samedi, ils paraissaient si heureux, si insouciants qu'elle n'avait pas eu le courage de leur apprendre la nouvelle. Avec une impulsivité qui leur ressemblait bien peu, ils s'étaient envolés le vendredi pour le Mexique et semblaient passer un week-end fabuleux.

Elle redoutait aussi de le dire aux parents de Holt. Ils se mariaient le week-end suivant, et Stevie était censée être la demoiselle d'honneur de Caroline. Quelle ironie... Vince et Caroline s'étaient retrouvés grâce à un mariage qui se dissolvait alors même qu'ils se réunissaient.

Stevie regarda les lumières clignotantes de sa console.

— Nous avons encore le temps de prendre un appel.

De l'autre côté de la vitre, Hank leva trois doigts pour lui indiquer la ligne qu'elle devait décrocher.

— Vous écoutez *Paroles de parents*, Stevie Stedquest. Vous êtes à l'antenne.

— Bonsoir. Je me demandais si vous saviez quelque chose des troubles de l'attachement.

Le cœur de Stevie se mit à battre plus vite. Cette voix ressemblait étrangement à celle de Holt… Mais non, ce devait être son imagination qui lui jouait des tours. Il en savait aussi long qu'elle sur les troubles de l'attachement. Il n'avait aucune raison d'appeler l'émission pour l'interroger sur le sujet.

— Il se trouve que oui, répondit-elle. Pour ceux de nos auditeurs qui ne connaîtraient pas ce syndrome, il concerne les enfants qui ont des difficultés à s'attacher. Ils repoussent les gens qui essaient de les aimer parce qu'ils n'ont jamais appris à tisser un lien avec un autre être et qu'ils ont peur d'être abandonnés. Alors, quelle est votre question ?

— Eh bien… je crois que j'en suis atteint.

Stevie regarda Hank. Il lui sourit et tapota sa tempe de l'index pour lui indiquer qu'il pensait qu'elle avait affaire à un dingue.

Son cœur ne semblait pas de cet avis. Il battait de plus en plus fort.

— Vous pensez que vous souffrez de troubles de l'attachement ?

— Oui.

— Eh bien, je suis désolée, monsieur, mais il s'agit d'une émission sur l'éducation.

— Je sais, mais je suis père, donc je suis concerné.

C'était Holt. Maintenant, elle en était sûre.

— Qu'est-ce qui vous fait penser que vous souffrez de ces troubles ?

— J'ai tous les symptômes. Je me suis énormément attaché à quelqu'un, mais je ne lui ai pas permis de voir ce que je ressentais. Je ne voulais même pas me l'avouer à moi-même. Je crois que c'est parce que j'ai peur de tout gâcher tôt ou tard et qu'elle me quitte – ce qui non seulement me briserait le cœur, mais briserait aussi celui de notre fille.

Stevie avait la tête qui tournait. Elle se rendit compte qu'elle retenait son souffle depuis qu'il parlait.

— Alors, quelle est votre question ? demanda-t-elle.

— Comment puis-je surmonter ces troubles ?

Elle s'efforça de tempérer les étincelles d'espoir qui jaillissaient en elle.

— Eh bien, le remède aux troubles de l'attachement, c'est l'amour et la confiance.

— On dirait que c'est le remède à beaucoup de choses, observa-t-il.

— Ou… oui.

Son cœur tambourinait dans sa poitrine. Derrière la vitre, elle vit Hank tracer un cercle dans l'air pour lui signifier qu'elle devait conclure.

— Je suis désolée, mais nous arrivons à la fin de l'émission. Merci de votre appel, dit-elle en coupant la communication d'une main tremblante. C'est tout pour ce soir. À la semaine prochaine pour d'autres *Paroles de parents*. Bonne nuit, et bonne semaine à vous et vos enfants.

Elle éteignit le micro, ôta son casque et ramassa les affaires d'Isabelle. Elle procédait méthodiquement, en se forçant à ne pas se presser. Elle n'allait pas se laisser aller à rêver. Si elle se trompait, la déception serait trop grande. Elle ne le supporterait pas.

Son cœur battait néanmoins la chamade quand elle installa Isabelle dans sa poussette et replia la couverture sur laquelle elle avait joué, avant de la ranger dans le sac à langer.

— Le dernier auditeur était vraiment bizarre, remarqua Hank tandis qu'elle passait du studio dans la régie.

— Oui.

— Ce doit être la pleine lune.

— Sans doute.

Si l'auditeur était bien l'homme qu'elle croyait, elle serait à peine étonnée de découvrir que la lune était bleue.

Elle se dirigea vers l'ascenseur en poussant la poussette, la bretelle du sac à langer sur l'épaule. La descente – pourtant de deux étages seulement – lui fit l'effet d'une éternité, et les quelques mètres entre l'ascenseur et la sortie lui parurent un marathon. Elle retint son souffle en ouvrant la porte.

Comme elle s'y attendait, elle tomba sur Holt, son téléphone portable à la main. Elle s'efforça de refouler l'espoir qui montait en elle, mais il fut le plus fort.

Un réverbère éclairait le visage souriant de Holt.

— Des appels intéressants, ce soir ? s'enquit-il.

— Le dernier, seulement.

— Alors… que penses-tu que ce type doive faire ?

— Je crois… commença-t-elle, le cœur battant, en se forçant à le regarder dans les yeux. Je crois qu'il faut qu'il soit vraiment parfaitement sûr de ce qu'il éprouve. Parce que s'il essaie seulement de faire ce qu'il croit devoir faire et non ce qu'il veut sincèrement au fond de lui, ce ne sera pas suffisant. Un homme et une femme ne doivent pas se marier uniquement pour un enfant. Il faut que l'homme aime la femme pour elle-même, de tout son cœur, comme si elle était la seule femme au monde. Car s'il ne l'aime pas ainsi, il ne s'engage pas totalement. Et s'il ne s'engage pas totalement, leur relation sera bâtie sur du sable.

— Mais s'il est sûr de ses sentiments, que doit-il faire ?

Stevie sentit sa peau la picoter.

— Eh bien, s'il est absolument sûr et certain de ses sentiments, il faut qu'il les avoue.

— Très bien. Alors, voilà.

Il posa un genou sur l'asphalte. Isabelle se mit à rire et lui fit signe de sa poussette. Il leva les yeux vers Stevie.

— Dès l'instant où Isabelle et moi avons entendu ta voix pour la première fois, nous avons su que tu étais notre réponse. Le problème, c'était que je me trompais de question. Je croyais avoir besoin de quelqu'un pour s'occuper de mon bébé. En réalité, j'avais besoin de quelqu'un à aimer.

Le cœur de Stevie s'emballa.

— Un jour, tu as dit que l'amour pouvait faire des miracles. Eh bien, c'est ce qui s'est produit. Ton amour a guéri non seulement un bébé qui souffrait, mais aussi un homme brisé. Je ne me croyais pas capable d'aimer, et voilà que je me découvre fou amoureux. La première fois que je t'ai abordée ici, je voulais t'épouser pour Isabelle. Aujourd'hui, c'est pour moi que je veux t'épouser.

Elle crut défaillir de bonheur.

— Stevie, je t'aime. Il m'a fallu un moment pour en prendre conscience, mais je t'aime de toutes les façons dont un homme peut aimer une femme. Je t'aime comme amie, comme compagne, comme amante, et sans doute d'un tas d'autres façons que je n'ai pas encore découvertes. Je veux passer le reste de ma vie avec toi. Je veux m'endormir en te tenant dans mes bras et me réveiller à tes côtés tous les matins. Je veux que tu sois la mère de mes enfants, la grand-mère de mes petits-enfants. Ce que j'essaie de te dire, Stevie, c'est que j'ai envie d'être marié avec toi. Vraiment marié. Cœur et âme, pour toujours, jusqu'à ce que la mort nous sépare.

— Oh, Holt !

— La dernière fois que je t'ai demandée en mariage, je t'ai offert une boussole. Alors, cette fois, je veux te donner ceci.

Il se leva et sortit de sa poche un petit aimant en forme de fer à cheval. Il s'agissait d'un jouet pour enfant gainé de plastique rouge. Il le lui pressa dans la main.

— C'est un aimant qui oriente l'aiguille de la boussole dans la bonne direction, expliqua-t-il. C'est l'effet que tu as sur moi, Stevie. Tu donnes un sens à ma vie.

Il plongea son regard sombre dans le sien, et au fond de ses yeux, elle découvrit son âme sœur, le cœur de son cœur.

— Alors, qu'en dis-tu ? Tu crois que tu pourrais m'épouser pour de vrai, pour toujours ?

Elle hocha la tête, trop émue pour parler. Puis elle donna l'aimant à Isabelle et se jeta au cou de Holt. Quand leurs lèvres se joignirent, ils n'eurent pas besoin d'une boussole pour savoir qu'ils étaient arrivés à destination.

[illegible]

[illegible]

— [illegible]

[illegible]

Épilogue

La femme du révérend Alan Pitcher leva les yeux de son ouvrage quand il rentra un peu après 21 heures, le samedi soir suivant.

— Comment était ce mariage, mon chéri ? lui demanda-t-elle, comme chaque fois qu'il célébrait une nouvelle union.

Il l'embrassa sur le front et s'assit à côté d'elle sur le canapé à fleurs.

— Très beau, répondit-il. Intime, mais très beau.

— Raconte-moi. C'était le couple divorcé, n'est-ce pas ? Qui y avait-il ?

— Rien que les mariés, leur fils, leur belle-fille et leur petite-fille, et les parents de leur belle-fille.

— Et les mariés étaient très amoureux ?

— Oh, oui ! Et ils n'étaient pas les seuls. C'était incroyable. Pendant que les mariés échangeaient leurs consentements, j'ai jeté un coup d'œil aux deux autres couples. Eh bien, ils se regardaient dans les yeux en chuchotant aussi les consentements et, quand j'ai dit au marié qu'il pouvait embrasser la mariée, ils en ont fait autant.

— Que c'est émouvant !

— Tu peux le dire. Tu sais, j'ai célébré des centaines de mariages, mais c'est la première fois que j'ai un peu eu la larme à l'œil, ajouta-t-il en passant un bras autour des épaules de sa femme. Et cela m'a fait penser à toi, à mon amour pour toi.

— Oh, Alan… fit-elle en posant sur lui un regard empli de tendresse.

Il l'attira à lui et lui donna un baiser passionné.

— Mmm, fit-elle en souriant, cela a dû être un mariage exceptionnel.

— Oh, oui ! murmura le pasteur. Exceptionnel.

Comédie

Retrouvez l'autre nouveauté de la collection en magasin :

Le 3 février :

Liz contre-attaque ☙ Jane Heller (n° 7896)

Le jour où vous ne reconnaissez plus l'homme de votre vie, celui qui vous avait éblouie, vous vous dites : « Si seulement il changeait ! Si seulement je pouvais le changer ! » Pour sauver mon mariage, j'étais prête à tout. J'ai fait la plus grosse bêtise de ma vie : j'ai utilisé une potion magique…

Découvrez les prochaines nouveautés de la collection :

Le 18 avril :

La reine des gaffeuses ☙ Jill Mansell (n° 7980)

Millie Brady se brouille avec son petit ami et empêche Orla Hart, une romancière à succès, de se suicider. Celle-ci décide alors de faire de Millie sa muse et entend bien décrire… sa vie amoureuse ! Et ce n'est que le début : quand Millie trouve le portefeuille de Hugh, les choses n'ont pas fini de se compliquer… De péripéties en quiproquos, d'émotions en effusions sentimentales, ou quand réalité et fiction s'emmêlent…

Zéro de conduite ☙ Ildiko von Kürthy (n° 7981)

Amélie forme avec Philipp un couple assez atypique : elle est gaffeuse, il est sérieux, elle est loufoque quand il est raisonnable ! Amélie est aussi très curieuse… Et écoute un message sur le répondeur de Philipp : catastrophe, il la trompe ! Pour Amélie l'excessive, c'est le point de départ d'un quiproquo démesuré. Et de beaucoup de bruit pour rien ?

Nouveau ! 2 titres tous les 2 mois aux alentours du 15.

Si vous aimez Comédie,
laissez-vous tenter par :

Romance d'aujourd'hui

Le 17 mars :

Teresa à tout prix ☙ Deirdre Martin (n° 7948)
Dans le cadre de son travail, Teresa doit réhabiliter un restaurant italien. Michael, le manager, ne l'a pas oubliée depuis leur rencontre lors d'un mariage, deux ans auparavant. Et va tenter de la séduire à tout prix. Mais pour Teresa, pas question de tomber dans les bras d'un macho au sang chaud, si séduisant fût-il !

Brûlant comme la braise ☙ Shannon McKenna (n° 7949)
Simon Riley retourne dans la petite ville de son enfance après le suicide de son oncle, et retrouve El, son premier amour. Seulement celle-ci est maintenant fiancée à Brad. Il se résigne donc à renoncer à elle. Mais il semblerait que la famille de Brad ait joué un rôle dans la mort de son oncle...

Nouveau ! 2 titres tous les 2 mois
aux alentours du 15.

SUSPENSE

Le 3 février :

Seule avec mon ennemi ☙ Karen Robards (n° 3931)
Pour fuir la misère, Maggy avait épousé l'homme le plus puissant de Louisville. Quand le conte de fées tourne au cauchemar, elle se tait... Pour protéger son fils. Mais nul n'échappe à ses souvenirs. Le beau Nick, son amour d'autrefois, est de retour. Que veut-il ? Se venger parce qu'elle l'a abandonné ?

Terreur au bout du fil ☙ Holly Lisle (n° 7892)
Phoebe lit les cartes à ses clients par téléphone. Une nuit, la voix de son ex-mari haï, Michael, résonne à son oreille. Impossible : Michael est dans un coma profond. Mais les appels continuent. Une apparition la conduit alors chez le docteur MacKerrie. Acceptera-t-il de l'aider ?

Nouveau ! 1 rendez-vous mensuel
aux alentours du 1er de chaque mois.

MONDES MYSTÉRIEUX

Le 3 février :

Le cercle des immortels - 3 : La fille du shaman ☙ Sherrilyn Kenyon (n° 7893)

Talon est un vampire qui a vendu son âme pour venger la mort des membres de sa famille. Son job ? Lutter contre les démons qui luttent contre les humains. La superbe Sunshine, elle, n'a rien de démoniaque. Bien au contraire ! Dans la moiteur de La Nouvelle-Orléans, un corps à corps sensuel les accapare...

L'œil du tigre ☙ Marjorie M. Liu (n° 7894)

Dela Reese est en Chine pour effectuer des achats de métal. Elle a un pouvoir particulier : celui de travailler cette matière et de ressentir l'histoire de l'arme qu'elle touche. Sur un marché, une vieille femme lui vend une boîte étrange, qui renferme un homme prisonnier, victime d'une malédiction...

Nouveau ! 1 rendez-vous mensuel aux alentours du 1er de chaque mois.

Passion intense

Quand l'amour vous plonge dans un monde de sensualité

Le 17 février :

Chassé-croisé ☙ Bertrice Small (n° 3776)

Écosse, XVIe siècle. Cat accepte d'épouser Patrick de Glenkirk, parvenu à la convaincre de son amour. Pourtant, c'est finalement dans les bras de l'énigmatique lord Bothwell qu'elle découvre l'amour, la passion la plus folle... Et oublie... qu'elle est mariée à un homme et convoitée par un autre !

Offensive de charme ☙ Erin McCarthy (n° 7897)

Journaliste, Reese part couvrir un mariage people. Le fiancé est un magnat de l'industrie pharmaceutique, aux ambitions peu avouables. Reese, tombée sur des documents appartenant au FBI, est bientôt rattrapée par l'agent fédéral... Auquel, à sa grande surprise, elle succombe et se donne sans hésitation !

Nouveau ! 1 rendez-vous mensuel aux alentours du 15 de chaque mois.

Retrouvez également nos autres collections :

AVENTURES & PASSIONS

Le 3 février :

L'héritier débauché ↝ Sabrina Jeffries (n° 7890)

Menacé par la ruine, le nouveau comte d'Iversley, Alec Black, doit se marier. Il demande l'aide de ses frères, qui choisissent Katherine Merivale. Dès qu'Alec voit Katherine, il est charmé. Mais Katherine veut se marier par amour et ne voit en Alec qu'un débauché. Le jeu de la séduction commence...

Sous chacun de tes baisers ↝ Laura Lee Guhrke (n° 7891)

Cela fait cinq ans que la violoniste Grace Clairval a sauvé la vie du célèbre compositeur Dylan Moore. Depuis, sa beauté et sa compassion le hantent. Aussi est-il aux anges lorsque Grace devient la gouvernante de sa fille. La passion grandit, mais si les secrets de Grace sont révélés, elle perdra tout.

Le 17 février :

Désirs fous ↝ Karen Robards (n° 2928)

Défiante, la ravissante Lilah soutient le regard scandalisé du responsable de la vente : une femme qui achète un esclave ! C'est le seul moyen pour Lilah de sauver son capitaine aux yeux d'émeraude... Joss reconnaît tout de suite l'impétueuse jeune fille qui a embrasé ses sens d'un seul baiser volé...

Les frères Malory - 2: Tendre rebelle ↝ Johanna Lindsey (n° 4003)

Charmé par la beauté de Roslynn, Anthony est prêt à tout pour la séduire. Mais Roslynn veut un mari, pas un coureur de jupons, et surtout pas Anthony Malory, dont elle connaît déjà la réputation ! Seulement... Quand Roslynn manque de se faire enlever, c'est auprès d'Anthony qu'elle court se réfugier...

Scandaleuse comtesse ↝ Jacquie D'Alessandro (n° 7898)

Un petit livre scandalise la bonne société londonienne : *Le guide féminin de la poursuite du bonheur personnel et de l'épanouissement intime*. Andrew Stanton décide de découvrir qui en est l'auteur. En éditant ce délicieux ouvrage, Catherine Ashfield, vicomtesse de Bickley, ne s'attendait pas à mettre sa vie en danger...

Nouveau ! 2 rendez-vous mensuels aux alentours du 1er et du 15 de chaque mois.

Et toujours la reine du roman sentimental :

Barbara Cartland

Le 3 février :

Le contrebandier de l'amour (n° 783) - Collect'or

Voyage en amoureux (n° 7866)

Le 17 février :

L'amour sans trêve (n° 2689)

Nouveau ! 2 rendez-vous mensuels aux alentours du 1er et du 15 de chaque mois.

7895

Composition Chesteroc Ltd
Achevé d'imprimer en France (Manchecourt)
par Maury-Eurolivres
le 3 janvier 2006.
Dépôt légal janvier 2006. ISBN 2-290-34716-7

Éditions J'ai lu
87, quai Panhard-et-Levassor, 75013 Paris
Diffusion France et étranger : Flammarion